读客® 知识小说文库

读小说，学知识

邪恶催眠师 2

七宗罪

周浩晖 著

北京日报出版社

图书在版编目（CIP）数据

邪恶催眠师2：七宗罪 / 周浩晖著. —— 北京：北京日报出版社，2016.4

（读客知识小说文库）

ISBN 978-7-5477-2065-3

Ⅰ．①邪… Ⅱ．①周… Ⅲ．①长篇小说—中国—当代

Ⅳ．①I247.5

中国版本图书馆CIP数据核字（2016）第072561号

邪恶催眠师2：七宗罪

出版发行：	北京日报出版社
地　　址：	北京市东城区东单三条8-16号 东方广场东配楼四层
邮　　编：	100005
电　　话：	发行部：(010) 65255876
	总编室：(010) 65252135
印　　刷：	北京海石通印刷有限公司
经　　销：	各地新华书店
版　　次：	2016年4月第1版
	2016年4月第1次印刷
开　　本：	680毫米×990毫米　1/16
印　　张：	20.5
字　　数：	289千字
定　　价：	36.00元

如有印刷、装订质量问题，请致电010-85866447（免费更换，邮寄到付）

版权所有，侵权必究，未经许可，不得转载

目录

引　子　／I

第一章　　一个神秘的快递包裹　／1

第二章　　强大的"精神力量"　／28

第三章　　浸满鲜血的钞票　／56

第四章　　销声匿迹的嫌疑人　／80

第五章　　半年前的真相　／99

第六章　　催眠下的"记忆障碍"　／134

第七章　　目击第四名受害者身亡　／155

第八章　　破案！必须破案！　／176

第九章　　一切都在凶手的计划中　／203

第十章　　营救第六名受害目标　／224

第十一章　七种欲望，七种死法　／241

第十二章　隐形的复仇者　／265

尾　声　／315

引 子

刚刚在跑步机上跑完步,赵丽丽来到卫生间准备泡个澡。在往浴盆里放水的同时,她照例要对着墙上的大镜子顾盼自赏一番。

映在镜子里的是一个窈窕的美女,一头长发乌黑柔顺,小巧的鹅蛋脸,五官精致分明。美女穿着一套黑色的练功服,紧贴在身上的布料勾勒出凹凸有致的身材,长腿细腰,丰乳翘臀——每一条曲线都在散发着迷人的女性魅力。

可赵丽丽却轻轻地叹息了一声,因为她觉得自己还不够完美。

门铃声忽然响起,打断了赵丽丽的思绪。她关了水,挪步向卫生间外走去。一只金毛犬本来趴在卫生间的门口,看见主人出来了,那只狗便精神抖擞地起了身,紧跟在主人身后。

赵丽丽走到玄关处,透过猫眼向外观察,见门外站着一名男子。这男子中等身高,身形略显肥胖,头戴一顶红色的棒球帽,又低着头,因此看不清帽檐下的面孔。

"谁呀?"赵丽丽隔着门问了一声。

男子向猫眼方向瞥了一眼,回应道:"送快递的。"

伴随着抬头的动作,男子的脸终于暴露在猫眼中。这家伙约摸三十岁的年纪，长了张冬瓜脸，眼睛细眯眯的，丑是丑了点，倒是一副人畜无害的安全模样。

赵丽丽又多问了一句："什么快递？"她这两天并没有网购，也没听说有人要给自己寄东西。

"我也不知道是什么。"男子一边说一边弯腰从地上抱起一只泡沫箱子，他认真地看了看贴在箱子上的快递单，又道，"寄件人叫姚舒瀚。"

是他？赵丽丽的心蓦地一跳，思绪翻飞，涌起无数猜测。这下她对那送快递的男子不再怀疑，当即便打开了屋门。

男子抱着箱子，脚步蹒跚着走进了屋内，看来那箱子不仅个头大，而且颇有分量。

金毛犬绕着那男子转了两圈，神色欢快。赵丽丽亲昵地在狗头上拍了拍，笑道："乖乖，老实点。"然后她又随手指了处空地对那男子道，"就放这儿吧。"男子放下箱子，顺手揭下快递单递给她。赵丽丽在签收栏里写下自己的名字。一旁的男子则把一个硕大的双肩背包从身上卸了下来。

那是一个户外旅行者常用的登山包，很大很长。赵丽丽一开始就看到了这个包，她猜测里面应该装满了需要派送的小件吧。对别人的东西她并未在意，不过金毛犬却满怀好奇地直起了身体，两只前爪向着那包搭了过去。

"乖乖，别闹。"赵丽丽喝止道，同时将签好的快递单交还给男子。

为了躲避金毛犬的骚扰，男子将登山包放在了不远处的餐桌上，他特意扶了一下那个包，好像怕包倒下。然后他冲地上的箱子努努嘴说："要不要打开验验货？"

一般的快递员在客户签单后都巴不得早点离去呢，这个胖子却主动提议验货，倒是挺有责任心啊。不过赵丽丽随即又觉得可笑：一个快递员能有什么职业责任心？这家伙只不过和大部分男人一样，看见美女就挪不动步吧？

无论如何，对方既然提出了这个建议，赵丽丽有什么理由拒绝呢？而且她确实也很想知道那箱子里到底装着什么。于是她便蹲下身来，准备开箱验货。

男子主动上前协助，他用小刀划开了缠绕在箱口的胶带。很快泡沫箱的盖子被打开，赵丽丽开始查看箱子里的物件。

最上面是一团团填充在空处的报纸，用来防止箱子里的货物松脱晃动。将报纸团摘去之后，箱子里的货物便露出了真容。

"这是什么啊？"赵丽丽嘀咕了一句，不明白这些乱七八糟的东西对自己有什么意义。随后她抬头看向身旁的男子，试图从对方那里寻求一些答案。

男子对箱子里的东西毫无兴趣，他的视线一直盯在赵丽丽的身上，就像是一匹饿狼在盯着垂涎已久的猎物。他那双细眯眯的小眼睛此刻已成倍地瞪大，目光中闪烁着某种异样的兴奋感。

赵丽丽早已习惯了男人类似的目光，她其实很享受这种被关注的感觉。不过在这样一个私密的空间内，对方的目光终究令她有些不安。她站起身来对那男子说道："就这样吧……你可以走了。"

男子却没有要离去的意思，他的嘴角慢慢咧开，露出了一种奇怪的笑容。然后他转过头，看着餐桌方向幽幽说了句："那个包……"

"包？"赵丽丽一愣，"那个包怎么了？"在她问话的同时，她的爱犬已经抢上一步，挡在了主人和餐桌之间。金毛的耳朵高高竖起，喉口中发出沉闷的低吼，似乎在警告着什么。

"你过去看看呀。"男子一边说一边把头转了回来，他的视线与赵丽丽相交，双目中透出一种难以抗拒的魅惑光芒……

第一章
一个神秘的快递包裹

01

馨月湾是龙州市新建的住宅小区，清一色的电梯小高层，一梯两户的格局。

因为紧邻着小区中心的人造绿地，九号楼号称是馨月湾的"楼王"。每到下午时分，小区里无事的老人孩子就会聚集在楼前的绿地上，各自休闲嬉戏。

"快看，有只狗狗！"一个小男孩忽然有所发现，指着九号楼的高处唤道。小伙伴们闻声聚拢过来，纷纷顺着他的指向看去。

果然，在七楼的某个阳台上出现了一只漂亮的金毛犬。那只狗站直了身体，前腿和脑袋已经探到了阳台围栏外，它张着大嘴，舌头长长地耷拉着，呼哧呼哧地直喘粗气。

"狗狗，狗狗……"孩子们欢欣雀跃，争相呼唤。

金毛犬似乎感受到了孩子们的热情，它猛地一蹿身，竟蹿上了阳台的围栏。

孩子们更兴奋了，各种大呼小叫声。

金毛犬在围栏上来回踱了几步，不时地探头往下张望，它的情绪看起来有些焦躁。

一个叫作菲蔗的小女孩自作聪明地说道："它想下来和我们玩呢！"

最先的那个小男孩开始发愁："可是楼这么高，它怎么下来呀？"

另一个小男孩建议道："不如我们上去找它玩吧。"这个提议立刻得到了其他伙伴的响应。

然而孩子们的美好愿景很快就被击碎。因为那只金毛犬做出了一个令人无法理解的举动——它竟然从阳台上跳了下来！

七层楼高的阳台，金毛犬就这么一跃而下。大约一秒钟之后，它重重地摔落在楼前的道路上，发出一声骇人的闷响。随后它以五体投地的姿势抽搐着，鲜血从嘴角处缓缓渗出。

孩子们全都看到了这惨烈的一幕，惊叫和哭喊声顿时响成一片。附近的老人们知道出事，连忙赶了过来。这时那条狗已经一动不动了。

"肯定是条疯狗，大家离远点！"听完孩子们的哭诉之后，一个老太太满怀警惕地作出了判断。有个老头本来正要上前细看的，听到这话立刻撤回。

有腿脚利索的立刻到小区门口通知物业。片刻后小区门卫老李带着物业经理张盛来到了现场。

张经理首先问了句："这是谁家的狗？"

"七楼的，东边那个阳台。"

"那就是702了，"张经理招呼老李，"先上去看看家里有没有人。"

两人进了对应的单元，坐电梯抵达七楼。刚刚走进楼道，老李就嘀咕了一声："什么味道？"

没错，楼道里确实有一股呛人的异味，而且这异味好像就是从702飘出来的！张经理皱起眉头，快步上前按响了门铃。

门铃持续响了半分多钟，屋内却无人应答。

"不会是煤气泄漏了吧？"一旁的老李提醒。张经理也紧张起来。

如果真是煤气泄漏，这可是个不得了的隐患。他随即作出决定，让工程部的技术人员带工具上来，强行破门！

技术员刘胜龙的技术不错，不到两分钟便搞定了702的门锁。当防盗门被拉开之后，一股更加浓烈的异味从屋内汹涌而出，呛得屋外三人涕泪交流。

"不行，先撤！"张经理一声招呼，三人往步梯通道撤去。他们把附近楼梯间的窗户全都开到最大，大约十分钟之后，异味才渐渐消散。

三人重新回到702门口。虽然呼吸仍感不适，但至少眼睛能睁开了。张经理用手掌掩住口鼻，瓮声瓮气地说道："我先进去看看，你们在外面等我。"

老李和刘胜龙一个月只领千把块的工资，本来就不值得蹚这种浑水。领导都提了，他们更乐得袖手旁观。两人便躲到通风的窗口，只管让张经理一人身入险境。

也就一两分钟的光景吧，忽听得张经理在屋内大喊一声："不好啰！"语调中七分惊愕，三分慌乱。

"怎么啦？"老李和刘胜龙同时在屋外呼应，却没有一人迈步向前。片刻后，张经理从屋里冲出，他扶着墙壁弯下腰，剧烈地咳嗽起来。这一通直咳得脸色发白，其间他几次想开口说话，却立刻又被呛了回去。

终于等到气息略略平定，张经理艰难地吐出了噎在喉口的话语："死……死人了！赶快……赶快报警！"

02

110指挥中心接到报案时,有一辆巡逻警车正好位于馨月湾小区附近,跟车执勤的年轻巡警王靖便成了第一个到达现场的警力。

随后当地派出所和市局刑侦队的增援力量陆续到达。刑侦专业人员进入现场展开勘查,王靖则配合派出所的民警一块在外围维护秩序。

九号楼前的通道上也拉起了警戒线,线里圈着那条横死的金毛犬。王靖就负责在警戒线外守护。堂堂一个巡警守着一条死狗,这场面多少有点滑稽。周围看客们指指点点地议论着,王靖明知道那些议论并非针对自己,但他还是排遣不了心头的尴尬情绪。

这时又有一辆小车开到了警戒圈外,两个身着便装的男子从车上走了下来。走在前面那人看起来三十七八岁的样子,中等身高,身形不算魁梧,但一举一动却透着矫健刚毅的魄力。他身后跟着一个二十来岁的小伙子,身材要略高一些,这小伙子皮肤黝黑,健硕的肌肉把一件短袖汗衫撑得紧绷绷的,看起来就像是个刚从拳击台上走下来的运动员。

当地派出所的黄文祥所长迎上前,冲着那中年人打了声招呼:"罗队,你来啦。"被唤作罗队的人略一点头,脚下却不停。他径直走到警戒线的外沿,开始观察圈子里的那条死狗。

可怜的金毛犬直挺挺地躺着,嘴角流出的鲜血已经开始干了。

"摔死的?"那人给出判断,同时抬头看向面前那座高耸的楼宇。

黄所长凑过来解释说:"从702现场摔下来的。"

中年人点点头——难怪要把这条死狗圈起来。"你们做得很好。"他赞了一句,然后又问,"死者的身份搞清楚了吧?"

黄所长简要答道:"赵丽丽,女性,二十一周岁,本地户籍。"

中年人斟酌了一会儿,转头吩咐跟着自己的那个小伙子:"小刘,你就别上去了。先把死者的社会关系摸清楚,尽快向我汇报。"

小伙子道了声:"明白。"

中年人又冲黄所长打了个招呼："这事得麻烦你协助一下。"他的表情一直很严肃，但说话时的语气倒是客客气气的。

黄所长爽快地应道："都是分内的事！"

中年人不再停留，径直往楼上702而去。王靖目送着此人的背影，小声问道："这位罗队，难道就是……"

"刑警队长罗飞！"黄所长抢着给出了答案，然后他又指指身旁那个姓刘的小伙子，"这是罗队的助手，刘东平。"

王靖连忙上前一步和小刘握手，满怀羡慕地说了声："幸会！"

"精神着点！"黄所长在王靖肩头拍了拍，勉励道，"你今天可是和龙州警界的传奇人物共事！"

王靖挺起腰板，身形似乎陡然间高了三分。的确，能和刑警队长罗飞一同探案，这几乎是龙州所有年轻警察的梦想。现在哪怕是守着一条死狗，也让王靖感到了从未有过的激动和光荣。

罗飞独自一人坐电梯来到了七楼，戴上帽子、手套、鞋套之后，他走进了屋内。刑侦队的同事们有的在拍照，有的在搜寻痕迹线索，大家各忙一摊，有条不紊。见到罗飞进来了，一个队员冲着卫生间方向努努嘴，示意那里才是案发的核心现场。

罗飞来到卫生间，却见里面有一人正蹲在地上埋头研究着什么。那人头也不抬地招呼道："你来啦？"

罗飞"呵"的一笑："你对我的脚步声挺熟悉啊。"

蹲着的那人正是法医张雨，和罗飞是多年的老搭档了。他们俩见面已不再需要什么客套的寒暄了。

"你来晚了。"张雨漫不经心地抱怨了一句，他的注意力仍集中在自己所钻研的那堆事物。

"正在东郊暗访呢，"罗飞解释道，"一个盗窃团伙，盯了个把礼拜了。"

"别的事都放下吧，眼前这案子够你折腾的！"张雨抬起一只手往里面指了指，"先去看看尸体。"

罗飞侧着身体绕开挡在半路上的法医，往卫生间深处走去。房间最里面贴墙砌了一个浴缸，缸里放满了水，一名赤裸的女子正静静地躺在浴缸的底部。

明知那女子已经是一名死者，但罗飞产生的第一感觉居然是一个字：美。

一个美得几乎没有瑕疵的女人。精致的五官，玲珑的身段，粉白透红的肌肤，一切都如此完美。那充满诱惑的身体曲线在水中一览无余，湿漉漉的长发则如丝絮般飘散，带来一种如梦如幻的意境。更令人诧异的是，女人的嘴角竟似凝结着一丝满足的笑意。若不是她的整个脑袋都没在了水面之下，罗飞真要怀疑此人并未死去，而是在享受着惬意的睡眠。

罗飞从警十多年了，还是第一次看到这般栩栩如生的女尸。

或许是死亡时间不长，所以生命的印迹尚未消散？罗飞注意到浴缸尾部的放水龙头被掰在偏向热水的一边。他忽然间有了一个主意，于是便摘了右手的手套，将手掌向着浴缸探去。

"你干什么？"张雨用余光瞥到了罗飞的动作，立刻喝问了一声。

罗飞被吓了一跳，手掌停在了半空。"我试试水温，"他解释说，"比较一下浴缸里的水和放水龙头里的出水，从水温的差值或许能估算出案发的大致时间。"

张雨严肃地说道："那水不能碰。"

罗飞有些不解："为什么？"

"你没闻到什么味道吗？"

"是有种呛人的味道，好像以前烧煤球的感觉。"罗飞也知道这事不太正常——在这种高档小区里有谁家会烧煤球？不过他一来就被浴缸里的女尸吸引住了，还没顾得上考虑这怪味的问题。

"你过来看看这玩意儿。"张雨冲罗飞招招手。在张雨面前的地板上放着一个怪异的装置，他一直在研究的也正是这个东西。

罗飞暂且放下那具动人的女尸，凑过来和张雨蹲在了一处。他细细打量着地板上的那个怪东西，深知此物必有玄机。

那是一套组装起来的玩意儿。最下面是一个直径约四十厘米的铁圈，铁圈上对称地焊了四个支脚，往地上一立便是个圆形的支架。一个硕大的圆形器皿正好可以架在这个铁圈上。那器皿的直径约有六十厘米，白色磨砂玻璃制成，底部像炒菜锅一样形成一个圆弧，顶部则是平平的，在中心处留有一个直径十来厘米的开口。

罗飞觉得这个玻璃器皿似曾相识，他想了想，向张雨求证道："这是个灯罩吧？"

"没错。"张雨早先就看出来了，"这就是个吸顶灯的灯罩。看得出来，做出这套装置的人喜欢从身边顺手取材。"

罗飞也认同张雨的推断，因为灯罩上方的构件更是生活中的常见之物——一个盛放饮用矿泉水的空水桶。

水桶被倒置过来，桶口正好插进了灯罩上方的开口。为了填补桶口和灯罩开口的尺寸差值，制作者在桶口上套了一个厚厚的橡胶圈，橡胶圈的外沿正好和灯罩的开口契合，这样水桶就可以稳稳地倒立在灯罩上方。值得注意的是，在橡胶圈的边缘处还打了一个直径两厘米的圆孔，一根硅胶软管从圆孔中插进去，和灯罩内部相通。这根软管有两三米长，另一端一路探进了浴缸里。

这样的设计让罗飞蓦然领悟："这是某种化学装置，我们闻到的呛人的气味就是从这里产生的吧？"

张雨点点头，然后指点罗飞细看："这个灯罩是用来存储液体试剂的，水桶则用来存放固体试剂。你看，桶口里还嵌着半截沙漏，这样水桶倒立之后，桶里的固体试剂就可以慢慢地漏到下方，和灯罩里的液体试剂发生化学反应，产生的气体再通过这根软管进入浴缸。这一整套就好像中学化学课上常见的气体发生装置，只不过这家伙要比课堂上的实验器具大了好多倍。"

听对方说到这里，罗飞当然要把细节问个明白："产生的气体到底是什么呢？"

张雨略略眯起眼睛："如果我的判断没错的话，灯罩里的液体是浓硫酸，水桶口残留的这些无色透明的粉末是亚硫酸钠。所以这是一个很普通的化学反应，高中生都学过的，用来制备二氧化硫。"

罗飞"嗯"了一声，他相信对方的判断没错。稍有生活经验的人都知道：煤球里的杂质在燃烧时会生成二氧化硫，那种呛人的气味正和卫生间里残存的气味一模一样。

现在横亘在罗飞面前的问题是：这套设备的制造者到底想要干什么？

罗飞起身重新走回到浴缸边。从装置里延伸出来的软管搭着浴缸的边缘探进去，直插水底。这说明装置中产生的二氧化硫气体大部分也溶在了浴缸中。罗飞心中一凛，转头冲张雨尴尬笑道："幸亏你及时阻止了我，要不然我就把手伸进去了！"

二氧化硫是极易溶于水的气体，而它入水后产生的化学反应也非常浅显。现在这满满一缸的已不再是自来水，而是颇具浓度的亚硫酸！

张雨这时也来到了浴缸边，他指着水底的女尸说道："你没看到死者浑身都是白里透红的？这可不是什么好事！这是皮肤被腐蚀后形成的效果！"

原来如此！罗飞心中泛起一丝寒意，他对自己的搭档建议道："是不是尽快把酸水放掉，以免尸体再受损害？"

张雨点头道："可以放啊，反正样品已经取过了，留着就是等你来看一眼的。"

罗飞拔起放水栓，浴缸里的酸水通过底部的排水口缓缓泄去。赵丽丽的尸体一点一点地脱离水面，最终完全暴露在空气中。

"初步的尸检能看出什么吗？"罗飞冲死者努努嘴问。

张雨早就有了一些判断，便说道："体表无机械性外伤，颈部无勒痕，初步判断非暴力致死；口鼻处未见蕈状泡沫（人体若在生前溺水，溺液会刺激呼吸道，导致黏液分泌量增大，同时人体呼吸运动加剧，使肺内的溺液、呼吸道黏膜分泌的黏液及空气互相混合搅拌形成口鼻部泡沫性液体。多为细小均匀的白色泡沫，因富含黏液而较为稳定，不易破灭，附着在口鼻孔及其周围。有时呈蘑菇状，称之为蕈状泡沫），所以也不是溺毙，应该是死后尸体才沉入浴缸。"

罗飞并不满足这样的结论，他关心的重点是："那死亡原因到底是什么?"

张雨斟酌着说道:"具体的原因暂时还不能确定,得做尸体解剖。不过要我估计的话,很大的可能性是死于急性二氧化硫中毒。"

"哦?"罗飞挑了挑眉头,期待更多的解释。

张雨转身指了指地板上的那堆装置:"这个装置的规模可不小,一旦反应进行起来,会产生大量的二氧化硫气体。这些气体未必能被浴缸里的这些水完全吸收,尤其是后期水中的亚硫酸浓度越来越高,水体的吸收能力也就越来越弱,这时就会有大量的二氧化硫从水里溢出来,对室内造成严重的污染。当空气中二氧化硫的浓度到达一定限值后,吸入者会出现急性中毒的症状,其危险性在于二氧化硫能强烈刺激人体的呼吸道,引起反射性声门痉挛,最终导致中毒者窒息而死。"

张雨的讲解可谓详尽,可罗飞听完却有了更多的困惑。他的目光停留在那堆装置上,皱眉问道:"这到底是怎么回事?我问句最基本的吧——自杀,还是他杀?"

张雨无奈地耸耸肩膀,看来他也给不出答案。

罗飞这时又想到了另外一个细节,便转了方向问道:"说说那只狗吧,你认为那是怎么回事?"

张雨回答说:"这事很明显,那狗被二氧化硫呛得受不了了,最后慌不择路,从阳台上跳了出去。"

罗飞把手往外一摊,说:"连狗都知道要往外跑,一个大活人就这么傻乎乎待着,活生生被呛死?"

"也许她中毒前就已经处于昏迷状态了,"张雨试图找到一个解释的角度,"比如说事先服用了某种药物,所以她没有逃跑的能力。"

罗飞沉吟了一会儿,问道:"报案人动过尸体吗?"

张雨摇头:"没有。当时屋里二氧化硫的浓度还很高,报案人看到死者在水底一动不动的,赶紧就跑出来了。"

罗飞道:"按照你刚才的猜测,如果凶手事先用药物导致死者昏迷,然后把死者放进盛满水的浴缸,才启动了这套装置的话,那问题来了:死者的身体应该怎么摆放?如果直接没入水底,那死者会先行溺毙。如果是坐姿，头部露出水面，那死者后来又为什么会沉入水底呢？"

张雨咧咧嘴："好吧，我的猜测行不通。要按你说的思路呢，那就只有一种可能，事发时死者的身体大部分没入水中，但她会有一个把头部伸出水面的主动行为。后来二氧化硫溢出，死者中毒身亡了，这时她的尸体才完全沉入了水底——如果是这样的话，凶杀就不太可能了，多半是自杀。"

"自杀？"罗飞看着张雨，"你觉得自杀的可能性大吗？"

面对罗飞的逼问，张雨有些无从招架的感觉，他苦笑道："如果是自杀，那就是我见到过的最离奇的自杀方式。在这缸水慢慢酸化的过程中，死者全身都会感受到剧烈的腐蚀性灼痛，谁能受得了这种煎熬？据我所知，几乎所有的自杀者都会寻找一种简单的、没有痛苦的死亡方式，像这种离奇的死法实在是违背常理。"

"那我们还是把思路回到凶杀上来吧。我们可以假设凶手对死者极度仇恨，所以要用这种残忍的方式来折磨她。这是符合逻辑的。可是——"罗飞的目光在卫生间里慢慢地扫了一圈，"怎么做到呢？没有暴力的痕迹，也没有使用药物，受害人怎么会乖乖地听他摆布？"

"你别问我了。"张雨彻底投降，抱怨道，"我的任务只是勘验尸体，最多给出一些现场分析。具体说探案找出真相，那可是你的工作。"

看着对方那副无奈的模样，罗飞歉意地笑了。他耸耸肩道："好吧，我等你的尸检报告。"说完这话他转身往卫生间外走去，他要到屋子里的其他地方看一看。

这是一套七十多平方米的两居室，大间是卧室，小间被改造成一个书房。装修的档次不错，室内的家具家电也多为进口名牌，可见主人对生活品质有着较高的要求。阳台很宽敞，一头放着台跑步机，另一头则搭了个精致的狗窝。

技术人员在客厅内提取到外来男子的脚印，罗飞判断这些脚印应该是某个快递员留下的。客厅地板上的那只泡沫箱是支持这种判断的有力证据：这只泡沫箱位于外来脚印的行进拐点，箱子里残留着一些纸团填充物，箱子四周也有不少散落的纸团。从主人的卫生习惯来看，她应该难以容忍这些垃圾的存在，据此可以猜测，女主人遇害应该就在箱子打开后不久，她甚至没有时间来打扫拆箱时产生的垃圾。

罗飞在屋中又转了一圈，寻找能适配这个箱子的物件。他最终将目标锁定为卫生间里的那套自制的化学装置。

铁架、灯罩、水桶，如果要同时放进那个泡沫箱里，大小可算正好。灯罩里盛放着浓硫酸，在搬运过程中万万不可摇晃倾倒，所以用很多报纸团来填塞箱中空隙，以保证内置物品的稳定和安全。

不远处的桌面上有一张快递底单，罗飞拿起那张单子与泡沫箱上残留的贴痕比对了一下，完全吻合。

罗飞专注地看着单子上填写的寄件人信息，正若有所思之际，忽觉有人走到了自己身边，抬头一看，原来是助手小刘。

先前罗飞曾指派小刘去查访死者的社会关系，此刻便径直询问："怎么样？"

小刘回答道："赵丽丽，今年二十一岁，祖籍就在本市。父母居住在康乐小区。赵丽丽没有固定工作，对外自称模特，经常接一些诸如平面广告之类的私活。此人社会交往比较杂，追求者众多。最近交的一个男朋友叫作姚舒瀚，不过在一周前刚刚分手。"

"姚舒瀚？"罗飞听到这个名字精神陡然一振，挥手道，"我们现在就去拜访这个家伙！"

小刘掉头就要走："我去查下这个人的联系方式。"

罗飞一把拉住小刘，然后他挥着手里的那张快递单说："不用查了，手机号码和住址，这上面都写着呢！"

03

小刘开车的时候,罗飞通过派出所的关系了解到姚舒瀚的个人信息。

姚舒瀚,今年二十四岁,本市户籍。其父姚国华曾任龙州市房管局副局长,后辞职经商,成立了一家地产开发公司。利用在职时建立的人脉,姚国华的生意做得风生水起,现在已是龙州最得势的本地开发商。姚舒瀚大学毕业后在父亲的公司里挂了个职,领着高薪却不问事,日常生活以吃喝玩乐为主,龙州的高档酒吧和夜场是他每天流连忘返之地。

姚舒瀚的户口仍然和父母挂在一起,但那个快递单上留下的地址才是他个人的实际住处。

罗飞二人按照地址找到了揽月豪庭4号楼1501室。他们按了半天门铃,姗姗来迟的主人才打开了屋门。站在门后的是一个瘦高的小伙子,他穿着睡衣,眼神中还带着些迷离,看似刚刚从午睡中醒来。

小刘客气地问了句:"你是姚舒瀚?"

对方"嗯"了一声,懒洋洋地看着门外这两个不速之客。

小刘说明来意:"我们是刑警队的,有些事情要向你了解一下。"

姚舒瀚眼皮一翻,嘴唇动了动,虽然声音不大,但分明能听出是句脏话。

小刘脸一沉,有点按捺不住脾气。罗飞适时上前,抬臂把小刘往后稍稍一拦,随后单刀直入地对姚舒瀚说道:"赵丽丽死了。"

"啊?她死了?"姚舒瀚惊讶地张着嘴,片刻后他又显出更加强烈的抵触情绪,把手一摊反问道,"这和我有什么关系?"

"既然没关系,"罗飞盯着对方的眼睛,"那说清楚了不是更好?"

姚舒瀚一边和罗飞对视,一边在心中估量着事态的轻重。最终他还是作了让步,把脑袋一扭道:"好吧,那就进来聊聊。"

罗飞二人跟着姚舒瀚来到屋内。主人往客厅居中的沙发上一坐，随手拿起茶几上的香烟问罗飞："来一根？"

罗飞摇手道："不用。"他和小刘一人一边，占据了组合沙发的两个侧座。

姚舒瀚给自己点了根烟，然后吐出烟圈说道："要问什么就快说吧。我很忙的，最多给你们半个小时。"

一个二十来岁的小伙子，言谈举止间却处处流露着高人一等的傲气。

或许他确实有骄傲的资本：出生大富之家，长得又高又帅，只凭这两点就足以将万千竞争的同类远远抛在身后了。

可这又怎么样？小刘在心中愤愤不平，不就是有个好爹、生了副好皮囊吗？

罗飞倒不计较姚舒瀚的态度。事实上在查访探案的过程中，比对方态度更加过分的也大有人在。如果你自己的情绪因此受到干扰，那只能说明你是个不合格的刑警。一名调查者应该时刻牢记来到此处的目的：不是为了享受对方的敬畏或者尊重，而是为了获取对方心中的秘密。所以务必保持最平和的心态，冷静旁观，捕捉每一个细节，作出最精准的判断。

罗飞抛出了第一个问题："你最后一次和赵丽丽联系是在什么时候？"

姚舒瀚没有过多考虑就答道："大概一个星期之前。"

"一个星期之前——就是你和她分手的时候？"

"没错，我们分手之后就再也没有联系过。"

"那你们为什么会分手？"

姚舒瀚回答得非常简单："厌倦了。"

罗飞追问："谁厌倦了？"

姚舒瀚笑了，用一种炫耀般的口吻说道："当然是我啊。"

罗飞把对方的态度作了引申："也就是说，是你抛弃了赵丽丽？"

"抛弃？"姚舒瀚并不认可这种说法，"这话就说大了。没什么抛弃不抛弃的,我们又不是谈感情。"

"你们不是男女朋友吗?怎么叫不谈感情?"

"警官,你是真不懂假不懂啊?"姚舒瀚潇洒地弹了一下烟灰,说道,"我图她的色,她图我的钱,我们各取所需。这事多简单啊,跟感情有什么关系?"

"哦。"罗飞瞥了对方一眼,"这么说你们不是在谈恋爱,而是一种包养的关系?"

"包养这事太低级了吧?"姚舒瀚不屑地摇摇头,他抽了一口烟,又道,"这么说吧,我们就是在一起玩了一年,这一年所有的开销都是我来,她那套房子也是我给买的。"

罗飞已经没兴趣对这个问题再进行深入的探讨,他只想抓住最关键的地方:"不管怎么样,赵丽丽并不愿意和你分手,对吗?"

"她当然不愿意,"姚舒瀚咧着嘴道,"你要知道,男人对女人的容貌很容易厌倦,女人对男人的钱可永远都不会厌倦。"

罗飞看着姚舒瀚:"我倒觉得赵丽丽这个女人应该很难让男人感到厌倦吧?"

姚舒瀚眯起眼睛反问:"你是说她长得漂亮?"

罗飞点点头。只有瞎了眼的男人才会否认这个事实。

姚舒瀚也没有否认:"没错,她确实很漂亮,身材也火辣。"他把剩了一半的香烟掐灭在烟灰缸里,又道,"可男人对女人就是这么回事,吃不到嘴的天天想,真吃到了很快又觉得没意思了。你就想想嘛,鲍鱼龙虾好不好吃?可如果顿顿都让你吃,你是不是也觉得腻啊?"

罗飞淡淡地"哦"了一声,不置可否。

姚舒瀚倒越说越来劲了,他往前凑着身体,像是要对罗飞展开追击似的:"这个世界上漂亮女人太多了。你觉得赵丽丽漂亮?只是因为你没有见过更漂亮的!再说了,赵丽丽的脸蛋和身材又不是什么真材实料。"

最后那句话引起了罗飞的兴趣,他立刻反问:"你什么意思?"

"她整过容,鼻子隆过,双眼皮是割出来的,胸部也是靠硅胶垫起来的。"姚舒瀚直言不讳,"自从见到她整容前的照片之后,我对这个女人就没了兴趣。"

原来赵丽丽是个人造美女!罗飞微微皱起眉头,他决定更深一步去刺探姚舒瀚的情绪:"你知道了赵丽丽整容前的面貌,所以就对她产生了厌恶,对吗?"

姚舒瀚没有立刻回答,他从茶几上摸出第二根香烟,慢悠悠地点火、嘬吸,直到吐出一口烟圈之后,他才又开口说道:"警官,我知道你的潜台词。咱们可以直接点,别兜圈子。你认为我感觉受骗了,所以恼羞成怒,害死了赵丽丽?"

对方既然主动把话挑明了,罗飞也不忌惮正面迎击,他沉稳地回复道:"这只是猜测,代表着某种可能性。我们警方办案,最重要的还是要看证据。"

"我知道你的逻辑。"姚舒瀚翻眼皮看着天花板,自顾自说道,"就好比你买了一辆豪华汽车,号称是全进口顶级配置,结果发现却是一辆国内组装的山寨货。你生不生气?把车砸了都不够,恨不得要把卖车的4S店也砸了!你觉得我就是这么恨赵丽丽的,对吧?"

罗飞看着对方不说话。

"可你的逻辑是有问题的。"姚舒瀚用夹着香烟的手指冲罗飞点了点,又道,"我们再举一个例子吧。你在街边摊买了半个西瓜,红瓤薄皮,看起来熟透了。回到家一尝,根本不甜——原来打过催熟针。你怎么办?气得把西瓜砸个稀烂,然后再去找摊主算账?至于吗?"

这次罗飞开口说道:"不至于。"

姚舒瀚翻过手来一摊:"这就对了。你以为赵丽丽在我眼里是一辆豪车?我告诉你,她只是半个西瓜!我跟她分手,连回头看一眼都犯不着。我会去杀她?简直太可笑了!"

罗飞凝起目光,他意识到自己需要换一种角度来审视面前的这个公子哥。并不是因为那些令人愤慨的是非观,真正令罗飞意外的,是对方言辞中透出的逻辑和锋芒。

那些看似荒唐无理的论调,其中却包含着严密的、无法攻破的逻辑。凭借着这些逻辑，姚舒瀚一点一点地撇清了自己身上的杀人嫌疑。同时在对话的过程中，姚舒瀚一直在进行自我炫耀——也许这并不仅仅是炫耀，而是有意识地要抢占心理上的优势地位。

如果还以为这家伙只是个浪荡好色的纨绔子弟，恐怕很快就要吃到苦头了！

罗飞决定使出些手段，转守为攻。他盯着姚舒瀚的眼睛看了一会儿，忽然问道："你怎么知道赵丽丽被人杀了？"

姚舒瀚露出莫名其妙的表情："不是你们说的吗？赵丽丽死了。"

"我只说赵丽丽死了，并没有说她是怎么死的。正常人听到这个消息，首先想到的应该是遭遇了什么意外吧？可你根本就没有细问，直接就辩解自己没有杀人，这种反应是不是太敏感了？"

面对罗飞的攻势，姚舒瀚并不慌乱，他反问道："如果只是意外，比如说车祸什么的，怎么会惊动你们刑警队呢？既然你们来找我了，说明她的死肯定有点问题。"

"那也不能排除自杀吧？"罗飞步步紧逼，"自杀的话，因为你刚刚和赵丽丽分手，我们也要来找你了解情况的。你为什么最先想到凶杀的思路呢？"

姚舒瀚咧开嘴笑了："你们根本不了解赵丽丽，这个女人怎么可能会自杀？"

"哦？"罗飞问道，"为什么不会？"

"在这个世界上，赵丽丽最爱的人只有自己，这种人怎么可能自杀？再说她很了解男人，知道男人对女人都是一样，一开始浓情蜜意，后来就越来越淡。没准她也乐得换一个男人呢，以她的条件，换一个又不难的，还能更宠她。所以她怎么会为我自杀？我在她心里可没那么重。说句难听的话吧，我甚至都不如她养的那条狗。"

姚舒瀚最后那句话令罗飞有些意外，一个如此自傲的男人怎么会说出"不如狗"之类的话语？他禁不住要多问一句："你是指那条金毛？"

姚舒瀚点点头："她爱狗，因为狗是完全忠于她的。事实上她把狗当成了自己生命的一部分，爱狗就等于爱自己。"

爱狗就等于爱自己？这种说法罗飞还是第一次听到，细想起来，倒也没什么大毛病。

在和对方的言辞暗战中，罗飞一直未能扭转颓势，看来必须使出最后的杀招了。于是他郑重其事地问道："这两天你给赵丽丽寄过一个箱子吧？"

"什么箱子？"姚舒瀚一脸茫然，好像真不知道似的。

"一个泡沫箱子，里面装了些奇怪的东西。根据警方的现场勘查，正是这些东西要了赵丽丽的命！"罗飞的目光和语气一样凝重。同时他将身体前倾，保持着一种压迫式的姿态。

如果这是一场高手对决，罗飞现在已经亮出了自己的底牌。可姚舒瀚却满不在乎地咧了咧嘴，只道："我听不懂你在说什么。"

罗飞面沉似水，他从随身携带的文件夹里取出一个证物袋，袋子里封着一张纸片。

"这是我们在案发现场提取到的快递底单，寄件人一栏签着你的名字，并且留有你的电话和地址。"罗飞将证物袋按在茶几上，慢慢向姚舒瀚那边推了过去。

姚舒瀚微微皱起眉头，他将那个证物袋接过来，凑到眼前端详。

正如罗飞所说，袋子里封着张快递底单，寄件人签着"姚舒瀚"三个字，电话和地址也没错。可姚舒瀚只看了一眼便连连摇头："这纯属栽赃陷害！我没有寄过这个快递，这上面的字也不是我写的。"

罗飞早已料到对方会这般推脱，便用警告的口吻提醒道："笔迹是可以鉴定的。"

"鉴定啊，没问题。"姚舒瀚主动伸出手，"给我拿纸拿笔。"

罗飞冲小刘使了个眼色，小刘拿出纸笔递给姚舒瀚。

姚舒瀚利利索索地在纸上写下了自己的大名，把笔一扔说道："拿着鉴定去吧。"

罗飞拿起姚舒瀚签下的名字看了看，顿感失望。

姚舒瀚大功告成般地拍了拍手，说："行了，半个小时也差不多了。二位请回吧，我还有约会呢。"

罗飞把签名纸收进自己的文件夹，同时不动声色地说道："看来你已经有了新的女友。"

"那当然了，我的生命里一天也离不开女人。"姚舒瀚率先站起身来，居高临下，得意洋洋，"你们知道吗？性欲旺盛是雄性动物最基本的竞争优势，这有助于优秀的基因在种群中传播。可惜啊，现代人类文明竟试图抑制这种自然选择的机制。说起来，我也是个为了种群利益而奋战的斗士呢！"

小刘实在忍不住了，站起身驳斥道："简直就是无耻的谬论！"

姚舒瀚倒不生气，他耸耸肩膀说："我们是两个世界的人，不必互相理解。我要去准备准备，晚上和新女友共度良宵。请你们继续追查赵丽丽的死因吧——对了，如果查到了真相，麻烦也告知我一声。"

罗飞"嘿"地冷笑，起身问道："有这个必要吗？我看你对赵丽丽的死根本一点都不关心。"要知道，作为相处一年的前男友，这家伙甚至都没有问一句赵丽丽的确切死状。

"我确实不关心啊。"姚舒瀚咧嘴一笑，"我只是想知道到底是哪个王八蛋在陷害我！行了，就这样。"说完这话后他也不送客，转身径直走进了卧室，再不回头。

小刘跟着罗飞在外查案多年，还从来没见过这么嚣张跋扈的人。他跃跃欲试地还想追上去理论，可是罗飞却在一旁使了个眼色说："走吧。"小刘只好先咽了这口气，跟着罗飞离开了姚舒瀚的住所。

04

"这笔迹好像真不是一个人的。"在电梯里小刘比对着"姚舒瀚"的那两个签名，抓着脑门说道。

"确实不是一个人的。"罗飞肯定了小刘的判断。在笔迹鉴定方面他算不上是专家，但两种截然不同的笔迹还是能一眼分辨出来的。

"笔迹不一样也不能证明他的清白。他在寄快递的时候找个人代填一下单子又不难！"小刘说这话时带着一种愤愤然的语气，显然他还在受刚才情绪的影响。

罗飞则要冷静许多："如果姚舒瀚真想掩饰什么，又何必找人代填单子？直接留个假名不就行了？"

"也是啊，快递员又不会去核实寄件者的身份。"小刘琢磨过来了，"这么说的话，难道真是有人要陷害这个姓姚的？"

"得找到快递员了解一下情况。"罗飞从小刘手中接过那张快递单，拿手机对着单子上的客服电话开始拨号。这时电梯也来到了底层，罗飞便吩咐小刘："你把车开过来吧。"

等小刘把车开回楼门口的时候，罗飞刚刚挂断了电话，他拉开车门，一猫腰钻进了副驾驶的位置。

小刘见罗飞的神色不太乐观，便问了句："怎么样？"他觉得要凭快递单号找到相应的快递员应该不难，就怕那家伙已经记不清寄件者的详细情况了。

可罗飞给出的回答却出人意料："快递公司的信息库里查不到这个单号。"

"啊？"小刘一愣，"怎么会呢？"

"说明这张快递单是假的。"罗飞顿了顿，又补充道，"送货的快递员，也是假的！"

小刘恍然大悟："有人假冒姚舒瀚的名义，给赵丽丽送了个假冒的快递！"

罗飞把手一挥道："回馨月湾，查监控！"

既然是假冒的快递，那这个送货的"快递员"就变得非常可疑。馨月湾是新建的小区，单元入口处装有实时监控系统，通过监控录像查找这个"快递员"便成了警方下一步的工作重点。无需罗飞再催促，小刘一脚踩下了油门。汽车低鸣一声，以最快的速度向着馨月湾赶去。

二十分钟后抵达馨月湾。罗飞立刻对安保中心的监控录像展开筛查。

监控系统每隔三十分钟会自动生成一段视频文件，全都保存在硬盘中。而物业张经理报案的时间是下午四点四十六分。罗飞便以这个时间为节点,从后往前一段一段地进行排查。为了加快进度,他招呼了几个保安,每人分配了一段视频,齐头并进。这方法非常有效,没过一会儿就有保安在视频中找到了罗飞期待的画面。

下午三点二十一分,一名男子骑着电动车进入了单元门口的视频拍摄区域。男子把电动车停好后,从前踏板上抱起了一只泡沫箱子。罗飞一眼认出,这箱子正是在案发现场出现的那个!

男子未作停留,抱起箱子直接走进了单元。由于单元内并未安装监控,所以男子此后的行为便无从掌握。直到下午三点四十五分男子从单元内走出,这时他两手空空,那只泡沫箱子已不见踪影。他骑上电动车旋即离去。

视频资料给出了男子大致的体貌特征:中等身高,偏胖,上身穿一件红色T恤,下身穿一条牛仔长裤,戴着一顶棒球帽,另外还背着一个硕大的黑色双肩背包。

这副装扮确实很像是一名快递员工,所以此人进出小区时并未引起保安的特别关注。他戴的棒球帽有着很大的帽檐,而且压得低低的,不管是监控录像还是沿途目击者均无法描述他的面部特征。

一名刻意遮挡住脸部的男子冒用他人名义送来一只箱子,箱子里的怪异装置随即导致了赵丽丽的死亡。案子排查到这个地步,该男子无疑就是最大的嫌疑人!在其他信息不足的情况下,要想追查此人的下落,最简单也最繁琐的方法就是通过监控录像展开轨迹跟踪。

男子离开单元门前监控区域的时间是下午三点四十五分,可以推断他大约会在两分钟之后经过小区大门。所以只要排查下午三点四十七分左右拍摄于小区门口的监控,就能再次锁定该男子的身影。

果然,罗飞很快就找到了男子骑电动车驶离馨月湾小区的视频。此人出了小区东门后往右一拐,驶上了南北方向秋雨路。

接着再排查秋雨路前方路口的监控,便可确定男子下一步的行进方向。依此类推,一步步追踪下去,直到找到男子最后的落脚点所在。

说这种方法最简单,是因为类似的追踪并不需要什么技术含量;而且这男子的装扮特征非常明显，很容易在监控视频中发现他的形迹。说这种方法最繁琐，则是因为这种排查需要耗费大量的时间，并且具有一定的不确定性。如果在预期中的下一个监控点没有等到目标出现，可能是出于以下几种情况：

第一，目标已经到达其行进的终点。这是最理想的情况，说明目标的落脚点就在前后两个监控点之间。这时便可派出警员在相关区域展开走访调查，如果能锁定这个落脚点，要想找到此人也就易如反掌了。

第二，目标只是在中途有所停留——比如进了沿途的某个饭店吃了顿饭。这种情况亦可通过走访得知。这时就要根据此人停留的时间重新估算此人到达下一个监控点的时刻，从而继续通过监控展开追踪。

第三，目标在途中拐进了一条没有监控的小路——由于此人骑的电动车灵活轻便，这种走小路的情况极有可能发生。这将给警方的追踪带来巨大的麻烦。因为两个监控之间的小路往往不止一条，穿过小路之后又面临不止一个出口，要想继续追踪的话，就要对所有可能方向上的监控展开排查，工作量会呈几何级数上升。

第四，目标具有反侦查能力，在两个监控之间实施了换装，导致警方无法将他从录像中辨认出来。这是最不利的情况：警方投入了大量的人力时间进行走访排查，可目标早已金蝉脱壳，所有的工作注定是竹篮打水一场空。

尽管有如此种种的缺陷，但在目标明确的情况下还是值得花时间试一试的。这种按部就班的工作无须占用警队中的精英人力，其效率只和投入的人手成正比。

罗飞联络了附近的几个派出所，抽调出一些熟悉街道状况的片儿警和协警展开此项工作。他自己则带着小刘去追踪另一条颇具价值的线索：赵丽丽的手机在下午四点零七分的时候曾主叫拨出了一个电话，通话时间不长，大概一分钟左右。由于这个时间点正介于可疑男子送来"快递"和赵丽丽死亡之间，这便引起了罗飞足够的重视。

罗飞打通了这个号码，接电话的是个年轻女人，她自称张蓝月，是赵丽丽的闺蜜。她的居住地正好离馨月湾不远，罗飞决定专程拜访一趟。

05

张蓝月独居在一套单身公寓内,因为提前知晓有人到访,她特意做了些装扮,以一种靓丽的姿态迎接客人的到来。在门口验证了罗飞二人的身份之后,她微微侧身邀请道:"两位警官,请进屋坐吧。"

从相貌上来说,张蓝月无疑也是个美女,只是她的五官身材并不像赵丽丽那样完美到了极致。不过罗飞已经知道赵丽丽是个人造美女,他对张蓝月反倒产生了一种更加真实的好感。

主客三人在客厅各自落座。一只贵宾犬在张蓝月脚下摇着尾巴,女孩把小家伙抱起来,搂在怀中轻轻抚摸。

"赵丽丽死了。"虽然通电话的时候已经说过了,但罗飞还是用这件事作为开场白。

张蓝月"嗯"了一声,眉宇间凝起一丝愁容。她用下颌紧贴着怀中的那只贵宾犬,好像要和对方相依为命似的。片刻后她抬头来问了句:"怎么死的?"

"具体的原因还在调查,"罗飞顿了一顿,然后切入主题,"赵丽丽下午给你打过电话,那是她生前打出的最后一个电话,我想知道你们通话的具体内容。"

张蓝月回答说:"她就是约我晚上一起去酒吧。"

"就是这个?没说些别的?"

"没有。"

"你怎么回复她的?"

"我没有答应她,因为我晚上……另有约会。"

"另有约会?"罗飞猜测道,"是和一个男人?"

张蓝月点点头,因为是和男人之间的私会,所以即便是要好的闺蜜也不方便带上。

罗飞继续问道:"那赵丽丽又是怎么说的?"

张蓝月："她就挂了电话，没说什么了。"

"就这么简单？"罗飞有些不相信似的。

"是啊。我想她可能会约其他朋友，或者自己一个人去吧。"张蓝月抿了会儿嘴唇，又再次问道，"她怎么会死了呢？"

罗飞也在思考着同一个问题。

赵丽丽和张蓝月通电话是在下午四点零七分。嫌疑男子下午三点二十一分进入单元，下午三点四十五分离开。下午四点四十六分物业张经理发现赵丽丽死亡。也就是说赵丽丽和张蓝月通电话就发生在前者临死前的独处时间段。不管嫌疑男子用什么方法导致了赵丽丽的死亡，他作案的过程此刻应该已经完成了。然而赵丽丽在打电话的时候为什么没显出异常呢？一个要约闺蜜去泡吧的女人，怎会在半个多小时后离奇死在自家的浴缸中？

根据监控记录，自下午三点四十五分嫌疑男子离开，再无可疑人员进入过相关单元。难道说早有同案躲藏在单元内部，在后来的半个多小时内有所动作？可案发后警方已对整个单元的住家进行过走访，并未发现可疑的状况。

还有一种可能性虽然也难以自洽，但罗飞还是要探询一下。

"你觉得赵丽丽有没有可能自杀？"

"自杀？"张蓝月立刻抬起头，她的眼睛瞪得很大，用一种完全意外的声调反问，"这怎么可能？"

"为什么不可能？赵丽丽不是刚刚失恋吗？也许她约你去酒吧就是想发泄一下呢？结果你又拒绝了她……"

"失恋在她眼中根本不算什么，她怎么会因为这事自杀？"这种说法倒是和姚舒瀚的观点一致，随后张蓝月又道，"再说了，她给我打电话的时候心情非常好。"

"哦？你能听出来？"

"当然了。她那种说话的语气，一听就是很兴奋的感觉。我当时想，她要不就是买了新衣服，要不就是置办了漂亮的首饰，迫不及待想在我面前炫耀呢。"

罗飞从张蓝月的语气中嗅到了一丝淡淡的醋意,他便故意追问:"她这个人很爱炫耀吗?"

"没错。"张蓝月毫不犹豫地答道,"她是一个非常自恋,又非常骄傲的女人。为了更好地装扮自己,她不惜一切代价。新包、新衣服、新首饰换个不停,甚至一次又一次地整容。"

"那你觉得你和她比起来怎么样?"罗飞引导着话题的方向,"我是说容貌方面,你们俩都是美女呢。"

"她可能比我更漂亮吧,但我比她真实。"张蓝月停顿了片刻,又道,"而且我有一个优势,是她永远都比不了的。"

"哦?是什么?"

张蓝月道:"我的皮肤比她好。"

罗飞特意多看了女孩两眼。确实,张蓝月的皮肤细腻白皙,柔嫩得仿佛能掐出水来,算是无可挑剔。

张蓝月看出罗飞眼中的赞赏之色,自鸣得意的同时话也多了起来:"赵丽丽的皮肤偏黑,这是后天弥补不了的。用化妆品虽然可以把脸上搽得很白,但身上还是掩盖不了。"说到最后,张蓝月的嘴角往上挑了挑,竟掩饰不住一丝笑意。

罗飞凝起思绪,脑子里不知在想些什么,片刻后他话锋一转,忽然问道:"你不是说晚上有约的吗?这都快八点了,还不去?"

张蓝月一愣,随后解释道:"哦,我在等他来接我。"

"那他快要失约了啊。不打个电话催一催吗?"罗飞冲着茶几努了努嘴。女孩那部最新款的手机就放在不远处。

"一会儿再打吧。"张蓝月有些尴尬地笑了笑,说,"等你们走了之后。"

"现在就打吧,不用管我们。"罗飞用建议的口吻说道,"对男人就得催得紧一点,要不然他就不把你当回事。"

张蓝月看着罗飞,她似乎意识到了什么:"罗警官,你是不是怀疑我在撒谎?"

"这倒没有。不过……"罗飞坚持道,"我还是建议你尽快打个电话催一催。"

虽然心中并不乐意,但为了避免被警方怀疑的麻烦,张蓝月还是拿起了面前的手机。她按下了一串号码,然后把听筒凑在耳边等待。半分钟之后,她耸耸肩膀,挂了手机说道:"没人接听呢,可能正在路上开车吧。"

罗飞的目的已经达到,便起身告辞:"那暂时就这样吧,如果你又想起什么了,可以随时和我们联系。"说话间他冲小刘使了个眼色,后者会意,掏出一张名片留在了茶几上。

罗飞招呼了一声:"走吧。"张蓝月也站起来为两位警官送行,那只贵宾犬始终依偎在她的怀里,两只眼睛骨碌碌地转动着,显得机灵无比。

走出楼门之后,小刘主动问罗飞:"罗队,要不要查一查这个女人的手机通话记录?"

罗飞反问:"干什么?"

"我怀疑她在撒谎啊。也许她最后只是故作姿态地拨了个空号呢?"

罗飞却摆摆手说:"不用麻烦了。她没有撒谎,而且我已经知道她那个电话是拨给谁的。"

"啊?"小刘连忙追问,"拨给谁了?"

"姚舒瀚。"

"姚舒瀚?"小刘露出惊讶的神色,"你怎么知道的?"

"看出来的。我之前特别留了她那款手机的拨号盘。在她后来拨号的时候,只要留意观察指尖触碰的方位,就可以读出她所拨的电话号码。"

"这样啊……"小刘恍然赞道,"罗队,你的观察力真是绝了。你一再让张蓝月拨电话,是不是早就怀疑她和姚舒瀚有勾搭?"

"没错。你没感觉到吗?张蓝月对赵丽丽的态度很复杂,有妒忌,又夹着点得意。这种情绪很像是一个在争风吃醋的战争中刚刚赢得胜利的女人。尤其张蓝月最后提到皮肤的时候,她说赵丽丽身体上的肤色无法掩饰,那种暗自得意的感觉,就像是有人已经对她们的皮肤进行过评判似的……嘿嘿,你想想看,这个人可能是谁?"

小刘一拍脑门给出了答案:"她们共同的男人!"

罗飞微微一笑:"从那时开始,我就猜到和张蓝月约会的男人没准就是姚舒瀚。所以我坚持让她拨个电话,就是要印证一下自己的想法。"

小刘想了想,又说:"那也巧了啊,她是直接拨号的。如果她翻找通讯录你就看不出号码了吧?"

"这也没什么巧的。"罗飞说道,"其实我提前就猜到张蓝月不会把姚舒瀚的号码存进通讯录里。"

小刘"哦"了一声:"她害怕被赵丽丽看见后起疑心?"

罗飞点着头详细解释:"张蓝月和姚舒瀚有染,这事肯定是瞒着赵丽丽的。设想一下,如果闺蜜两人正在一起的时候,忽然张蓝月的手机响了,屏幕上出现大大的来电显示:姚舒瀚。这不就尴尬了吗?你说这电话接还是不接?接的话没法应付,不接更显得心中有鬼。所以最好的方法就是不存通讯录,这样姚舒瀚的来电只会显示一串数字,就算被赵丽丽看到了也没关系。"

"没错。赵丽丽肯定想不到这电话是姚舒瀚打来的。所以张蓝月只要借口说'不认识的来电,不接了'就可以轻松应付过去了。"说到这里小刘思维一转,猜测道,"既然张蓝月真的和姚舒瀚有奸情,那会不会是她找人谋害了赵丽丽?"

罗飞摇头道:"何必呢?她已经是胜利者了。"

"胜利者?未必吧。你看她说姚舒瀚今晚要约她的,结果现在又不接电话了。也许这三人间的关系另有玄妙呢?比如说赵丽丽知道张蓝月和姚舒瀚有染,于是使了什么坏招,让姚舒瀚对张蓝月也产生了厌恶。张蓝月因此对赵丽丽怀恨在心。"

"你还是不了解这些女人,她们对待感情没这么认真的。争风吃醋是女人的天性,这个没错,但是为了一个男人闹到你死我活的程度,绝对不会!"

"难道张蓝月也和赵丽丽一样吗?"

罗飞撇撇嘴评论道:"物以类聚,人以群分。就像姚舒瀚所说的,她们最爱的人只有自己。有一个细节你注意到了吗?"

"什么?"小刘看着罗飞,期待答案。

"那只贵宾犬,张蓝月始终把它抱在怀里。每当她的情绪有所波澜的时候,她都会对那只狗做出极为亲昵的动作。在她的心中,不管是赵丽丽还是姚舒瀚,地位都不如那只狗。"

小刘仔细回想刚刚的场景,确实诚如罗飞的描述。

狗是最忠诚的伙伴,永不背叛。爱狗就等于爱自己。

在她们的世界中,人不如狗。

第二章
强大的"精神力量"

01

离开张蓝月的住所之后罗飞和小刘回到了刑警队。他们在食堂简单吃了点晚饭，然后便到会议室听取技术人员的报告。

最重要的部分当然是法医张雨给出的尸检分析。

"就像我之前猜测的那样，死者的死因是急性二氧化硫中毒引起的窒息。此外死者周身无任何内外伤，阴道检测无遭受性侵迹象，胃中也没有检出有毒有害成分。"张雨一边说一边把一份详细的分析报告递到罗飞面前。

罗飞略略翻看了一下，很快发现了问题。他指着一张尸检照片问道："你说死者全身无内外伤，怎么这张照片的脚跟部位有明显的表皮脱落？"

"这是搬运尸体的时候不小心留下的。因为死者的皮肤已经被酸液腐蚀，所以稍稍一使劲，表皮就剥离了。"张雨解释了几句之后，又苦着脸抱怨道，"现在死者家属也抓住这事说话呢，非说这是凶手杀人时留下的暴力外伤。我之前告诉他们死者很可能是自杀的，但家属就认准了这处外伤，完全不接受自杀的说法。"

罗飞摊着手说："这麻烦是你惹下来的，你自己想办法应付吧。"

张雨冲罗飞咧咧嘴，一副"你可真不够意思"的表情。

"现场痕迹勘查有什么结果？"罗飞这时又转过头来，询问负责此项工作的技术科科长宇航。

宇航汇报道："在客厅地面上提取到一名男子的足印。足迹分析显示这名男子身高在一米七三左右，体重约八十公斤。另外在客厅餐桌以及泡沫箱上还提取到一名男子的新鲜指纹，经与警方指纹库比对之后，确信此人无犯罪前科。"

罗飞点点头。现场男子的身高体重正与监控中的嫌疑人图像相吻合。这名男子并无犯罪前科，这意味着警方又少了一条能确定此人身份的途径。

宇航继续说道："在卫生间里的那套化学装置上也提取到同一名男子的指纹。不过装置上更多的指纹则是来自于死者赵丽丽。而且那些指纹的分布特征显示：正是赵丽丽本人组装并且启动了这套反应装置。"

罗飞"哦"了一声，同时转头又看了看不远处的张雨，现在他明白了为什么要说"死者很可能是自杀的"。

可世上怎会有如此诡异而又痛苦的自杀方式？不要说死者的家属无法接受，罗飞也觉得匪夷所思。

想来想去，一切谜团还是集中在那个神秘男子身上。正是他送来这套装置，即便赵丽丽真的是自杀，恐怕也是出于这名男子的某种设计。

所以警方的工作重点仍然在于尽快找到这名男子。

外勤人员利用监控系统展开的追踪仍在继续，最新消息是已经找到了距离馨月湾五公里之遥的国庆路路口。然而这个路口往后却找不到目标的踪迹了。目前警方正在相关区域展开走访排查，具体什么情况还不得而知。

对于这种纯拼体力的工作着急也没有用。罗飞指派小刘到前线督战，自己则组织技术人员继续针对现场状况展开讨论和分析。众人集思广益，纷纷给出各种猜测，但始终无法形成真正的有效突破。时间过了夜里二十三点，罗飞觉得再这么耗下去意义不大，只能徒劳消耗大家的精力，于是便宣布散会。

张雨等人各自回家休息。罗飞是单身，他在办公室里置了张小床，只要有案子没破，就在这张小床上凑合着过夜。

躺下之后又想了会儿案情，迷迷糊糊正要睡着的时候，手机忽然响了，一看来电显示是小刘。罗飞立刻来了精神，接通电话开口就问："怎么样？"

"找到了。"小刘在电话那头急促地说道，"那家伙傍晚六点半左右出现在揽月豪庭，并且走进了姚舒瀚所在的楼房单元。"

"太好了！"罗飞激动地喊了一声。原来这个神秘男子还是和姚舒瀚有勾结！案子既然已经查到了这一步，还担心破不了吗？

可这次小刘却比罗飞要冷静。

"罗队，事情可能没你想的那么乐观。"小伙子完全没有突破后的兴奋感，反而带着某种深深的忧虑，"我已经往揽月豪庭那边赶了，你最好也尽快过来！"

罗飞察觉到助手的情绪有些不对劲，忙问："怎么了？"

小刘的回答让罗飞立刻明白了对方的忧虑所在："监控显示，那名男子给姚舒瀚也送去了一个箱子！"

神秘男子给赵丽丽送的箱子要了女孩的性命，现在又是一个箱子送到了姚舒瀚的手里。无论从哪个角度来看，这事都非常不妙。

难道姚舒瀚并非案件中的同谋，反倒又是一个受害者？

罗飞立即起身，他先是打电话通知了张雨，然后便驱车直奔揽月豪庭而去。

在路上罗飞数次拨打了姚舒瀚的手机，但始终无人接听。看来姚舒瀚对张蓝月并非有意失约，而是遭遇了某种变故。一想到这变故中隐藏的最坏可能，罗飞的心便深深地沉了下去。

终于赶到了姚舒瀚的住所，小刘已提前等在门口，他一见罗飞开口便道："按门铃没人理，电话也没人接，怎么办？"

罗飞毫不犹豫地说："让物业派人过来开锁。"

物业的技术人员很快赶到。这种普通的防盗门锁在他们眼中就是一碟小菜，找个开锁工具稍一折腾就打开了。

一进屋罗飞就知道坏了，因为空气中弥漫着一丝淡淡的血腥味。凭借着敏感的职业嗅觉，罗飞很快锁定了这股气味来自哪里——与入户门相对的那间大卧室。

罗飞来到卧室门口，首先映入眼帘的便是大床上两具纠缠在一块的人体。这两人全身赤裸，以交媾的姿势紧紧相拥着，一动不动，而大量的血液则从他们下体的连接处弥漫出来，浸透了雪白的床单。

罗飞愈发吃惊：难道一下子又多了两个受害者？

首先可以确定，两具人体中面朝下趴着的那名男子正是姚舒瀚。在他身下压着一人，那人长发飘逸，皮肤白皙，分明是个风姿绰约的美女。只见那美女睁大了双眼，嘴角带着丝娇媚的浅笑，这副表情实在与现场的死寂气氛格格不入。

罗飞抱着疑窦走近细看，终于破解了其中端倪：原来压在姚舒瀚身下的那个女子并非真人，而是一个以特殊材料制成的仿真娃娃。这个结果让他稍稍松了口气，受害者只不过是姚舒瀚一人而已。

眼前的半张床单已经被鲜血浸透，这个失血量足以致死。罗飞象征性地伸手指在姚舒瀚鼻下探了探，不出意料，气息全无。

跟在身后的小刘这时也看出床上那名"美女"别有玄机，他诧异地眨着眼睛问道："这……这是什么玩意儿？"

"如果我没猜错的话，"罗飞沉吟道，"这就是那个'快递员'给姚舒瀚送来的礼物。"

小刘赞同地"嗯"了一声。事态发展正如他们此前的忧虑：那个神秘男子送出的货物其实都是要置人于死地的催命符！

只是这个美貌动人的仿真娃娃又是如何要了姚舒瀚的性命呢？

带着这个疑问，小刘俯下身试图去寻找死者身上的出血口，不过姚舒瀚的尸体和娃娃紧紧搂抱在一起，只能看出血液是从下体处流出，具体的伤势却难以辨别。

小刘指着死者向罗飞请示："要不要分开来看看？"

罗飞摆手阻止:"先别动,等技术人员过来。"随后他又提议,"我们先到客厅里看看。"

小刘跟随罗飞退回到客厅,在他们眼前矗立着一只大箱子。最初进屋的时候罗飞就关注到这只箱子了,他判断这应该就是神秘男子用于送货的容器。此刻他特意向小刘求证道:"你在监控录像里见到的就是这只箱子吧?"

小刘点着头说:"根据监控显示,傍晚六点三十分嫌疑人骑电动车载着这只箱子来到楼下,随后他就把箱子抱进了楼道。大约二十分钟后他从楼里出来,箱子已经不见了。"

这样看来,嫌疑人送货的手法以及在楼内的停留时间都和前一起命案差不多。此时罗飞又想到了一处关节,便继续询问:"嫌疑人离开馨月湾的时候车上并没有这只箱子,这箱子是从什么时候出现的?"

小刘对这个问题早有准备:"这个箱子第一次出现是在渡江路路口的监控视频里。而之前从国庆路路口到渡江路路口之间不过两公里的距离,他却走了近一个小时。所以我怀疑他在附近应该有一个落脚点。具体情况还在继续排查。"

"很好。"罗飞赞了一声,"这是一条重要的线索,一定要抓住不放。"说话间他俯下身,捡起了被抛落在箱旁的泡沫盖子。

盖子上贴着一张快递底单,收件人一栏填着姚舒瀚的姓名和地址。而更让罗飞关注的则是寄件人一栏的信息。寄件人的署名叫李小刚,地址为龙州市东河路46号幸福新村5幢201室,此外还留有一个电话号码。

罗飞马上拿出手机拨打这个号码,听筒里却传来提示音:"对不起,您拨打的用户已关机。"

小刘也凑过来对着这张快递底单端详,他首先作出一个论断:"这笔迹和之前那张单子一模一样,看来也是嫌疑人自己填写的。"

罗飞的思维则比小刘要更进一步,他看着自己的助手问道:"监控追踪还在继续吧?"

小刘点点头:"不久前刚刚追踪到这个现场,现在应该又有了新的推进,要不要问下具体到哪儿了?"

"不用问了。让所有的追踪人员立刻赶到这个地址,对附近的监控进行排查。"罗飞用手指敲击着快递底单上的那行字——龙州市东河路46号幸福新村5幢201室。

小刘也意识到了什么:"你觉得那个家伙接下来会去找这个李小刚?"

"没错。"罗飞忧心忡忡地紧锁着眉头,"而且我非常担心,这人或许就是下一个受害目标。"

小刘此刻也领悟了罗飞的逻辑,他紧张地搓了搓手。

两张快递单都是伪造的,第一张单子上的寄件人正是第二起案件的受害者,那做个类比的话:第二张单子上的寄件人是否将成为第三起案件的受害者呢?

而且这个李小刚的手机已经无法接通,岂不正是这种悲观猜测的佐证?

"我这就通知追踪组。"小刘拿出手机准备联络相关人员,"首先去幸福新村现场查看,然后就地展开追踪。"

"不!不需要他们进入现场——"罗飞抬了一下手,他加重语气说道,"我们两个去。"

"我们去?"小刘略有些迟疑,"那这里怎么办呢?"

"这里先交给物业守着,张雨他们应该很快就到了。"罗飞说话间已迈开了脚步。小刘连忙按对方的嘱咐做好安排,然后便紧跟着罗飞下了楼。两人开一辆车,直奔下一个目标现场而去。

02

当罗飞和小刘抵达幸福新村5幢201室门口的时候，时间已经到了凌晨两点四十二分。

幸福新村是龙州市最早开发的一批住宅小区。这片老房子至少有二十年的历史了，楼道内的设施陈旧破败，不光楼灯不亮，连电铃也按不响。所以小刘只好握起拳头，在门板上"哐哐哐"地猛捶了一气。

令人欣喜的是，三两个回合捶下来，屋内居然很快有人应声了。

"谁呀？"问话的是个年轻男子。

小刘高声回答："警察。"

"有什么事？"听声音男子已经来到了门后，但他没有立刻开门，只隔着门继续询问。深更半夜的，这份警惕心确也情有可原。

小刘反问道："你是不是李小刚？"

屋内男子立刻回复说："李小刚出去了，还没回来。"

原来屋内人并不是李小刚，罗飞的心再次悬了起来，他焦急地说道："我们有非常重要的事情，请你先开一下门。我是龙州市刑警队队长罗飞。"

刑警队长的名头看来起了作用，屋门被打开了。一个二十来岁的小伙子站在门后，他身形瘦弱，穿着裤衩背心，脸上戴了副黑框眼镜，怯嫩的表情中夹着股未经世事的学生气。

罗飞开口便问："李小刚去哪了？"

"我也不知道啊。"小伙子畏畏缩缩地看着门口这两个深夜造访的警察。

"你叫什么名字？和李小刚是什么关系？"罗飞一边询问一边进了屋。他快速地观察了一下现场状况：这是一套老式的两居室，客厅狭小，两端各有一间卧室。两间卧室都开着门，左手那间灯光敞亮，右手那间却只是微微发出些荧光。

小伙子规规矩矩地回答对方的提问："我叫何慕，是李小刚的同学。"

"大学同学？"罗飞听出何慕不是本地口音，借此作出判断。

小伙子点头道："对。"

"你们合租的房子？这间是李小刚的卧室吧？"罗飞继续用提问的方式来了解情况，同时他走向了右手边的那间黑着灯的卧室。既然说李小刚出去了，那他的房间应该是没有开灯的。

小伙子又说了一声："对。"作为房屋主人，他下意识地紧跟在罗飞二人身后。

那卧室里确实没人，只有一台电脑显示器在黑暗中发出荧光。罗飞按下门边的电灯开关，日光灯跳动着亮起。卧室内陈设简单：一张床、一个衣柜、一套书桌椅。床上扔了条毛巾被，椅背上搭了两件脏衣服——很符合单身合租男性的凌乱风格。

从屋内的情形来看，似乎并没有什么异常的事件发生过。罗飞便转身继续向何慕询问："李小刚是什么时候出去的？"

"大概晚上七点半左右吧。"

罗飞和小刘对视了一眼。假冒快递的男子是昨晚六点五十左右离开了姚舒瀚的住处，四十分钟之后李小刚外出。这个时间间隔恰好与两个地点之间的电动车行程相吻合。

"你知不知道他出去干什么了？"

"他本来说下楼取个东西的，不知道为什么一直没回来。"

"什么东西？"

"不知道，应该是快递吧。"

果然是快递！不过罗飞有个疑问："快递不是应该送上楼吗？"

"我们这个小区快递不上楼的。"何慕解释道，"因为小区里面没有监控，快递员担心东西会被人偷走，所以一般不上楼，都是打电话叫收件人自己下楼来取。"

这事听起来正常。真正的快递员至少会骑一辆三轮车，车上载着很多快件。如果其他快件留在楼下不安全的话，快递员便有了不上楼的理由。但那个假冒的"快递员"只不过骑了一辆电动车,车上也没有其他物件。他不肯上楼的理由只有一个:他自己不愿上楼。

究其原因,莫非是此人知道李小刚与人合租?所以他若想作案,必须另外选择一个安全而又隐秘的地点。

罗飞转头吩咐小刘:"找人查一下李小刚的手机通讯记录,看看七点半左右有谁给他打过电话。"

小刘明白对方的用意。既然那个"快递员"没有上楼,那他自然要用某种方式把李小刚叫下来。最大的可能就是通过手机联系。

小刘通知技术人员展开查询,结果很快反馈回来:在七点二十五分确实有一个号码曾主叫李小刚的手机,通话时间十五秒。这个号码两天前开通,除了这次呼叫之外再无其他的通讯记录。

这就非常可疑了!罗飞几乎断定这就是嫌疑人专为作案而准备的手机号码。只是这个号码并未进行实名登记,而且现在该号码已经关机,无法用技术手段展开定位跟踪。

罗飞命令技术人员对这个号码进行严密监控,一旦开机便立刻向自己汇报。随后他的思路又转回到现场。虽然已经相信何慕和此事没什么关系,但有些问题罗飞还是要探一探这个小伙子的口风。

"取个快递怎么到现在还没回来?"

"我真的不知道啊。"何慕愁眉苦脸地反问道,"他……会不会出了什么意外?"

"哦?"罗飞打量着何慕,"你为什么这么想?"

"你们不是刑警队的吗?大半夜地来找他,大概是出事了吧?"何慕脸上现出深深的忧虑。停顿片刻后,他又主动汇报说:"李小刚走的时候很匆忙,没关灯,没关电脑,也没有关门。他不像是要离开很久的样子。我后来打他的手机也打不通了……"

"那他屋里的灯是你关掉的?"

何慕点点头说:"为了省电啊,他的电脑我没关,怕破坏了还没保存的资料。"

何慕这话倒提醒了罗飞,后者便走到书桌前,摇摇鼠标取消了屏保。他要看看李小刚离去前用电脑做了些什么。

屏幕上显示的是一个色彩缤纷的网页。罗飞平时不怎么上网，便唤小刘："哎，你过来看看这是什么。"

小刘上前看了看，说："这是个淘宝网页，卖狗粮的。"

"狗粮？"罗飞四下里一打量，问何慕道，"你们养狗吗？"

何慕摇头道："我们不养狗，是李小刚自己开了个网店卖狗粮。"

"对。"小刘也在一旁附和说，"从这个网页能看出来，李小刚是淘宝店主，不是买家。"

"嗯。"罗飞把这个信息记在了心里，然后又招呼小刘道，"我们下楼看看。"

下楼看看的用意很明显，既然李小刚下落不明，那就得往最坏的方向去考虑。此人很可能也像赵丽丽和姚舒瀚那样遭遇了不测，而犯罪现场或许就在附近。

罗飞带着小刘在幸福新村小区内转了一圈，并未发现任何异常。罗飞的表情在这个过程中变得越来越凝重。

终于罗飞停下了脚步，他看着小刘说道："我已经决定了，立刻启动重案应急机制。"

小刘愣了一下。重案应急机制意味着要调动起市区所有的警力，不分昼夜地展开侦破工作。此举不仅劳民伤财，而且会让各局所的其他工作陷于停顿。一般来说，除非发生具有重大社会影响的恶性案件，否则是不会轻易启动这个机制的。

小刘不得不核实一下："你确定吗？"

"确定。"罗飞用力点了点头，他郑重地告诫自己的助手，"你以为我们只是在侦破两起命案吗？不！我们是在和一个极度危险的连环杀手赛跑！"

小刘的神色也变得凝重起来，他明白了罗飞的意思。

赵丽丽、姚舒瀚，这两人已经遇害，李小刚目前的情形也不容乐观。但更加可怕的猜想是：凶手的目标恐怕还不止这三人！每一张快递单的发出，不仅意味着"收件人"即将遇害，同时还将"寄件人"列为下一个目标。这样的索命快递单究竟还有多少张？警方尚无从判断。

而凶手作案的速度更是令人恐惧。昨天十五点二十一分，他送出了第一个"快递"。随后几乎是马不停蹄，第二个、第三个"快递"在短短四小时之间接连送出。如果他的行动还在继续，那受害者的数目也会以一个惊人的速度持续增长！

所以警方必须在最短的时间内阻止事态的恶化。每一段被浪费的时间，很可能就代表着一条被杀害的生命。

在这样的情形下，还有什么机制不该启动呢？

03

在重案应急机制的调动下，市区公安系统所有局所的相关负责人全都从熟睡中被叫起。凌晨四点，他们齐聚在市局刑警队会议室，以罗飞为首的专案组正式成立。

罗飞首先对案情作了一个大致的介绍，随即便开始给与会众人分配具体的任务。

"东岭派出所负责摸查赵丽丽的个人情况和社会关系，我需要一份非常详细的资料，包括她的出生、履历、家庭成员、同学、朋友、兴趣爱好等等，总之越详细越好。"

"四季园派出所负责摸查姚舒瀚的个人情况和社会关系，要求同样，越详细越好。"

"铁桥派出所负责摸查李小刚的个人情况和社会关系。李小刚不是本市户籍，有些工作需要对外联络的，可直接通过市局办公室进行协调。"

其实此前罗飞已经掌握了这三人的基本情况，但鉴于案情的发展，他还需要更详尽的资料以供分析。

种种迹象表明，假冒快递员的神秘男子对赵丽丽三人非常了解，而且他行事前有过周密的策划。这说明此人作案目标明确，也代表此人有着十分明确的作案动机。

最初赵丽丽死亡时线索指向姚舒瀚，罗飞曾以为此案多半是缘于情感纠葛。但随即姚舒瀚也遇害，而下一步的线索却指向了一个外地户籍的男子李小刚。从表面上看来，这个李小刚和姚赵二人很难有生活上的交集。那到底是出于一个什么样的缘由，让凶手把这三个人同时列为自己的目标呢？

如果能找到这个缘由，不仅可以帮助锁定嫌凶所在的人群，更有助于筛选出其他潜在的受害者，甚至可一举扭转警方目前的被动局面。所以罗飞需要赵丽丽等人的详细资料，以期从中查出三人之间的某种隐秘关联。

这种探案思路可谓由因推果，而另一种由果溯因的思路现在看来则更具可操作性，因此也就成为警方工作的另一个重点。

"兴城派出所负责对辖区内兴城路沿线、从国庆路路口至渡江路路口之间的区域展开入户摸查。要求每家每户都要走到，实在联系不上住户的，要向周围邻居和当地居委会核实情况，绝对不允许遗留任何死角。因为现在的情报显示：嫌疑人在这个区域内应该有一个落脚点。

"小刘，监控追踪这块的工作仍由你来负责，之前我要你直接跳到幸福新村的，现在把跳过的这一段也补上。需要交警部门配合的，请市局办公室的同志从中协调。我要详细掌握嫌疑人在作案过程中的每一步行进轨迹。

"其他各局所的同志负责在全市范围内寻找嫌疑人和李小刚的下落。哪怕是大海捞针，也得在最短的时间内给我捞出个结果！"

这一番安排妥当，各路人马立即出动，分头执行各自的任务。小刘也想随众人而去时，罗飞忽然唤了声："小刘，你等一下。"

小刘停下脚步看着罗飞，后者却又不开口了。直到会议室内其他人散尽之后，才听罗飞压着声音问道："你还记得龙州的那些催眠师吗？"

催眠师？小刘神情一凛。他怎会不记得？去年深秋凌明鼎曾在龙州举办过一次催眠师大会，当时全国各地的催眠高手齐集龙州，随之引出一场惊心动魄的正邪之战。不过随着白亚星的死亡，那场风波似乎已烟消云散。现在罗飞蓦然间又提起这茬，再联系刚刚发生的那两起离奇命案，小刘心中便有了几分猜测："你怀疑这桩案子和催眠有关？"

罗飞郑重地点了点头，同时又嘱咐小刘说："这事先别声张，传出去会引起恐慌的。"

小刘明白罗飞的顾虑。去年发生过的啃脸僵尸案和人体飞鸽案轰动一时，曾引起龙州市民对催眠师的极度畏惧和抵触。现在如果又爆出催眠凶杀案，必然会造成极为恶劣的社会影响。这是谁也不愿看到的局面！难怪罗飞要单独把自己留下商讨此事。

小刘问罗飞："那现在该怎么办？"

"你把监控追踪的工作安排一下，就不用亲自跑了。然后你暗中调查调查，去年参加过催眠师大会的那些人，现在都有谁还在龙州。"

小刘点头道："明白。"

罗飞起身把手一挥说："走吧。"他和小刘一块出了门，俩人各开了一辆车。小刘自按罗飞的吩咐行动，罗飞则驾车重返揽月豪庭现场。

车开到半途，街道两侧的路灯忽地齐刷刷熄灭，原来东方已然晨曦初上。罗飞深深地吸了一口早晨的清新空气，算是给自己一点鼓励。希望这混沌一片的案情也能在黑暗中觅得一丝亮光。

到达姚舒瀚的住所时，现场的勘查工作仍在继续。罗飞径直进到卧室，与自己的老搭档张雨会了面。后者也刚刚熬过一个通宵，眼睛发红，神情疲惫。

依旧没什么寒暄，罗飞单刀直入地询问："怎么样？"

张雨冲床上一努嘴："你自己看看吧。"

姚舒瀚的尸体已经和身下的那个仿真娃娃分开，他现在以正面冲上的姿势躺在床上，先前被遮挡的伤口完全暴露出来。

虽然对这个富二代毫无好感，但姚舒瀚此刻的模样还是激起了罗飞的怜悯之心。当此人赤身裸体死去的时候，竟再无一丝男人的尊严。他的阴茎软软地耷拉着，龟头处却看起来就像是被乱刀斩过。鲜红色的血迹一路蔓延，浸染了半片床单。

从警十多年，罗飞见过太多的尸体，死得比这还惨的也不少。但只要是男人就不可能对这样特殊部位的伤势无动于衷。罗飞情不自禁地咂了咂舌头，皱眉问道："这是怎么造成的？"

张雨没有直接回答，他伸手指了指死者身旁的那个女体娃娃，反问道："知道这是什么吗？"

"应该是一种男性自慰用品吧？"罗飞把视线挪到那个娃娃身上，仔细打量了一番。这玩意儿做得可算精致了，不仅面容姣美，全身上下的细节也与真人仿佛。在下体部位更是制作出一个仿真的女性生殖器。现在这个娃娃的私处上沾染了大量的血迹，使得整个娃娃更具备了一种惊悚的真实感。

"这可是高档货，全实体硅胶材料，一比一仿真制作的。"张雨顿了顿，又用提示的口吻问罗飞，"你看看她的脸，是不是有点眼熟？"

对方这么一说，罗飞也感觉出来了："嗯，很像现在正当红的那个电影明星呢！她叫什么来着？"他用手敲着脑壳，一时间却想不起那个名字。

张雨已经抢过了话头："没错，这玩意儿就是根据明星脸定制的，用于满足特定人群对于明星的性幻想。你别看这么个假人，市场价格得上万。"

"呵！"罗飞惊叹了一声，转过脸瞥着张雨道，"你对这玩意儿还挺了解啊？"

张雨听出对方的揶揄口吻，忙解释说："去年有个小伙子自慰时性窒息致死，当时现场也有这么个娃娃，所以我才了解的。你可别往歪处想。我儿子都上小学了，哪有工夫整这些啊？"

罗飞"嘿嘿"一笑，把跑偏的话题拉了回来："别绕圈子了。快说吧，死者的致命伤是怎么造成的？"

"这里面改造过，嵌了三个刀片，刃口全都冲外，正对着阴道口。"张雨用一个夹子般的工具将娃娃的仿真阴道撑开，招呼罗飞说，"你过来看看。"

罗飞凑到近前细看，果然在阴道的底部发现三个锋利的刀口。同时他还注意到，阴道里除了血迹外，还混杂着一些浑浊的乳白色液体。

罗飞立刻猜到这些乳白色的液体是什么，他问张雨："死者曾有过射精？"

张雨点点头："没错。根据现场的勘查情况，可以大致推断出死者的死亡原因，他当时和这个仿真娃娃模拟性交。因为娃娃的阴道里嵌入了刀片，导致死者的龟头在这个过程中遭受重创。我之前已经勘验过了，龟头上大大小小的刀口共有四十七个。龟头上血管丰富，性兴奋的时候又处于充血状态，所以有大量鲜血从刀口处涌出。可死者的动作并未因此停止。最终他达到高潮完成射精，同时也因失血过多，当场死在了仿真娃娃身上。"

罗飞想象着姚舒瀚的龟头在刀锋上一次次遭受切割的惨状，头皮阵阵发紧。他已经不知道该如何评论了，只能苦笑着摇了摇头。

"至于他为什么会做出这种令人费解的行为，这个问题还得等你来解答。"张雨看了罗飞一眼，又斟酌着说道，"按照正常的想法，我会怀疑他是不是受了暴力胁迫或者被服用过毒品之类的药物。可是根据前一个死者的经验，这些情况恐怕都不存在。真正的原因恐怕更加离奇。"

罗飞沉默了片刻，然后他冲张雨使了个眼色，提议道："去阳台上透口气吧。"

张雨领会了对方的用意，一口答应："好啊。"

俩人结伴来到阳台。张雨摸出个烟盒往罗飞面前一递，罗飞摆手表示不用。张雨也不勉强，自己掏出一根点上，同时问道："有点思路了？"

罗飞直截了当地抛出了自己的观点："我觉得是催眠。"

张雨"哦"了一声。他把香烟撮在嘴里深深地吸了一口，思绪随着烟雾默然流转。当烟圈从口鼻中喷出的同时，他又重重地"嗯"了一声。

去年正邪催眠师大战龙州，张雨也是案件的重要参与者。对于催眠犯罪的手法和特征早已有所了解。所以罗飞一提"催眠"二字，张雨不仅深有感触，而且立刻就能切到问题的核心所在。

"他们的心穴在哪里？"张雨把香烟夹在手指中，眯着眼睛问罗飞，全神贯注。

所谓"心穴"，是龙州催眠大师凌明鼎提出的概念，意指每个人心中固有的隐疾。按照凌明鼎的理论，催眠师并不能随心所欲地控制被催眠对象。哪怕对象已经进入了催眠状态，催眠师也不能下达违背其固有意愿的命令。但如果催眠师能掌控对象的心穴，就可以顺势引导、放大，从而使对象表现出一些荒诞的言行。比如在"啃脸僵尸"一案中，催眠师就是利用受害者迷恋僵尸文化的心穴，使得一个小伙子变成了啃食人脸的"僵尸"；而在"人体飞鸽"一案中，受害者更是把自己幻想成了一只鸽子——这种高难度的催眠之所以能够成功，也是因为受害者对自由自在的鸽子早就心生向往之故。

与去年发生的那两起催眠案件类似，赵丽丽和姚舒瀚也都做出了常人难以理解的怪诞行为，如果确实如罗飞猜测，这两人是遭到了催眠，那他们必然要具备相应的心穴，这才能让催眠师有机可乘。

罗飞对这个问题早有准备，他凝目看向远处天边的晨光，幽幽吐出两个字来："欲望。"

"欲望？"张雨领悟到了什么，他转头往卧室方向瞥了一眼，求证般问道，"难道姚舒瀚是个极度好色的家伙？"

"没错。"罗飞点点头，把目光从天际收回，"这家伙年轻多金，在生活中没有别的追求，只喜欢女人。赵丽丽就是他的玩物之一。可以设想一下，以他的个人条件，身边肯定不会缺少美女。所以他的胃口也越来越大。慢慢地，他不再满足于普通的美女了。和很多有钱人一样，他开始垂涎那些风光无限的女明星。"

张雨顺着对方的思路："想玩明星，这就是他的欲望？"

罗飞"嗯"了一声，又道："可是明星哪有那么容易得手？姚舒瀚的帅气多金只是针对普通人而言，在明星眼里他可就算不上什么了。但人的欲望偏偏如此，越是得不到的，就越想要。这种情结就成了他的心穴。姚舒瀚被催眠之后，这个心穴被凶手利用，他的欲望被放大，以至于丧失了辨别真伪的能力。于是他便把那个仿真娃娃当成了梦寐以求的明星，并与其发生了性行为。"

张雨抽了一口烟，又问："那赵丽丽呢？她的欲望是什么？"

罗飞不答反问："你知不知道？赵丽丽其实是个人造美女。"

"哦？"张雨伸手到阳台外弹弹烟灰，思绪飞快地转动着。片刻后他找到了一些思路，"你的意思是，赵丽丽的欲望就在于对美貌的过度追求？那套奇怪的装置……难道是为了给皮肤做美白？"

罗飞点头道："除此之外我想不到其他更合理的解释。赵丽丽经过数次整容，不管是脸型还是身材都已经无可挑剔，但她天生皮肤较黑，这一缺陷始终无法弥补。不久前另一个女孩把姚舒瀚从赵丽丽身边撬走，那个女孩的皮肤又白又嫩，这进一步刺激到赵丽丽的痛处。于是凶手乘虚而入，抓住这个心穴对她进行了催眠。二氧化硫具有漂白的功能，上过高中的人都知道这个常识。赵丽丽被蛊惑之后便产生了要用二氧化硫来做美容的想法。这中间还有一个细节，赵丽丽在进入浴缸之前还特意给那个白皮肤的女孩打了电话，约对方晚上一块泡吧，我想她的用意就是要在对方面前炫耀自己的美白效果。"

听完罗飞的这番分析，张雨微微低下头自己琢磨了一会儿。再次把头抬起来的同时，他开口说道："你刚刚说的这些从逻辑上来讲是成立的，但是……"

"但是什么？"

"这两起案子吧，表面看起来和去年的催眠杀人事件非常相似，但细细一想，其中还是有一处非常显著的差异。"

罗飞专注地看着对方："你说说看，什么差异？"

"去年的那两起催眠杀人事件，被害人虽然遭受了催眠，但并没有承受太多痛苦。第一个人幻想自己变成了僵尸，后来攻击路人被巡警击毙；第二个人幻想自己是一只鸽子，从高楼飞出坠亡。这两人的死亡过程都是非常突然的，在死亡之前，他们一直都陶醉在自己的精神世界里。而赵丽丽和姚舒瀚就不一样了，他们在死前可谓受尽折磨，一个全身的皮肤遭受酸性腐蚀，一个是下体要害受到重创——这样的痛苦恐怕任何人都难以承受吧？"

罗飞点点头以示认同。

"这就有问题了，"张雨夹着香烟，掌心往上一翻，继续说道，"我们都知道，催眠师不能强迫对象去做本身意愿之外的事情，否则就会引起对象本能的抗拒。看看赵丽丽还有姚舒瀚，他们所承受的痛苦远远超出了自身的意愿，催眠师怎么能让这两人乖乖听话，直到被折磨至死都不醒来呢？"

罗飞用赞许的目光看着张雨，颇有一种"问得好"的意味。然后他突然反问："阿晨一直在屋里说话，你能听见吗？"

阿晨是张雨的助手，自张雨来到阳台之后，现场的勘验工作就暂由他来主持。现场和阳台只有一墙之隔，阳台门又没有关，里面人说话张雨当然听得见，所以他毫不犹豫地点了点头。

罗飞又追问："他刚刚说了什么？"

虽然觉得这问题有些无聊，但张雨还是如实回答道："他说：'再给我一支血样试管。'"

罗飞微微一笑，赞道："一个字都没错。"

可这有什么好夸赞的吗？张雨眨了眨眼睛，不明白对方的用意。

却听罗飞又继续问道："那五分钟之前呢，阿晨又说了些什么？"

张雨一愣，茫然道："我不记得了……"

"是不记得了吗？"罗飞狡黠地眨着眼睛，"我不需要你逐词逐字地复述，你只要告诉我他们交谈的大致内容就可以。如果你听见的话，不会这么快就忘掉吧？"

"好吧。"张雨投降般地把双手一摊，"我其实是没有听见。"

罗飞穷追不舍："怎么会没听见呢？这么近的距离，你先前不是确定能听见吗？"

张雨无奈地咧咧嘴："五分钟之前我在和你说话，所以屋里人说了些什么，我就没在意。"

"嗯，你没有在意……"罗飞盯着张雨看了一会儿，忽然又说道，"请你把眼睛闭起来。"

"什么？"

罗飞又重复了一遍："把眼睛闭起来。"

"好吧……"张雨不明所以地嘀咕着，但还是如对方所愿闭上了眼睛。随即他听见罗飞继续说道："现在你再听听屋里的声音，和刚才比有什么不同吗？"

"好像听得更清楚了。"张雨描述着自己的感受，"就像在耳边说话一样。"

"没错，闭上眼睛会让我们的听觉变得更敏锐，这是生活常识。我只是让你切身感受一下。"说话间罗飞伸出了右手食指，然后他非常快速地用指甲在张雨的脸颊上划了一下。

张雨一惊，本能地把脑袋往回一缩，同时睁开眼睛问："什么东西？"

"我只是轻轻地划了你一下。"罗飞晃了晃自己的手指，"就像这样。"他再次用指尖划过对方的脸颊，然后微笑着反问，"有必要那么紧张吗？"

张雨抱怨道："你刚才那一下可重多了。"

"不是我刚才划得重，而是你自己感觉重。"罗飞认真地纠正对方，"因为当人闭上眼睛之后，不但听觉变得灵敏，触觉也会变得敏锐。你如果不相信的话，可以拿一张钞票试试。一般情况下你很难摸出钞票角落上的盲文，除非你闭上眼睛……"

"不用试了，我相信你的说法，"张雨耸了耸肩膀，"可你到底想说明什么呢？"

罗飞不再兜圈子了，他开始正式讲解："通常认为，高级动物的感官有五种——视觉、听觉、触觉、嗅觉、味觉。这五种感官共用一条意识通道。因为我们脑容量的限制，所以意识通道的流量也是有限的。五种感官共存于一条有限的通道，这就意味彼此之间会存在着流量的竞争。比如说视觉变强了，那其他四种感官的功能就会减弱。反之，如果一种感官被关闭，另外四种感官的功能就会增强——这就是我刚才让你闭眼时的效果。"

张雨回味着不久前的感官体验，信服地点头道："没错，所以瞎子的听觉和触觉会比一般人灵敏。"

罗飞就这个话题展开说道:"不光是瞎子。其实每个人都会有一个主导性的感官。根据统计,绝大部分人是视觉主导型的,大概占了人群比例的百分之七十,此外有百分之二十五的人是触觉主导型,另有百分之五左右是听觉主导型。味觉和嗅觉主导型的人则非常稀少,他们通常可以从事一些特殊的行业,比如说品酒师或者香水设计师之类的。"

张雨插了一嘴道:"警犬肯定是属于嗅觉主导型吧。"

"没错。事实上大部分野生动物都是嗅觉主导型的。"

可能是身为法医的缘故,张雨对这个话题显示出极大的兴趣,他更以自己为例子问道:"那我呢?你觉得我是什么主导型的?"

罗飞笑了笑,说道:"我们可以做一个测试。"

"怎么测?"

"我问你一个问题吧,你必须认真思考并给出回答。"

张雨点点头,凝神以待。

"假设在一个社交场合,别人给你介绍了一个新朋友。在此之前你从没见过这个人,也没有听说过。等你回家之后,你再想起这个陌生朋友的时候,你印象最深的是他的相貌、名字,还是声音?"

张雨认真地想了一会儿,回答说:"应该是相貌。"

罗飞点头道:"和我的判断一致,你是视觉主导型的。"

"你的判断?"张雨略显诧异,"难道你早就知道了?"

罗飞笑道:"也没有太早,就是在我提问之后,你回答之前。"

张雨眨了眨眼睛,愈发听不明白。

罗飞解释说:"其实我提问的真正目的是要观察你思考问题时的状态,并以此来进行判断。至于你到底会给出什么答案,这反倒是次要的,只不过添个佐证。"

"哦!"张雨明白罗飞的用意了,他接着又问,"那我当时是什么状态呢?"

"在思考问题的过程中,你的目光下意识地往上方看,好像在找什么东西似的。这个动作会刺激到在我们大脑后部的视觉神经。这就证明了:当你遇到难题时,你本能的反应是去视觉系统里寻找答案。"

"有点意思啊。"张雨赞叹了一句,又引申问道,"那触觉主导的人思考问题时又会怎样?"

"当然是有很多接触身体的小动作,比如说挠头皮、摸鼻子、咬嘴唇,等等。"

"听觉主导的呢?"

"听觉主导的人思考问题时会往左右两边看,因为向两边看的时候人的精神更容易集中在耳朵上。"回答完这几个问题之后,罗飞不得不提醒对方,"咱们是不是有点扯远了?"

"那就回到案子上来讲吧。"张雨"嘿嘿"干笑着说,"我能理解你的意思,你是说我们的五感共用一个通道,所以会此消彼长。如果我们关闭了某些感官,其他的感官会变得更加灵敏;反过来呢,如果我们的精神过分专注于其中的某一种感官,其他的感官就会弱化,对吧?"

"是这个意思。比如说你看一本书看入迷了,你就会忽略周围的一切声音。再进一步,其实不仅不同的感官之间会有排斥,就是同一种感官面对不同的刺激时也会顾此失彼。所以你集中注意力和我交谈的时候,就听不见屋里的助手说些什么了。"

话说到此处,结论似已呼之欲出。

"也就是说,人的某些感官在特定状态下是可以消失的。"张雨总结道,"就像赵丽丽和姚舒瀚,他们的躯体虽然都遭受重创,但由于身体里的另一种感觉过于强烈,所以他们完全感受不到创口上的疼痛。"

罗飞点头道:"是的。"

张雨翻着眼皮想了一会儿,却又摇头:"我还是觉得不太对。"

罗飞耐心应付:"怎么不对?"

"在人的五感中,触觉的刺激效果应该是很强的吧。就按你刚才举的例子说吧,我看一本书看入迷了,周围的声音全都听不见。可这时如果有人在我肩膀上拍一下,我还是会立刻清醒过来的。所以我有些无法理解,究竟是什么感觉这么强烈,居然能掩盖住躯体上的剧烈疼痛?"

罗飞伸出一根手指,用赞许的口吻说道:"你的思维非常严谨,滴水不漏。确实,在人的五感中,触觉的刺激绝对是最强的。要想将剧烈的躯体疼痛屏蔽，靠视、听、味、嗅这四感恐怕都不行。能够比触觉更加强烈的，只有第六感。"

"第六感？"这倒是一个新鲜的词汇。张雨早就听说过这个词，但一直未得甚解，今天正好问个明白，"这又是什么？"

"所谓第六感，或许用'心觉'这个词来命名最为准确。按照催眠理论，我们通常所说的五感属于人的外部感官，而第六感则是内部感官，源自于我们的潜意识世界。每个人都可以用这六种感观来接触世界，体验自身。第六感也和其他感官占用同一条意识通道，所以也有此消彼长的问题。如果第六感过于强烈，就会压制外部五感的灵敏度。"罗飞顿了顿，又道，"当然了，大部分人只会使用外部五感，很少使用到第六感的。"

张雨觉得这说法有点玄乎了。

"有一个词叫'精神力量'，其实就是第六感的通俗说法。善用第六感的人大多拥有强大的心觉，所以能压制住常人无法忍受的躯体痛苦。"

"那赵丽丽和姚舒瀚呢？难道他们也有强大的心觉？"

"他们本身没有。但你不要忘了，催眠师最擅长的工作就是探索和挖掘对象的精神世界。当一个人被催眠之后，他的心觉力量会变得无比强大，足以压制住最强烈的外部感觉。"说到这里，罗飞忽地又想起了什么，"对了，我问问你，你见过气功大师给人看病吗？"

"气功大师？那都是骗人的玩意儿吧？"张雨用不解的目光打量着罗飞，意思是："怎么了？难道你会相信那些东西？"

罗飞笑了笑，说道："这事吧，其实既是骗人，又不是骗人。"

"哦？"张雨惊叹了一声，等待下文。

罗飞道："气功大师给人治病，现场是真有效果的。很多人的病痛立刻缓解。甚至有人小腿骨折了，本来还打着石膏呢，被气功大师摆弄了两下，当场就能下地走路，一点都不疼。"

张雨听出点名堂了："这所谓的治疗其实只是精神力量在起作用？"

罗飞点点头："叫这些人气功大师，还不如说是催眠大师。他们给病人施加了强烈的心理暗示，使得病人对治疗的效果深信不疑。在这种精神力量的支撑下，病人便暂时感受不到病痛了。但实际上他们的病症并没有消失，等催眠效果过去了，病痛又会卷土重来。"

"好吧，"张雨终于接受了罗飞的说辞，"我相信你的判断了。赵丽丽和姚舒瀚各有心穴被人利用，在遭受催眠之后，他们的外部感官被强大的第六感压制，所以一直把自己折磨至死也没有感觉到任何疼痛。"

罗飞松了口气，同时夸张地咧了咧嘴："想得到你的认可真是不容易啊。"

"职业习惯嘛，凡事都喜欢打破砂锅问到底。"张雨看着罗飞，又感叹道，"你怎么对这些事这么了解？我看你都快成半个催眠专家了。"

罗飞却露出苦笑，轻轻一叹后，他答复了四个字："久病成医。"

04

对揽月豪庭现场的走访给罗飞提供了一条新的侦查思路——追查仿真娃娃的来源。按照张雨的说法,这种娃娃售价昂贵,而且多为定制,那同款的销量必然不多。只要对相关行业的供货商进行排查,应该有希望锁定购买者的身份。

罗飞把现场拍摄的实物照片带回刑警队,指派了两个侦查员着手调查此事。

与此同时从监控追踪组传来了不利的消息:目标跟丢了。

目标最初在馨月湾出现,随后抵达揽月豪庭,接着又前往幸福新村小区。这一路来的行踪都被监控纳入,但到了幸福新村小区附近,追踪已无法继续下去。

近年来龙州市的规划是往西发展,城东区域相对冷落。幸福新村就地处龙州东郊,周围一大片都是老旧的民宅区,小路纵横且缺少监控设施。当目标进入这片区域后,他的行踪便再难锁定。

监控组随后调整方向,以馨月湾为终点倒着往前追查,试图找出目标的起始出发点。他们发现,目标最开始出现的地方正是兴城路沿线、从国庆路路口至渡江路路口之间的区域,而这片区域先前就被判断为目标的落脚点所在。

鉴于这种情况,罗飞决定把监控追踪组和兴城派出所两路人马合二为一,以加强对这片重点区域的排查力度。

早晨九点多钟,有关赵丽丽、姚舒瀚和李小刚三人的初步调查报告被呈送到罗飞面前,他立刻展开了细致的阅读。罗飞尤为关注李小刚的相关资料,因为在这三人中,他对李小刚的了解是最少的。

资料显示,李小刚今年二十四岁,湖南籍人士。两年前从龙州大学毕业,此后便一直留在龙州谋生。李小刚上学期间对学业并不专注,反倒热衷于寻找各种社会兼职。毕业之后也没有什么稳定的工作,曾干过

KTV保安、保险推销员、商城导购等等。后来他又自己开了家淘宝网店，经营宠物用品。

据李小刚的合租校友何慕反映，李小刚这人脑子活络，很有商业头脑，只可惜做事情没什么长性，东一榔头西一棒的，所以一直都没什么大作为。不过李小刚自己并不这么认为，他坚信自己终有一天会成为这个城市的佼佼者，现在艰难只是因为没有背景支持、缺少资金积累罢了。

从资料上来看，李小刚只是成千上万个漂泊在这个城市的年轻人中的一员。他境遇困顿却又充满了梦想。而这样一个人和赵丽丽、姚舒瀚又会有什么联系呢？

情感纠葛几乎是不可能的，赵丽丽无论如何都不会看上李小刚这样的穷小子。两个人的资料中也没有这方面的蛛丝马迹。

罗飞想到赵丽丽是喜欢养狗的，会不会在购买宠物用品的时候和李小刚有过接触呢？可是进一步的了解又否定了这个猜测。赵丽丽是一家高档宠物俱乐部的会员，相关用品都是从俱乐部中直接购买，她从来不会光顾淘宝网店这类的低端消费市场。

同样，姚舒瀚的生活轨迹似乎也从未和李小刚产生过任何交集。他们所生存的环境就像飞鸟和游鱼一样，差别巨大。

罗飞暂时放弃了这方面的探索。虽然他确信必然有一条纽带同时缠绕着这三个人，但是目前掌握的资料还不足以令这条纽带浮现。

罗飞再次单独浏览李小刚的资料，这次他不再拘囿于文字，而是把注意力转移到李小刚的个人照片——当和一个陌生人交往的时候，相貌总能给人最直观的第一印象。

这是一个精瘦的年轻人，皮肤黝黑，平头，一双眼睛又大又亮。他在照片中欢快地咧着嘴，给人一种热情开朗的感觉。罗飞猜测此人一定是外向型的性格，爱表现，脸皮较厚，不畏挫折。

可是，他的欲望在哪里呢？

所有在异乡拼搏的年轻人，最大的愿望就是能在这座城市中立足吧？谋求一份不错的职业，买一套房子，娶一个娇媚可人的妻子……在这些欲望中，又有哪一条会被那个神秘男子利用，成为李小刚心中最危险的死穴？

当罗飞思考这个问题的时候，他就无法抑制地产生一种焦虑。从李小刚失踪到现在已经超过了十二个小时，按照那个家伙的行事效率，李小刚的前景实在是不容乐观。

但罗飞仍然抱有一丝侥幸的心理。那个神秘人在拜访赵丽丽和姚舒瀚的时候都带去了一只大箱子，正是箱子里的"道具"要了这两人的性命。但当此人离开揽月豪庭时，他的电动车上并没有其他的箱子，而且他中途也没有在任何地点停留。在未携带"道具"的情况下，他还能顺利地谋害李小刚吗？

至少到目前为止警方尚未找到李小刚的尸体。这最后留存的希望既是警方的动力，也是最沉重的压力，因为寻找目标人物的过程，事实上就是一场和死神展开的赛跑。

从手头的资料中实在觅不到有价值的线索，罗飞的精神却渐感困顿。他决定稍微眯上一小觉，养精蓄锐。

躺在办公室的小床上，眼睛虽然已经闭上，但思维却难以停顿。有些什么东西在脑壳里横冲直撞的，似乎已被禁闭了很久，正急切地寻找出路。

不知怎么地，罗飞忽然觉得自己并没有躺在床上，他仿佛坐在一辆行驶的汽车中。

汽车在空旷的高速公路上疾驰，前方一片黑暗。

有个声音在罗飞耳边说道："前面没路灯了。你帮我看着点路。"

罗飞的视线向着车灯的尽头看去。漆黑的道路上只能看见一条白色的分道线。在不断重复的单调场景中，罗飞的思维开始慢慢凝滞。

车头前方挂着一个平安结，随着车辆的行进轻轻摇摆。那节奏正巧附和罗飞呼吸的频率。在转过一个弯道时，平安结又斜斜地甩出来，长长的灯笼尾扫过罗飞的眼前。

罗飞本能地想要闭眼，这时他听见一个声音说道："困了就睡会儿吧。"

一股倦意汹涌袭来，但同时又有另一个声音在心底大喊："不能睡！你快要被催眠了！"

罗飞一惊，他握紧右手，手中似乎攥住了一个硬物。

那个声音劝说道："那段录音呢？你还有必要留着吗？"

罗飞在心底大喊："不能给他，不能给他！"但他的手却不听使唤地伸了出去，将那件紧握的硬物交给了在他耳边说话的那个人。

那人露出满意的笑容，然后转身离去。

罗飞焦急地问道："你要去哪里？"

"离开这个城市，去一个没人能找到的地方。"那人头也不回，他身旁还带着一个长发飘飘的女子。

罗飞想要阻拦，但他的身体却动弹不得。他发现自己早就被一根绳子绑在了汽车座椅上。那绳子在他身上密密匝匝地绕了许多圈，最后从车窗口伸出去并高高地飘在空中。罗飞顺着绳子往高处看去，却见绳子的尽头拴着一只大大的风筝。

罗飞大惊，扭动身体拼命挣扎，却无法松脱分毫。这时车外刮起一阵大风，风筝受了力，竟拖动汽车往前方滑去。车前水波盈盈，却是龙州的运河。

"停下，停下！"罗飞想要大喊，但张开嘴却发不出声音。汽车在风筝的拖动下越滑越快，最后终于冲破河边的护栏，向着运河一头扎了下去。

"咚"的一声，河水激起巨响，如同在罗飞脑海中炸开一记惊雷。

绳子在入水时被冲开了。罗飞奋力打开车门，河水涌入，汽车更快地向着河底沉坠。罗飞从车门中钻出来，他蹬了两下腿，想要游出水面。然而突然有人拽住了他的胳膊，看来是要将他拉入河底。

罗飞情急应变，在水中施出小擒拿的手法，关节反转拧住了对方的胳膊。那人吃痛，"哎哟"叫了一声，呼喊道："罗队，是我！"

熟悉的声音击碎了罗飞脑中的幻象，他蓦地睁开眼睛，汽车、河水、风筝全都消失了，他看到自己正站在办公室的小床前，而被他别住了胳膊、正龇牙咧嘴呼痛的那位，却是助手小刘。

罗飞一愣，他一边松开小刘，一边下意识地问了句："凌明鼎和夏梦瑶跑哪里去了？"

"他们俩已经消失半年了啊。"小刘甩了甩胳膊，脸上露出莫名其妙的神色。

"是的，是的，已经消失半年了。"罗飞喃喃自语。他抬手在太阳穴上揉了一会儿，终于将情绪从梦境中挣脱出来。然后他看着小刘茫然问道："你……这是怎么回事？"

"我进来找你，看你正在睡觉，叫也叫不醒，我就拉了下你的胳膊，然后你就突然跳起来把我别这儿了。"小刘咧着嘴，表情多少有些委屈。

"对不起，我刚刚做了一个噩梦。"罗飞简单地解释了一下。随后他做了几次深呼吸，调整情绪问道，"有什么情况要报告吗？"

小刘也立刻把自己切换到工作状态，他回复说："我们找到那家伙的落脚点了！"

"是吗？"罗飞一下子兴奋起来，他忙不迭地套上鞋子，挥手道，"赶快带我过去！"

"好嘞！"小刘应了一声，不过随后他又用提醒的语气告知罗飞，"罗队，还有一个坏消息……"

罗飞眉头一蹙："什么？"

小刘揉了揉鼻头，说道："现场还发现了李小刚的尸体。"

第三章
浸满鲜血的钞票

01

自从监控追踪组和兴城派出所两路人马合二为一后,对兴城路沿线的查访便加快了进度。临近中午的时候,查访工作终于有了重大收获。

在正宜巷平房区,有一个住户认出了监控截图中那个背着登山包的神秘男子。该住户声称曾多次看到这名男子出入自家隔壁的一个院子,他的说法得到了附近其他邻居的证实。同时大家一致认定,此人并不是巷区的原住民,他应该是不久前才租住于此的。

查访小组立刻在院落周围布控,然后又派出侦查员翻墙进入院内。他们在院子里并未找到神秘男子的行踪,但另有一个令人震惊的发现让他们意识到此地确实事关重大。

消息被汇报给专案组组长罗飞,后者以最快的速度赶到了现场。

虽然这些年龙州市的房地产开发如火如荼,但也有不少老巷区作为本地古朴建筑风貌的代表被特意保留下来,正宜巷就是其中之一。留守在巷区的大部分都是习惯了平房生活的中老年人,也有人举家搬出之后,便把自家的宅子出租给外来的求学和务工人员。

目标现场位于正宜巷41号，占地面积约两百平方米，四间平房围着一个院落，院落中心则竖立着一个奇怪的"大家伙"。

那是一个用有机玻璃制成的大圆筒，高大约有两米，直径约一米。圆筒的顶部连接着两个直径十来厘米的有机玻璃圆管，形成了与外界相通的两处开口。

第一根圆管沿着顶部筒壁的切线方向与圆筒内部相连，圆管的另一端则向着筒外的地面延伸出去，最后通向了不远处的一台大功率风机。

另一根圆管则插在圆筒的顶面中心，一端插入筒内约有三十厘米，另一端则支出筒外有十厘米左右。看起来就像是一个设置在筒顶的小小的"烟囱"。

除了这两个开口之外，在筒壁下方还设有一个活动的"小门"，这个小门大概有半米宽、一米高的样子，足够一个成年人以蹲姿钻入筒内。现场这个小门呈紧闭状态，门边缠着胶条并设置了搭扣，搭扣从内部锁死，保证了圆筒整体的密闭性。

当然最引人注目的并不是这个装置本身，而是装置内部的情形。

一个二十来岁的小伙子倒在圆筒的底部，已死去多时。由于空间有限，他的身体被迫呈蜷曲状，背部斜斜地靠着筒壁，脑袋则无力地垂落在胸口和地面之间，从他的面貌依稀能够分辨出，此人正是警方在急切寻找的李小刚。

之所以用了"依稀"两字，是因为此人的容貌几乎已经损毁。在他的面庞上，横七竖八，密密麻麻，布满了细丝状的伤口。不管是额头脸颊，还是口鼻耳朵，全都不能幸免。

其实不光是面庞，基本上此人的整个躯体都遍布创伤。时值初夏，李小刚只穿着短袖短裤，这单薄的衣物早被切割得七零八落，暴露在外的四肢更是惨不忍睹，双臂、两条大腿都是伤痕累累，只有腿部膝盖以下还算完好。

那些伤口大都长不逾寸，又细又直，就像是被极锋利的刀片划过。伤口的分布则毫无规则，横竖相间的，时有交叉重叠。另外手腕和颈部的一些伤口显然伤到了动脉，大量的血液因此流出，浸得尸体周围一片鲜红。

小刘站在罗飞身旁，他震惊于死者的惨状，忍不住咧嘴感慨道："这家伙……难道是从刀山里滚出来的？"

没错，这满身伤痕的模样确实就像是在刀山里滚过，而且还是那种刀尖如松针般密集的刀山！

可是现场的有机玻璃圆筒里分明连一把刀也没有。不但没有刀，反而有很多人见人爱的东西——钞票。

全都是百元大钞，在圆筒底部散落一层，乍一眼看去，仿佛在死者身下垫起了一张"金钱之床"。死者的鲜血在这张床上蔓延开来，染得那些百元大钞分外艳红，透出一片既贪婪又残忍的怪异色彩。

罗飞心念一动，在这幅血腥画面的提示下，他突然间明白了李小刚的"欲望"所在。

对于一个拼搏在异乡的漂泊者来说，还有什么欲望能比对金钱的渴求更加强烈、更加真实？

只是这种欲望是如何在死者的躯体上割出遍体的伤痕呢？

这事罗飞一时间想不明白，他只好看看张雨，希望自己的法医搭档能给出一些专业判断。

在不到一天的时间内张雨已经赶了三个命案现场，在他的职业生涯中还从未有过这种强度的奔波。因为圆筒是从内部锁死的，警方暂时又不想对现场造成暴力性的破坏，张雨只能隔着透明的有机玻璃观察了一阵。然后他分析道："可以初步确定，死者的死亡原因就是外伤导致的失血性休克。从尸体的表征目测，死亡时间大约在十二个小时之前。"

"十二个小时左右……"罗飞沉吟道，"那正好和李小刚昨晚失踪的时间吻合上了。可以推测，凶手把李小刚叫下楼之后便对其实施了催眠，然后又把他带到了这个现场。李小刚的心穴就是对金钱的欲望，正是这些巨额钞票引诱他钻进了圆筒。"

张雨点头以示认同。那些钞票的暗示效果实在太明显，他也早猜到这次死者的心穴所在。

罗飞沉默了一会儿，又问："他的外伤是怎么造成的？"

张雨回答说:"应该是刀片一类的凶器。"

刀片?罗飞的目光在圆筒里扫了一圈,并未发现类似的物件。不过圆筒底部堆着那么多钞票,凶器被盖住了也不一定。罗飞更关注的是另一个问题:"你觉得可能是自戕吗?"

尽管刚刚见识到两起离奇的自戕死亡事件,但这一次张雨还是果断地摇了摇头。

"可能性很小,你看这里,"张雨一边说一边蹲了下来,他隔着有机玻璃指指点点,"死者背部的汗衫也被刀片划破了。这个位置一般人是很难够得到的。你看看,这一片的刀口也有十多处呢,如果是自己划的,那难度实在是太大了。"

张雨指的是死者背部从脖颈往下一掌左右的位置。这个位置很难用自己的手触碰到,要想持刀片之类的小器具划出大量伤口更是难上加难。

"如果不是自戕的话,那凶手是怎么出入这个圆筒的呢?"罗飞紧锁着眉头,喃喃似在自语。

张雨理解罗飞的困惑所在,圆筒的出入门是从内部锁死的,这相当于形成了一个"密室",凶手作案后该如何从这个"密室"中逃脱呢?

"也许凶手离开的时候受害人还没有死,但他已经身受重伤了。"张雨提出一种可能,"等凶手出去之后,受害人自己把门锁好。又过了一会儿,他才因失血而昏厥倒地,并最终导致死亡。"

罗飞却摇头否决了这个猜测:"如果这样的话,门锁上必然会留下血迹,可事实上却没有。"

是的,死者的双手也布满伤口,这双手如果接触到门锁,肯定会留下血痕。可不仅门锁上干干净净,就连整个筒壁也很少见到血污。几乎所有的血迹都集中在死者尸体附近,这说明死者在受伤后没有什么多余的动作,直接就倒毙在地。

张雨摊摊手,表示自己已黔驴技穷。他期待罗飞能给出一些更靠谱的思路。

罗飞这时却转过了头,他的视线看向了不远处的那台风机。

风机通过一段管路与圆筒顶部的开口相连,严格来说,这台风机也是整套装置的一部分。

罗飞目光专注,像是在考虑着某件事情。片刻后,他回过头来问张雨:"如果把风机打开的话,你说会是什么效果?"

张雨凭着生活经验猜测:"应该会在圆筒里形成一股气流吧,从切口处进入,然后从顶上那个小烟囱出去。"同时他还在心里暗自盘算这台风机在整套装置中的意义,但一时间难窥端倪。

罗飞也在纠结同样的问题,他用征询意见的口气问道:"要不我们现在就打开看看?"

"开风机?"张雨有些犹豫,"我怕破坏现场啊。尤其是这些钞票,很可能会被气流带出去的。"

这确实是个顾虑。但罗飞相信这台风机一定有着非常重要的意义,甚至就是破解作案手法的最关键的钥匙。就算冒着破坏现场的风险,也是值得试一试的。

"打开吧。"罗飞又说了一遍,这次带着决断的口吻。

张雨被罗飞的态度感染了,他点点头不再有异议。

罗飞冲小刘使了个眼色,后者三两步走上前,俯身按下了风机的开关。

随着一声轰鸣,风机启动了,一股强烈的气流顺着管道冲进了圆筒内。正如张雨所担忧的,散落在圆筒底部的钞票立刻受到气流的侵扰,大量的钞票被卷起来,向着圆筒上部飞去。

但接下来发生的情形却又出乎罗飞等人的预料:那些飞舞起来的钞票并没有随着气流冲出圆筒顶部的"小烟囱",而是在圆筒内部盘旋起来。就如同被龙卷风带起的尘埃,这些钞票形成了一个直径大约在半米左右的圆柱形螺旋体,任凭周围的气流进进出出,它们却只是围着固定的圆心急速旋转,从外面看起来就像在圆筒内套进了一圈红色的幕布。

"怎么会这样?"罗飞摸着自己的下巴,神色既诧异又好奇。

张雨也显出茫然的神色,不明白其中的原理所在。这时院子内外的其他警察听见风机的动静也聚过来不少,他们看着圆筒内的这番奇景,各自议论纷纷。

忽听有人说了一句:"我知道这是怎么回事。"

罗飞立刻循声看去,说话的是个四十来岁的中年警员,看服饰编号应该是兴城派出所的片儿警。

"你知道?"罗飞从不以出身论英雄,他用请教的口吻说道,"那快讲给大家听听。"

"我叫任承,以前在工厂干过的。"那警员走上前先做了个自我介绍,然后用肯定的语气说道,"这就是一个气体离心机。"

罗飞一听这话说得挺专业的,便给了对方一个鼓励的眼神,示意他继续说下去。

"你们看,风机产生的高速气流从这里进入圆筒,"任承指着圆筒上方切线方向的开口,一边比画一边说道,"进去之后,这股气流就紧贴着内壁旋转,一路向下,形成一股外涡旋气流。等气流到达圆筒底部了,无处可去,就会向着圆筒中心处流动,然后又一路旋转向上,形成了另一股内涡旋气流,最终从圆筒顶部中心的那个小烟囱流出筒外。这些钞票所处的位置就是外涡旋和内涡旋的交界面,因为内外涡旋的作用力在这个交界面上形成平衡,所以这些钞票既不会向外跑,也不会向内跑,只会围着这个固定的交界面旋转。"

原来如此!对方的讲解还算是通俗易懂,罗飞虽然没有学过流体力学的相关知识,但也听了个八九不离十,只是有个细节他还得深入询问一下。

"为什么飞舞的钞票全都集中在圆筒的上半部分,下面这小半截却没有呢?"

事实正如罗飞所描述的,钞票飞舞起来之后,从圆筒底部往上,大概半米多高的范围内都是空空的,不见一张钞票;所有的钞票全都集中在这个区域往上的空间内。

任承解释说:"下面这一块是外涡旋气流进入内涡旋气流的通道,钞票不会在这个区域内停留的。只有上面外涡旋和内涡旋相平衡的地方,钞票才会一直在这里旋转。"

"好的，好的……这下就全明白了。"罗飞盯着圆筒内的那些钞票，若有所悟。末了他又露出苦笑，"真是精巧的设计。"语气中有三分愤慨，同时也带着三分赞叹。

张雨看着罗飞问道："你明白了？"虽然他也有了一些猜测，但还是想听对方先说一说。

"确实不是自戕，是凶杀。但凶手并不需要进入圆筒内，凶器也不是什么刀片，而是——"罗飞伸手往圆筒内一指，"这些钞票！"

张雨点头道："和我的判断一样。这些钞票全都是新纸币，边缘非常锋利。受害人站在圆筒里，只要风机一开动，就有无数钞票围着他的身体飞舞，效果如同滚过了一座刀山。所以他的周身被大面积割伤，只有膝盖以下得以幸免。"

小刘在一旁略有质疑："钞票的边缘再锋利，也不过是一张纸。能造成这样致命的伤势吗？"

"你可别小看一张纸！"罗飞回应道，"银行的点钞员在数钱的时候都是要戴上指套的，即便这样很多员工的手指还是会被割破。更何况这大马力的风机一开，钞票旋转的速度极快。可以说，这时每一张钞票都堪比锋利的刀片！"

听罗飞这么一说，小刘也信服了。这就好比开车上了高速公路，一粒小小的石子飞溅起来也能造成巨大的危害。

"他为什么不趴下来呢？"外围不知哪个警员议论了一句，立刻引起了众多附和之声。

是的，既然圆筒下方有一片安全的区域，那么受害人在遭受钞票的围绕切割之后，只要及时趴下来躲避，应该是可以幸免于难的。就像现在的情形，尽管沾着血迹的钞票在上方旋转飞舞，但呈倒卧状态的死者尸体却丝毫不受其扰。

在场的大部分人都有这个想法。而罗飞和张雨对视了一眼，却只能无奈苦笑。他们知道李小刚是不会躲避的，因为他原本就在享受这样的过程。

和前两位死者一样，虽然死状凄惨，但细看李小刚的尸体，在他的嘴角竟也挂着一丝笑容———一种欲望满足时的微笑。

罗飞能够想象出李小刚临死前的所见所感。当时有无数的百元大钞在他的四周飞舞，几乎形成了一道密不透风的幕墙。他沉浸在一个迷幻般的美好世界中———一个被金钱所包围、所淹没的世界！

欲望的心穴既然已经被彻底打开，他又怎么舍得从这样一个世界中离去？

02

通过对犯罪现场的模拟，李小刚的致死过程已经明了。张雨开始对尸体展开勘察，而罗飞则对房东等相关人员进行询问。

房东叫作杨瑞民，是个五十来岁的本地男子，杨瑞民有个独子。五年前儿子结婚，老两口赞助一笔钱帮儿子在新区买了套公寓房。再后来孙子出生，老两口搬去和儿孙一家同住，正宜巷的这套老宅子从此就租了出去。

调查人员在清晨时分便找到了杨瑞民并向他了解租户的情况。杨瑞民当时也看了嫌疑人的监控截图，但他却告诉警方自己从未见过此人，这直接导致警方第一轮的摸排工作无功而返。等监控追踪组的增援力量到达之后，警方展开了第二轮的扩大摸排。在这一轮的工作中，附近邻居提供出有价值的线索。随后一路警力翻墙进入现场，另一路警力则再次找到杨瑞民核实情况，但杨瑞民仍然予以否认。据此警方认为杨瑞民具有重大同案嫌疑，便将他带往现场协助调查。

看到自家院落中出现了命案，杨瑞民变得极度紧张，他脸色苍白，不停地舔着嘴唇，情绪焦躁不安。

罗飞上前单刀直入地问道："租你房子的是什么人？"

"我……我不能说。"杨瑞民的目光游离着，似乎在躲避什么。

"你不能说？那就让我来告诉你吧！"罗飞突然加大了嗓门。杨瑞民吓了一跳，抬眼看时，却见对方目光锐利得如同两把刀子。杨瑞民被这目光刺中，情不自禁地打了个哆嗦。

案情实在紧迫，罗飞必须争分夺秒取得突破。他看出杨瑞民胆子不大，便加重了震慑的口气："那家伙是个杀人犯，已经杀了三个人，还有可能杀更多！你想想清楚，如果有什么情况隐瞒不说，往轻了是个包庇罪，往重了就是共犯！"

杨瑞民焦急地辩解道："他杀的都是坏人，你们不了解情况的！"

"那到底是什么情况？"罗飞的态度仍然威严，同时也显出很感兴趣的模样。

"我……我不能说。"杨瑞民却又撤了回去，他喃喃念叨着，"这是个秘密……"

"我是警察！有什么秘密不能告诉我？"

"这件事情太重大了，警察也没有权限过问！"不知为什么，说到此处杨瑞民脸上竟然又显出一丝亢奋的神情。

两三个回合下来，罗飞已经摸准了对方的脾性。他不再搭理杨瑞民，直接转过头来对小刘一挥手说："行了，把这家伙带下去，按杀人嫌疑犯批捕起诉。"

小刘心领神会，上前先"咔嚓"一声给杨瑞民戴了副铐子，然后装模作样地要把对方拖走。

这下杨瑞民真是慌了，他一边挣扎一边大喊："我冤枉，我冤枉！"其实杨瑞民这小身板在小刘面前就像小鸡遇见老鹰似的，但小刘故意留着力，让对方得以赖着不走。

罗飞转身离去，走出两步之后终于又听杨瑞民在身后喊道："我还有话说！"

罗飞停下脚步，爱答不理地半回着头："要说就快说。"

杨瑞民看着罗飞问道："你是领导吗？"

罗飞道："我是他们队长，这里所有的人都听我的。"

杨瑞民用力咽了口唾沫，像是下了很大的决心。然后他对罗飞说道："这事我只能告诉你一个人，你也得保密。"

罗飞看了小刘一眼，小刘很配合地离开了。杨瑞民便凑过来压着声音说道:"那个人是国家安全局的特工,他在执行一项非常重要的秘密任务。"

罗飞皱起眉头问道:"什么任务?"

"寻找民族资产。总价值超过一千亿美元!"说起这个天文数字,杨瑞民的表情愈发神秘了。

"哦。"罗飞好像听明白了,他顺着对方的话茬说道,"当年国民党逃跑的时候,曾经在龙州一带藏匿了大量的黄金财宝,价值连城。现在国家派出特工,想要找出这笔资产?"

杨瑞民惊讶地瞥了罗飞一眼:"怎么?这事你也知道?"

罗飞"嘿"了一声,有点哭笑不得的感觉。所谓"寻找民族资产"是前几年在龙州一带流传过的一个骗局,骗子以高额的奖励为诱饵,勾引受骗者参与所谓的国家秘密行动,目的则是要从参与者手中骗取"活动经费"。当时的案子就是罗飞经办的,他还记得那些受骗者神神叨叨的样子正和眼前的杨瑞民一模一样。而且那些受骗者全都对骗子的说辞深信不疑,要向他们解释清楚绝非易事。

罗飞没时间过多纠缠,他只想尽快得到自己想要的信息。于是他也压低了声音,神秘兮兮地说道:"我也是特工之一,正在寻找自己的同志。你知不知道那个人的姓名和联系方式?"

杨瑞民摇摇头:"我怎么会知道?特工的身份是严格保密的,这些规矩我都懂!那个人只是高价租了我的房子,其他的情况我一概不问。"

罗飞只好退而求其次地问道:"那他在你这里住了多久?"

"五月十日来的,不到一个月吧。"杨瑞民怅然叹了口气,"他肯定不会再回来了。"

"为什么?"

"因为国民党特务已经发现了这里,他必须换个地方。"

"国民党特务?"罗飞先是一愣,随即明白过来,他回头看了看大圆筒内的死者。

一旁的杨瑞民这会儿又忧心忡忡地说道:"那些特务找不到他了,

会不会来找我？你们可得保护我啊，我也是为事业做过贡献的人。"

罗飞没兴趣在这人身上再浪费时间了，他冲着等在不远处的小刘招招手。当助手走到近前的时候他吩咐了一句："把这家伙铐子解了，派人给送回去吧。"

小刘先将杨瑞民送走，随后折回来询问："怎么样？"

罗飞无奈地摊着手："那家伙已经完全被催眠了，问不出任何有价值的信息。"杨瑞民对嫌疑人的真实身份一无所知，他自己又不在正宜巷居住，继续问他还不如找周围邻居来得靠谱。

但邻居们能提供的线索也非常有限，只知道那人确实是在五月十号左右入住的，而此后他出现的次数并不多。大约两周前，有人见他指挥着一辆三轮车往院子里拉了不少材料，前后好几车，有风机、管材之类的，看起来像要做装修的样子。随后几天那人就一直待在院子里深居简出，隔壁邻居时常听见有类似装修的机械声从院子里传出来。

昨天下午，附近一名妇女看见这男子背着登山包、骑着电动车离开正宜巷，车上还放着一个大箱子。正是这名妇女提供的信息让警方锁定了这个神秘人的落脚点。

昨晚九点左右，隔壁有邻居听见了风机发出的轰鸣声，持续时间约十多分钟。相信这十多分钟正是李小刚遇害的时间段。

技术人员对院落和四间小屋进行了细致搜查，并未发现什么生活痕迹，只找到了一些机械用具。罗飞作出判断：嫌疑人租下这套院子只是用来制作和存放作案时的那些"道具"，那人真正的住所并不在此地。

罗飞也相信那人再也不会回来了。要知道，那家伙平时出入从不对相貌作任何掩饰，这显然是做好了随时撤离的准备。现在这间院子已经成了命案现场，他还有什么理由再返回呢？

在遗憾之余，罗飞却也产生了一丝轻松的念头，那家伙既离去不归，是否意味着连环命案也会就此终结？

然而事实很快就击碎了罗飞的侥幸幻想。

张雨走过来，将一个证物袋递到罗飞面前，一脸严肃地说道："在死者的短裤裤兜里找到了这个东西，你赶紧看看吧。"

证物袋里封着一张纸片，透过塑料膜可见那是一张物流提货单。收件人一栏填着李小刚的个人信息，提货地点正是正宜巷41号。

罗飞的精神一凛，他当然明白这张提货单的意义所在。

前两起案子，嫌疑人都是假冒快递员把作案用的道具送到了受害人住所，而最新的这起案件中，因为道具实在太大，所以嫌疑人只是送来了一张提货单。受害人根据提货单上的地址自行上门"领死"。相较起来，虽然细节上略有偏差，但作案思路基本是一致的。

同理推断，这张提货单上的发货人的信息即意味着对下一个受害者的"预告"！

发货人签名为"林瑞麟"，留有一个手机号码和一个发货地址：百汇路243号。

罗飞立刻掏出手机拨打这个电话号码。听筒里传来对方设置的彩铃声，是一首张行的老歌《迟到》："你到我身边，带着微笑，带来了我的烦恼。我的心中早已有个她，哦……她比你先到……"

罗飞听着这段柔情蜜意的歌曲，心情却无比沉重。他知道和那个神秘男子比较起来，自己恐怕已迟到太多。

随着歌曲的进度不断推进，罗飞也变得越来越沮丧，然后就在一曲即将终了之时，电话却突然间接通了。

"喂？"一个粗嗓门的男子答了一声。

罗飞对这个变化缺少心理准备，他愣了一秒钟之后才问道："你是林瑞麟？"

"是。"电话对面的男子大咧咧地反问，"你是谁？"

"我是龙州市刑警队的。"欣喜过后罗飞的精神又紧张起来，他急速问道，"你现在人在哪里？"

"什么刑警队的？"男子再次反问，"你不会是骗子吧？"

居然遭受到这样的质疑，罗飞只能无奈苦笑。这几年电话诈骗案件高发，其中有一种套路就是冒充警察给受骗人打电话的。龙州公安为此专门向市民们做过防骗宣传。没想到自己今天却被这事给连累了。

"你别挂电话，我不是骗子。"罗飞辩白说，"那些骗子都是南方人,你听我的口音,绝对的本地人。"

"那你找我干什么?我又不犯法。"对方的口气中仍然带有三分警觉。

"你现在有危险,我们要过来保护你。"

"我有危险?"

"是的,具体情况现在来不及细说,赶紧告诉我你人在哪里。"

罗飞郑重的口吻改变了对方的态度,那男子变得配合起来:"我在饭店呢。"

"你在吃饭?哪家饭店?"

"锦绣酒店。"男子纠正道,"我不是在吃饭,我在自己家店里。"

"哦。你是开饭店的?"罗飞看了一眼那张送货单,"地址是百汇路243号?"

"没错。"

"好的。我们马上过来找你。"罗飞略斟酌了一下,又问,"现在你店里有没有其他人?"

"有啊。厨师、服务员都在,这不就准备营业了吗?"

"好。你千万不要外出,就在店里待着,让你的员工陪着你。暂时不要接待客人,也不要让任何陌生人进你的店。尤其不要接触快递或者物流公司的人员。电话保持开机,但是除了我的手机,任何人的电话都别接。一切等我过来再说。"罗飞急促地吩咐了一通,然后又加重语气警告说,"你一定要照做!记住,这件事对你来说性命攸关!"

男子被这套架势吓住了。片刻的沉默之后,才听见他喃喃地回应道:"好吧。"

罗飞抬腕看了一眼手表:"我们十分钟之后就到!"

03

百汇路243号，锦绣酒店。名字听起来还挺气派，实际上只是一家临街的小饭馆。

罗飞和小刘来到饭馆门口。门檐下站着两个神色警惕的壮小伙子，见到罗飞二人走近，其中一个小伙子向前跨了半步，做出阻拦的手势说道："现在不营业。"

"我们不吃饭，"罗飞掏出证件展示给对方，"我们是警察。"

小伙子便转身冲店内喊了一声："老板，警察来了！"

屋内有人答复："快请他们进来。"听声音正是先前和罗飞通过电话的男子。

小伙子把罗飞和小刘让到店内，却见不大的店铺里聚了七八个男女，他们围着一张圆桌而坐，桌面上还摆了几把明晃晃的菜刀。

罗飞微微皱起眉头问道："你们这是干什么呢？"

一个胖胖的男子站起来挥着拳头："不是说有人要来搞事吗？妈的，我让他知道，老子也不是好惹的！"他话说得挺狠的，但这副大张旗鼓的架势却显得有些底气不足。

罗飞看着那男子："你就是林瑞麟？"

男子点点头。罗飞又展示证件自我介绍说："我是龙州刑警队队长罗飞，这是我的助手小刘。"

林瑞麟抢上来和罗飞握手："罗队长，请坐请坐！"

罗飞点头以示回礼，然后他用目光向那些厨师服务员们扫了一圈，说："你们各忙各的去吧。"

林瑞麟也把大手一挥："去吧。有罗队长的大驾在，没什么好担心的了。"

男女员工便纷纷起身准备散去，林瑞麟这时又追着吩咐说："把刀拿走啊！都别闲着，弄几个特色菜上来，让两位警官尝尝。"

时近中午，罗飞也确实有些饿了，便没有拒绝对方的好意。他带着小刘在林瑞麟身旁坐下，举目开始观察店内店外的情形。

小店五十多平方米的面积，店里面除了老板和员工再无他人。店外是一条双车道的马路，因为附近临着一片居民小区，所以街面上人来人往的还挺热闹。

一切看起来都很正常。罗飞的目光收回来，打量起坐在身旁的林瑞麟。

这个男人看起来四十岁出头，个头挺高，估计在一米八往上，身形偏胖，腆着个啤酒肚，挺符合饭店老板的形象。

从神态举止来看，这人的精神状态也没有什么问题，不像是已经遭到催眠蛊惑的样子。

罗飞松了口气，接连三起命案积累起来的紧张情绪略有缓解。他拿出一张照片问对方："你认不认识这个人？"

那照片正是前几起命案的现场监控截图，图上的男子背着个大包，戴着一顶棒球帽。因为帽檐压得比较低，所以难以辨别男子的面容。

林瑞麟拿起照片仔细端详了半晌，缓缓摇头道："不认识。"

照片上那人的装扮和体态特征还是比较明显的，如果他刚刚和林瑞麟接触过，后者绝不会毫无印象。罗飞在心中暗自盘算，看来这次自己真的抢在了对手前头！

可罗飞又有些忐忑，自己凭什么能赶在对方前面呢？

从案发到现在，警方一直跟着对手的节奏疲于应付。而从第三起案发到现在，"林瑞麟"的名字已经在那张提货单上"预告"了十来个小时。按照凶手此前展示出来的作案效率，此人应该是断无幸免之理。

可是林瑞麟确实好端端地活着，毫发无损。

在庆幸之余，罗飞必须得认真考虑一个问题：究竟是什么耽误了那个嫌凶的行程？

是感受到了警方的强大压力，所以暂时收敛？或者因为警方查到了他的落脚点，导致后续的计划受阻？可是只要细细一想，这两种猜测都难以立足。

那家伙每次都把下一个受害者的名字列出来，明显带有一种向警方挑战的意味。这样一个猖狂的带有强烈表演欲望的人怎会因为警方的压力而收手呢？更何况他一直都占据着主动，何不用继续作案的方式来羞辱警方，以获得更大的犯罪快感？

案发后不到一天警方便查抄了嫌疑人的落脚点，这本是个不错的战绩。但和对手的作案节奏相比，这个速度还是太慢了。

李小刚死于昨晚九点，十来个小时之后警方才查到正宜巷现场。嫌犯如果想对林瑞麟动手，这个时间段绰绰有余。况且在那个落脚点警方并未发现其他的"道具"，也就是说这个落脚点被查抄根本不会对嫌犯的计划产生任何影响。

所以并不是警方阻止了凶犯的作案计划，这其中恐怕另有原因。罗飞暗忖，或许是林瑞麟自身的某些行为导致嫌疑人无法下手？于是他又问林瑞麟道："从昨天晚上九点开始，直到我给你打电话为止，这些时间你都在哪里，做了些什么？"

"昨天晚上九点开始……"林瑞麟略略回忆了一下，"嗯，九点那会儿正是第一台客人结账的时间段，我应该在门口忙着收钱呢。后来也一直待在店里。到凌晨一点钟左右，最后一桌客人也走了，我就拿上营业款回家。我家就住在附近的宝带新村，走路十来分钟就到了。回家以后我洗个澡，然后上床睡觉。今天早上九点钟起床，在家吃完早饭，大概九点半到店里，然后就一直在店里作准备。"

"营业到凌晨一点？"罗飞觉得这个时间有点超出自己的预计，便问了句，"怎么会这么晚？"

"入夏了啊，晚上会做夜宵，在门口路边支几张桌子，生意很不错的。"

确实，店门口有一条四五米宽的便道，支起桌子就可以经营大排档了。晚上城管下班，这种占道经营的事情一般也没人来管。

罗飞继续询问："还是刚才说的那个时间段，嗯……有没有不认识的人给你打过电话？"

林瑞麟摇头道："不知道。"

"不知道？"罗飞不太理解这个回复。

"因为我的手机关机了，"林瑞麟解释说，"昨天傍晚我老婆给我打电话，扯了些家里的杂事。她这个人嘴碎，屁大的事也能说半个多小时，结果把我的手机给打没电了。所以后来有没有人打电话给我，我就不知道了。"

"哦？那你回家之后给手机充电了吗？"

"充了啊，但是没开机。直到第二天起床以后才开机的。"

罗飞暗自点头：这就对了！昨晚林瑞麟的手机意外关机，导致嫌疑人无法拨通他的电话。而饭馆里人来人往，嫌疑人不便当众现身，他的杀戮计划因此搁置。等第二天林瑞麟开机的时候，警方已查到了正宜巷现场，嫌疑人也不敢再冒险和林瑞麟接触了。

想通了这个关节，罗飞紧绷的神经才真正放松下来。在这场凶险万状的追逐游戏中，警方终于有机会和嫌疑人站在了同一条起跑线上。这个机会的获取纯属侥幸。当林瑞麟对妻子的唠叨深感厌倦的时候，他绝不会想到这个女人竟救了自己一命！

接连回答了一系列问题，林瑞麟这会儿也忍不住有话要问："罗警官，到底是谁要跟我姓林的过不去？"

罗飞没有回答，他反问对方："你觉得会是谁？"这几起案子嫌疑人目标明确，筹划周密，作案动机应该是很明确的。罗飞希望林瑞麟能凭直觉说出几个可疑的对象。

林瑞麟早就在心里琢磨过这事，立刻说道："要说第一个可疑的，就是隔壁饭馆的韩松。我摆排档，他也摆排档，每天晚上都和我争地盘。我已经够忍着他的了，他却得寸进尺，前天桌子都快支到我店门口了。我骂了他两句，他就跟我发狠，说要找人砸了我的店什么的。"

罗飞"嗯"了一声："还有吗？"

"还有？"林瑞麟想了一会儿，"要不就是彭强那小子？他借了我七万块钱，好几年没还上。最近我催得急了点，把他惹毛了。但我们多少年的朋友了，不至于吧？"

罗飞继续问："再想想，还有吗？"

"还有……"林瑞麟眨了眨眼睛,似乎想到了什么,但欲言又止。

罗飞提醒对方:"这是性命攸关的事情,你对警方千万不能有所隐瞒。"

林瑞麟尴尬地揉了揉鼻子,说:"也可能是老曹。"

"什么人?说全名。"

"曹雨峰,我朋友……他老婆有点喜欢我,不知道这事是不是被老曹看出来了。"

所谓"他老婆有点喜欢我"不过是冠冕堂皇的说法,其实就是两人有了不正当男女关系。罗飞对此心知肚明。既然林瑞麟把这层关系都说出来了,那他应该已穷尽了自己心中的嫌疑人选。

罗飞转头吩咐小刘:"你把这三个人都记下来,派人去查一查。"

"查一查?"林瑞麟有些诧异地半张着嘴,"你们也不知道是谁想害我?"

"不知道。"罗飞实话实说,"根据我的判断,那家伙并不在你提到的这三人之中。"

"那还会是谁?"林瑞麟盯着罗飞看了一会儿,又问,"既然你们什么都不知道,你们为什么说有人会害我?"他的眼睛瞪得老大,好像在说:你们不是在逗我吧?

罗飞回视着对方,他觉得有必要将真实情况坦诚相告了。

"从昨天下午开始,市区接连发生了三起命案,都是同一人所为。凶手假扮成物流人员和受害人接触,然后通过一种特殊的手段杀害对方。到目前为止,警方对这个人身份还是一无所知。这家伙每次作案都会在现场留下一张快递单或者是物流提货单,其中送货人一栏填写的就是下一个受害人的名字。"说到此处,罗飞将一个证物袋推到林瑞麟面前,"你看看吧,这是他在第三起命案现场留下的东西。"

证物袋里封存着李小刚收到的提货单,上面清清楚楚写着林瑞麟的姓名和联系方式。

林瑞麟的脸色有些不对劲了。之前得到警方通知说有危险,林瑞麟本以为是有人放出口风要整自己,实际情况却大大出乎他的预料。虽然罗飞的描述已经很清楚了，但他还是忍不住要再确认一下："前三个人……都死了？"

"是的。而且死得很惨。"

林瑞麟脸颊上的肥肉抽搐着："你说他们是被一种特殊的手段杀死的……"

罗飞郑重地点了点头。

林瑞麟的双手握在一起，手指间相互挤动着。他很想问问是什么"特殊的手段"，但罗飞沉重的表情又让他不敢开口。片刻之后他忽然抬起头来，冲着不远处站着的一个服务员喊道："菜做好了没有？"

服务员回答说："做好了。"

林瑞麟招招手，连说了两声："端上来！端上来！"

服务员从后厨端出菜肴，有荤有素，有冷有热，有炒菜有煲汤，在圆桌的转盘上摆了一圈。一个厨师模样的小伙子跟在服务员身后，众人都退下了，他还陪在桌边。

林瑞麟拿起餐具招呼罗飞和小刘："两位警官，请慢用，别客气。"他嘴上让别人不客气，自己倒是真不客气。只见他左手拨动转盘，右手挟着筷子，很快就把桌上的菜尝了个遍，末了还不忘品评一番："这道响油鳝糊嫩是嫩的，但是油大了一点；烫干丝火候过了，所以口感有点发糟；鱼头汤倒是你做得最好的一次，我得喝上一大碗。"

说完这番话，林瑞麟果然给自己盛了满满一碗汤，还夹上半片鱼头。他连吃带喝的，啧啧有声。

小刘看看站在桌旁的那个厨师小伙子，打趣说道："你今天表现不错。你们老板尝了你的手艺，心情一下子就好了。"

厨师小伙子却乐不起来，他苦笑着说道："你是不了解我们老板。他越是心情不好的时候才吃得越欢呢。"

林瑞麟正埋头吸吮鱼头。他似乎嫌弃小伙子多嘴，便抬起左手来挥了挥。小伙子会意，先行退下了。

等把一碗汤喝完，鱼头也啃完了，林瑞麟这才幽幽地叹了口气，既满足又惆怅似的。然后他抬眼看着罗飞："那三个人到底是怎么死的？"

罗飞没回答对方的提问，只赞叹了一句："林老板真是好胃口。"

"人生在世，要珍惜机会享受啊。"林瑞麟感慨道，"其他的东西都虚得很，只有吃到嘴里的美味才是最真实的。所以就算发生天大的事，也不会影响到我的胃口。"

罗飞专注地看着对方，感受着那种发自心底的惬意。片刻后他又开口问道："所以说，美食就是你最大的欲望，对不对？"

"没错。"林瑞麟愉快地看着罗飞，感觉找到了知己。兴致所至，他又侃侃而言，"古人说得好啊，食色，性也！在我看来，女色这东西实在是不靠谱，带来的麻烦远远多于快乐。还是美食最好！每天都能尝到新口味，随时随地满足你。它不会嫌你胖，不会嫌你老，不会抱怨说你不够温柔体贴；你对它不满意，只管痛快地倒进垃圾桶，重新换份新的。所以对我来说，美食才是生命中最精彩的东西。"

罗飞却要给对方当头浇一盆冷水："但这种欲望可能会要了你的命。"

"要了我的命？"林瑞麟咧着嘴笑道，"你担心我会把自己撑死？"一边说一边又夹起一筷子菜送进嘴里大嚼起来。

"我不是和你开玩笑，"罗飞用非常严肃的口吻提醒道，"那三个人就是死于自己的欲望。"

"哦？"林瑞麟的笑容凝住了。他放下手里的筷子，眯起眼睛等待对方的详解。

罗飞便把赵丽丽三人死因讲述了一遍，林瑞麟一声不吭地听着，脸色越来越难看，末了疑惑地问道："所以说他们三个，一个死是因为太爱漂亮，一个是色鬼想搞女人搞死的，还有一个是贪财贪死的？"

"没错。按照这种规律来分析的话，如果嫌疑人要对你下手，很可能就会利用你的食欲。"

"那他会让我怎么死呢？"林瑞麟自嘲般地苦笑着，"难道真要让我吃到撑死？"

"更大的可能，"罗飞猜测着说道，"是让你在被催眠之后吃下他送来的某些致命的东西。"

"致命的东西？河豚？或者是毒蘑菇？"林瑞麟在脑海中展开想象时竟情不自禁地舔了舔嘴唇，"那都是剧毒的，可又绝顶美味……要是摆在我面前了，我恐怕真的抵抗不了那个诱惑。"

欲望竟能如此地令人沉迷，也难怪那家伙能够连连得手。罗飞感受到一种无形的压力，他重重地叹了口气。

罗飞的叹息声让林瑞麟清醒过来，后者暂时挣脱了对美味的遐想，重新考量自己所面临的危机。很快他又提出了另一个问题："罗警官，还有一件事我很不理解。那个凶手为什么要杀了我们几个？"

这也是罗飞最关心的症结所在。只有找到几个受害人之间的某种联系，才能判断出凶手的作案动机。于是他冲小刘使了个眼色，吩咐道："把赵丽丽他们的照片拿给林老板看看。"

小刘把三个受害人资料照片送到林瑞麟面前："你好好看看吧，对他们有没有印象。"

"是个美女哦。"林瑞麟先是对着赵丽丽的照片赞了一句，然后又耸耸肩膀说，"但我肯定没见过这个人。"

罗飞冲林瑞麟扬了扬下巴，示意他翻看下一个。

下一张是姚舒瀚的照片。林瑞麟想了一会儿，最终还是摇摇头："这个人……应该也没见过。"

罗飞也想不出姚赵二人的生活轨迹会和林瑞麟有什么交集。即便是吃饭，他们也不可能光顾这样的路边小店。

如此看来，这样的调查恐怕还是得不到什么线索。

就在罗飞即将失望的时刻，惊喜却在不经意间到来了。

"这小子我认识！"当林瑞麟翻看到李小刚的照片时，他立刻便拍着桌子叫起来。

罗飞精神一振，忙问："他和你什么关系？"

"半年前，这小子找过我一次别扭。"林瑞麟瞪眼盯着那照片又看了一会儿，再次确认道，"没错，就是他！"

"半年前找过你的别扭？"罗飞分析对方的语意，"也就是说你和他并不熟悉？"

"不熟不熟，就见过那一次面，我连他叫什么都不知道。但是那件事我印象很深的，所以绝对不会认错。"林瑞麟挥着胖胖的大手，情绪似乎有些激动。

只见过一次面！罗飞更加觉得有戏，这说明两人之间的关系非常简单，警方只要针对那一次事件挖掘线索即可！同时罗飞又在默默祈祷，希望这事确和凶案有关。毕竟龙州这个城市吧，说大不大，说小不小的，两个同城人的相遇也有可能只是一次巧合。

"具体是什么情况，赶快说说。"罗飞有些迫不及待地催促着。

林瑞麟这会儿倒不着急了，他看着罗飞，突然问出一个看似无关的问题："罗警官，你吃过狗肉吗？"

罗飞照实回答说："吃过。"

林瑞麟把身体往前凑了凑，追问道："那你觉得味道怎么样？"

"还不错吧。"其实罗飞对吃很不在意，以前朋友请客时吃过狗肉，具体的味道也不太记得了。对方既然问了，他就配合着敷衍一下。

"岂止是不错！所谓'狗肉滚三滚，神仙站不稳'啊。尤其到了冬天，炖上一锅狗肉，那真是既美味又滋补。"林瑞麟还闭上眼睛深吸了一口气，好像真能闻到臆想中的香味。等睁开眼睛之后，他又显出遗憾的神态："可惜龙州没有吃狗肉的传统。要想吃到正宗的狗肉，得到徐州沛县才行。"

徐州沛县的狗肉确实出名。汉高祖刘邦手下的名将樊哙就是沛县人，据说此人发迹前便以屠狗卖肉为生。由此可见沛县吃狗肉已有两千多年的历史，甚至被世人称为"狗肉之乡"。这些典故罗飞也算了解，但他更关心的是，林瑞麟和李小刚之间的纠葛和狗肉到底有什么关系呢？

林瑞麟接下来正要说到此事。

"每年冬天，沛县对狗肉的需求量都很大，龙州又没几个人吃狗肉。我就在中间倒腾些贩狗的生意。半年前，我在龙州收了一批活狗，找了车准备拉到沛县去。没想到车在高速收费站那儿被一群人给拦下了。这帮人一个个跟神经病一样，非要我把这车狗全都放了。我凭什么啊?这些狗是我花钱收来的,不偷不抢,有合法的运输证,你说放就放啊?于是我们就吵起来了,"林瑞麟伸出一根手指在李小刚的照片上点了点,"当时就是这小子跟我吵得最凶,差点没动手。"

原来是这么回事!龙州确实有很多养狗爱狗的人,他们对吃狗肉这样的事情极为反感。李小刚自己虽然不养狗,但他是在网上经销宠物用品,和这帮爱狗人士混在一起也合情合理。再联想到赵丽丽也爱狗如命,罗飞忽然有了个合理的猜测。他便把赵丽丽和姚舒瀚的照片翻出来,再次向林瑞麟问道:"你再好好想想,这两个人当时在不在那群人中间?"

林瑞麟很快回答说:"不在。"

罗飞不太甘心地追问:"他们有多少人?"

"那可不少。陆陆续续来了得有七八十号,汽车在路边停了一排。"

"这么多人的话你会不会记不清楚了?"罗飞有些担心地问道,"也许这两人就在里面,只是表现得不够突出。"

"这个男人另说,但这个女人如果在的话,我怎么会记不清?"林瑞麟把赵丽丽的照片推到罗飞面前,"这样的女人哪怕只在大街上看过一眼,也会忘不了的。"

确实,照片上的女人如此美丽,足以让任何一个男人过目不忘。罗飞无法反驳林瑞麟的逻辑,他只能认可赵丽丽不在场的说法。

赵丽丽如果不在,那姚舒瀚也没有出现的理由。难道这事真的只和李小刚有关?

罗飞需要知道更多的细节,他便继续询问:"后来这事是怎么解决的?"

林瑞麟说:"后来我报警了。警察来了之后也支持我,不允许那帮人继续拦车。但这帮神经病还是不依不饶的,搞得警察也没办法了,只好在中间和稀泥。最后商议出一个折中的方案:我以成本价把所有的狗卖给这帮人,他们愿意怎么处理就怎么处理。"

"这稀泥和得倒是不错,"罗飞评论道,"至少你没有亏本。"

"表面上没亏,实际上还是亏了,"林瑞麟不满地嘟囔着,"这车狗要是拉到沛县，一转手我能挣两三万呢。"

"你卖给他们多少钱？"

"五万块。"

"这钱谁出的？"

"那帮人自己凑起来的，具体谁出多出少我就不知道了。"

"嗯。"罗飞想了想，又问，"他们最后怎么处理那些狗呢？"

"我不知道。拿到钱我就走了，这帮神经病，我一分钟也不想多待！"

从林瑞麟这里貌似已得不到更多的信息，罗飞开始思量下一步的侦破计划。筹谋片刻之后，他吩咐身旁的助手："你调几个人手过来，排查一下附近的监控记录。另外联系110指挥中心，查一下林老板说的那件事是哪个警察经手处理的。"

小刘应了句："明白。"

虽然昨晚林瑞麟的手机意外关机致使嫌疑人的行动受阻，但那家伙很可能已经到达过百汇路一带。所以排查附近的监控记录或许能重新发现对手的行踪。而寻找半年前出警的警察则是为了查清那场涉狗纠纷的更多细节。罗飞这两步棋都是根据最新情况作出的安排，思路清晰，目标明确。

可是林瑞麟却觉得对方漏了点什么，他忍不住要提醒一下："我呢？你们准备怎么保护我？"

罗飞果断说道："你跟我们走。从今天开始，你吃住都在刑警队里，直到我们抓住那个凶手。"

"啊？"林瑞麟露出为难的神色，"你们刑警队的伙食怎么样啊？"

罗飞一脸严肃："美味不敢说，但至少不会要了你的命！"

第四章
销声匿迹的嫌疑人

01

坐在罗飞面前的是个三十岁左右的男子，他个头不高，相貌平平，如果脱去那身警服，绝对是个扔在街头就找不着的普通人。

他叫朱思俊，是龙州市公安局交警支队高速大队四中队的一名干警。半年前的那起堵车事件就是由他出面处理的。

朱思俊翻看着手里的几张照片，看完之后将照片分抓在两只手里，左手三张，右手一张。

"你说龙州出现了一个连环杀手，这三个人已经遇害了——"朱思俊先举起左手，然后放下，又举起右手，"而这个人就是杀手的下一个目标。"

罗飞点点头，同时观察着对方的反应。

朱思俊皱着眉头，游离的眼神显示出他的思绪似乎跳出了这场对话之外。

罗飞拉了对方一下："你在想什么呢？"

"没想什么。"朱思俊勉强挤出一丝干笑，那是下属讨好上级时常常出现的表情,然后他咧着嘴说道,"只是我觉得有点太夸张,不太真实……"

罗飞摊摊手:"但这些事情确实发生了。"

"好吧。"朱思俊控制住翩飞的思绪,准备回答罗飞之前的提问。他把手里的四张照片合在一起,挥了挥说道:"这几个人,在半年前的那场纠纷中我全都见过。"

"哦?"这个答案大大超出罗飞的预期,他立刻向前探着身体追问,"你确定吗?"

"我确定。"

罗飞和身旁的助手对视了一眼,欣喜中带着一丝困惑。

如果这四人确实都是那场纠纷的当事者,那意味着警方终于找到了四个被害人之间的关联纽带。这就为警方之后的工作奠定了坚实的调查基础——不管是追查凶手身份,还是预防命案再次发生。

可是林瑞麟却坚称没有见过赵丽丽和姚舒瀚二人,这事到底差在哪儿呢?是林瑞麟刻意隐瞒了什么?还是朱思俊的记忆出现了偏差?

罗飞接过朱思俊手里的照片,他特意挑出了赵丽丽和姚舒瀚那两张,提示对方说:"据林瑞麟反映,他当时在现场可没有见到这两个人。"

"他是没见到。"朱思俊给出解释说,"这两人是最后才来的,当时林瑞麟已经走了。"

原来是这样!罗飞打消了心中的顾虑,他开始详细了解事件中的相关细节。

"这两人也是来营救那些狗的吗?"罗飞晃着姚赵二人的照片继续问道。他觉得以这两个人的身份性格似乎不太可能参与这样的公益活动。

果然,朱思俊的回答证实其中另有原因:"他们是来找狗的。"

"找狗?"

"这个女人之前养了只狗,后来跑丢了。她在网上看到了运狗车被拦下的消息,就带着男朋友过来,想找找自己那只狗在不在这里。"

罗飞点点头,这就合理了。赵丽丽对自己养的狗非常重视,为了找狗才不顾身份来到这样一个混乱的现场。

罗飞又问:"那她找到了吗?"

朱思俊想了一下,摇头说:"好像没有。"

罗飞"嗯"了一声,继续问道:"你刚才说她是在网上看到的消息?"

"是的。"

"这事这么快就上网了?"

"来拦车的那些人本来就是在网上集合起来的。"朱思俊说道,"他们全都是养狗爱好者,以年轻人为主,平时喜欢上网交流。他们还专门为此建了一个QQ群。那天就是先在QQ群里约起来,纠集了二三十人来拦车。这些人来到现场以后又拍照片发帖子,在好几个宠物论坛上宣传造势。后来陆陆续续又有人来。这一对小情侣是来得最晚的。"

罗飞从中嗅到了一些思路,立刻吩咐小刘说:"派一个技术警员去调查李小刚的个人电脑,找出那个QQ群和相关的论坛。最终我要的是那天参与拦车的人员名单,越全越好!"

小刘这便通过电话进行安排,罗飞则继续向朱思俊询问。

"这帮人里面谁是组织者?"

朱思俊指指罗飞手中的照片:"应该就是那个李小刚。因为就数他和林瑞麟吵得最凶。后来我建议大家集资买狗,也是李小刚头一个响应,他几乎把身上全部现金都掏出来了,我记得有七百块,最后只留下了一些零钱。"

"那些狗后来怎么处理的?"

"听他们说是要送到流浪狗救助站,具体送没送我就不知道了。"朱思俊耸耸肩膀,"我的任务只是解决高速路口的拦车纠纷,对于那些狗,说实话,我可没心思去管。"

罗飞"嗯"了一声,对朱思俊的态度表示理解。随后他把手里的照片交给小刘,自己则拿起桌上的一份资料翻看起来。

那是朱思俊填写的出警记录,记载了半年前那起纠纷的起因事由及处理过程。罗飞此前已经看过一遍,现在是再次回顾。

时间：12月6日。

报案人：林瑞麟，男，42岁，身份证号*******************，联系电话***********。

事发地点：南绕城高速公路杨庄收费站口。

事发经过：上午九时许，林瑞麟雇佣牌号为*******的货车运送活狗236只，从本市百汇路出发，准备前往徐州沛县进行贩卖。货车在市内行驶过程中，被李小刚（男，24岁，身份证号*******************，联系电话***********）看见，李小刚随即将相关消息在QQ群内发布，他号召网友组织起来，拦车救狗。此建议得到部分网友响应。

上午十点左右，运狗货车抵达本市南绕城高速公路杨庄收费站。李小刚驾驶牌号为*******的小汽车将货车拦停。随后网友彭某、陈某等数十人先后赶到。李小刚要求林瑞麟将货车所运活狗全部放生，林瑞麟不同意，双方随即发生争执。纠纷导致附近交通一定程度受阻。

林瑞麟于上午十点三十二分拨打110报警。

处理结果：上午十点三十七分，龙州市公安局交警支队高速大队警员朱思俊（警号*****）抵达杨庄收费站现场，对双方纠纷展开调解。经调查，牌号为*******的货车证照齐全，并且已办理运送食用犬只的相关手续。李小刚等人提出的扣押运狗车辆的诉求属于无理主张，不获支持。鉴于李小刚等人拦车的出发点是为了保护小动物，此举与社会主流价值观相符，因此建议林瑞麟能作出适当让步，双方共同协商解决相关纠纷。

下午二时左右，双方就纠纷处理问题达成共识：林瑞麟将所运犬只交给李小刚一方处理，同时李小刚一方共同出资，给付林瑞麟人民币五万元整，以弥补对方的个人损失。

下午三时左右，李小刚一方凑齐人民币五万元整，交给林瑞麟。林瑞麟随后离开现场。李小刚等人从货车上清点出活狗共计228只，另有8只狗已经死亡。下午三时五十分，李小刚等人将228只活狗另行运走。事件处理结束，杨庄收费站附近交通恢复正常。

这份出警记录相对来说比较简单，这也情有可原，因为这样的纠纷在警方眼中实在算不上什么大事。

看完事发经过，罗飞觉得其中的一个细节需要深究一下。

"这里写着'纠纷导致附近交通一定程度受阻'，这个受阻的情况有多严重？"

朱思俊回答说："不是很严重。当时虽然聚集的车辆比较多，但是大家都有意识地把车贴着路边停靠。杨庄收费站那块地还是挺宽敞的，只有最边上那个入口被堵住了，其他几个都能正常通行。"

"哦。那应该不会因为交通的事情节外生枝吧？"

朱思俊很确定地说了声："不会。"

这样的话，一切的根源肯定就在那场纠纷中了。罗飞继续研读那份记录，试图从这短短几百字中觅得那个连环杀手的蛛丝马迹，可是他看了又看，却再也找不到端倪。最后罗飞无奈地将资料放在一边，他重新面对朱思俊，希望能从对方的记忆中再挖出点东西来。

可罗飞也不知道具体还能再问些什么，最后他只能笼统地作出一个假设："如果说，那个连环杀手当时也在现场，那么以你的第一感觉来判断，你首先想到的人是谁？"

朱思俊怔怔地愣了半晌，他似乎很努力地想了，但是给出的答案却令人失望。

"我想不到任何人。"他认真地说道，"我觉得这只是一个小小的纠纷，而且我已经处理得很好。谁会因为这件事情杀人呢？还一杀好几个，我实在理解不了。"

从常理来说确实无法理解。但罗飞知道那些连环杀手本来就不是常人，这些人通常具备某种独特而诡异的情感（这种情感的产生与他们过往的经历息息相关），外人看来微不足道的波澜都有可能在他们心中激起一片惊涛骇浪。

朱思俊只是一个普通的交警，要让他作出一个连自己都感到迷茫的判断，这恐怕真有点强人所难了。

现在只剩最后一丝希望，虽然渺茫，但也要尝试一下。

罗飞吩咐小刘："把凶手的监控截图给他看下。"小刘便拿出一张打印出来的监控照片，一边展示一边问朱思俊："对这个人有印象吗？"

朱思俊看了一会儿，茫然摇摇头。

监控上的人看不到容貌，只能辨别出身形和装扮。即便此人曾经出现在拦车现场，半年前的那个冬天穿着装扮也会和现在截然不同，这叫朱思俊何从判断呢？

"好吧。"罗飞只能暂且结束这次谈话，他站起身来，"今天先到这里，如果你又想到了什么，请随时保持联系。"

02

罗飞与朱思俊分别之后不久，前往调查李小刚个人电脑的技术人员便传回了消息：通过对目标QQ群和几个宠物论坛的搜索，半年前的聊天记录和论坛上的相关发帖已经找出来了，据此初步锁定了二十四个参与那次拦车救狗的人员。接下来对这二十四个人展开调查走访，相信更多有关人员名单很快就能整理出来。

"很好。"罗飞下达进一步的指令，"调集所有可能的警力，立刻展开调查，我不但要看到完整的人员名单，还要看到每个人的详细资料，包括他们的个人履历以及最近一天的活动轨迹。"

当外围的调查如火如荼展开的时候，罗飞也在努力从内部寻找突破。

"我们已经掌握了四个受害目标的个人信息，他们之间的联络纽带也呈现出来了。现在的任务，就是要找出那个藏匿的黑影，"罗飞半眯着眼睛分析着,"那家伙肯定和半年前的纠纷有关,而且他应该处于受害目标共同的对立面。"

小刘认同罗飞的分析,但顺着这个思路往下想的时候,矛盾点就出现了。

"那场纠纷里的对立面就是两个吧:吃狗和救狗。而林瑞麟和李小刚正是双方的代表人物,他们本身就是互相对立的,还能有什么共同的对立面呢?"小刘困惑地挠着脑门。不要说四个人了,光是这两个人他都想不通。

罗飞瞥了瞥自己的助手,忽然问道:"你没觉得李小刚有些不对劲吗?"

"你指什么?"小刘一边问一边眨着眼睛努力思索。

"你觉得李小刚这样的人会对养狗有多大兴趣呢?"

"应该没什么兴趣吧,"小刘猜测说,"他连自己还没养好呢,哪有闲情养狗?"

"你说得没错。李小刚连个人生存问题还没解决呢,养什么狗呢?我看他对吃狗肉的兴趣会更大,"说到此处罗飞口风一转,"可他却加入了一个讨论养狗的QQ群,还牵头组织了那次拦车救狗的行动。"

小刘想了想说道:"这也可以理解吧。他是做宠物生意的,用这种方法来讨好客户,不失为一种营销策略。"

罗飞道:"如果只是为了讨好客户,他付出的代价好像太大了。"

"掏出七百块买狗?"小刘斟酌道,"以他的经济条件,这个数目确实不算少。"

罗飞"嘿"了一声说:"不光是七百块的事,他还准备了一辆车呢。"

小刘也想起来了:"没错,出警记录里写了他开着一辆小汽车。他自己肯定没车,那这辆车是他租来的?"

"租来的借来的都有可能,但不管怎样都得有所付出。而且我相信:李小刚和那辆运狗车肯定不是偶遇,他是有所策划、做过充分准备的。"

"嗯，很有可能！"小刘表示赞同，"这么说来，他还真是付出了不少，不管是财力还是精力。"

"所以说这事如果仅仅是为了讨好客户，有点小题大做了……恐怕他还有别的用意。"

"别的用意？"小刘再次陷入苦想，"会是什么呢？"

"坐着干想是没有用的。"罗飞起身在小伙子肩头一拍，提议道，"我们去流浪狗救助站跑一趟，看看这家伙买完狗之后又做了些什么。"

龙州市只有一个流浪狗救助站，由龙州市犬业协会无主犬保护委员会承建并管理。救助站位于城郊的南明山脚下，罗飞曾在当地派出所做过多年的所长，对这一片非常熟悉。到达救助站之后，站长孙玉川亲自接待了罗飞与小刘二人。

孙站长证实半年前的确接收过一批被营救的犬只，他把罗飞带到救助站内。一进门就听见此起彼伏的犬吠声，放眼望去，数以百计的狗被圈养在一排排的犬舍内，这些狗种类各异，有的凑在围栏边大声吠叫；有的则静静地趴在角落里，看起来哀怨可怜。

"那批狗送来的时候是二百零三只，后来有些病死了，前些天又有人领养了一批。现在存活的还有一百三十多只吧。"孙站长指着一排排的犬舍说道，"都在这里呢。"

罗飞一下子就听出了问题："他们营救下来的应该是二百二十八只啊，怎么到了你这儿少了二十五只？"

"少了二十五只？"孙站长"嘿嘿"一笑说，"那些肯定都是品种不错的好狗，已经提前被人领养了。送到我这里的全是没人要的土狗、病狗。"

"哦？"罗飞觉得这话又有矛盾，"既然剩下都是没人要的，怎么又说前些天有人领养了一批？"

"那人领去不是当宠物养的，是工厂里的看家狗。所以不挑品种，只要个头大、性格凶就行。"孙站长解释了两句，然后又带着抱怨的口吻说道，"要是全都被人领养就好了。扔在我这里，一下子添了好大的负担。"

罗飞接茬问道："养这些狗很花钱吗？"

"一只狗一天的口粮至少得五六块钱，这么多条，你算算吧——这还不包括治病的钱。你可别小看这些狗，找兽医来看病，有时候比人还贵呢。"

"那开支确实不小。"罗飞又问，"救助站的经费从哪里解决？"

"我们是民间公益组织，经费来源主要靠社会人士的捐助。以前吧，都是量入为出，收容的犬只总量是要控制的。他们一下子送来两百只，我们怎么吃得消！"

"可你们还是收下了啊。"

孙站长无奈地苦笑着："那帮人一腔热情，买狗就花了好几万，又是拍照又是上网的，我们不收也不行啊。而且他们当时也承诺了，会对这批犬只的口粮负责。"

"那他们有没有兑现承诺呢？"

"一开始还不错，每周都过来一趟，带的狗粮也充足。可渐渐地就不行了，来的次数越来越少，而且带来的狗粮也不够吃的。最近两个月干脆不来了，现在连电话都打不通。"

聊到这里大致情况算摸清楚了，是时候把话题转引到案件本身了。罗飞便问道："你说不接电话的那个人，是不是叫李小刚？"

孙站长摇摇头："不是，那个人叫石泉男。"

"石泉男？"罗飞第一次听说这个名字，"他是什么人？"

"是我们协会的会员，这批犬只就是他介绍过来的。我们就是认可他的会员身份，所以才相信了他的话，没想到落了个骑虎难下的局面。"

话头看起来岔入了旁支，但罗飞并没有轻易放弃这个线索，他对孙站长说："把这个人的电话号码告诉我，我来和他联系。"

孙站长把手一摊："他留的那个号码已经停机了。我估计他是换了新号。"

罗飞微微一笑。这种金蝉脱壳的小伎俩对付普通人还行，但在专业的刑警面前能有什么用？他立刻电话联系了前方的调查人员。

"第一批查到的那二十四个人里面，有没有一个叫石泉男的？"

"有。我们已经找到他了，正在核实他的个人情况。"

"把他带到队里来。"罗飞对着手机话筒说道，"我要亲自会会这个人。"

03

回到刑警队的时候天色已经擦黑。在接待室门口罗飞遇见了前方负责查访的警员康浩，他顺便问了句："情况怎么样？"

"已经找到了六十三人，暂时没发现可疑对象。"康浩顿了顿，又道，"有些人看到网上的消息就直接过去了，自己没发过帖子，和其他人也不认识。这种情况可能就排查不出来。"

"实在查不出的也没办法，先把能做的工作做到吧。"说完这句罗飞便和小刘一同进了接待室，他看到办公桌前的客椅上坐着一个年轻的男子，心知此人就是石泉男。

根据康浩提供的资料，石泉男今年二十七岁，名牌大学硕士毕业，现任职于一家外贸公司，在本地可算是中上收入的白领。和这个阶层的很多年轻人一样，石泉男追求自由、环保、时尚的生活理念，养狗对他来说既是消遣，更是一种展现爱心的好方式。

罗飞在石泉男对面坐下，首先打量了对方一番。小伙子戴了副眼镜，看起来文质彬彬的。或许是第一次被带到刑警队吧，他的情绪既困惑，又有些许紧张。

罗飞自我介绍："我是龙州市刑警队队长，罗飞。"

石泉男快速地舔了一下嘴唇，问道："找我来到底什么事？"

罗飞直入主题："半年前在南绕城高速杨庄收费站，一辆运狗的货车被人拦住，这事你参与了吧？"

石泉男完全没想到是这事。他略略一怔，情绪随即变得慷慨起来：

"我是参与了，怎么了？狗是人类的好朋友，它应该陪伴在主人身边，而不是出现在食客的餐桌上！那次我们救下了两百多条狗，这是对自然负责，对生命负责，更是对我们人类自己负责。不管外界怎么评价，我坚持认为，我们的做法没有任何错误！"

透过对方那副激昂的外表，罗飞看到了一个充满热情但又略显幼稚的灵魂。他对这样的灵魂并不反感，谁没有年轻过呢？

年轻人总有一种"天将降大任于斯人"的豪情壮志，可是又有几个人真正理解"责任"两个字的含义？罗飞决定点一点对方。

"既然你一口一个负责，"罗飞直视着年轻人的双眼，"那我问问你，你送到救助站的那些狗，你说好要负责口粮的，现在为什么不管不问，甚至连电话号码都换了？"

石泉男一下子泄了气，他心虚地低下头以避开对方的目光。在羞惭片刻之后，他又愤愤地为自己辩解："这事不能怪我，我也是被人骗了，没办法。"

"怎么被人骗了？"

"有个叫李小刚的家伙，一切都是他策划的。他自己挣了不少钱，倒把我挡在前面背黑锅。"

自己并未刻意引导，话题已自动转向了案件的相关人。罗飞精神一振，顺势问道："这个李小刚和你有什么关系？"

"没什么关系，就是网上认识的。我自己建了个QQ群，叫'爱犬之家'。我是群主，李小刚也加了那个群。他是卖宠物用品的，有事没事总爱找我聊天，其实就是想多拉点生意。"石泉男先把背景交代了一下，然后开始详细讲述那事的前后经过，"出事那天是李小刚先拍了运狗车的照片发到群里，号召大家去拦车。我也去了。后来大家集资把狗买了下来，靠我的关系联系了救助站。救助站的人一开始不肯收，他们负担不了那么多狗的开销。李小刚就主动提出来，说狗粮这块他来解决。于是我又和救助站沟通，说狗粮的事我们自己负责。救助站这才同意收留那批狗。后来就每周都打电话找我要狗粮。"

"那李小刚呢？他给你提供狗粮了吗？"

"提供是提供了，但他并不是出于善心，纯粹是为了赚钱。"

罗飞有点糊涂了："他免费提供狗粮，这不是赔钱的事吗？怎么可能赚钱？"

石泉男撇着嘴道："免费？怎么可能？他在网上搞了个'爱心义卖'，让网友们去他的店里买狗粮，先收到钱之后，才把卖出的狗粮转交给我。他还让我帮他在网上发帖子造声势。我当时也没多想，就这样被他利用了。"

这么一说就明白了。李小刚兜了一个大圈子，原来就是要通过这件事情卖狗粮。两百只狗的口粮绝对算得上一单大生意，难怪他会那么投入。罗飞在佩服李小刚生意头脑的同时，忍不住还想问问效果："这么卖的话，销量怎么样？"

"非常可观。当时拦车救狗的事在网上炒得很热，不光是龙州了，全国的爱心人士都在关注这事。再说我在圈子里也是有点名气的，由我出面呼吁，每周卖出的狗粮数量相当可观。"

"既然这样的话，"罗飞把话题拉回来，"你们后来为什么还要拖欠救助站的口粮呢？"

石泉男直言不讳地说道："因为我不想再被那家伙利用了。他在网上卖的狗粮不仅价格贵，而且账目不清。很多网友都看出有问题，甚至有人怀疑我也借这事中饱私囊。于是我就在网上发出公告，声明卖狗粮的事情和自己没关系。这样就有更多的人开始质疑所谓的'爱心义卖'，卖出的狗粮也越来越少。李小刚对我非常不满，我们大吵了一次，从此就再也没有联系了。"

话到此处，事情的前因后果已然清楚，李小刚在其中扮演的角色更是显露无余。罗飞盯着石泉男看了一会儿，换了种语气问道："你是不是觉得李小刚这人和林瑞麟一样可恶？"

"林瑞麟？"石泉男眨了眨眼睛，并不记得这个名字。

罗飞提示说："就是当时那个贩狗的老板。"

"哦。"石泉男略略斟酌了一下，说，"我觉得李小刚更可恶！狗贩子是自己做买卖，李小刚却是利用我们的爱心赚钱。都像他这样，以后谁还会相信这类的公益活动呢？"

罗飞暗暗点头。这样看来，在爱狗人士的心中，李小刚和林瑞麟就站在同一个对立面上了。他继续问石泉男："那天来参与拦车的网友，是不是很多人都和你熟悉？"

石泉男说："是不少。"

罗飞拿出嫌犯的监控照片："你看一下，对这个人有印象吗？"

和朱思俊的反应一样，石泉男看着照片也只是茫然摇头。

罗飞想了一会儿，又问道："你觉得在爱狗人士里面，会不会有人对李小刚或者林瑞麟这样的人采取极端的行为？"

"什么极端行为？"石泉男觉得不太对劲了，他皱起眉头反问，"你到底想说什么？是不是已经出了什么事情？"

罗飞便不再隐瞒，他直言道："李小刚已经死了，林瑞麟也受到了死亡威胁。警方正在排查可能的凶手。"

石泉男吓了一跳。当他品出对方的潜台词之后，忙不迭地连连摇手："不可能是我们干的。我们连小动物都不忍心伤害，怎么会杀人呢？"

罗飞没工夫反驳这种幼稚的逻辑，他又拿出两张照片向对方展示："这两个人见过没有？"

照片中赵丽丽靓丽的身影一下子刺激到石泉男的记忆，他的瞳孔放大了，同时略带兴奋地点了点头。

罗飞又道："据说他们当时也到了现场，但是来得很晚。"

石泉男证实了这个说法："他们来的时候我们已经把犬只装车，准备撤离了。"

"你对这两人的印象如何？"

"不太好。"

罗飞追问："为什么？"

"他们和我们就不是一类人。那男的开了辆豪车，趾高气扬的样子。这两人说自己的狗丢了，要找一找，结果耽误了我们十来分钟的时间。但那男的一点歉意都没有，好像我们天生就该以他为中心，一切都要围着他转。"

罗飞注意到石泉男抱怨的矛头全都指向了姚舒瀚,并未提及赵丽丽。看来这小伙子和大多数男人一样,对美女还是有着本能的好感。

罗飞继续询问:"那他们有没有和你们的人产生过冲突?"

石泉男摇摇头:"冲突没有。只是有个朋友讽刺了他们一下。"

"怎么讽刺的?"

"他们不是急着找狗吗,找了一圈也没找到。然后就有人故意刺激他们,说卡车上还有几条死狗呢,要不你们再去那边找找?"

"他们什么反应?"

"他们没听出来这是故意恶心他们呢,居然真去卡车那边找了。"回忆起当时的情形,石泉男的嘴角勾起一丝嘲笑,仿佛找到了智商上的优越感。

罗飞则继续挖掘相关的细节:"那他们最后找到了没有?"

"这就不知道了。"石泉男把手一摊,"他们去卡车那边找狗,我们就开车走了。"

罗飞沉吟了一会儿,似乎没什么可再问的,他便冲坐在不远处的小刘做了个手势。小刘会意,起身对石泉男说道:"行了,没别的事了,我送你出去吧。"

石泉男麻溜地站起来,礼节性地和罗飞说了声"再见",随后便毫不留恋地跟着小刘快步而出。

送走石泉男之后小刘折返回来,却见罗飞仰靠在办公椅上,双手十指交叉地搭在自己腹部,闭着眼睛不知在想些什么。

"罗队。"小刘唤了一声问道,"你想什么呢?"

罗飞睁开眼睛说:"我在想,赵丽丽和姚舒瀚去了卡车那边找狗,接下来会发生些什么呢?"

小刘挠挠头嘀咕:"也不知道他们找到了没有。"

罗飞吩咐说:"你给朱思俊打个电话问问。"

小刘便给朱思俊去了个电话,沟通一番之后向罗飞汇报:"朱思俊也不知道。说是李小刚等人散了之后,他也跟着走了。要不去找找那个卡车司机啊？出警记录上留着车牌号呢，找人应该不难。"

罗飞摆摆手："不用查车牌了。林瑞麟那里肯定有司机的联系方式，问下就知道。"

没错！林瑞麟这会儿正在刑警队里待着呢。小刘转身要走："我这就去问。"

"等等。"罗飞叫住小刘，他看了看手表，"时间也不早了。这样，你把林瑞麟叫上，我们一块去食堂，边吃晚饭边聊。"

04

"难以下咽。"

林瑞麟对着面前的餐盘瞅了半晌，最后给出了这么一句评价。

一旁的小刘颇为不满地反驳："你吃都没吃呢，怎么知道难以下咽？"

"这还用吃？"林瑞麟指着餐盘里的菜肴展开了点评，"你看这韭菜这么粗，肯定老得嚼不动；红烧鸡块嘛，用的是催熟的肉鸡，一点香味都闻不到；再说这鱼，明显是冻过的，眼珠子都瘪了……"

"你尝尝这个狮子头，"小刘向对方推荐，"这是我们食堂的看家菜，又鲜又嫩。"

"看卖相倒是不错，"林瑞麟难得夸赞半句，随后却又摇摇头，"可现在是夏天啊，口味应该清淡一点。这肉末的比例应该少一点肥肉，补充点荸荠进去，那多好啊！"

小刘白了对方一眼，自己夹了颗狮子头，伴着米饭吃得不亦乐乎。他是个壮小伙子，又辛苦奔波了一整天，正需要这样肥腻的菜肴来补充体力。

林瑞麟愁眉苦脸地看看小刘，又看看罗飞。

罗飞也开始吃饭，好像根本没听见对方的抱怨。

林瑞麟忍不住了，他提出要求："我让店里的伙计送点饭菜过来。"

罗飞断然拒绝："不行。"林瑞麟最大的欲望就在于饮食，嫌疑人很可能就针对这一点对其进行谋害，罗飞怎敢让他接触到外来的饭菜？

林瑞麟如小孩般把筷子往桌上一扔，赌着气嘟囔着："为什么不行？"

"为了你的安全。"罗飞也不多说，但短短的几个字分量十足，彻底断绝了对方的念头。

林瑞麟长叹一声，充满了惆怅。然后他重新捡起筷子，夹了点韭菜送进嘴里，无比艰难地咀嚼起来。

小插曲过后罗飞开始说正事了。他瞥了林瑞麟一眼："半年前帮你运狗的那个卡车司机，你和他熟悉吗？"

"你说老兔？"林瑞麟立刻反应道，"熟悉啊，以前我往沛县拉狗都是找他。"

"老兔？"罗飞和小刘对视了一眼，都觉得这是一个挺怪异的称呼。

"这是他的外号，他的原名叫涂连生，但是认识他的人都叫他'老兔'。"提到这个话茬，林瑞麟情不自禁地咧嘴笑开了。那是一种自信而又欢快的笑容，就像是人们看到了马戏团里的小丑。

罗飞看出对方的笑容里似乎有点内容，便多问了一句："有什么说法吗？"

林瑞麟抬手在自己的上唇沟里比画了一下，挤着眼睛说："他是个兔子嘴。"

罗飞知道什么叫"兔子嘴"。那是一种先天性的面部畸形，患者的上嘴唇从唇沟处裂开，就像兔子一样成了三瓣嘴。这种畸形在龙州民间又俗称"豁嘴子"。

罗飞并不觉得这事有什么好笑的，他不满地瞪了林瑞麟一眼："因为这个，你们就管人叫'老兔'？"

林瑞麟也感觉自己的神态不太妥当，他讪讪地捏了下鼻子，收敛住情绪说："也不完全是这个原因。叫他'老兔'，还和他的性格有关。"

"哦？"罗飞追问，"他是什么性格？"

"特别老实，或者说是窝囊吧，就像兔子一样。"林瑞麟翻着眼皮想了想，更进一步道，"甚至连兔子都不如。兔子急了还咬人呢。涂连生那可是真正的三棍子也打不出一个闷屁来！"

听了这番描述，罗飞已在心中勾勒出一个形象。这应该是个来自社会底层的可怜人，身份卑微，性格懦弱。脸部的残疾更是让他尝遍了世态炎凉，而他早已逆来顺受，只畏缩在自己的世界里，丝毫不敢反抗。

"你给他打个电话吧，"罗飞向林瑞麟说道，"我有事情要问他。"

林瑞麟却尴尬地咧着嘴说："我打电话恐怕他不会接。"

"为什么？你和他不是挺熟的吗？"

林瑞麟说："以前是挺熟，但自从上次拦车的事情过后，他就不愿和我联系了。"

罗飞猜测着问道："怎么了？你那次没给他结账？"

"这账没法结啊。"林瑞麟做出无辜的表情，"第一，我自己没赚到钱；第二，我们的约定是要把狗拉到沛县，结果还没出城就被拦住了，他又没把活干完，我怎么结账？"

"活没干完是遇到了意外情况，又不是他的责任。再说你已经收了李小刚他们的钱，好歹应该给司机补偿点工费和油钱吧？"罗飞站在公允的角度评判道。

小刘也在一旁出言讥讽："他就是看对方老实好欺负，所以能赖就赖。要是换个难缠的司机，你看他能走得了？"

林瑞麟苦着脸为自己叫屈："两位警官，你们要是觉得我做事不地道，我也没话说。可我是生意人啊，很多事情只能自私着点。我要是像你们一样处处发善心，那早就赔死了。"

小刘"嘿"地冷笑一声，说了句："无奸不商。"

罗飞没兴趣再纠缠这个话题，他对林瑞麟说道："那你把他的手机号给我，我自己来打。"

林瑞麟便查了涂连生的电话号码报给罗飞，罗飞拨了过去，可是听筒里却传来了系统提示音："对不起，您拨打的号码是空号。"

罗飞皱起眉头："怎么是空号？"

"空号？"林瑞麟不太相信似的，又拿自己的手机拨了一遍，果然如此。他一撇嘴道:"不至于吧,连手机号都换了?"

小刘笑嘻嘻地看着林瑞麟,有点幸灾乐祸的意思。随后他又主动请缨:"罗队,这人还得我去查一下吧?"

罗飞想了想说:"这个点机关里的人都下班了,明天再查吧。你昨天一夜没睡,也得好好休息一下。"

其实不光小刘一夜没睡,罗飞这一整天来几乎也是连轴转的。现在林瑞麟已得到警方的严密保护,这相当于扼断了凶手连续杀人的犯罪链条。警方也得抓紧机会休息,这才能更好地迎接下一轮的战斗。

所以小刘很痛快地应允了罗飞的建议:"那行。今晚好好睡一觉,明天一早重新开工!"

小刘说到做到,第二天早早便行动起来。在得到一些收获之后,他急匆匆去找罗飞汇报。

罗飞正和林瑞麟一起在食堂里吃早餐。小刘看到罗飞双眼现着血丝,形容有些憔悴。

"怎么了罗队?"小伙子关切地问道,"昨晚又没休息好?"

罗飞摆摆手,有些无所谓的样子,相较于自己的身体,他更关心的是案情的进展:"和涂连生联系上了吗?"

小刘语出惊人:"涂连生已经死了!"

"死了?"罗飞一下子愣住了,"什么时候?"一旁的林瑞麟也瞪大了眼睛,难以置信似的。

"两个月前,出车祸死的。"

罗飞松了口气,他还以为是那个凶手又作案了。两个月前的车祸,听起来和这两天的案件应该没什么关系。

"具体怎么出的事?"林瑞麟接着这茬问道。涂连生怎么也是他的老相识,在细节方面他会更关心一点。

"四月五日晚上,他开车在南绕城高速上出了事。卡车失控冲出了护栏,外面是道几十米的深沟,当场就死了。"小刘顿了顿,又补充道,"交警给出的鉴定是醉酒驾车。"

林瑞麟立刻提出异议:"醉酒驾车?这怎么可能!老兔根本是滴酒

不沾的。"

罗飞看着林瑞麟问道："这事你确定？"

"确定！以前我雇他的车，每次到了沛县都请他吃狗肉。他从来不肯喝酒，有一次我硬劝他喝了半杯，也就两把的白酒，他的脸红得跟猴屁股一样，再也不肯多喝一滴。像他这样的人怎么可能醉酒驾车呢？"

罗飞沉吟着说道："这就有点蹊跷了……"

小刘却道："还有更蹊跷的呢！"

"哦？"看着小刘严肃而又跃跃欲试的表情，罗飞预感到此事很不简单，他连忙追问，"更蹊跷的在哪里？"

"因为涂连生死了，我就想联系一下他的家人。结果这人是个老光棍，一个亲人也没有。但他出事前写过一封遗嘱，指定了一个遗产继承人。"说到这里，小刘故意卖了关子问罗飞，"你知道这个继承人是谁？"

罗飞摇摇头，这没头没脑的上哪猜去？

小刘从随身的公文包里掏出份资料递给了罗飞："喏，就是他。"

资料左上角贴着一张照片，显出的是一个中老年男子。那男子容貌清瘦，头发已经略略谢顶，但精神倒还矍铄。照片旁列有此人的个人简介：萧席枫，男，五十二岁，龙州市安远心理咨询中心主任。

罗飞看着照片眼生，但这个人的身份却让他产生了敏感的猜测："难道这个人是……"

"你不是让我去调查那些参加过催眠师大会的人吗？"小刘用急促的语调说道，"这个萧席枫就是其中之一。"

罗飞释然而又兴奋地"啊"了一声。一个与涉案人物有着紧密关联的催眠师！这里面供人联想的空间实在是太大了。罗飞再次端详着那份资料，和照片上的男子对视着。他几乎是迫不及待地想要立刻出现在对方面前！

第五章
半年前的真相

01

萧席枫原本是龙州大学校医院的心理咨询老师。最近几年人们对心理问题越来越重视，社会上也有了心理咨询的需求，于是萧席枫就出来创办了安远心理咨询中心。

七年前，萧席枫报名参加了一个催眠培训班，主讲正是凌明鼎。萧席枫完全认同凌明鼎提出的"心桥"理论，从此他开始把相关的催眠治疗术应用于临床的心理咨询和矫正。

去年夏梦瑶在龙州接连做了好几场催眠表演，引发了一股催眠热潮。安远心理咨询中心的业务量也随之大增。萧席枫的行业知名度扶摇直上，俨然已成为龙州市首屈一指的心理治疗师。

罗飞和小刘来到位于富达路上的这座两层小楼，门口标牌边注明营业时间从上午九点开始。此刻刚刚过了八点半，咨询中心尚未开门纳客。

透过虚掩的玻璃门，罗飞看到屋内已经有人在活动，于是便推门直接走了进去。

一个三十出头的女子正在做清洁。小刘上前问了句:"请问萧席枫萧主任在吗?"

"萧主任还没上班呢,"女人微笑着说道,"我是他的助手沈慧。"

小刘又问:"那他大概什么时候会来?"

"应该快了吧。"沈慧抬头看了看墙上的挂钟,随后她反问小刘,"两位有预约吗?"

小刘摇摇头:"没有。"

"那你们先预约吧。萧主任今天的病人已经排满了,你们得明天再来。"沈慧耸耸肩,做出一个歉然的表情。

"我们不是来看病的,"小刘解释说,"我们是警察。"

"警察?"沈慧惊讶地挑了挑眉头。她看着眼前这两位,因为猜不透对方的来意,一时也不知该说些什么。恰在这时又有一人推门进了屋。沈慧见到来人便松了口气,唤道:"萧主任,您来得真巧,这里有两位警察要找您。"

罗飞二人转过头,却见刚进来的这人果然正是萧席枫。和照片上的形象相比,此人最大的变化就是剃了个光头,这样一来反倒看不出谢顶了,便显得年轻了许多。

萧席枫也在打量着罗飞二人,片刻之后,他平静地吩咐自己的助手:"把今天上午的预约都取消吧,通知他们明天再来。"

"啊?"沈慧有些不太确定,"上午的全都取消吗?"

"全都取消。跟他们好好打招呼,明天来的话,咨询费可以打八折。"说完之后萧席枫冲罗飞二人招了招手,"两位,我的办公室在楼上,请跟我来。"

楼上的办公室宽敞明亮。靠着南边飘窗处设了一套办公桌椅,旁边立着一个书柜,满满地塞着各类专业书籍和病人资料。办公桌前方则是咨询诊疗区,面对面摆着两张单人椅。其中较大的那张类似于飞机上的头等舱座椅,带有开关,可设置为躺倒的姿势,这显然是为做治疗的病人所准备,而对面那张办公椅则是心理医生的座席。

萧席枫招呼二人随便坐，自己把随身携带的公文包放在桌上，然后拿了个烧水壶去水池边接水。

小刘想把那张舒适的躺椅让给罗飞，但罗飞摇摇手，抢先坐在了对面的办公椅上。

萧席枫把水烧上，他转过身来看了眼，说道："罗警官，你看起来很疲惫，或许应该享受一下那张躺椅。"

罗飞却说："不能太舒适了，我得保持清醒。"

萧席枫摊摊手，做出一个悉听尊便的姿态，然后他走到办公桌后的那张椅子上坐好。

"萧主任，我们以前见过吗？"罗飞以这种方式开场，因为他还没做过自我介绍，但是对方已经叫出了他的姓名。

萧席枫微微一笑，说："在现实中没有见过。"

现实中没有见过？罗飞品味着这句话的潜台词，他猜测说："你是在哪里看到过我的资料？"

"不是，"萧席枫说，"我是在另外一个人的精神世界中见过你。"

精神世界？罗飞皱起眉头，一时猜不透这所谓的"另外一个人"会是谁。

萧席枫提示说："昨天晚上已经有警察到我家中拜访过。他告诉我，龙州刑警队长罗飞和助手刘东平很快就会来找我。至于你们两人谁是队长，谁是助手，我一眼就能分辨。"

原来是这样，难怪他对于警方的来访一点都不惊讶，而且还能准确辨明罗飞的身份。不过那个捷足先登的警察是谁呢？罗飞狐疑地看着小刘，难道是这小子按捺不住，私下派出的侦查人员？

小刘也感到莫名其妙，他摇了摇头，表示此事和自己无关。

那还会是谁？罗飞想了片刻，忽地心念一动，问道："难道是朱思俊？"

昨天晚饭前小刘曾打电话给朱思俊，询问赵丽丽有没有在卡车上找到丢失的狗。朱思俊表示对此事并不知情。说不定他后来就主动查这事去了？如果要查的话，唯一的线索也只有从卡车司机入手。如此顺藤摸瓜，最终必然就会找到萧席枫处。

"就是这个人。"萧席枫首先证实了罗飞的推测，随后又道，"他是交警队的吧？不过他昨天来找我的时候，却自称是刑警队的。"

罗飞颇为困惑。朱思俊身为交警，本就没有参与案件侦查，为何要冒充刑警，有此越俎代庖之举？如果说只是为了回答小刘的问题，那未免过于积极了吧？

罗飞接连问出两个问题："他找你干什么？还有，你怎么知道他的真实身份是交警？"

萧席枫道："他和我见面时拿出一本警官证展示了一下。他没有把证件打开，只是让我看了封皮，同时他自报姓名，说是刑警队王军。他用右手拿的警官证，视线却看向左边。这说明他表面上在展示警官证，但潜意识却要把我的注意力引向另外一侧。这种自相矛盾的肢体语言足以证明他在撒谎。"

"哦？"罗飞眯起眼睛审视着对方，"你对微表情很有研究？"

萧席枫很不以为然地说道："作为一名心理咨询师，这是最基本的职业技能。"

"那你当场戳穿他的谎言了？"

萧席枫摇着头反问："我为什么要戳穿？我戳穿了之后他也未必会说真话，我会用更职业的方法来处理。"

"更职业的方法？你是说……催眠？"

"是的，我对他实施了催眠。"萧席枫顿了顿，然后开始详细描述那个过程，"当时我请他进屋坐下，我们面对面展开交谈。他说这两天龙州出了大案子，案情牵涉我的一个朋友，所以来找我了解情况。我表现得很配合，这打消了他最初的戒心。渐渐地我开始占据主动，并有意识地引导话题的方向。几番试探之后，我发现他的情绪中隐藏着某些忧虑，这种忧虑被我利用了。最终他接受了我的催眠，并且在催眠状态中说出了实情。"

"哦？那实情到底是什么呢？他为什么要来找你？他又为什么忧

虑?"罗飞看似提了两个问题,但他相信这两个问题有着统一的答案。

萧席枫盯着罗飞看了片刻,微笑道:"他的忧虑来自于你施加给他的压力。"

压力?罗飞看看小刘,两人都颇为不解。他们只是向朱思俊询问而已,知道就知道,不知道就不知道,所谓压力从何而来?

而萧席枫接下来的话让罗飞窥到了一点端倪:"因为他对你们隐瞒了一些事。"

"这些事和你的朋友有关?"罗飞猜测着说道,"他猜到我们会来找你,所以提前过来打探。他想知道我们能从你这里问出些什么,自己好有所准备。"

"一点都不错。"萧席枫很佩服罗飞的思维速度,他评价道,"其实他一开始就不该隐瞒的,这点小伎俩在你面前根本混不过去,他早该有点自知之明。"

罗飞对这样的夸赞并不在意,他只对案件线索感兴趣:"既然你对朱思俊实施过催眠,那他所隐瞒的那些事情,你应该也知道了吧?"

"我当然知道,不需要催眠我就知道。"萧席枫沉默了一小会儿,然后郑重宣布,"我几乎知道所有的事!"

罗飞的心跳加快了,他凝目看着对方的眼睛,那双眸子深邃无比,似乎藏着无尽的秘密。

两人就这样对视了片刻,似乎都想从对方心中挖掘些东西出来。忽然间罗飞意识到自己的精神过于集中了,他慌忙挪开了视线,身上则惊出了一层冷汗。

略作平息之后,罗飞才又开口重整旗鼓:"既然这样就别兜圈子了。说说吧,你都知道什么?"

"咔。"一声突如其来的轻响打破了交谈的节奏,却是那壶水已经烧开。萧席枫起身走过去,一边端起水壶一边问道:"你们想喝些什么?"

小刘说了句:"随意。"罗飞则道:"茶,浓一点的。"

萧席枫拿出三个杯子,倒了数量不等的茶叶泡好。小刘主动上前接了两杯，把最浓的那杯给了罗飞。

萧席枫端着剩下的那杯茶，他没有走回自己的位置，而是站在罗飞面前问道："我想先请教一下，在你们这个案子里，我现在属于什么样的角色？"

罗飞用一个词回答："知情人。"

"知情人……"萧席枫咧开嘴笑了一下，然后他又反问，"难道不是嫌疑人吗？"

"萧主任过虑了。你怎么会是嫌疑人呢？"罗飞用劝解的口吻说道，"我们只是来调查走访，不是传唤，更不是讯问。如果你觉得不合适，完全有拒绝我们的权利。"

萧席枫略略眯起眼睛："这是场面上的话。事实上呢？对我多少有些疑心吧？"

对方的态度让罗飞有些捉摸不透，他便退了一步，半攻半守地反问："你为什么会这么想？"

萧席枫把茶杯举到嘴边，他撮起唇吹了吹飘在杯口的茶叶，然后慢悠悠地说："最近两天，龙州市接连发生了三起命案，另外还有一个饭店老板受到了死亡威胁。三名死者，还有那个饭店老板，他们有一个共同点，都是半年前一起拦车救狗事件的当事人。据说凶手在作案过程中施展了催眠术……嘿嘿，我学过催眠，而我的一个朋友也参与了半年前的那起事件。这两条线索综合起来，足以在我身上形成一个大大的疑点吧？"

按正常思路来说确实如此，但此刻罗飞却摇头道："我们在现场附近的监控中找到了凶手的影像资料，那个家伙身形偏胖，和你有明显的差异。我们还调查了你近期的行踪，前些天你正好去北京出差，昨天下午才回到龙州的，所以你并没有作案的时间。"

"是吗？"萧席枫啜了一小口茶水，在唇齿间细细地品味良久之后，这才把那一股香苦难辨的滋味咽进了肚子里。然后他轻叹一声，苦笑道："也许我是他的同谋呢？"

同谋？罗飞看对方的样子不像是开玩笑，他立刻紧张起来："你认识那个凶手？"

萧席枫却把手一摊："不认识。"

罗飞有种受到戏耍的感觉，他皱起眉头看着萧席枫，不知道对方究竟在搞什么。

萧席枫察觉到罗飞的情绪。他抿着嘴，做出个歉意的表情："好吧，我们先不说这个。说说我那个和案件有关联的朋友涂连生吧。两个月之前，他出车祸死了，而且死得很蹊跷。我想正是他的死把二位引到了我这里吧？"

"没错。听说他从不饮酒，但那天却是因为醉驾出的事。而且他在出事前还留下了一份遗嘱。"罗飞一边说一边用审视的目光看着萧席枫，他觉得不能总让对方控制节奏，自己也得主导话语。

萧席枫微微一笑，顺着罗飞的话头往下说："一个五十出头的人怎么有心思写遗嘱呢？联想到那次蹊跷的意外，遗嘱的受益人就非常非常可疑了。"

"那个受益人就是你。"既然对方早有准备，罗飞干脆也亮出了底牌，"你说得没错，我们来找你，就是要问问这件事。"

萧席枫心满意足地说了声："很好。"也不知是在恭维罗飞，还是在夸赞自己。然后他迈步走向自己的办公桌。把茶杯放到桌面上之后，他又回头看着罗飞说道："罗警官，我可以给你一个初步的评价吗？"

罗飞"嗯"了一声，静待对方的高见。

"你很敏锐，思路清晰，目标明确。但在这件事情上，你有些操之过急，所以不太细致。"萧席枫一边说一边转过身来，"你肯定没有调查过我和涂连生之间的关系——如果你调查过，你就知道我绝对不会加害这个人。"

在得到萧席枫这条线索后，罗飞立刻匆匆赶来，其间确实没有对萧涂二人间的关系详加调查。但这并不意味罗飞对相关情况一无所知："我知道你们曾经是同学。"

"同学？嘿嘿，只有这么简单吗？"萧席枫翻出一个钱包。他重新走回到罗飞面前，把钱包的折面打开递给罗飞，说："你该看看这个。"

罗飞接过那个钱包，却见折面内夹着一张照片。这照片正是萧席枫想要展示的东西。

那是一张黑白照片，发黄的底色显示出悠远的年代。照片的内容是两个年轻人的合影。

两个有着鲜明对比的男人，一高一矮，一帅一丑。高个男子穿着衬衫长裤，英姿勃发，他露出灿烂的笑容，目光炯炯有神。罗飞能看出此人正是年轻时的萧席枫，当时他风华正茂，脑壳也尚未谢顶。

矮个男子则长了一张上窄下宽的冬瓜脸，细眯的小眼睛如同赌气的情人般背靠背地远远分开，他的鼻子像是刚被人狠揍了一拳似的，软塌塌地趴在眼皮下方。这些相貌特征已足够将此男子划归于丑八怪的行列，可是和嘴部的缺陷相比，这些部位的丑陋又不算什么了。

男子的上唇裂成了两半，裂口又长又深，一直抵达鼻尖下方。不仅如此，那道裂口还向着一边脸颊歪斜过去，导致有半片上唇如同抽筋似的斜吊起来，露出唇下一排乱糟糟的牙齿。

男子的气质也和他丑陋的相貌难分伯仲。他穿了一件不合身的外套，皱巴巴的像是捆在身上；他的个头本来就矮，腰背又佝偻着，姿态猥琐；在拍照片的那个瞬间，他脸部的肌肉很不自然地堆砌成一团，显示出面对镜头的不安和惶恐。

很容易猜到，这个又矮又丑的男子就是涂连生。在林瑞麟口中，此人外号叫"老兔"，初听起来这是一种侮辱，但看到照片之后，罗飞却觉得这外号其实也没什么。

兔子长成这样，也会是一种悲哀吧。就连饥饿的大灰狼看到这种丑陋的兔子恐怕也会倒了胃口。

当罗飞这么想的时候，他的鼻子和眼眉不由自主地收缩了一下，暴露出心中一种本能的审丑抵抗情绪。这个微小的反应立刻被萧席枫捕捉到，后者不满地催促道："好了，罗警官，既然你这么不喜欢我的朋友，就快点把钱包还给我吧。"

罗飞将手中之物归还原主，同时为自己的失礼说了声"对不起"。

"没什么。从来没人喜欢我的朋友。"萧席枫嘟囔了一句，然后他又问罗飞,"对这张照片你有什么看法?"

罗飞耸耸肩,首先说了一个细节:"夹页里已经留下了印痕,说明这张照片确实是长期被你带在身边,并不是为了应付我们而临时放进去的。"

"很细致的观察。"萧席枫淡淡地夸了一句,又道,"事实上那些印痕根本算不了什么,这张照片已经跟在我身边三十多年了,而这个钱包我不过才用了两年而已。"

罗飞认真地说道:"所以你们一定是非常要好的朋友。"

"是的……我是他最重要的朋友。"萧席枫悠悠地说着,转身走到了办公桌前。他向着窗外的天空眺望了一阵,然后又扭头问道,"你们知道什么样的朋友最重要吗?"

罗飞摇摇头,他看出对方的态度很严肃,便不敢胡乱猜测。

萧席枫一字一句地给出了答案:"唯一的朋友。"

"唯一的朋友。"罗飞掂量出这句话的分量。当世界上所有的人都厌恶你、嫌弃你时,那个唯一陪在你身边的朋友才是最重要的朋友。

可是罗飞忍不住要问:"你们是怎样成为朋友的?"

一个是又高又帅的心理医生,一个是丑陋卑微的卡车司机,这两人如何能产生情感上的交集?不错,他们曾经是同学,可是每个人长大以后都会有自己的道路。他们的友情数十年如一日,其中必然有某种特殊的原因。

萧席枫的目光在罗飞和小刘身上扫了一圈,然后他郑重地说:"我推掉了上午所有的预约,就是要和你们讲讲我和涂连生之间的故事。"说完这句话之后,他端起茶杯重新坐回到办公桌后。他一口一口地喝着茶,记忆则翩翩流转,折回到遥远的童年。

02

小半杯茶下肚之后，萧席枫开始讲述：

"我第一次见到涂连生是在小学入学报到那天。当时我被他的样子吓坏了，还以为遇到了什么怪物。后来大家走进了同一个教室，我才知道这家伙原来是我的新同学。不知道为什么，老师竟然安排我和涂连生同桌，我很不乐意，但是找父母老师哭诉都没用，只好委曲求全。最后我把所有的坏情绪都针对着这个丑陋的同桌，我对他充满了厌恶和憎恨。

"我的父母都是知识分子，从小家庭教育不错，老师就任命我当了班长。我自己脑子也灵活，所以很快就混成了班级里的头头。在我身边聚了一大帮的男生。

"当年的学习很轻松，放学很早。我们一帮孩子每天都在一块玩耍。涂连生也想和我们一块玩，但我根本不愿带着他，便对他刻意排挤。其他孩子也都不喜欢涂连生。可是涂连生一点都不自觉，每天放学了还是跟着我们，赶也赶不走。这样一来，反倒激起大家一种同仇敌忾的决心。那个年代的小孩都爱听抓特务的故事，有一天我对大家说：'涂连生长得这么丑，还整天跟着我们，肯定是国民党派来的特务！'大家一致赞成。于是'特务'的外号就叫开了。当然涂连生也会为自己辩白几句，说'我不是特务'什么的，但他一个人哪说得过我们这么多人？说到最后他生气了，就背过身在地上扒拉石头，假装听不见我们说话。可我们要走的时候呢，他又会跟上来，死皮赖脸的，就是要和我们一块玩。"

"喜欢和小朋友们一块玩，这是孩子的天性。"罗飞评论道，"这么看来，涂连生虽然长得丑陋，但心智发育还是正常的。"

"没错，其实他并不傻，甚至还有点小聪明。这事我可以举个例子，有一天快要放学的时候，他突然从书包里摸出一个馒头塞给我，说是他爸中午刚做的，要送给我吃。当时的馒头可算是稀罕物呢，他这么讨好我，还不是想和我们一块玩？他看出我是孩子头，知道只要我能接纳他，其他孩子也就不会排挤他了。"说到这里，萧席枫忽然想到另外一事，又道，"对了，关于他爸爸的事情也得说一说。涂连生没有妈妈，只有一个爸爸，而且他爸爸和其他孩子的父母也不一样。我们的父母那时候都还年轻，最多也就三四十岁的样子。涂连生的爸爸却是个小老头。于是孩子们中间就有一些传言，说涂连生是捡来的，因为这事，大家更加不喜欢他了。"

萧席枫喝了一口水，继续回到先前的话题："再说那个馒头。虽然我很想吃，但我还是抵住了诱惑。当时我把馒头扔在地上，大声对同学们喊道：'看，特务想要收买我呢！'同学们一下子都围过来，我又当众在馒头上狠狠地踩了几脚，把那馒头踩得稀烂。"

罗飞能理解孩童那种幼稚的审美观，但这样作践别人的好意未免有些过分了。他忍不住要问："涂连生呢？他有什么反应？"

"他就在一旁呆呆地站着，眼睛盯着地上的馒头，好像很舍不得的样子。"萧席枫自嘲般干笑了两声，"你觉得这事过分了？更过分的还在后面呢！"

罗飞耐住性子，继续听对方讲述。

"那天放学之后，我们一帮男孩约好到学校后面土坡上玩耍。我料到涂连生又会偷偷地跟过来，就和伙伴们商量出一个'伏击'的计划。我们拣了很多小石块藏在口袋里，然后快速跑到山坡上躲起来，居高临下地观察。没过一会儿，果然看到涂连生溜溜达达地找过来了。我学着电影里战斗英雄的模样，高喊了一声：'打！'同时率先扔出了一块小石头。那石头落在涂连生脚边蹦了两下。涂连生吓了一跳，随后他一抬头看到了我。他还以为我在跟他玩呢，就挠着头傻笑起来。可随即更多的石块落下来，有几块砸到他身上，疼得他嗷嗷直叫。看着他那副狼狈的样子，我们愈发来劲，石头弹药像雨点一样扔下去。忽然涂连生大叫一声，用双手捂住了脑门。他那一声叫得实在吓人，我们便停了手。片刻后就见鲜血从涂连生的指缝里直往外渗，很快就糊了一脸。我们全都愣住了，这时不知谁喊了句'快跑！'，大家便一哄而散。后来知道，有块石头砸中了涂连生的眉角，导致他后来缝了好几针。不过还算幸运，如果石头再往下一点点，他的一只眼睛恐怕就要废了。"

"这确实有些不像话——"罗飞摇着头问，"你们这样欺负同学，老师和家长不管吗？"

"管啊。第二天涂连生的爸爸就找到学校了。老师把我们狠狠批评了一顿，然后又让我们叫家长。我爸把我领回去，狠狠地揍了我的屁股。我把这仇又算在涂连生身上，从此更加讨厌他。不过有一点倒是如了我们的意：涂连生不再缠着我们了。也许他是怕了我们，又也许是他的老头爸爸不准他再和我们玩了。

"摆脱了涂连生，一开始大家还挺高兴的。可是过了一阵，又觉得有些无聊。好像少了一个假想敌，玩乐时便没了很多乐趣。我也有点蠢蠢欲动，总想再找个由头和这个丑八怪斗一斗。第二年春天，老师带我们去动物园春游，我看到了兔子，突然间又冒出一个主意。"

罗飞大概猜到："你给他起了新外号？"

萧席枫点点头："涂连生的上嘴唇裂开，不是像兔子一样吗？于是我就管他叫'兔子'。其他同学觉得有趣，也跟着我一块叫。后来我们还编了故事，说涂连生是妖怪，是兔子精，所以才没有妈妈。涂连生还是不理我们。随便我们怎么叫，他都不答应。放学以后也独来独往的，不再和我们啰唆。他这样一来，我们倒觉得被他貌视了，心里很不爽。为了重振士气，我又想出了一个'抓兔子'的游戏，我带着一帮男孩堵在涂连生放学回家的路上，等他一出现就把他围住，逼着他学兔子趴在地上吃草。当然也不是真吃，就是装个样子。一开始涂连生不肯配合，都是被我们强行按在草地上。几次下来之后，他知道反抗也没有用，就学乖了，只要被我们抓住，就主动把嘴凑在草上摆个造型。于是我们就一阵欢呼，说'兔子吃草啰，兔子吃草啰'，然后各自散去。

"后来有一天，我们又把涂连生按在草丛里。他正准备摆动作吃草呢，忽然间却说了句：'有小猫。'我们静下来一听，果然听见了微弱的猫叫声。大家顾不上涂连生了，顺着声音寻找，在不远处的草垛里找到了一群小猫崽子。那些小猫都是刚出生不久的,但母猫却不知去了哪里,饿得小猫们直叫唤。我们童心大发,都想带一只可爱的小猫回去喂养。我记得那窝猫崽子一共有六只吧,其中五只很快就被分抢一空,只剩下最后一只无人搭理。因为那只小猫两条后腿都有残疾,它因此瘫坐着不会走路,只会呜哇呜哇地惨叫,叫人很不喜欢。"

罗飞忽地想起了被送往救助站的那些狗。好的纯种犬都被那些救助者分抢,而杂狗病狗则被遗弃在救助站,食不果腹。人类对待动物的所谓爱心,看来只是为了满足自己的某种欲望,从孩童年代便是如此。

萧席枫还在继续讲述:"当时涂连生也想要一只小猫,但哪里能轮到他?分到小猫的几个人,除了我之外,其他四个也都是成绩又好又有人缘的小孩。后来就大家分成几拨,各自回家喂猫玩了。

"此后的一段时间涂连生的行踪有些奇怪。放学后他一个人走得特别快,好像生怕被我们堵住似的。我们有两三个礼拜没玩到'抓兔子'的游戏,都有些按捺不住。有一天我提议大家追到涂连生家里'抓兔子'。大部分人嫌远不想去,但也有几个好事的家伙被我说动了,我们就一块去找涂连生。那时候都是平房,我们看见涂连生蹲在自家门外的空地上,一个人不知在玩什么呢。

"大家悄悄地围过去,涂连生玩得非常专心,完全没有察觉。等我到了近前,喊出一声'抓兔子啰!',他才醒悟过来,然后他慌慌张张地抱起身前的一个纸盒。我们几个人很快把他按住。我抢过那个纸盒一看,里面竟然是那只残疾的小猫。十几天下来它长大了不少,但仍然拖着两条后腿,无法站立。

"我知道涂连生这些天为什么着急回家了,原来他是在喂养这只小猫呢。他这个丑陋的怪物,连养的猫都是个残疾!我就拎着那只小猫的后腿,高高地举在空中喊道:'看啊,怪物人养怪物猫啦!'旁边的同伴全都爆发出幸灾乐祸的哄笑声。

"涂连生有些急了,挣扎着大喊:'这是我的猫,你还给我。'他一大声说话,嘴唇便更加裂开,丑陋无比。我心里一阵厌恶,看着手里那只猫也觉得极丑。正好旁边有一条小河,于是我就一甩手,把那只小猫扔进了河里。涂连生大叫一声,突然发蛮力挣脱了按着他的那几个孩子。但是那只小猫早就沉到水里,不见踪影了。

"涂连生用手捂着脸,发出'呜呜呜'的声音。原来他哭了。我们几个孩子有些发愣,因为我们还从来没见涂连生哭过。以前不管我们怎么欺负他、羞辱他,甚至用石块把他打得鲜血直流,他都从来没有哭过。可是那天,为了一只残疾的小猫,他却哭了。

"就在我不知所措的时候,涂连生突然又恶狠狠地向我扑了过来。我毫无提防,一下子就被他扑倒在地。涂连生骑在我的身上,他按住我的胳膊,用嘶哑的声音哭诉说:'那只小猫是我的朋友……我只有这一个朋友!'他说话的时候有滴滴液体落在我脸上,也不知道是鼻涕还是眼泪。我顾不上恶心,因为我已经被吓坏了。我没想到涂连生会反抗,而且他的力气那么大,我一点都挣扎不了。跟我一块过来的那几个孩子也被涂连生的疯劲镇住了,全都怯怯地缩在一边。我以为涂连生肯定要打我,但他并没有动手。他只是这样按着我,和我对视着,脸上的表情悲痛无比。过了片刻,我稍稍回过些神,便用告饶般的语气说道:'对不起,我不是故意的……'其实傻子都知道这事就是故意的。不过涂连生还是放过了我,他站起身,独自哭着回家去了。"

听到这里罗飞猜测着问道:"就是这事改变了你对涂连生的态度?"

"你是指和他做朋友?"萧席枫摇摇头,"不,还没有。但以后确实不再欺负他了。原因很简单,不是不想,而是不敢。他发起疯来蛮力着实惊人,我可不想再招惹他。我和他的关系真正发生改变,那又是好几年之后的事情。当时我们已经快要小学毕业。'文革'开始了。"

萧席枫特别强调了"文革"的背景,罗飞立刻敏锐地问道:"你的家庭在'文革'时遭到了冲击?"

"没错。"萧席枫露出一丝苦笑,"那会儿知识分子臭老九是要被打倒的,我家的社会地位一落千丈。后来运动搞起来了,我的父母经常被揪出去批斗。最长的一次被连续斗了五天,不让回家,晚上就关在牛棚里。这期间我成了没人管没人问的孤儿。那天我把家里的存粮都吃完了，实在饿得受不了，就跑去牛棚央求红卫兵把我父母放出来。可我得到的只是一通斥骂。我没办法，只好一个人又往家走。我饥肠辘辘，一路走一路哭，当走到一条小河边的时候，我突然发现涂连生站在不远处。原来我不知不觉中经过了他家门前。那时候我已经是个半大的孩子，知道好强争气，于是赶紧止住了哭声，不想叫这个丑八怪给笑话了。

"可是涂连生看起来并不想轻易放过我。他迎着我走过来，堵住了我的去路。我躲不掉，只好怯然问了声：'你要干什么？'我打是打不过他的，现在连地位也不如他，怎么敢和他发生冲突？只盼他能放我一马。

"涂连生一直走到我面前，然后他翻起右手，手里捏着一只白白胖胖的馒头。

"我愣住了，不明白对方的意思，直到听他开口说：'给你吃的。'我才知道他是要把这个馒头送给我。上次他送我馒头是为了讨好我，这次又是为什么呢？我实在想不出理由，只好忐忑地问：'为什么？'

"涂连生看着我说：'你没有朋友了，我想做你的朋友。'他说得非常坦诚，就好像以前的事情从来都没发生。顿时我的心里涌起一股说不出的滋味。是的，我确实没有朋友了。以前那些玩伴全都和我划清了界限，现在唯一肯和我接近的，竟然会是涂连生！我曾经那么看不起他，对他百般欺辱，我曾把他送来的馒头扔在地上用脚踩，甚至把他最喜欢的小猫扔进了河里。可他却毫不记仇，现在他还是想和我做朋友，他的目光如此纯真，和多年前那个刚入学的孩子一模一样。

"我接过了涂连生送给我的馒头，边吃边哭。涂连生站在一旁看着我，他憨憨地笑着，破裂的嘴唇如抽筋般翻起。可我不再觉得他丑陋，只是觉得很滑稽、很好笑。等那个馒头吃完，我终于忍不住笑了起来。我们之间一段长达数十年的友谊，就从这笑声中开始了。"

听到这里，罗飞也露出了一丝笑容。他看着萧席枫说道："能得到这样的朋友你应该庆幸。这是没有任何功利的、真正的友谊。"

"更重要的，"萧席枫补充道，"那时我们彼此都是对方的唯一的朋友。"

罗飞点点头，唯一的朋友才是最重要的朋友，这个道理对方早就说过了。

萧席枫饮了一口茶水润润嗓子，又开始继续讲述："成了朋友之后，我和涂连生父子的接触就多了。陆陆续续地，我开始了解涂连生的身世。原来涂连生上面还有一个哥哥，二十出头就参加了志愿军，结果牺牲在朝鲜战场。他哥哥死的那一年，涂连生的妈妈在四十五岁的高龄再次怀孕，老夫妻俩认为这是天意，是死去的儿子重新投胎来了。尽管医生说生产有危险，他们还是坚持要了这个孩子。于是就有了涂连生。可惜涂连生一点都不像他那个英俊的哥哥，他妈妈也在生他的过程中难产死了。所以涂连生的降生，实在是融进了太多的悲剧意味。尽管如此，涂连生的父亲还是把他当成了宝贝，他不指望这个儿子有多大的出息，只盼他能平平安安地活下去。"

罗飞若有所悟般说道："难怪涂连生从不和人争执，被你那样欺负也不反抗。这一定和他父亲的影响有关。"

"也许吧……"萧席枫淡淡地说道，"但我觉得更重要的还是他的本质。他的外表有多丑陋，他的内心就有多善良。不管这个世界怎样对待他，他始终用一种不变的态度来回应这个世界。"

真有这样的人吗？罗飞似乎没有遇见过。不过他的工作就是和各色各样的罪犯打交道，恐怕因此会见到更多人性中负面的东西。罗飞知道有一种偏执型的人格，不管这个世界如何善待他，他总是用一种仇恨的目光来打量这个世界。这种人正好和萧席枫口中的涂连生形成了鲜明反差。如果从阴阳两极的观点来分析，既然这种恶到极致的人是存在的，那涂连生这样善到极致的人也应该存在吧？

"好了，有点扯远了。"萧席枫挥手做了个中止的姿势，然后他拿起钱包对着夹页看了一会儿，又说，"讲讲这张照片吧，拍照片的时候我们都是二十岁，那一年发生了两件重要的事情。第一是涂连生的老父亲去世了，第二是我考上了北京的大学。拿到录取通知书之后我第一个就跑去告诉涂连生,想要和他分享这份喜悦。可是涂连生却哭了。"

罗飞道:"他是舍不得你走吧?看来他不但善良,还是个情感很丰富的人。"

"确实如此。"萧席枫先是点点头,随后又道,"不过你可别以为他是个爱哭的人。其实我和他相识一辈子,只见他哭过三次。小猫淹死的时候是第一次,这回是第二次。他哭的原因正如你所说。当时他刚刚失去了父亲,听说我也要远赴北京了,他觉得自己即将成为世界上最孤单的人,没有一个亲人,也没有一个朋友。

"于是我就劝慰他,告诉他我们永远都是好朋友。我们俩还特地跑到照相馆,拍下了这张照片。拿到照片之后涂连生的心情好了许多。他也把这张照片随身携带,一直到死都是。虽说后来我们又拍过很多合影,但只有这张是最重要的。这不仅仅是一张照片了,更是一份对友谊的承诺。

"后来我去了北京,我们俩各自踏上崭新的人生之路。在三十年的时光里,我们的友谊一直如初。这期间太多的事情就不细说了,只讲讲我们各自的履历吧。

"我在北京读了四年大学,毕业分配回龙州,先是在医院里干,后来又调到龙州大学。前几年从大学里出来,开了这家心理咨询中心。虽然没有什么了不起的成就,也算是顺风顺水。我还娶了一个好太太,儿子也长大了,正在美国留学。可以说我这大半辈子走过来,老天爷并没有太多亏待我的地方。

"涂连生可就坎坷多了。他只读到初中毕业,然后就开始找工作。因为他长得太丑,几乎所有的单位都把他拒之门外。后来他父亲拿着他哥哥的革命烈士证明书到处求爷爷告奶奶的,才帮他当上了一名环卫工人。在环卫队涂连生被安排做着最脏最累的工作,比如说清理厕所粪便之类的。这样一干就是十多年。后来城市改造,公共厕所越来越少了,单位上就给涂连生安排了新的岗位。他的容貌肯定没办法进机关,就是在大街上扫马路也会遭人厌嫌。想来想去,最后只能分配他去开垃圾车,为此还特别公派他去学了驾驶。"

"那个年代会开车的人不多吧？"罗飞插话道，"这个工作还算不错的。"

"确实不错。那些年涂连生开着垃圾车去各个站点清理垃圾，虽然免不了脏累，但比以前拉大粪车的时候还是舒服多了。涂连生也很喜欢这份工作，第一是不需要和人打交道，第二是他觉得这份工作很有意义。每次他把垃圾清理完，原本肮脏的环境就会变得清洁美好，这让他感觉到了存在的价值。可以说，在环卫队开垃圾车的这几年，算得上是涂连生一生中最美好的时光。"

罗飞问："那后来怎么又不做了？"

萧席枫苦笑了一下："还能有什么原因？还不是因为长得太丑，连环卫队也待不下去了。"

"不至于吧，开垃圾车丑不丑的有什么关系？"

"有一年龙州不是要创建国家卫生城市吗？当时省里的工作组下来检查，在参观城北垃圾站的时候恰好遇见了涂连生。有个省里来的领导说了句：'你们这个员工长得有点吓人啊。'他本来也就是随口一说，但是说者无心，听者有意，市里的陪同人员可就当成圣旨了。第二天，环卫队的负责人就找涂连生谈话，说他这么多年很辛苦，不如提前办个内退回家休息。涂连生那么老实的人，还能说什么？只好照着领导的意思办。于是就办了离职，拿到几万块钱的内退金，算是买断了工龄。此后生老病死，一切再与单位无关。"

"这也太欺负人了吧？他这样的弱势群体被单位一脚踢开，以后怎么生存？"

"有什么办法？这个社会就是这样。"萧席枫唏嘘着说道，"不过天无绝人之路，涂连生离职后不久，他父亲留下来的一套老宅子拆迁，不但置换了一套小户型的楼房，还拿到十几万的补偿款。涂连生用补偿款和内退金买了辆二手卡车，跑起个体运输。他为人厚道，能吃苦，倒是不愁生意。只是那些雇主看他老实，压价压得狠，所以也没赚什么大钱。但无论如何，生计总算能维持下去。"

罗飞关心另一个问题："他成家了没有？"

萧席枫反问："哪个女人会嫁给他？"

是啊……这样一个男人，又矮又丑，无权无势，收入微薄仅能糊口，女人凭什么嫁给他呢？孤单对他来说或许是一件好事，至少不会把另一个人也拖进痛苦的泥淖。

罗飞看着萧席枫默叹道："所以在这个世界上，你就是他唯一的伙伴。"

"是的。只有我了解他，知道他是一个多么善良的好人。而他也最信任我，他知道只有我才能排解他的心结。"

"哦？"罗飞问道，"什么样的心结？"

"涂连生很善良，很老实，但他并不傻。你以为他体会不到人生的痛苦吗？其实他比普通人更加敏感，因为他的一生都被世人冷眼包围，他享受不到任何赞美和关爱，而厌恶和歧视却无处不在。他曾经对我说过：他后悔来到这个世界。"

"这么说他有过厌世的情绪？"

萧席枫点头道："有一段时间非常严重。他觉得活着不仅自己痛苦，而且还招别人讨厌，所以他不知道生存在这个世界上还有什么意义。"

"那你是怎么开导他的？"

萧席枫道："我利用了他在工作中获得的快乐。"

"工作中的快乐？你是指当垃圾车司机的那个工作吗？"

"是的。他喜欢那个工作，因为清理垃圾的同时能创造美好的环境，这个过程让他感受到自己的价值。我就利用他的这个心理体验来开导他。我说：'那些羞辱你的人，他们其实积攒了太多的负面情绪，所以要在你身上发泄出来。你就像是一辆垃圾车，带走了人们心中的垃圾。所以你的存在是牺牲了自己，但是美化了这个世界。'"

"你用这种方法让他找到生存的价值……"罗飞沉吟了一会儿，说，"这让我想到另一个人。"

"谁？"

"凌明鼎。他提倡一种心桥治疗术，和你用的方法异曲同工。"

"没错。凌明鼎是国内首屈一指的催眠大师，他的心桥理论让我非常钦佩。"萧席枫竖起大拇指衷心夸赞，"我还专门参加过他主办的培训班，从他那里学到了很多东西。"

原来萧席枫也是心桥理论的忠实拥趸。罗飞想起心桥治疗术曾造成的可怕后果，只觉得脑壳间一阵酸疼。他深吸了两口气，这才把自己从某种痛苦的记忆中拉脱出来。然后他振作精神说道："好了，你刚才讲了那么多，试图说明你和涂连生之间有着一种超乎寻常的友谊。我愿意相信这些都是真的。我也可以理解，如果涂连生要指定一个遗产继承人的话，你会是他的第一选择。因为除了你之外，他再也没有其他亲人和朋友。可是，为什么他会突然写下遗嘱呢？而且恰好就在那场诡异的车祸之前？"

"这还不清楚吗？"萧席枫回视着罗飞，"涂连生的死根本就不是意外，他是自杀的。"

自杀？罗飞微微皱起眉头。如果是自杀，那提前写遗嘱这事就说得通了。不过有些事还得问问明白："他为什么会自杀，你不是说能排解他的心结吗？"

"以前的心结我确实可以排解，可半年前发生的那件事……我再也无能为力。"萧席枫垂下头轻叹一声，黯然神伤。

03

所谓"半年前那件事"自然就是那场拦车救狗的争端。罗飞本不知道涂连生在那次冲突中到底扮演了怎样的角色，因为前几个受访者，不管是林瑞麟、朱思俊，还是石泉男，在各自的陈述中都没有提及涂连生之事。此刻细加思量之后，他忽地有了几分猜测，便试探着问萧席枫："当时是不是有狗死在了涂连生车上，所以涂连生受到了狗主人的欺辱？"

萧席枫点头赞许道："罗警官，你的思维好快。"

在之前的调查中，林瑞麟、朱思俊、石泉男三人的陈述都能够互相印证，真实性基本可以保证。但是萧席枫之前又说，朱思俊向罗飞隐瞒了某些"重要的事情"。罗飞由此确信，这些"重要的事情"一定发生在林瑞麟和石泉男离去之后，否则是瞒不住的。

要追查林瑞麟和石泉男离去之后的事，最值得注意的当然就是赵丽丽和姚舒瀚二人的到来。那天姚赵二人前往涂连生的车上寻找丢失的爱犬，如果那只狗真的死在了车上，以这两人的秉性决不能善罢甘休。当时林瑞麟已经离去，他们要想发飙的话，矛头便只有指向开车的涂连生。所以说涂连生如果因为半年前的事情自杀，那么对他造成心理重创的人很可能就是赵丽丽和姚舒瀚。

进一步分析，朱思俊应该见证了姚赵二人对涂连生的欺辱，当时身为警察的他并没有主持公道。朱思俊是交警，早知道涂连生因车祸死亡，现在赵丽丽和姚舒瀚也死了，他认为欺辱事件的知情者就只剩自己一人。所以朱思俊刻意向罗飞隐瞒了这一段情节，以免自己会承担失职之责。

昨天晚上小刘打电话给朱思俊，询问姚赵二人去涂连生车上找狗的结果。朱思俊推脱不知的同时，心中也产生了隐忧。他知道罗飞很快就会找到涂连生的关系人展开查访，所以就提前到萧席枫处探听虚实。

以上这些就是罗飞在瞬间作出的分析。只是再强大的逻辑推理也无法还原姚赵二人和涂连生发生纠葛的具体细节，罗飞只能继续向萧席枫询问："说说吧，那天在涂连生身上到底发生了什么？"

萧席枫沉默着，眉头先是纠缠在一起，随后又竖立起来，像是一对利剑。半晌之后他才愤怒地说道："他们逼着他给一条死狗下跪！"

罗飞知道"他们"指的是谁，但他还是要确认一下："你是说赵丽丽和姚舒瀚吗？"

"没错，就是刚刚被杀的那对贱人！"萧席枫咬着牙骂出一句脏话，全然不顾自己应有的身份和气质。

罗飞能够理解萧席枫的愤怒。

一个人，不管他再丑陋，再卑微，但他终究也是一个人。他也有作为人的尊严，哪怕这尊严是微不足道的，甚至每个人都可以肆意践踏。

一个活人，无论如何也不能贱过一条死狗。让活人给死狗下跪，这简直是罗飞听闻过的最荒诞无礼的要求。

罗飞的眉头也竖立起来，在愤怒过后，他心头又涌起另一股复杂的情绪，于是他颇有些担忧地问道："涂连生……他不会真的跪了吧？"

萧席枫重重地长叹一声。他虽然没有回答，但这态度显然就是默认。

"凭什么？"罗飞难以理解。从萧席枫先前的讲述中，罗飞已经知道涂连生是个老实卑微的男人，但罗飞也知道，这个男人并不懦弱！当涂连生还是一个孩子的时候，就曾经为了一只小猫怒发冲冠，那股气势震慑得好几个男孩都不敢动弹。这个人愿意承受别人的欺辱，甚至从不反抗，这并不是因为他的怯懦，而是因为他的善良。

可是他为什么屈从于赵丽丽和姚舒瀚的淫威，做出那种丧尽人格的举动呢？

"凭什么？我也不知道凭什么……我只知道这件事撕毁了涂连生仅存的那一丝尊严，他心中的价值体系彻底崩塌了，我再也没有能力帮他重建……"萧席枫喃喃地说着，思绪似又进入了回忆的状态，"那天我去涂连生家中探访，我看到他在哭。我说过的，我这辈子只看见他哭过三次，这就是最后一次。他向我讲述了自己的遭遇，然后他问我：'我为这个世界承受了这么多，可在那些人的眼中，我怎么连一条死狗都不如？'我没有办法回答他，只能劝他看开一点，不要太在意这些事。可是这样的劝慰实在太无力了。我记得当时涂连生直直地看着我，脸上满是绝望的神色。从那时起我就知道，这个男人心底的创伤再也无法缝合。"

"他的心穴崩塌了，"罗飞用凌明鼎所创建的催眠术语说道，"连你之前建立的心桥也被一起吞没。"

萧席枫再次发出深沉的叹息。

罗飞又在思考另外一个问题，他向萧席枫提了出来："涂连生给狗下跪是半年前的事情了，可他的死亡是在两个月之前。如果说是因为那件事自杀的话，这期间的间隔是不是太长了一点？"

萧席枫看着罗飞摇了摇头:"罗警官,你这个问题问得就不太专业了。事实上这种受刺激而自杀的案例,大部分人都不会在事发后立即自杀。当事人会经历一个反复思量的过程,而他的痛苦则会在这个过程中渐渐累积,情绪也越来越低落。当这种负面的情绪突破心理临界点之后,当事人才会最终产生自杀的行为。"

"哦?所以说涂连生是用四个月的时间经历了这样一个痛苦反复的过程?"

"四个月的时间比通常的情况要长一点,因为我一直都在帮助他。"萧席枫解释说,"我试图为他重新搭建一座心桥。"

"可惜你没有成功。"

"是的。因为这实在是太难了。你要知道,搭建心桥必须在对象的潜意识世界中找到材料,就像我曾用涂连生最熟悉的垃圾车来化解他之前的心结。可这次我根本找不到合适的材料,也就是说,我根本无法解释为什么要让一个活人给死狗下跪。这不能怪我,就算是世界上最高明的催眠师也会无能为力。"萧席枫痛苦地抬手在额头上揉了几下,随后又抱怨道,"而且这期间还发生了一件事,更加重了涂连生的心理创伤。"

"什么事?"

"拦车那事过后第二天,涂连生发现自己的卡车轮胎被人扎了两个。都是扎在侧面的,补都没法补,等于说两个轮胎彻底废掉了。那种卡车轮胎每个都得一千多块,两个轮胎的损失抵得上他辛苦一个月的血汗钱。这事肯定是那帮拦车的人干的,用的是钉子或者锥子一类的工具,针眼不大,所以第二天才看出轮胎瘪了。涂连生就去找林瑞麟,想要对方承担这个损失——因为是林瑞麟雇的车啊,而且拦狗那帮人本来也是冲着他来的。可是那个姓林的根本不理他,只推诿说:'谁扎了你的车你找谁去!'没办法,涂连生只好去找那天出警的朱思俊。朱思俊给了他一个电话号码,说这个人就是那天带头拦车的,你去找他吧。"

罗飞插话:"是李小刚吧?那家伙唯利是图,更加不会理他。"

"没错。所以涂连生找了一圈,没一个人肯赔偿他的轮胎损失。

相当于他出了一趟车，一分钱没拿到，还倒贴了两个轮胎，你说郁闷不郁闷？再加上人格又受到侮辱，这些事堆在一块，让他越想越憋屈。虽然我全力开导，但还是没能阻止他最终走上绝路。"萧席枫沉默了一会儿，然后又开始回忆，"两个月前的一天，涂连生给我打电话，他问我喝醉了是什么感觉。我说每个人都不一样的，有的人会变得亢奋，有的人则会变得安静，有的人会想起很多事情，有的人则会忘掉很多事情。涂连生说自己刚刚买了一瓶白酒，想喝醉一次试试。我以为涂连生是想叫我一块喝酒，就问他人在哪里。可涂连生却挂断了电话。第二天高速交警队找到了我，说涂连生出车祸死了，而我是他手机里的最后一个联络人。我这才知道，涂连生在给我打完电话的半小时之后驾车冲出了高速路，当场身亡。"

"半小时的时间从喝酒到开车坠崖？怎么会这么短？"罗飞有些奇怪。

"他在喝酒之前就已经把车开上了高速路。"萧席枫解释说，"他把车停在一道深沟边，给我打电话。挂断电话就开始喝酒，一个人喝完了一整瓶。然后他就驾车直直地冲下了那道深沟。"

"也就是说他在喝酒之前就已经抱定了必死之心？"

"是的。我想他喝酒只是想在临死前麻醉自己一次，他一辈子从未真正地开心过，他希望酒精能帮他在最后时刻得到一点解脱。"

罗飞点点头，随后他又问道："那份遗嘱呢，他留在了哪里？"

"他写了一封信给我，是在自杀前当天下午寄出的。信到我手上已经是他死后的第二天。"萧席枫说完之后主动问道，"你要不要看看那封信？"

罗飞道："好啊。"萧席枫便打开办公桌抽屉，拿出了一个信封。小刘上前接过来递给罗飞。

信封上写着收信人和寄信人的名称地址，邮戳上显示寄出时间是四月十四日。

信纸只有薄薄的一张，内容也非常简单：

遗　嘱

我死以后，我在建民路的那套房子归萧席枫所有。

涂连生

从格式上来看这份遗嘱并不规范。但考虑到涂连生文化水平有限，也情有可原。

萧席枫在一旁说道："这封遗嘱经过了司法鉴定，确认为涂连生的笔迹，真实有效。现在我已经通过正规渠道得到了那套房子的产权。"

罗飞把遗嘱收回信封内，同时问了句："他只给你寄了这封信？"

萧席枫反问："你觉得还要寄些什么？"

"没有把钥匙寄给你吗？"罗飞一边说一边起身将信封交还到萧席枫手中，"没有钥匙的话，会给你接管房子造成很多麻烦，他应该会考虑到吧？"

"钥匙我早就有了。"萧席枫不以为然地耸耸肩膀，将那封信丢回了抽屉里。

"哦？"罗飞看着萧席枫，很明显他希望对方解释一下这事。

萧席枫道："涂连生有时候要出长途的，所以他给了我一把钥匙。他不在家的时候，我就帮他照看一下房子。"

"他种了花草，还是养了宠物？"

萧席枫愣了一下，然后摇头说："没有，就是帮他看看房子，免得跑水跑电什么的。"

罗飞一边思量着什么，一边转身往自己的椅子走去。坐下之后他又问道："交警队来调查的时候你没有说出实情吗？他们给出的结论是酒后事故，没有提到自杀。"

萧席枫坦承："是的，很多事情我都没说。"

"为什么？"

"有什么必要多说？"萧席枫露出一丝苦笑，"除了我之外，还有谁会在乎他？"

罗飞斟酌了片刻，觉得这话也能理解，像涂连生这样的人，是死是活都没人关心的，追究意外或者自杀又有什么意义呢？说多了反而增添不必要的麻烦。萧席枫当时正处于丧友之痛，多一事不如少一事的心理不足为怪。

"好了，关于涂连生的死我已经说清楚了。"萧席枫这时把身体往椅背上一靠，双手交叉打量着罗飞，"随便你们相不相信吧。"

"我相信你的话。"罗飞表明态度，"首先是因为有照片和遗嘱来佐证，另外你也没有必要对我编出这样一套谎话。要知道，当你说明这些事情之后，只会让自己的处境更加不利。"

萧席枫明白罗飞的意思，他点点头，嘴角露出若有若无的笑容："那你现在认同我的身份是一个'犯罪嫌疑人'了？"

对方既然不避讳这样的话题，罗飞也就坦率而言："赵丽丽、姚舒瀚、李小刚、林瑞麟，这几个人都或多或少地欺辱过涂连生。当涂连生自杀之后，你对这些人应该非常痛恨吧？"

萧席枫痛快地承认："是的。我恨他们。"

"所以你有非常明确的作案动机。同时你又懂催眠，这意味着你有能力掌握嫌疑人的作案手法。虽然你的身材和现场影像不符，前期调查也证明你没有作案时间，但你自己说过，你并非此案的直接操作者，而是现场凶手的同谋。现在看来，你说出这种话绝不是在开玩笑。"罗飞盯着萧席枫，表情变得极为严肃。

萧席枫端起面前的茶杯，他垂头看看杯子里的残茶，似乎没兴趣入口，便又把茶杯放回了桌上。然后他絮絮叨叨地，像是自语般低声说道："同谋……是的，可以这么说。那三个人的死我是有责任的……"

"你到底做了什么？"罗飞突然提高声调喝问，"那个凶手现在又在哪里？"

萧席枫并没有被罗飞的态度吓住，他抬头瞥了对方一眼，淡淡道："我说过的，我不认识那个凶手。"

罗飞凝起目光步步紧逼："那你和凶手是什么关系？"

"我和他的关系，"萧席枫指了指罗飞，"大概就跟我和你的关系一样。"

罗飞皱起眉头，无法理解对方这话的含义。萧席枫便进一步解释道："那家伙也听我讲过涂连生的故事。除此之外，我和他没有任何关系。"

罗飞觉得这话说不通："你不认识他，怎么会给他讲这些？"

萧席枫答道："我把这个故事发在了网上。"

"发在网上？"

"涂连生自杀之后，我的心情很不好，可又无处倾诉。现在这个社会，每个人都忙得很，哪怕坐在一起喝酒聊天也会带着功利性，谁会对一个卡车司机的故事感兴趣？就说你吧，罗警官，如果你不是为了查案子，会有耐心听我讲完这个故事吗？"

罗飞愣了一下，摇头道："可能不会……"

萧席枫摊摊手："所以我只能把这个故事写出来，发在网上。其实我也不指望有多少人能看到，只是感觉写出来了，就是一个自我宣泄的过程。我写了涂连生的一生，写了他的善良，他的苦难，也写了我们之间的友谊。故事的最后涂连生绝望地死去，不知道在另外一个世界中他能不能得到应有的尊重和关爱。"

罗飞的注意力只在案件上，所以他立即又问："那个凶手在网上看到了你的故事？"

"是的，他还给我发了电子邮件，我们来回通了好几封信。我知道你们一定很关注这些邮件的内容，所以我已经提前打印出来。"萧席枫一边说一边从随身的公文包里翻出了一沓资料。罗飞走上前接在手里，来不及回座位便站在桌前翻看。

如萧席枫所说，资料上果然是一系列来往的电子邮件，而萧席枫和那个神秘凶手的交往过程便在这些电子邮件中展现出来。

04

第一封电邮的发送日期是四月二十八日，即涂连生自杀半个月之后。发信人的网名叫作"愤怒的犀牛"，联系信件内容来看，此人应该就是萧席枫所说的凶手。

第一封信全文如下：

我看了你在网上发的那篇帖子《纪念一个叫作涂连生的朋友》，深受触动。如今竟然还存在着涂连生这样的人，他的朴实和善良足以让我们每个人都感到羞愧！

可是这样一个好人却无端遭受欺辱，最后含恨自杀，这实在令人心痛，更加令人气愤！我想问问那些欺负涂连生的都是什么人呢？你知道他们的真实姓名和联系方式吗？我觉得这事不能就这么算了，一定要找他们讨个说法！

接下来是萧席枫的回信，发送时间是四月二十八日晚十一点二十三分，比来信晚了四个多小时。写信人网名"萧医生"，这种称呼符合中老年网友的命名习惯。

回信的内容如下：

感谢你的关注，尤其感谢你对我朋友的认可和赞美。如果他还活着，我真希望能介绍你们相识。

至于你问的那些人的信息，我确实没有了解过，抱歉了。

祝快乐健康！

萧席枫 四月二十八日

在第二天，也就是四月二十九日，"愤怒的犀牛"又寄来回复：

没关系，我自己会想办法去查的。

这次萧席枫的回信更加简短：

好的。祝你顺利。

萧席枫 四月二十九日

五月八日，距离上一次通信约十天之后，"愤怒的犀牛"寄来了新的邮件：

告诉你一个好消息！那些家伙的身份我基本上已经查清楚了，迫不及待地想和你分享！

逼着涂连生给死狗下跪的那两个人，男的叫姚舒瀚，是个富二代；女的叫赵丽丽，是个野模特。这两个人是逼死涂连生的直接凶手，罪大恶极！

现场处理纠纷的交警叫作朱思俊，警号*****。他现场处理不力、不公，对涂连生的自杀也负有不可推卸的责任！

雇佣涂连生开车的老板叫林瑞麟，在百汇路开了家小饭店。作为涂连生的雇主，他不但赖掉了出车费用，还连累涂连生损失了两条轮胎，最后一点补偿都不肯给，这也是个没有良心的家伙！

带头拦车的那个人叫李小刚，是个开网店卖狗粮的。此人为了一己私利，煽动闹事，堪称害死涂连生的始作俑者！

只有扎车胎的那个家伙我暂时还没有查到，因为那天在现场的人实在太多了，没办法说清到底是谁干的。但是请放心，我会继续查下去。

我一定要让这些家伙付出应有的代价！

萧席枫还是很快给出了回信，看来他每晚都有查收电子邮件的习惯。

　　你好。
　　你是怎么查到这些人的？说实话，我有些惊讶。
　　另外你对李小刚的看法我觉得不太妥当。他拦车的初衷是为了救狗，虽然方式方法有待商榷，但出发点还是值得认可的。另外他也没有和涂连生发生直接的冲突，所以我觉得在涂连生自杀这件事上，他并不需要承担什么责任。
　　我说的不一定对，如果你有别的看法，请不吝赐教。
　　　　　　　　　　　　　　　　　　　　萧席枫 五月八日

"愤怒的犀牛"在五月九日给出了下一封回复。

　　我是一个网络高手，所以很容易查到相关的信息。具体说吧，拦车救狗的那些人就是通过网络联系在一起的，事发前后在网上发了大量的帖子讨论这件事。我入侵了他们的账号，把所有的聊天记录和发帖信息全都看了一遍。从中我得到了赵丽丽、姚舒瀚、李小刚还有林瑞麟的资料。至于那个警察就更简单了，现在讲究警务公开，只要拨打公安投诉热线，就可以查到任何一起110报案的出警人和处理结果。
　　既然你特意提到了李小刚，那我们就详细说说这个家伙。他是一个利欲熏心的小人，他拦车的初衷可不是为了救狗。你如果不相信，请看看我窃取到的这份网聊记录吧。里面"宠物乐园"就是李小刚的网名，"顺水推舟"则是一个网络推手，你看完这份记录，就知道李小刚为什么会组织人去拦车了。
　　……
　　顺水推舟：最近生意怎么样？
　　宠物乐园：还是不太好啊，你提的那几个促销方法我都用过了，一开始有点效果，但过个两三天就不行了。

顺水推舟：你得坚持，凡事都不会那么容易的。

宠物乐园：你就会说坚持坚持，说实话，我对你已经没什么信心了。

顺水推舟：唉，我怎么说你好呢？真是有点鼠目寸光。现在是个信息爆炸的时代，你知道最有价值的东西是什么吗？是智慧！是创意！任何轻视创意的人都会被时代淘汰。

宠物乐园：那你倒是给个真正的好创意啊。你出的那几个馊点子，还不如我自己撞的大运呢！

顺水推舟：哦？你撞什么大运了？

宠物乐园：前天有个饭店老板，一下子买了两百斤的狗粮。

顺水推舟：这是个大客户啊，你可得抓住了，要想办法培养成长期客户。

宠物乐园：这还用你说？我早就跟那老板聊过了。可惜他是个贩狗的，明天就要把狗拉到徐州去了，所以也就是个一锤子的买卖。

顺水推舟：我倒有个主意，能把这一锤子买卖变成长期客户……

宠物乐园：哦？什么主意？

顺水推舟：你说过在一个宠物群里混得还不错？

宠物乐园：是啊。

顺水推舟：你想办法招呼一下，召集一帮人明天去把那辆运狗的车拦下来。

宠物乐园：干什么？

顺水推舟：救狗啊。这种事情那些狗粉可爱干了。你用手机多拍几张照片，即时在网上发布，肯定能吸引眼球。等关注的人气到达一定程度之后，你就可以号召大家凑钱把那些狗买下来。

宠物乐园：我图什么呀？再说了，号召大家凑钱，我自己能不出钱吗？

顺水推舟：你真是不开窍。我问你，如果你们把那些狗买下来了，会怎么处理？

宠物乐园：好狗会被人收养吧，但绝大部分狗肯定是没人要的。只能找关系送到救助站。救助站收不收还是个问题啊，这么多狗，负担太大了。

顺水推舟：负担越大越好，你的商机不就来了吗？

宠物乐园：嗯……听着有点意思了，说具体点。

顺水推舟：你先向救助站承诺，就说这批狗的口粮由你来负责，这下救助站就没理由拒收了。然后你在网上搞个义卖活动，让那些狗粉在你的店里买狗粮捐赠给救助站。你想想看，这是不是就变成了一笔长期的大买卖？

宠物乐园：我还是有点担心，以我的号召力恐怕忽悠不了那么多的狗粉。

顺水推舟：你可以找个有号召力的人帮你忽悠啊。你打着爱狗的名义，他是不能袖手旁观的。当然了，时间一长，他肯定会发现你在利用这事赚钱，这也没关系，你只要分点好处给他就行了。

宠物乐园：我明白了。实话实说，这个主意真不错！

顺水推舟：我的创意当然错不了！

……

怎么样，知道李小刚的真面目了吧？他完全是为了私利策划了那次拦车的行动。这种卑鄙的小人难道不需要为涂连生的死亡负责吗？

我已经想好了惩罚这些人的计划，一定不会让你失望的！

看完这封邮件，罗飞对半年前那场风波的起因有了更加透彻的了解。此前罗飞曾觉得奇怪，以李小刚一个初出茅庐的小伙子怎能作出如此精妙的商业谋划？现在才知道原来有专业推手在幕后指点。而李小刚成功之后忘记了推手的警告，没有把获益与石泉男分享，结果石泉男反戈一击，李小刚坐在家里数钱的好日子也就戛然而止。

上述思路只是转瞬而过的小插曲，罗飞继续关注资料上后续的通信内容。

萧席枫随后的回信如下：

我看了李小刚和那个推手的聊天记录，没想到他真是别有用心，的确很令人气愤。

你说你已经想好了惩罚计划，能提前透露一下吗？

让你费心了，诚表谢意。并祝一切顺利。

萧席枫 五月九日

五月九日，"愤怒的犀牛"寄来最后一封信。

我会让他们在欲望中覆灭！具体的不多说了，因为知道太多对你来说不是什么好事，你就等着看结果吧。

我们以后不要再联系了。事实上我很快会把这个账号彻底注销，你想联系我也联系不上的。

资料上的文字到此为止，罗飞抬头看着萧席枫，意犹未尽般问道："就这些了？"

萧席枫点点头："我试过再给他发信，但发现那个账号真的已经注销了。我还以为那个人就是吹牛过过干瘾，所以就没再过问这事。"

注销账号可不是因为吹牛，这是要切断警方日后追查的线索！罗飞在心中暗暗说道。然后他又接着询问："这么说的话，你事先并不知道他要杀人，更不了解他那套作案手法？"

"不知道……"萧席枫无辜地摊开双手，"虽然他用了'覆灭'这样的词，可谁能想到会是杀人这种极端的手段？直到昨天朱思俊过来找我，我才知道是那个家伙真的动手了。"

罗飞放下手中的资料，皱眉继续问道："那你为什么要说自己是他的同谋？"

"是我发文章激起了他的愤怒，我还和他一起讨论，给李小刚他们定下了罪名。虽然我没有直接教唆他杀人，可他无疑受到了我的影响……"萧席枫用一根手指轻轻地敲击着桌面，神情凝重地说道，"我觉得我就是同谋。"

罗飞听明白了，萧席枫所说的"同谋"原来只是心理层面的一种自我检讨，并不是自己所想的同案关系。这样看来，在萧席枫这边能挖掘的线索也就到此为止了。虽说收获已算不小，但罗飞还是有些不满，他半是抱怨半是责备地问萧席枫："你昨天晚上见过朱思俊之后，为什么不立刻向警方报案？"

萧席枫沉默了一会儿，说："因为我不确定自己该站在哪一边。"

罗飞凝起目光："难道你认同那个凶手的做法？你想看到杀戮继续发生？"

"从感情上来说，是的。"萧席枫和罗飞坦然对视，"那些欺辱过涂连生的家伙，难道他们真的不需要付出任何代价吗？"

罗飞用双手撑着桌面，身体前倾形成一种压迫感："如果你是这么想的，今天为什么又要向警方说出实情呢？"

"因为我仍然保存着理智。"萧席枫的应对有条不紊，"理智不允许我堕落成一个冷血的凶手。我面临着理智和情感的两难抉择，所以我只能被动地保持沉默。"

"也就是说，你两不相帮，只想做一个旁观者？"

萧席枫点点头，嘴角露出一丝淡淡的笑容："你理解得很对。"

"好吧，既然你是这样的态度……"罗飞重重地叹息了一声，然后他直起身板，用威严的口吻说道，"萧席枫，我现在宣布对你实施刑事传唤，请你到龙州市刑警队接受进一步的讯问。"

"讯问"不同于"询问"，这个词的出现，意味着罗飞已正式将萧席枫看作了犯罪嫌疑人。

萧席枫耸耸肩膀:"我没有意见。但我知道,法律规定的传唤时间不能超过二十四小时。"

"那我们就抓紧时间吧。"罗飞侧过身,做出一个"请"的手势。

"你总是这么急迫……"萧席枫一边说一边起身迈步,在经过罗飞身旁的时候,他忽地又转过头来。

"罗警官,你太疲惫了,你该好好地休息一下。"萧席枫笑眯眯地说道。

罗飞真的感到有阵强烈的倦意席卷而来,他连忙摇了摇头,同时深吸了一口气,奋力振作起精神。

第六章
催眠下的"记忆障碍"

01

回到刑警队之后,罗飞召集专案组成员开了一个紧急会议,详细布置了下一步的工作。

鉴于案情的变化,警方将把更多的力量投入到对网络线索的追查,重点就锁定在"愤怒的犀牛"身上。警方的行动因此也被命名为"猎犀行动"。

另外一路人马的任务是要查明那个扎破涂连生车胎的人到底是谁。因为"犀牛"列出的惩罚名单一共有六个人,其中赵丽丽、姚舒瀚、李小刚三人已经遇害,另外三人中林瑞麟和朱思俊已纳入警方视线,唯有扎车胎的人物尚身份不明。警方必须抢在"犀牛"之前找到此人,以免可怕的杀戮再次发生。

会后小刘独自留下向罗飞汇报了前期任务中的某个进展:"那个仿真娃娃的销售商已经查到了,是一个月之前通过网购的形式售出的,收货地址就是正宜巷现场。"

"收货人的信息呢?"

"签收单上的署名是'张伟',全国户籍网络中叫这个名字的人有好几十万,龙州本地的也超过一千了,逐一排查的话需要不少时间。"

罗飞挥挥手说:"不用查了,肯定是个假名。有没有其他实名的信息?"

小刘摇摇头:"签收单上留了一个手机号码,但没有经过实名登记,现在已经停机。另外付款采用的是货到付现金的方式,所以也查不到什么。"

罗飞"嗯"了一声,并未显出太多的失望。因为他很清楚对手的实力,如果这么简单就能查到对方的底细,那真叫撞大运了。

这个话题结束之后,小刘又向罗飞请示道:"对萧席枫的讯问什么时候开始?"因为传唤的时限只有二十四个小时,所以他觉得这个事情不容拖延。

罗飞的回答却出乎他的意料:"不用问了,再问也问不出什么。"

"啊?"小刘眨眨眼睛,"那什么意思?放人吗?"

"人当然不能放。"罗飞屈指成环,在桌面上重重一敲说,"现在情况还不明朗,万事都得谨慎。先把他扣住,等这二十四个小时过去了,还得派得力的警员牢牢地盯住他。"

小刘明白罗飞的用意了。萧席枫态度暧昧,敌友难分。他自称和"犀牛"在现实中并无瓜葛,但焉知此言真伪?"犀牛"以催眠手法杀人,会不会就是受到萧席枫的指点呢?在当前这种微妙的形势下,先把萧席枫扣住不失为一种既省心又安全的应对方式。

随后罗飞又主动问小刘:"朱思俊在哪儿呢?"上午从萧席枫处离开之后,罗飞第一时间吩咐小刘把朱思俊接到刑警队来。毕竟此人也是"犀牛"惩罚名单上的一员,处境危险。

小刘答道:"在接待室呢。"

"带他到我的办公室,我要跟他谈谈。"

说完,罗飞起身先去了办公室,没过几分钟,小刘带着朱思俊也来了。

罗飞指了指办公桌对面的那张椅子,让朱思俊坐过来。待后者入座后,他便直截了当地说道:"我知道你隐瞒了一些事情。"

朱思俊忐忑地垂着头,不敢和罗飞对视。

"把头抬起来,看着我。"罗飞的声音不大,却透着命令般的口气。朱思俊乖乖抬头,对方那锐利的目光令他如坐针毡。

让对方承受了足够的压力之后,罗飞这才切入正题:"那天赵丽丽和姚舒瀚到涂连生的卡车上去找狗的时候,你仍然在现场没有离开,对不对?"

朱思俊快速地点了一下头以示回应,他的心理防线已被轻易突破。但面对罗飞这样强大的对手,这反让朱思俊有了种如释重负的轻松感。

罗飞继续问道:"然后发生了什么?"

朱思俊如实回答:"他们在车上找到了那条狗,但是狗已经死了,所以他们就和涂连生发生了争执。"

"具体的争执过程呢?说得详细一点。"

"赵丽丽看到狗死了就开始哭,一旁的姚舒瀚帮女人出头,对涂连生又打又骂的。涂连生也不敢反抗,只是辩解说这事和他无关,他只是个开车的。我过去把姚舒瀚拦下来,让涂连生给林瑞麟打电话。但林瑞麟这家伙油滑得很,根本就不肯过来。于是赵丽丽和姚舒瀚就咬定了涂连生,一定要他赔狗。他们说那是一条进口的纯种金毛,什么成本价、饲养费、感情损失费加起来开价十万。涂连生傻眼了,说他赔不起。那个女的就在一旁冷笑,说看你这个样也赔不起!赔不起你就得给我的狗跪下来磕头认罪!涂连生当然不肯。姚舒瀚又开始动手,他上去就扇了对方两个耳刮子,我都没来得及拦。"

"没来得及拦?"罗飞冷冷说道,"你是根本就没想拦吧?"

朱思俊在椅子上扭动着身体,显得很不自在。片刻之后,他勉力搜罗出一些为自己分辩的借口:"毕竟人家的狗已经死了,涂连生又赔不起,总得让对方出出气吧?"

"出什么气?这事和涂连生有关系吗?姚舒瀚和赵丽丽摆明了是仗势欺人!你呢?你也看着涂连生老实好欺,所以在中间和稀泥拉偏架。"罗飞的情绪有些激动,他伸手指着朱思俊胸前的警号质问,"你这种态度，对得起你这身警服吗？"

朱思俊无言以对。沉默许久之后，他苦笑着反问："罗队长，你知道我这身警服是怎么来的吗？"

这话倒把罗飞问愣了。

朱思俊便开始讲述："我无钱无势，高中毕业没考上大学，就去参了军。退伍的时候家里通不上关系，只能分配到交警队当个辅警。然后开始报考公务员，连续三年都没考上。不是我成绩不够，是因为每年都有关系户把我顶下来。第四年终于空出了一个名额，老天开眼让我给中了。有了正式编制之后，我更是兢兢业业，谨小慎微，从不敢出一点点的差错。"

讲完自己的经历后，朱思俊自嘲般"嘿嘿"干笑了两声，又道："我说这些并不是要抱怨什么。我只是想说，像我这样的人，看起来是个警察，出去执勤挺威风的。可实际上我算个什么？能踩在我头上的人太多太多。我熬了七年才穿上的这身警服，别人想要扒掉只是分分钟的事情。姚舒瀚年纪轻轻地就开了辆保时捷，傻子也知道他的背景有多厚。我一个小交警，能拦得住吗？他打涂连生肯定是没道理，但只要能把事情平了，哪怕要我去挨那两下我都愿意！"

听了对方这番无奈的讲述，罗飞觉得又可怜又可气，一时也不知说什么好。旁边的小刘毕竟年轻气盛，站出来指责道："再怎么样，你们也不能让一个活人给死狗下跪！你知不知道，就是因为这一跪导致涂连生受辱自杀，最终引发了这两天的连环命案！"

朱思俊摊着手，显得有点委屈："我可没让涂连生给死狗下跪，这事确实太侮辱人了。我当时的想法就是让姚舒瀚打几下出出气就算了。涂连生的体质很好，像姚舒瀚这样的小白脸也打不坏他。但后来涂连生自己被吓住了，他愿意跪，我也没办法啊。"

"吓住了？"罗飞追问，"怎么被吓住了？"

朱思俊道："姚舒瀚后来放出狠话说：'你又不赔钱，又不下跪认罪，你信不信我带人抄了你的家，砸了你的房子！'涂连生一听这话就害怕了，求饶说：'我跪，我跪。'我当时也觉得不太恰当，但又想如果双方都能接受，能尽快把事平了也好。反正现场也没其他人，这事不会造成太大的影响。正犹豫的时候呢，涂连生已经跪下了。然后赵丽丽和姚舒瀚又一齐按着他的脖子，强迫他给死狗磕了三个头。"

罗飞冷眼看着朱思俊，他知道对方肯定有意无意地在摘清自己。活人给死狗下跪这种事实在是耸人听闻，已完全突破了一个执法警察的处事底线。不过罗飞现在也不想再去追究朱思俊的责任，他必须把全部精力都投入到案件本身。

"我知道的都说完了，这次真的是毫无保留。"朱思俊见罗飞停止了询问，便试探道，"我可以回队里了吗？"他说的"队里"当然是指交警队，而不是刑警队。

罗飞立刻给出回复："不行，你只能待在刑警队，不能离开。"

朱思俊用请求的语气说道："我下午还有执勤任务呢。"

"你还想着执勤？"罗飞郑重地警告对方，"实话告诉你吧，你也上了凶手的死亡名单，我们这是在保护你！"

朱思俊露出惊讶的神色。不过当最初的震愕过去之后，他又向罗飞问道："这么说的话，你要我留在刑警队并不是强制措施？"

罗飞回答说："不是。"强制措施需要办理相关手续，这对于被保护对象显然不适用，同时也不需要——已经有三个人遇害，致命的危险在那儿明摆着，谁会拒绝警方的保护？

可朱思俊偏偏拒绝了："不是的话，那我就选择离开。"

罗飞诧异地询问："为什么？"

"我们队里有个副中队长的职位正在竞聘，我也报名了。下个月就要出结果的，"朱思俊解释道，"我不想在这个关头影响工作。"

罗飞瞪着眼睛，觉得对方的这个理由简直是难以理解。一个升迁的机会难道比生命安全更重要吗？

朱思俊看出了罗飞的态度，他自惭地苦笑道："罗队长，我知道你很难理解。像你这样的人怎么会理解我呢？你是神探，是龙州警队的传奇，一个小小的副中队长对你来说算什么？可我不同，我就是一个平庸无能的底层警员。想升迁不但要数着年头排队，还要躲开那些随时会空降的关系户。今年对我来说是最好的机会,错过了这一次,不知又要等到猴年马月了。"

罗飞还想开导对方:"只要留得青山在,还怕以后没有机会吗?"

"如果我今年能聘上副中队长,明年或许就可以争取到局里的内部房。我和对象谈恋爱三年了,就等着房子结婚呢。所以我等不了。"朱思俊顿了顿,反过来开始劝导罗飞,"你们也不必这么紧张吧?说得好像我一出刑警队就活不了似的。那家伙的照片我已经看过,作案手法也知道,我好歹也是个警察,这还能中了他的招?"

看这副架势,罗飞知道是无法说服对方了。他忽然觉得胸口一阵烦闷,血压冲上来,头涨欲裂。无奈之下,他只好挥挥手,嘶哑着声音说了句:"随便你吧。"

朱思俊立刻起身道别。等他走出门外之后,罗飞转过头吩咐小刘:"找两个人跟着他,暗中保护一下。"

"好的。"小刘见到罗飞满眼血丝的样子,他禁不住有些担忧,"罗队,你是不是要休息一下?"

罗飞用双手掌心狠狠地揉了几下太阳穴,说:"你不用管我。"

小刘"哦"了一声,转身离去。

罗飞拿起电话拨了张雨的手机号,接通之后直接说道:"中午一块吃饭吧,我请你。"

"中午啊?"张雨的口气有些犹豫,"你嫂子已经做好了饭菜,等我回去吃呢。"张雨就住在公安局的家属楼,因为离得近,经常回家吃午饭的。

罗飞一般不喜欢勉强别人,但这一次他态度坚决:"我有事要跟你说呢。你先过来吧,嫂子那边我来想办法。"

02

出刑警队往东不远的路口上新建了一幢综合性商业大厦,大厦一楼有一家本地品牌的快餐连锁店,罗飞就把张雨约在了这里。

张雨一落座先把自己的手机丢在罗飞面前:"把你嫂子那边安排好。你说过的啊,这事你负责。"

罗飞开了个玩笑:"四十多的人了,家教还这么严啊?"

张雨道:"前两天连轴转,好几顿没在家吃了。今天不是刚闲下来吗?你嫂子特意下厨想慰劳慰劳我的。都答应回家了,真没法改口。"

罗飞摆摆手,意思让对方别操心。然后他掏出自己的手机,随口问了句:"你家座机号码多少?"

张雨报出一串数字,罗飞照着摁下,片刻后电话便接通,"喂?"张雨的妻子王茜在听筒那边答了一声。

罗飞自报家门:"嫂子?我罗飞啊。"

"哦。"王茜回应,"你找老张啊?他还没回家呢。"

"我知道他还没回家,我是想问下他的手机号码。"罗飞编了个理由说,"我前两天刚换了手机,存的电话号码都找不到了。"

"好,你记一下。"王茜在电话里把张雨的手机号码报给了罗飞,罗飞则装模作样地记了下来,然后便道谢挂断了电话。

张雨瞪大眼睛看着罗飞,不知道对方在搞些什么名堂。

罗飞这时又把张雨的手机推还给对方,说:"现在给嫂子打个电话吧。"

张雨眨了眨眼睛:"打电话怎么说?"

"你就问她:'你怎么把我的手机号码告诉罗飞了?现在人家约我吃饭,我回都回不掉。'记住,要带一点责怪的语气。"

张雨有些含糊:"这能行吗?"

"肯定行。"罗飞推着手机催促,"快点吧。"

张雨拿起手机开始拨号,等电话通了之后,他便按照罗飞的设计问妻子:"你是不是把我的手机号码告诉罗飞了?"

"是啊。"

张雨埋怨道:"哎呀,你别告诉他啊。现在他要请我吃午饭,我回都回不掉了。"

"啊?他喊你吃饭啊?我还以为是工作上的事呢。"王茜郁闷了一会儿,反问道,"你没说家里已经做好了饭了吗?"

"现在说也晚了,你接电话的时候说就好了。"

"我哪想到那么多。"王茜无奈之下,只好提了个折中的方法,"算了吧,烧好的菜我给你留着,等你晚上回来吃。"

"只能这样了。"张雨显得很不情愿似的,临挂电话前还有模有样地叹了口气。

罗飞冲张雨竖着大拇指,夸赞对方表现得不错。

"你这方法还真行。"张雨"嘿嘿"笑了两声,又道,"也是你嫂子脑子不转弯,这事和她说没说号码有什么关系?就算她不说,难道就查不到了吗?"

"面对这种突发的意外情况,很少有人会深究逻辑合不合理。"罗飞顿了顿,特意又补充了一句,"尤其是女人。"

张雨笑眯眯地看着罗飞:"你什么时候对女人这么有研究了?"

罗飞摊摊手说:"我并没有特意研究女人。这只是一种瞬间催眠的手法,只不过对于女人更有效一些。"

"哦?"张雨愈发来了兴趣,"是一种催眠手法?"

"简单来说就是抛出一种因果关系,同时表达出一种强烈的情绪,使得对方未经思考便被这种情绪感染,进而在言行上遭受诱导。很多街头骗局都会用到这样的手法,比如说有些人会编造一个落难的故事,借此在街头向过路人乞求援助。那些故事充满了漏洞,但还是有很多人会上当。究其原因,就是受骗者在理性的思考之前,已经率先受到了表演者的情绪影响。"

"也就是说,在这种带有欺骗性质的催眠手法里,因果和逻辑是次要的,情绪才是主要的?"张雨总结道,"所以只要我打电话的时候带着责备的口吻,你嫂子就会主动把责任归咎到自己身上?"

"是这个意思。"罗飞接着又道,"我们再举个例子吧。比如说你去银行柜台取钱,前面有一个女人在排队。你很着急赶时间,所以想插队到在这个女人之前办理。你会怎么和她商量这事呢?"

"我当然会说出我要赶时间的理由啊,希望能得到对方的理解。"

"作为一个有礼貌的绅士,你确实应该这么做,但效果未必好。"罗飞看着张雨说道,"你不如上前用焦急的语气直接对她说:'请让我先办理吧,因为我必须要先办!'"

"必须要先办……这叫什么理由?"

"不需要理由,只需要情绪。你对理由的解释越详细,情绪就越弱,所以效果反而不好。"罗飞解释说,"这个例子是做试验印证过的。结果表明我说的方法比你的成功率要高好多倍。"

"是吗?"张雨皱着眉头,有点将信将疑的样子。

"要不我们现场来做个试验?"罗飞一边说一边抬起头向四周环顾,看来是想要寻找一个试验目标。

张雨立刻表示赞同:"好啊。"反正现在点的餐还没上来,闲着也是闲着。

片刻后罗飞的搜寻有了结果,他指着快餐店的玻璃墙问道:"你看到外面那个推销香水的女孩没?"

张雨点点头。快餐店外是大厦的一楼底商,人流熙熙攘攘。对面设了个卖香水的档口,有个年轻的女孩正站在玻璃墙边,她手里拿着一瓶香水,伺机向过往的行人介绍推销。如果有人感兴趣驻足,女孩就会喷出一点香水到对方的手腕,供人嗅闻品评。

罗飞说:"我可以让她把香水喷到我的嘴里。"

张雨笑了笑,做出拭目以待的表情。从逻辑的角度来说他不相信罗飞的话,因为谁都知道香水这玩意儿不是往嘴里喷的。但现在罗飞强调的恰恰不是逻辑,而是情绪。张雨很想看看情绪到底是怎样让一个香水推销员做出这般荒谬的事情。

罗飞起身向着店外走去。这时恰有一对恋人被女孩吸引,他们停下脚步想感受一下这种香水。罗飞便跟在这对恋人身后静静等待。

女孩将香水分别喷在了那对恋人的手腕处。那两人闻过之后又低声讨论了一会儿,他们似乎无意购买,很快便双双离去了。

这时罗飞上前一步来到了女孩面前。女孩机械性地举起了手里的香水瓶,按照她的设想,罗飞此刻应该抬起手腕配合自己。可对方却没有抬手,他双手插着腰,突然间把嘴张到最大,就像是一个牙疼的病人在等待医生检查一样。

女孩愣住了。她也张开了嘴,举着香水瓶的手停在半空中,神情呆若木鸡。

罗飞说话了:"不是喷嘴的吗?"虽然是个问句,但他的语气非常肯定,用的是一种类似于反问的口吻。

女孩被问蒙了。她喃喃地自语道:"不知道可不可以喷嘴?"一边说一边把香水瓶凑到眼前,想要看看瓶子上贴的说明书。

罗飞轻轻推了一下女孩的手,催促道:"可以的,快喷吧!"说完再次张开了大嘴。这次他语气更加确定,就像是下命令一般。同时他神色急切,似乎不想耗费太多的时间。女孩的情绪完全受到了罗飞的引导,她顾不上去看说明书了,只下意识地把香水瓶对准了面前的那张大嘴。

就在女孩想要按下喷头的瞬间,罗飞抬手攥住了她的手腕,他的另一只手则摆出了"OK"的造型,冲着玻璃墙那边比画了一下。

张雨在快餐店内信服地拍着手。

"这个不能喷嘴的。"罗飞微笑着告诉女孩,随后便转身走回了快餐店。只留下女孩呆站在原地,兀自满头雾水。

罗飞重新落座。这时餐厅服务员也将两份套餐端了上来。张雨拿起筷子摆出开吃的架势,同时他看着罗飞说道:"你有成为一名催眠师的潜质。"

"催眠师?"罗飞摇摇头,"我还差得远呢。"

张雨冲着餐厅外的那个女孩努了努嘴,说:"我看你刚才的催眠表演非常精彩啊。"

"我只是研究了一些催眠方面的理论。刚才的表演算是一个小小的应用，但这根本不算真正的催眠。真正的催眠是去探索对象的潜意识世界，那是一个互动的过程。我还不具备这种能力。"

"你把理论钻研得这么透，技巧方面只要找个催眠师学一学，应该很容易上手吧。"张雨说完扒了两口饭菜，赞道，"味道还不错。"

罗飞也拿起筷子吃了两口，然后他继续回应对方："其实我的性格并不适合学习催眠术。"

"哦？"

"一个好的催眠师要有引导对象潜意识的能力，换句话说，他的情绪需要和催眠对象完全融合。而我做不到这一点，我更喜欢当一名旁观者。"

张雨理解罗飞的意思，他点头道："旁观者清，所以你不愿入局。这的确和你的性格有关，你太冷静了。"

"我没有兴趣去感染别人的情绪，更不愿意受到别人的感染。从这个角度来说，我既成不了一个好的催眠师，也算不上是一个好的催眠对象。"

"既然这样，"张雨耸耸肩膀问道，"你干吗还要花时间研究催眠？"

沉默片刻之后，罗飞答道："因为我不想再被催眠了。"

"哦。"张雨明白了，他用一个词总结道，"习武防身。"

罗飞"嗯"了一声。他一想起曾经有过的不愉快的经历，脑袋便开始涨痛。

这时又听张雨问道："对了，你说有事要跟我说的，到底什么事啊？"

罗飞回答说："帮我找点安眠药吧，要见效快、副作用小的。"

张雨瞪大了眼睛追问："干什么？"

"我已经连续失眠两天了。"罗飞一边说一边用手揉着自己的脑袋，表情痛苦而又疲惫。

"怎么回事？压力太大了？"张雨颇为不解。要说眼前这桩案子确实离奇，但罗飞也是十多年的老警察了，什么阵仗没见过？不至于压力大到连续失眠的地步吧？

罗飞道："我是不敢睡着。"

"不敢睡着？"张雨蹙起眉头，不明白这是一种什么样的状态。

罗飞看着张雨："你知道吗？像我这种人是很难被催眠的，而唯一能让我中招的方法，就是趁着我昏昏欲睡时下手。"

"你的意思是，如果你睡着了，就有可能被催眠师催眠？"

"不是睡着，是临睡前的那种状态。"罗飞觉得有必要从催眠原理的角度给对方详细地讲解一下，"催眠的本质就是对潜意识世界的探索。按照对潜意识的控制程度，又可以分为浅度催眠和深度催眠。浅度催眠时，潜意识的控制权仍然掌控在被催眠对象手里，催眠师只是起到配合和辅导的作用，从表征上来看，催眠对象此刻是清醒的，只是他的心理世界变得更加敏锐；而深度催眠时，潜意识的控制权则会被催眠师接管，这时催眠对象就会失去自主意识，言行全都受到催眠师的引导。而我是属于自我控制欲很强的人，绝不会主动把意识的控制权交给他人。所以催眠师很难对我实施深度催眠术。"

张雨点点头，表示听懂了。然后他又问道："那这事和睡觉又有什么关系？"

"一个人睡眠时其实也是进入了潜意识的世界。只是这时他的思维完全散乱，既不受自己的主观引导，更不会受到其他人的控制。就是说在完全睡着的情况下，我也不会被催眠师催眠。但是人在临睡前会有一个半梦半醒的状态，这时人的主观思维仍然在发挥功效，可自我控制能力已经大大降低。如果催眠师抓住这个机会乘虚而入，即便是我这样的人也会遭遇深度催眠。"罗飞略作停顿之后，又举例说，"我去年两次遭受深度催眠都是在这种状态下发生的。第一次是在省城，白亚星用上了催眠眼镜和风筝，再配以轻音乐，使我在不知不觉中疲倦欲睡，然后对我催眠成功；第二次凌明鼎也如法炮制，他搭载我在高速上跑夜车，故意叫我帮他看路。单调的场景很快让我困倦，后来他又用车头上的挂件来扫我的眼睛，我本能地闭了眼，凌明鼎就趁着这个当儿下达了催眠的指令，我再一次中了招。"

听完罗飞的这番自述，张雨大概明白了："那两次经历让你有了心理阴影，所以你很担心自己在入睡的过程中再次遭到催眠？"

罗飞神色严峻地点了点头："没错。这次又发生了催眠杀人案，我总觉得自己有个软肋已经被对手攥住了。这种担忧令我无法入睡。"

张雨咧咧嘴说："这又何必呢？你在自己房间里睡觉，怎么可能被别人催眠？"

罗飞苦笑道："我也知道这种担忧是多余的。可是一旦到达那种半睡半醒的状态时，我就无法控制心中的恐惧感，所以我一次次地被惊醒，然后就睡意全无。"

"这样下去可不行！"张雨放下了手中的筷子，郑重其事地提醒道，"你越是不睡，就越疲倦，真正遭遇那个催眠师的时候，就越容易被对方得手！"

"是的。"罗飞重重地叹了口气，"今天上午我去萧席枫那边走访时就已经明显不在状态。我也知道这样下去肯定不行，所以才让你帮忙找点药物。"

张雨斟酌着说道："这也不是长久之计啊。万一形成药物依赖可就麻烦了……"

"我明白。只是临时顶一顶，现在这情况总得想个办法解决啊。"

张雨又琢磨了一会儿，他也拿不出什么更好的方案，只好无奈答应："那好吧……吃完饭我就帮你找找，下午上班的时候送给你。"

既得到了对方的承诺，罗飞便开始安心吃饭。快要吃完的时候，他的手机忽然响了起来。一看来电显示是小刘，罗飞连忙接通询问："什么事？"

"罗队，你赶快回队里吧。"小刘在电话那头忧虑地说道，"林瑞麟有问题！"

03

罗飞匆匆回到刑警队,在会议室和小刘碰了面。在座的还有外围监控排查组的警员虞楠。根据先前的安排,此人负责调查林瑞麟饭店和住所附近的监控录像,以寻觅犯罪嫌疑人的活动轨迹。

小刘早已准备好笔记本电脑和投影仪,急着要向罗飞展示一段录像。

"这是百汇路工商银行门口的监控探头拍到的,具体地点位于锦绣饭店往东八百米。"小刘快速介绍了录像的采集地点,然后点下了播放按钮。

屏幕右上角有时间标记,这段录像起始于昨天(六月六日)凌晨一点二十三分十八秒。

摄像头的对面有一条小街,所拍位置可以算是一个丁字路口。凌晨时分鲜见行人,所以林瑞麟的身影进入画面时便非常明显。

当时林瑞麟独自一人从东往西而行,结合林之前的自述,可知他是刚刚结束了一天的忙碌,正走在回家的路上。他的腋下夹着个手包,脚步匆匆,同时还不停地左顾右盼,神色好像蛮警惕的。

罗飞在心中暗自揣摩:林瑞麟当时还不知道自己已深陷危局,他的警惕应该源自于腋下的手包——那里面或许装着饭店全天的营业款。

小刘在一旁配合着画面开始讲解:"这个路口是林瑞麟从饭店回家的必经之路。他在这里转弯,沿着小街再走五百米左右就到宝带新村了。"

果然,林瑞麟到了路口往左一拐,向着街内走去,他的身影随之消失在画面外。

罗飞喊了一声:"停!"然后晃着食指说道,"往回倒一点点。"

小刘知道罗飞想看的是什么,直接调整画面定格在最关键的地方。

那正是林瑞麟转身要向街内走的瞬间,当画面定住之后,他的某些肢体动作便显现出来：虽然身体在往左转，但林瑞麟的脑袋却偏向右侧，他的视线盯在了街口东侧的墙角，似乎那里有什么东西吸引了他的注意。

由于摄像角度的限制，罗飞无法看到墙后的情形，不过某些信息仍然可以通过监控画面显现出来。

肯定有一个人正站在林瑞麟的视线上，画面中虽然没有直接呈现，但此人的影子却被身后的路灯投射出来，映在了路口的地面上。

一个并不算清晰的人影，但足以引起罗飞的关注：因为那影子的背部有一大块凸出的部分，看起来就像是身负着一个硕大的背包。

身负背包，这正是嫌疑人作案时一个最重要的装扮特征！罗飞盯着那个影子看了许久，越来越坚定心中的某个判断。随后他用指尖在桌面上敲了敲，吩咐说："继续播放吧。"

小刘点了播放键。录像中的林瑞麟走进了街内，而路口的那个影子也跟着移动起来。片刻后两人一同从画面里消失。从行动上来看，那个神秘的人影显然是专门在街口等待林瑞麟的。

"往后就没什么了。"小刘中止了播放，他把录像调回到那个影子出现的瞬间，然后指着身旁的虞楠说道，"他反复排查了相关区域内的监控，在看到第三遍的时候发现了这个疑点。"

"很好。"罗飞赞了句，"很耐心，很细致！"

那个影子在画面中停留的时间长不逾秒，要想在多地点、长时间的监控录像中发现这样的微小细节，着实不易。

"从这里到宝带新村不过是三五分钟的步程。可是林瑞麟直到一点五十分才出现在小区门口，这二十七分钟的间隔显然不太正常。我就是因为这个才反复查看录像的。"虞楠半汇报半解释地说道，说完他又自嘲地笑了笑，"如果我有罗队的火眼金睛，哪用得着费这么多事？"

这并不是虚伪的奉承。罗飞第一次看录像时就敏锐地抓住了问题所在，这番本领着实让人钦佩。

"二十七分钟……"罗飞用指尖轻敲桌面，品味着这个时间间隔所暗示的信息。片刻后他论断般说道，"这样看来，犯罪嫌疑人其实已经和林瑞麟有过接触了!"

"没错。这个时间间隔正符合犯罪嫌疑人的作案规律!"小刘皱着眉头,神情中透出深深的忧虑,"我觉得这事很不妙,所以赶紧叫你回来。"

此前赵丽丽和姚舒瀚被人用催眠手法谋害,犯罪嫌疑人在现场停留的时间就是二十来分钟。以此类比,是否说明林瑞麟已经遭受到嫌疑人的催眠?想到此处,罗飞也免不了要为保护对象的安危操心起来,他立刻向助手询问:"林瑞麟现在情况怎么样?"

"他看起来倒还正常。我安排了两个人在接待室里看着他呢。录像上这事我还没急着问他。"

既然林瑞麟已经和嫌疑人有过接触,安排两个人对他进行贴身防护是有效且必要的举措。而此前林瑞麟为何对遭遇嫌疑人之事只字未提?小刘吃不准其中的隐情,他不敢贸然行动,一切只等罗飞回来定夺。

"走吧,去接待室!"罗飞起身挥挥手说,"把笔记本也带上。"说完便和小刘结伴出门而去,虞楠则自回监控组迎接新的任务。

到了接待室,却见林瑞麟正坐在会客沙发上。小刘安排的两个人一边一个把他夹在中间。三个人也没什么话,就这么大眼瞪小眼的,气氛倒有些滑稽。

罗飞叫那两人到门口守着,然后他自己搬个椅子坐在了林瑞麟对面。小刘则抱着笔记本电脑坐在林瑞麟身旁。

"出什么事了啊?"林瑞麟翻眼看看罗飞,不满地嘀咕道,"午饭都没吃饱,就被你们请到了这里!"

罗飞直接问道:"昨天凌晨,你在饭店打烊之后步行回家,路上有没有遇到什么人?或者发生什么事?"在问话的同时他紧盯着对方的眼睛,试图捕捉对方的情绪变化。

"没有啊。"林瑞麟很快速地给出回复。他的视线并没有闪烁,瞳孔也没有收缩。

罗飞又问:"你正常步行回家,路上需要多长时间?"

"十几分钟吧。"

"我们查了沿途的监控,你从工商银行那个路口走回宝带新村小区就花了二十七分钟。你确定在这个过程中没有发生别的事情?"

林瑞麟一愣,然后他眨了几下眼睛,似乎在回想当时的情形。可他最后还是坚持说道:"我不知道我走了多久,但我确实没遇见什么特别的人和事。"

罗飞冲小刘使个眼色说:"你把录像给他看看。"

小刘调出刚才那段录像放了一遍。林瑞麟看完之后咧咧嘴说:"怎么了啊?这不是挺正常的吗?"

小刘便把录像定格在那个神秘人影出现的瞬间,然后他指着电脑屏幕提醒林瑞麟:"你转弯的时候一直在盯着右手边看,那里有个人呢,地上有影子的,注意到没?"

林瑞麟也看见了:"嗯,好像是有个人。"

小刘追问:"你对这人有印象吗?"

林瑞麟摇着头说:"没印象了。就是个过路人吧,随意瞅两眼的,哪能个个都记住?"

小刘用征询的目光看了罗飞一眼,罗飞点点头,示意可以和对方摊牌。于是小刘便正色说道:"这可不是什么过路人!我们有理由相信,这家伙就是杀害赵丽丽等人的凶手!"

"啊?"林瑞麟吃了一惊。他的身体先是本能地往回缩了一下,随后又凑过去细细端详,片刻后他嘟囔着说道:"这不就是个影子吗?什么都看不清啊,你们怎么知道他就是凶手?"

小刘翻出一张犯罪嫌疑人的截图照片,和电脑屏幕上的影子比较着说道:"你看这两个身影像不像?而且他们都背着一个大包,如果只是路人的话,这也太巧合了吧?更重要的是,你和那人一起走进小街,然后过了二十七分钟才回到宝带新村。这里面富余的时间去哪里了?"

林瑞麟的思路显然是被小刘带动了,他的脸色变得僵硬起来。沉默良久之后,他用忐忑的口吻反问道:"你们到底是什么意思?"

罗飞接住话头回应说:"我们觉得犯罪嫌疑人已经对你实施过一次催眠,就在那条小街里。"

"不可能的！我根本没见过这家伙！"林瑞麟用手指猛戳着小刘手中的照片，显得有些激动，"难道我会骗你们？"

罗飞默默观察着林瑞麟的情绪变化，他知道对方的激动源自于心底的恐惧。不仅仅是恐惧那个凶手，更是恐惧于一些无法理解却又的确发生的事情。在轻叹一声之后，罗飞告诉林瑞麟："你没有骗我们，你只是不记得了。"

虚张声势的气囊被刺破了，林瑞麟喘着粗气瘫靠在沙发上，活像是一只颓废的蛤蟆。"不记得了……我怎么会不记得了？"他喃喃自语道，"这就是昨天的事情啊……"

一件明明就发生在眼前的事情，自己怎么会那么快就忘得干干净净？这种经历完全超出了正常的人生体验，也给林瑞麟带来深深的迷惘和不安。

罗飞没有回答对方的问题，他冲小刘使了个眼色，两人一同起身准备往屋外走。林瑞麟连忙也跟着站起来，他慌乱地问道："罗警官，我现在该怎么办？"

"就待在这里。不要乱跑，更不要吃任何东西。"罗飞严肃地说道，"我们会派专人保护你，也会想办法尽快解决你的困境。"

林瑞麟连身应诺："好，好。"

罗飞和小刘来到屋外，守候在门口的那两个警员便继续回到屋内保护林瑞麟。

"他被设了记忆障碍吗？"小刘往身后回望了一眼，稍稍压低声音问道。他知道催眠师有能力抹去对象的记忆。在半年前和凌明鼎打交道的时候，小刘更亲身领教过这种高超的手段。当时凌明鼎只是略施小技，便令他在瞬间忘记了自己的名字。

罗飞点点头，对小刘的这个判断表示认同。

"可那家伙为什么要这么做呢？"皱眉苦想片刻之后，小刘又猜测道，"是不是本来想送货杀人的，结果出了什么意外，导致杀人计划无法进行，为了不暴露目标，凶手便对林瑞麟实施催眠术，抹去了他的这段记忆？"

罗飞"嗯"了一声，说："有这个可能。不过这属于最乐观的估计了。"

"那……如果悲观一点呢？"

罗飞便说出悲观的预想："凶手很可能已经完成了给林瑞麟送货催眠的计划，但是他又不想让对方立刻死掉，所以又设置了一个记忆障碍。"

小刘跟着罗飞的思路追问："为什么不想让林瑞麟立刻死掉呢？"

"这个又有很多种可能性了。或许是后续的杀人计划还没准备好，所以需要在林瑞麟身上拖延一点时间；又或许是这次计划本身就设定了延迟的效果，因为这次是公共场合作案，林瑞麟当场死亡的话可能会给凶手带来风险……"罗飞分析了几句，随后话锋一转道，"对这个问题可以先放一放。现在最关键的是要找到凶手设置的触发器！"

小刘心中一惊。他理解"触发器"的概念，有时候催眠师已经给对象实施了催眠术，但效果并不是立刻显现，而是通过某个特定的事件加以触发，这个事件便叫作"触发器"。比如说在半年前的"啃脸僵尸案"中，触发器就是一个预设好的时间节点；而在"人体飞鸽案"中，触发器则是养鸽人的哨声。

如果凶手要让林瑞麟的催眠反应产生延迟效果，他就必须设置一个触发器。这个触发器就像是埋在对象精神世界里的一颗炸弹，随时都可能被引爆！想要挽救林瑞麟，警方必须提前一步排除险情！

可是催眠师设置触发器的手法千变万化，普通人又该如何破解呢？小刘自己难觅思路，只好又询问罗飞："怎么找？"

"所有的线索都在林瑞麟的脑子里，我们必须尽快恢复他的记忆！"

"恢复记忆——"小刘沉吟道，"那需要对他再实施一次催眠？"

罗飞赞同地点了点头。

催眠师设置记忆障碍并不能真正抹去被催眠者的记忆，他只是制造出某种应激反应以引起对象的思维堵塞，进而让某段特定的记忆在对象的表意识世界中无法被触及。说得再通俗一点，催眠师就是用某种强烈的情绪切断对象的主观思维和特定记忆之间的联系通道。

人在极度紧张的时候记忆力会大大下降，甚至很多非常熟悉的东西都想不起来了。比如说"考场昏"就是一个典型的例子。催眠师设置记忆障碍正是基于同样的原理，当然其中具体的手法会更加复杂深奥。

半年前凌明鼎曾详细讲解过这方面的知识，所以小刘很清楚林瑞麟目前的状况。要想恢复林瑞麟的记忆，唯一的办法就是进入他的潜意识世界，找到并且排除凶手所设置的思维障碍，这就意味着要对林瑞麟实施一次新的催眠。

"我去找个催眠师来？"小刘主动请缨。他刚刚对龙州市现有的催眠师进行过一次摸查，手上的名单正好可以派上用场。

罗飞却沉默不语，他低着头不知在想些什么。片刻之后他作出了某个决定，便看着小刘说道："不用找了，这里就有。"

小刘目光一跳："萧席枫？"

"对。这人近在咫尺，而且对案情又非常了解。请他出马不是事半功倍吗？"

"可是……"小刘困扰地挠着头皮，"这家伙会不会不太可靠？"

罗飞理解助手的顾虑。萧席枫作为案件的相关人，他目前的立场暧昧难辨，因此罗飞才会对他实施二十四小时的强制传唤。现在要请他来给林瑞麟做催眠，万一这家伙和凶手是一伙的，岂不是把羊送入虎口？

罗飞却有自己的斟酌，他向小刘解释说："就是因为不可靠，所以才要试一试他。如果他和凶手没有关系，那给林瑞麟做催眠的时候就会毫无顾虑；相反的话他就一定有所保留。到时候我会在现场旁观，他的表现别想瞒过我的眼睛。"

小刘明白了："嗯，用林瑞麟来试萧席枫，倒是能一举两得。不过……"他又犹豫道，"这样会不会增大林瑞麟的风险？"

罗飞先前已经认真考虑过这个问题，他很确定地回答说："不会。哪怕萧席枫真的是凶犯同谋，他也不可能在这个场合对林瑞麟下手。你想想，既然凶手已经对林瑞麟设置了延迟催眠效果，现在又怎会急于一时？在警方眼皮底下动手，这不是自投罗网吗？"

"对！"听罗飞这么一说，小刘也有信心了，他跃跃欲试地说，"到时候我们在旁边盯紧点，他根本就没有下手的机会。"

　　"所以目前林瑞麟的风险不在于被催眠，而在于等待。因为谁也不知道那个触发器什么时候会引爆。时间拖得越久，林瑞麟的危险就越大。从这个角度来说，我们首选萧席枫反而是最安全的做法呢！"说完罗飞果断地把手一挥，算是作了决断。

第七章
目击第四名受害者身亡

01

"就是说你想让我给林瑞麟做一次催眠,你们在一旁全程监控?"萧席枫看着罗飞问道。得到对方肯定的示意之后,他便微微一笑,又问:"这到底是要救林瑞麟呢,还是要给我设个套?"

"你怎么想都可以,"罗飞迎着对方的目光,"如果你拒绝的话,我们也无权强求。"

萧席枫把两手握在一起搓了搓,说:"我不会拒绝的。"

"不拒绝最好,"小刘在一旁淡淡说了句,"免得引起不必要的误会。"

萧席枫听出小刘的言外之意,他的眼珠一转,视线蓦然跳到了后者身上。

"小伙子,"他用一种长者的口吻提醒对方,"我可没必要管你们误会不误会,我的选择是出于对老朋友的尊重。"

"老朋友?"罗飞问了句,"你指的是涂连生?"

萧席枫郑重地点了点头。

小刘冷笑着反问:"你不是替涂连生鸣不平的吗?你也希望林瑞麟受到惩罚。"

"我是有过这样的想法,"萧席枫摊着手说,"但现在我知道自己错了。"

"哦?"罗飞的眉头跳了一下,略显诧异。

萧席枫抬起头,目光虚虚地看着天花板,似乎在寻找什么感觉。片刻后他开始娓娓而言:"我在这间讯问室里待了好几个小时了,没有人管我……你们知道吗,当一个人静下来的时候会听到很多声音,那些声音一直淹没在喧嚣的世俗中,只有这时才会显现出来。有些来自我的内心,有些则来自于我的朋友。是的,我们就这样进行了交谈……这种状态你们或许无法理解。"

罗飞微微一笑道:"看来你做了一次自我催眠。"

这次轮到萧席枫诧异了,他瞥了罗飞一眼:"你懂得还不少。"

罗飞只是追问:"你们谈了些什么?"

萧席枫沉默了一会儿,然后说道:"我再一次感受到了涂连生那种朴实又伟大的情怀。他活着的时候与世无争,不管受到多少欺凌,从未有过一点点憎恨的念头。他把自己当成了这个世界的垃圾桶,用博大的胸怀来收纳别人倾泻过来的那些肮脏的情绪。最终他实在忍受不了,也只是默默离开,不曾给其他人带来任何困扰。我想说,他的一生是完美的,尽管他长得无比丑陋,但他的情感世界始终纯洁无瑕。"

说完这段话之后,萧席枫深深一叹,又道:"可是我呢?我实在不配和他相比。当他淡然离去的时候,我竟然开始憎恨这个世界。我有了报复的念头,甚至放任了一些可怕的事情……这些都是涂连生不愿看到的。那几个受害者的鲜血弥漫在我的面前,红得扎眼。那是对涂连生的玷污,更是对我的无情耻笑。"

罗飞道:"所以你改变了态度?"

"是的。既然我认识到错误了,现在改变还不算晚。"萧席枫眯着眼睛悠悠说道,"我得感谢涂连生,他再一次挽救了我的灵魂。"

罗飞却道:"没有谁能够挽救别人的灵魂,除了你自己。"

萧席枫的目光一跳，似乎从某种情绪中挣脱出来。

"任何催眠效果都源于对象自身的潜意识，所以你听到的所有声音，其实都是来自于你的内心。"罗飞用审视的目光看了萧席枫一会儿，又接着说道，"从根本上来说，你是反对报复和杀戮的。但是涂连生的死又让你难以平静，你觉得必须为朋友做些什么。这种两难的情绪让你无从抉择，所以你只能让涂连生出面。你做了一次自我催眠，以涂连生的视角对自己展开劝说。直到你相信制止杀戮更符合涂连生的情怀，你再作选择的时候就没有后顾之忧了。"

萧席枫一直在看着罗飞，他惊讶的表情越来越明显。最后他"嘿"地干笑了一声："罗警官，没想到你也是个行家。既然这样，你又何必来找我？你自己就可以去催眠林瑞麟嘛。"

"我只是纸上谈兵。"罗飞耸着肩膀反问，"如果我真的会催眠，又何必把你关在这里？我可以早点让你作出正确的选择。"

"原来只是个理论家。"萧席枫笑了笑，一拍双手说，"好吧。既然我们现在立场一致，那就一块来解决林瑞麟的问题吧。"

三人便起身前往林瑞麟所在的接待室。途中罗飞又打电话通知了张雨。有一个法医在场，林瑞麟的生命便能更添一份保障。

众人在接待室会合。张雨见面先把一个药盒塞到罗飞手中。虽然罗飞快速收起了那个药盒，但还是被眼尖的萧席枫认出了药名。

"劳拉西泮？"他若有所思地看着罗飞，"难怪罗警官精神不好，原来是失眠了？"

他这话一说，小刘等人也都看向罗飞，神色中颇有忧虑。罗飞摆摆手敷衍道："没什么事，就是这两天用脑过度，血压高了睡不着。"

"借助药物入睡可不是什么好主意。"萧席枫凝起目光，"你这种情况，最好的办法就是接受一次催眠放松治疗。"

罗飞警惕地避开了对方的视线。一旁的张雨则暗暗摇头，他知道罗飞的心结就是出于对催眠的畏惧，又怎么可能去接受催眠治疗呢？他帮对方打了个圆场："行了，现在就别讨论这个了，先干正事吧。"

那边林瑞麟已经坐在单人沙发上，蓄势以待。萧席枫却没有立刻开始,他环顾了一圈问道:"你们这么多人都在这里?"

屋里除了萧席枫和林瑞麟这两个主角,还有罗飞、小刘、张雨以及负责保护林瑞麟的两名警员。人确实是多了点。

"小刘,你带他们两个在门外守着吧。"罗飞吩咐道,"屋里有我和张法医就行。"

小刘便带着两名警员走出了屋子。萧席枫看着罗飞咧咧嘴,似乎还不满意。

罗飞说了声:"就这样吧。"语气坚定。在他看来,警方在屋中的力量至少要有两个人,这样才能保证对现场局势的控制。

萧席枫知道无法再争取了,他只好无奈地挥挥手说:"请你们两个站在沙发后面,不要出现在林老板的视线里,也不要随意发出声响。"

罗飞点点头,和张雨一同撤到了林瑞麟身后。

萧席枫关好门,拉上窗帘,又把沙发前面的小茶几搬到一边,然后他自己坐在另一张单人沙发上。现在他和林瑞麟面对面地相隔约两米,中间空无一物。这一切准备就绪之后,他看着对方微微一笑,说了声:"我们开始吧。"

林瑞麟在沙发上挪动了一下身体,他的神色有些忐忑。

萧席枫看出对方有些紧张,他便提议道:"我们先做一个小游戏。你听我的指令行动,好不好?"

林瑞麟说了声:"好。"

萧席枫开始下达指令:"身体坐直。对,离开靠背。把两只胳膊向前方平举,手掌伸直,五指并拢,掌心相对。很好。现在请把眼睛闭上。"

林瑞麟一步步跟随着对方的指令,动作一丝不苟。萧席枫则靠坐在沙发上,神态悠闲自若。等林瑞麟完成了相应的造型之后,萧席枫又等待了几秒钟,接着继续用言语引导:"现在让你的身体放松下来。肌肉不要绷着……对,双臂依然保持平举。好的。试着想象一下,现在你的手臂外侧受到了挤压,那是一股无形的力量,非常巨大,你根本无法与之抗衡。那股力量把你的双臂向内挤,你的两只手正在慢慢地靠近,完全不由自主。"

林瑞麟的双臂果然开始往中心处靠拢，过程虽然缓慢，但足以被旁观者察觉。罗飞知道他已经开始接受催眠师的暗示。

"那股力量持续不断，你的双手越来越近，越来越近，最后终于合拢在一起。"

林瑞麟的双手原本尚有两三厘米的间距，但听到"合拢在一起"这几个字之后，他的两只手掌便加速一靠，果真合拢起来。

"那股外力还在挤压着你的双臂，而你的两个手背受到的压力尤其强大。你想要把两手分开，但你根本做不到。你使出再大的力气都没用。你的两只手被紧紧地压在一起，一丝一毫也挪动不了。"

萧席枫的语速均匀平缓，声音虽然不大，却充满了磁性的穿透力。在这种力量的引导下，林瑞麟双臂的肌肉开始慢慢绷紧，他的手掌微微颤抖着，似乎正竭力和那无形的压力相抗衡。

萧席枫觉得时机已到，便说了声："现在你可以把眼睛睁开了。"

林瑞麟睁开眼睛看向自己合拢的双手，目光中露出诧异的神色。

萧席枫问对方："你能把两只手分开吗？"

林瑞麟又做了一次尝试，他咬紧牙关使出了全身的力量，但双手就像是被抹了强力胶水，牢牢地粘在一起无法松脱。很快他就放弃了，摇头道："真的分不开。"

"很好。"萧席枫抬起右手，"现在我开始数数，当我数到三的时候，压在你手臂上的力量就会消失。"

林瑞麟迫不及待地点了一下头。

萧席枫轻轻挥着手，口中则配合着数出三个数："一……二……三。"当他数到三之后，林瑞麟手臂上的肌肉明显松弛下来。

"好了。"萧席枫把手掌一翻，"再试试看，能分开了吗？"

根本无须费力，林瑞麟轻轻松松地分开了双手。随即他便把两只手伸到眼前细细端详，似乎想找出刚才到底是哪里出了问题。

"你看，"萧席枫微笑道，"只要你按照我的指令去做，这事并不难。而且催眠也不像你想的那样可怕。"

林瑞麟也"嘿嘿"一笑说:"是挺神的。"

"接下来我要对你进行一次深度催眠,目的是帮你找回一些记忆。在这个过程中你可能会进入一种从未有过的状态,但你不用害怕。在任何情况下,只要我数三个数:一、二、三,你就会立刻从催眠状态中醒来,你明白吗?"

林瑞麟说了声:"明白。"有了刚才的经历,他的情绪已经自在了许多。

可是旁观的罗飞此刻却真正紧张起来。

刚才的那个游戏只是一个非常简单的浅度催眠,目的是用来测试林瑞麟接受暗示的难易程度,同时给催眠双方建立起一种互相信任的关系。从这两方面来说,游戏的效果接近完美。

接下来就要进入正题了。萧席枫将进入林瑞麟的潜意识世界,而某个神秘又危险的人物正潜伏在那个世界中。一场没有硝烟的战争即将打响。战争的胜败不仅关系到林瑞麟的人身安危,更能决定一系列案件的走向。作为这场战争的策划者,罗飞当然会深感压力。

可他又无法亲自上场。他所能做的只有屏住呼吸,静默旁观。

02

萧席枫首先对林瑞麟说道:"现在我希望你的身体能够彻底放松。把你的脑袋和后背靠在沙发上,选择一个你自己觉得最舒服的姿势。如果你准备好了,请告诉我。"

林瑞麟调整了一下坐姿,他的双臂自然落下,轻轻地放在沙发扶手上,他的头背则陷在沙发靠垫里,形成一种半坐半躺的姿势。然后他说了声:"好了。"

"请放松你的全部身心,包括所有的肌肉以及你的思维。不要去想任何事情,只去关注你自身的感觉。你的气息变得缓慢而清晰,而你的眼皮则越来越沉重。如果你愿意的话,你可以慢慢地闭上眼睛,同时完全依靠鼻腔来呼吸。"

萧席枫的声音平静自然，带着一种既舒适又单调的情感，每一句话都以下降的音调来收尾，在不知不觉中营造出令人疲倦的催眠气氛。同时他有意控制着节奏，每一次下达暗示指令时都配合着林瑞麟向外吐气的过程。很快林瑞麟就闭上了眼睛，呼吸也变得厚重而匀和。

沉默片刻之后，萧席枫又开始娓娓而言："想象一下，这是一个春天的早晨，阳光温暖明媚，春风微微吹过，带着青草的芬芳气息。你现在正躺在一艘小木船上，耳畔传来轻柔的水浪声。你的头顶是一片蓝天，白云一朵朵地飘过，像是松软而又宽大的棉被。小船在水面上轻轻飘摇，你的身体也跟着晃动，就像是回到了婴儿的摇篮里。你完全没有抗拒，只想让每一寸肌肤都彻底松弛下来。

"现在我每说一句话，你都会感觉更加放松。你的内心充满了平静，你周围的一切都是那么的美好。放松……这感觉从你的脚趾开始，现在到了小腿，继续往上，又到了腰部……你的全身都放松了，再没有什么能够打扰你，你唯一要倾听的就是我的声音。你的思维也在慢慢飘远，你已经不想再控制它。现在你更加放松了，你的身体有些发沉，你的膝盖在放松，从大腿到腹股沟，全都在放松。你感觉到自己在下沉，缓慢地下沉，煦暖的春风抚摸着你的身体，你感觉很舒适，很安全。四周如此平静，而你是如此的放松。"

萧席枫源源不断的话语如溪水般冲击着林瑞麟的耳膜。后者脸庞上的线条渐渐模糊，他的眼角、他的嘴唇都已经彻底松弛。他的脸部和正常状态相比变得宽而扁平，这不太好看，但却更加柔和、更加真实，不再有一丝矫揉造作的痕迹。

这明显已是进入催眠状态的迹象。萧席枫开始尝试引导对方失控的思维。

"现在试着回想一下，昨天凌晨你回家的路上发生过什么？让我们从你离开饭店的时候开始吧，那天饭店很晚才打烊，对吗？"

林瑞麟极其轻微地点了点头。

"然后你就一个人回家了吗？"

林瑞麟再次点头。

"路上的行人多吗?"

林瑞麟开口说出他在催眠状态下的第一句话:"不多。"

"有没有什么人让你印象深刻?"

"有。"

"是什么人?"

"一个女人。"

"女人?"萧席枫继续问道,"什么样的女人?"

"一个漂亮的女人,很年轻,长发,穿着超短裙。"

"你在哪里看到她的?"

"刚出店门没走多远就看到了。"

"她穿着什么式样的超短裙?"

"是一条牛仔裙,蓝色的。"

"上身穿着什么衣服?"

"一件黄色的紧身T恤。"

"鞋子呢?"

这次林瑞麟停顿了一下,说:"我没看见。"

萧席枫举目看了罗飞一眼,后者竖起拇指冲他比了一个赞许的手势,然后又挥手示意他继续往下进行。

林瑞麟现在提及的这个女人和案件无关,可喜的是他的描述竟如此清晰。尤其是问到鞋子的时候,他说的是"我没看见"而不是"我不记得了",简直就像是再次回到了现场。这证明萧席枫的催眠效果是非常成功的。

萧席枫用语言引导着林瑞麟的记忆:"现在你继续往前走,你还记得一路上的情形吗?"

林瑞麟点点头。

"尽量详细地描述一下,你都看到了什么?"

"我正在经过一家烟酒专卖店,有一辆出租车开过来停在我身前。司机问我要不要打车,我摇摇手,他就把车开走了;接着我走到了一家快捷酒店门口,前台的接待员正趴在桌子上打瞌睡;再往前是邮局,有一辆汽车横在邮局门口,我只好走下便道,从马路上绕过去……"林瑞麟有条不紊地叙述着,一幕一幕就像过电影一般,最后他终于说到了罗飞等人最关注的段落,"……我走到了工商银行门口,在这里我准备往左拐弯。"

突然间林瑞麟的话语停住了,他的眉头微微皱起,脸上露出一丝不安的神情。

罗飞把两只胳膊架在一起,右手捏着自己的下巴颏儿,对即将到来的进展表现出极度的关注。

萧席枫问道:"你是不是看到了什么?"

"是的。"林瑞麟在沙发上有一个挺直身体的动作,似乎想要往后闪躲。

"你不用害怕,你很安全。"萧席枫用平静的语调说道,"你并没有置身其中,你只是一个旁观者。你看到的任何事情都不会对你构成威胁,现在告诉我,你看到了什么?"

"狗。"林瑞麟的答案出人意料,他说,"我看到了那条疯狗!"

罗飞精神一凝。从监控录像上来看,出现在拐角处的明明是一个人影,不可能是什么疯狗。林瑞麟给出这样的答案,证实了他的潜意识世界已经被人动过手脚。同时罗飞注意到林瑞麟的用词,他说的是"我看到了那条疯狗",而不是"我看到了一条疯狗",这说明那条狗对林瑞麟来说具有某种明确的指向意义。

萧席枫也注意到这个用语上的细微差别,他进一步问道:"你以前就见过那条狗吗?"

"我被它咬过。"林瑞麟的呼吸变得急促,他似乎想起了某些很不愉快的事情。

萧席枫微微点了点头,他似乎明白了什么。略加斟酌之后他又问道:"你能不能躲开那条狗继续往前走呢?"

林瑞麟断然摇了摇头:"那条狗拦住街口,我躲不过去的。除非我换另外一条路。"

"可你昨天走的就是这条路。往前走吧！相信我，你很安全，那条狗无法伤害到你。"萧席枫的语气平稳而坚定，和之前相比多出了三分命令的意味。

林瑞麟深吸了一口气，不再说话。他的眉头越皱越紧，两只手也紧张地握成了拳头。罗飞知道他正遵循着萧席枫的引导，试图突破那条拦在路口上的恶狗。

一场催眠战争终于吹响了进攻的号角。罗飞等人全都屏息凝神，忐忑等待着第一场交锋的战果。

突然间林瑞麟发出"啊"的一声惨呼，听来凄厉无比。同时他的身体剧烈地颤抖起来，仿佛承受着某种无法忍受的痛苦。

罗飞吃了一惊，连忙抢上一步想要做些什么。然而萧席枫也跟着起身，他迎着罗飞伸出手掌，做出一个阻止的姿态。

罗飞紧贴着林瑞麟的沙发停住脚步。他稍稍稳住心神，却见林瑞麟虽然满脸痛苦，但似乎并未遭遇到实质性的危险。

萧席枫走上前，他扶住林瑞麟的肩膀问道："你怎么了？"

"疼！好疼！我的手，我的手！"林瑞麟惨叫连连，他的右手紧紧地抓住沙发边缘，手腕处青筋暴起。

萧席枫把林瑞麟的右手翻过来，只见在掌根往下约三寸处有一块半枚硬币大小的伤疤。他思量了一会儿，决定先把对方唤醒。

"当我数到三的时候，你就会醒来。"萧席枫非常自信地说道，然后他开始数数，"一、二、三。"

林瑞麟睁开了眼睛，他大口大口地喘着气，惊魂未定。

"你以前被狗咬过？"萧席枫指着对方掌根下的伤疤问道。

林瑞麟咧着嘴说："是的。"他用左手揉着那块伤疤，似乎痛感未消。

萧席枫又问："所以你非常害怕那只狗？"

林瑞麟点点头。

一旁的罗飞有些诧异，他插话问道："你是一个狗贩子，怎么会怕狗呢？"

"那是一条疯狗,我能不怕吗?"林瑞麟用力咽了两口唾沫,然后开始解释,"说起来是三年前的事了。那天我收了一批狗,准备先在院子里养几天,等凑足一车就卖到徐州去。晚上给狗喂食的时候,我被这家伙给咬了。我这种人经常跟狗打交道,所以也没在意,自己弄了些碘酒消消毒就算了。没想到两天之后,那畜生突然开始发病,追着其他的狗乱咬。我这才知道原来这是条疯狗!我连忙赶到医院,医生一听我的情况就开始皱眉,说:'被疯狗咬过得二十四小时之内就注射狂犬疫苗,你怎么来得这么晚!'当时我的心真是凉了半截,还以为这条小命就要交待了。没想到我福大命大,几针疫苗打下去立刻就有了抗体,这算是捡回一条命来。"

罗飞也知道狂犬疫苗的注射时限问题。半年前白亚星就是利用了这个时限,导致看守所内多人爆发狂犬病而亡。这事至今仍是警方的内部机密,未敢公开。现在林瑞麟说自己超过时限注射却大难不死,这事合理吗?

带着这样的疑问,罗飞转头看了张雨一眼以示征询。

"二十四小时是一个保证安全阈值的时限,但并不会产生一刀切的效果。"张雨从专业的角度解释道,"在实际经验中,每个人的体质不同,被咬伤的状况也不同,这个时限有可能会延长。不过像他这样超过四十八小时才去打疫苗的,能捡回一条命算得上是万分侥幸了!"

"就是说啊!"林瑞麟感慨道,"所以我怎么可能不后怕呢?就这事,我甚至都不敢细想!"

萧席枫对罗飞做了个手势,示意对方到屋外商谈。罗飞会意,便把小刘唤进来吩咐道:"你给林老板倒杯水,我们休息一会儿。"

于是林瑞麟留在屋内休息,罗飞会同张雨、萧席枫来到屋外。罗飞问萧席枫:"这只狗就是对手给林瑞麟设置的记忆障碍吧?"

萧席枫说:"没错,被疯狗咬伤,还错过了注射疫苗的安全时限,这事曾经在林瑞麟心里留下严重的阴影。那个家伙就把这个阴影移植过来,在时空上重新拼接。于是那条狗就拦在了林瑞麟拐弯时的路口。每当林瑞麟的记忆准备触及路口之后的部分时,强烈的恐惧就会堵塞他的思维通道，令他无法前行，这就是林瑞麟失忆的真相。当然了，具体的催眠技巧比我所说的要复杂很多，但大致的原理就是如此。"

萧席枫的讲解深入浅出，就连张雨这般基础微薄的人也听了个八九不离十。他便询问道："那该如何破解呢？"

"这个应该不难吧？"罗飞摸着下巴说道，"其实林瑞麟并不是害怕那只狗，真正令他恐惧的是错过了疫苗的安全注射时间。所以我们只要在这方面动动脑筋，这个记忆障碍也就不难攻破了。"

萧席枫点点头说："我已经有了一些思路，叫你们出来就是要商讨一下。"

罗飞说："我明白。"出来的目的就是要避开林瑞麟，如果被对象提前知道了催眠方案，那实施时的效果就会大打折扣。

萧席枫把自己的设想讲解了一遍，罗飞和张雨都觉得可行。于是三人重新回到屋内，对林瑞麟展开第二轮的催眠。

03

萧席枫很快就把林瑞麟再次带进了催眠状态。这一次他换了个角度开始询问。

"你曾经注射过狂犬疫苗，对吗？"

"是的。"

"还记得疫苗的名字吗？"

"是一种进口的疫苗，叫瑞必补尔。"

林瑞麟说出了正常人根本记不住的细节，说明催眠效果良好。

"你一共注射了几针疫苗？"

"本来是要注射五针的，但我只注射了三针。"

"为什么？"

"因为我当时很担心，所以注射完三针之后就忍不住做了血清检验，结果发现已经产生了抗体，这样剩下的两针就不用再注射了。"

"那你的运气还真好。虽然超出了注射的安全时限，反而比一般人更快产生了抗体。"

林瑞麟嘴角上翘，露出愉快的笑容。

萧席枫继续问道："你知道疫苗的有效时间有多长吗？"

"至少半年。"

"也就是说：在以后至少半年的时间里，你就算再次被疯狗咬伤也没事了。"

林瑞麟微笑着点头。

萧席枫引导着话题的方向："即便再遇到那条咬伤你的疯狗，也没必要害怕了，对吗？"

林瑞麟再次点头。

"如果那条狗拦在你回家的路口呢，你该怎么办？"

林瑞麟潜意识世界中的场景被人为地切换了，他一下子又来到了拐弯的路口，熟悉的疯狗守在那里，虎视眈眈。

"我不会怕它的。"林瑞麟自信满满。

"那你要不要把它赶走？"萧席枫劝导说，"如果不赶走的话，它可能会咬伤其他的路人。"

林瑞麟如预期般回应："我要把它赶走！"

"去吧。"萧席枫用鼓励的口吻说道，"如果你成功了，请告诉我。"

现实中的林瑞麟沉默了一会儿，在潜意识的世界中，他正在和那条疯狗搏斗。

嫌凶曾对林瑞麟潜意识世界中的时空关系进行了调整，于是后者最畏惧的那条疯狗拦在了他回家的路口上。萧席枫的应对手法如出一辙，他把一个刚刚检测出病毒抗体的林瑞麟召唤到现场，让后者变身为那条疯狗的克星。

片刻后，林瑞麟得意地告知："我成功了。"

"那条疯狗被赶跑了吗？"

"是的。"

"非常好。"萧席枫赞道,"那你现在可以继续回家,不用再绕路了。"

"是的。我现在要往左拐,进入那条小街。"林瑞麟说到这里忽然停了下来,他脸上的神色有些犹豫不决。

萧席枫问道:"你又看到了什么?"

"有一个人,他在冲我招手。"

"什么样的人?"

"一个男的,大概三十岁吧,长得胖胖的,他戴着一顶帽子,还背了一个大包。"

这番描述完全符合嫌疑人的体貌特征。罗飞的精神高度紧张,他知道林瑞麟的记忆即将触及到警方最关心的那个部分。

萧席枫继续探索:"他招手是想要你过去吧?"

"是的。"

"你过去了吗?"

"过去了。"

"你以前认不认识这个人?"

"不认识。"

"那你为什么要过去?"

"他叫了一声'林老板'。我觉得他是认识我的,或许是我店里的客人。"

"你走过去之后,你们会离得很近,对不对?"

"是的。"

"那你有没有看清他长什么样子?"

"脸胖胖的,下巴很宽,小眼睛细眯眯的一点点。"

罗飞在心中把这些相貌特征牢牢地记住。这次催眠探索的价值已经开始显现,他感到很振奋。

萧席枫又问:"那个人找你到底想做什么呢?"

"他说朱警官托他捎了点东西,要带给我。"

"哪个朱警官?"

"朱思俊,是个交警。有一次我在高速公路上报警,就是他出的警。"

案件正显现出熟悉的节奏!一件货物,一个送货人!按照惯例,朱思俊就是凶手下一个作案目标。但罗飞的心思暂时无暇旁顾,因为萧席枫的询问正要进入最关键的部分。

"他带来了什么东西?"

"那个背包。"林瑞麟回答说,"所有的东西都在包里。"

背包?罗飞略感诧异。根据后续小区门口的监控,林瑞麟的随身物品在进出小街前后并没有什么变化。这满满一大背包要交给林瑞麟的东西到底是什么呢?

带着这些困惑,罗飞继续关注着萧席枫的探索。

"你有没有当场打开那个背包?"

"打开了。"林瑞麟顿了顿,又补充说,"是那个人要我打开的。"

"包里面有些什么呢?"

林瑞麟没有立刻回答。他舔了舔嘴唇,神情似乎有些兴奋,片刻后他才用一种愉悦的口吻说道:"那是整整一包的美味菜肴。"

"菜肴?具体都有些什么?"

"有香麻海蜇、虾子冬笋、炝黄瓜条、芥末鸭掌、酥烤鲫鱼、镇江肴肉、桂花盐水鸭、杭椒脆骨、清炒翡翠虾仁、砂锅肚肺汤、山药炒木耳、金针肥牛、手撕包菜、大煮干丝、清蒸刀鱼、口蘑焖鸡、蟹粉狮子头,还有点心、果盘,以及扬州炒饭做主食。"林瑞麟源源不断地报出一长串的菜名,最后干咽着口水赞叹道,"简直就是一桌精美的宴席!"

"这么多菜?"萧席枫沉吟着问道,"是用塑料袋或者是快餐盒装着的吗?"

"当然不是。"林瑞麟断然否认,"餐具全都是上等的景德镇瓷盘。美食必须配以美器,塑料袋、快餐盒什么的怎么能行?"

萧席枫若有所思地点点头,片刻后他对罗飞做了个手势,同时说道:"当我数到三的时候,你就会醒来。一、二、三。"

林瑞麟应声而醒。而罗飞和张雨则心领神会，跟着萧席枫一同来到了屋外。

罗飞首先吩咐在屋外等待的小刘："你赶快去把朱思俊给我找回来。现在已经确定，凶手下一个目标就是他！"

小刘先应了声："好。"然后又问，"他不肯来怎么办？"

"那就通知他的领导。"罗飞知道朱思俊一心要往上爬，只要领导出面说话，他是不敢不听的。

小刘遵命处理这事去了。罗飞又转身向萧席枫询问："是不是又遇到障碍了？"

萧席枫反问："你也看出来了？"

"林瑞麟提到了刀鱼，可这个季节根本没有刀鱼；而且背包里的菜肴也不可能用瓷盘子盛着，"罗飞分析道，"所以那些菜肴并不存在，全都是凶手虚构出来的，目的就是为了掩盖背包里真正的玄机。"

萧席枫点头道："和我的判断一样。"

罗飞随即又问："可以破解吗？"

"要破解倒是不难，"萧席枫说，"之前那个障碍利用了林瑞麟的恐惧，而这个障碍则是利用了林瑞麟对于美食的强烈欲望。要破解的话，只要让他的欲望得到满足就可以了。"

罗飞猜测道："你的意思是，让他在虚拟世界中享受这顿美食？"

"没错，只有把这些菜吃完，他才能真正回忆起藏在背包里的东西。不过……"萧席枫话锋一转道，"这事可能有风险。"

罗飞也嗅出些什么："你担心'触发器'就藏在这些菜肴里？"

萧席枫点着头反问："赵丽丽他们是怎么死的？所以我不敢贸然在催眠状态下引爆林瑞麟的欲望。这事得先和你们商量商量。"

罗飞沉默着，一时间也是踌躇难断。

前三名遇害者都是死于自身欲望的一种极端发泄的过程，凶手如果要杀害林瑞麟的话，估计也会遵循类似的模式。在催眠状态下释放林瑞麟的食欲，这事确实非常危险。凶手很可能已经埋好了炸药，就等着你来引爆呢！

可是放弃探索就永远不知道炸药到底埋在哪里，也就无法从根本上扭转目前的被动局面。而且现在已经进展到这个地步了，要放手的话确实心有不甘。

换一种思路来想，凶手在这里用食欲来设置记忆障碍，或许就是要将警方吓退呢？因为背包里隐藏着极为重要的秘密，所以用一个伪装的炸弹来掩盖，叫警方不敢继续拆解。如果是这样的话，临阵退缩反倒正中对方的下怀。

思来想去，警方终究要面临一个进退两难的尴尬局面。那家伙的凶险和狡诈在这场布局中展现无余。

罗飞实在下不了决心，他征求张雨的意见："你怎么看？"

张雨沉吟了一会儿，转而向萧席枫问道："是不是在任何情况下，只要你数出一二三，林瑞麟都会立刻醒来？"

萧席枫点点头："这事我有绝对的把握。"

张雨又转回来问罗飞："最多三秒钟的时间，你觉得凭我们两个能不能控制住林瑞麟？"

罗飞明白张雨的意思了。对方这是作了最坏的打算，并由此提出一个问题，万一林瑞麟在催眠状态下失控，警方能否在他清醒之前控制住局势？

罗飞据此作出了决断。

"光凭我们两个还不保险。"他对身后那两名一直守候在门外的警员说道，"你们也一块进来。"

萧席枫"嘿"地一笑，赞叹道："罗警官处事谨慎，无论如何都要保证两个对一个的优势呢。"

这话确实点破了罗飞的用意。按照罗飞和张雨的身手，合力控制一个林瑞麟不在话下。但罗飞还得防着萧席枫，对方这一番商议，焉知不是别有用心？如果他想要借机对林瑞麟下手，这番言谈正好可以撇清自己的责任。因为一切决断都是由你罗飞作出的，我早已警示了相关危险，而你们警方并未重视。

所以罗飞相比张雨作出了更坏的打算——萧席枫会临阵倒戈。这样的话两个人就很难控制局势了，现场必须进一步增强警方的力量。

既然被对方看破，罗飞也无意掩饰。他微微一笑说："多作一手准备总是没错的。萧主任，如果你不介意的话，我们就准备开始吧？"

"不介意。"萧席枫大度地挥了挥手，"我只有一个要求，在我催眠的时候你们不要发出声响就行。"

于是四人又进入屋内。罗飞首先问林瑞麟："你身上都带了什么东西？"

"手机、钱包、钥匙，还有手表。"

"先交给我们吧。"罗飞伸出一只手，"暂时替你保管一下。"他害怕林瑞麟失控会乱吃东西，所以要提前把隐患排除。

林瑞麟掏出手机钱包，摘下钥匙手表，一股脑儿全都塞到了罗飞手里。罗飞注意到对方手指上还戴着个金戒指，又说："戒指也摘下来。"

林瑞麟有些不乐意："这是结婚戒指，我睡觉都不摘的。"

"摘下来！"罗飞坚持道，"一会儿就还给你。"

林瑞麟不满地瘪瘪嘴，但他还是按罗飞的吩咐照做了。

罗飞把这些杂物交给身后的一名警员收好，然后又上上下下仔细打量了林瑞麟一圈。确信再没有可置伤害的物品之后，他才对萧席枫一点头说："开始吧。"

萧席枫让林瑞麟闭上眼睛，全身放松。然后他用平静而又沉稳的语言将对方再次带回昨日凌晨的记忆中。

"现在你的面前有很多美食，是吗？"

林瑞麟一边点头一边咽着唾沫，一副馋涎欲滴的模样。

"你想不想大吃一顿？"

"想。"微微的颤音透露出林瑞麟心中那翻腾不息的欲望。

"那就吃吧。"萧席枫趁势撩拨，"尽情地吃。吃到你不想吃为止，或者，干脆把它们全都吃完！"

可林瑞麟却黯然说道："不行……"

"为什么不行？"萧席枫显得有些意外，他没想到对方居然会拒绝这个提议。

林瑞麟回答说:"因为菜还不够。"

"不是已经有很多菜了吗?"

"但是只有七道凉菜。"林瑞麟认真地说道,"一桌宴席不可以只有七道凉菜。"

萧席枫已不记得都有哪些菜肴了,他便把目光投向罗飞。后者无声地点了点头,意思是:没错,只有七道凉菜。

罗飞记得清清楚楚:香麻海蜇、虾子冬笋、炝黄瓜条、芥末鸭掌、酥烤鲫鱼、镇江肴肉、桂花盐水鸭,这些就是林瑞麟报出的一堆菜名中的凉菜部分,数量正是七道。而一桌宴席凉菜应该凑足八道,这是世人皆知的常识。

既然如此,萧席枫只好顺着对方的思路继续试探。

"少了一道凉菜,就不能开席吗?"

"是的,因为这道菜非常重要。"

"怎么重要法?"

"那是整个宴席中最特别的一道菜,我还从来没有吃过。如果少了这道菜,这桌宴席也就没什么意义了。"林瑞麟一边说一边幽幽地叹息着,似乎充满了期待,同时又心怀忐忑。

萧席枫和罗飞对视着,两人都隐隐意识到,或许这道尚未出现的菜肴才是那个家伙设置的"触发器"。萧席枫用目光等待着什么,罗飞知道,对方在等的正是自己的决断。

片刻的沉默之后,罗飞郑重地点了点头,同时他又向着林瑞麟的沙发挪近了半米,几乎是紧紧地贴在了对方身后。

见罗飞已作好一切准备,萧席枫便把话题引向了最关键也是最危险的部分:"那到底是一道什么菜呢?"

林瑞麟的回答却再一次令人诧异,他说:"我不知道。"

"你不知道?"虽然是萧席枫在控制局势,但他觉得自己都快被对方绕糊涂了。

林瑞麟又说:"那个人还没有告诉我,他让我猜,他说我必须猜中了才有资格品尝。"

"那个人？是那个戴帽子的胖子吗？"

林瑞麟点点头。

"世界上的凉菜那么多，这叫人怎么猜？"萧席枫觉得这是个无法完成的任务。难道那家伙的目的只是为了设置一个无法逾越的障碍，从而阻止警方对涉案内情的探索？

萧席枫的猜测随即就被林瑞麟接下来的话语推翻了。

"那人说他会给我三个提示。如果我是一个真正的食客，根据这三个提示就能猜出那道菜到底是什么。"说完这话林瑞麟夸张地舔着自己的嘴唇，看来汹涌的食欲已经令他迫不及待了。

萧席枫也按捺不住地追问："哪三个提示呢？"

林瑞麟沉默着，似乎正在聆听那人的话语。屋中其他人也全都凝神以待。

片刻后林瑞麟开口说道："他给出了第一个提示，他说，那是一道卤味，已经用各种调料高汤浸卤了很多年。"

萧席枫暗暗摇头。这个提示给出的范围太宽泛，叫人难以猜测。这时他又听林瑞麟继续说道："第二个提示是，这道菜的原料非常特别，它比小猪的里脊还要鲜嫩，比鱼鳍下的活肉还要滑糯，比鲜贝的瑶柱还要柔韧。"

这听起来确实有些特别，萧席枫微微蹙着眉头，努力思索有哪种食材能同时符合这几个特点。

林瑞麟紧接着又说出了第三个提示："那人最后说，对每个人来说，这都是一道最容易吃到却又最难吃到的菜肴。"

最容易吃到却又最难吃到？这自相矛盾的言辞听起来倒像是个哲学谜题了。萧席枫低着头茫然苦思，正彷徨间，忽听罗飞大喊了一声："快！赶快把他唤醒！"

萧席枫吓了一跳，忙抬头看时，却见罗飞已弯腰扑向了沙发上的林瑞麟，同时他又高声喊道："别吃！"

看起来罗飞正在阻止林瑞麟吃某样极为可怕的东西，但这屋里又哪有什么东西可供林瑞麟下咽呢？

萧席枫来不及多想，连忙遵从罗飞的命令准备将林瑞麟唤醒，然而这一切都在电光石火之间发生，还没等到萧席枫开始数数，事态已然无可挽回：林瑞麟吐出了半截舌头，牙关一合狠狠地咬了下去，鲜血顿时漫遍了他的嘴角。随后他竟把咬下的舌头又吸入口中，满脸陶醉地大嚼起来。

罗飞展开右手呈钳状，死死地捏住了林瑞麟的两侧脸颊，令后者无法再完成咀嚼的动作。然而他无法阻止鲜血从林瑞麟的断舌处源源涌出，伴随着一次吸气的过程，林瑞麟剧烈地咳嗽起来，血沫飞溅，喷了罗飞满脸满身。

刚刚回过神来的张雨这时也赶上前帮忙，他提醒道："快把他扶起来，别让血倒灌进气管！"

罗飞和张雨合力将林瑞麟扶起，而一旁的萧席枫终于数完了唤醒催眠的那三个数字。林瑞麟脸上迷醉的表情消失了，取而代之的是极度的骇异和痛苦。

"嗬……嗬……"林瑞麟的喉口处发出恐怖的声音，随后他的呼吸变得艰难，他的身体抽搐着，两眼开始翻白。

"他痉挛了，舌根会把气管堵住的！"张雨一边焦急地发出警告，一边把手指探进林瑞麟的嘴里，想要把收缩的舌根拽出来。可是林瑞麟的口中鲜血横溢，那舌头又短了半截，哪里拽得住？张雨掏了一会儿，只掏出了前半截被咬得支离破碎的断舌。

在发出最后一阵猛烈的抽搐之后，林瑞麟口中的鲜血不再翻腾，这意味着他已经彻底断了气息。

罗飞还死死地捏着林瑞麟的脸颊，他急红了眼似的催促张雨："快掏，快掏呀！"

张雨黯然起身："罗队……人已经死了……"

罗飞有些发怔，他盯着林瑞麟的尸体半晌没有说话。

萧席枫坐在对面的沙发上，目瞪口呆。而屋内的另外两名警员则傻傻地站在原地，自始至终都不曾有任何行动。对他们来说，刚刚发生的那一幕无异于一场最诡异的梦魇！

第八章
破案！必须破案！

01

"在这个节骨眼儿上，你要给我撂挑子？"说话的老人正是龙州市公安局的局长鲁宸语。他看着坐在自己对面的罗飞，神色诧异。

"不是我要撂挑子，"罗飞皱眉叹道，"实在是控制不住局势了。如果我继续担任专案组长，事态恐怕会进一步恶化。"

鲁局长也皱起了眉头。他刚刚听完对方的案情汇报，知道"局势失控"这四个字绝非危言耸听。

失控首先体现在林瑞麟的死亡。

在萧席枫给林瑞麟做催眠的过程中，凶手埋下的一枚思维炸弹被触发。强烈的食欲控制着林瑞麟，诱使他咬下了自己的舌头。随后口腔内部的大出血以及疼痛引起的舌根痉挛，导致林瑞麟在极短的时间内窒息而死。

林瑞麟已经是系列案件中的第四个遇害者，而且他是死在了刑警队内部，死在了罗飞等一众办案人员的面前。对于警方来说这无疑是一场彻底的惨败。

与此同时，警方对朱思俊的保护工作也陷入了僵局。

今天下午，小刘按照罗飞的吩咐想把朱思俊带回警局加以保护，但这番好意却被朱思俊再次拒绝。随后小刘便向交警队的领导求助，希望对方能帮助说服朱思俊。交警队高速大队的王郁队长对朱思俊下了命令，要求后者务必配合刑警队的工作。朱思俊表面上应允了。但在跟随小刘回刑警队的途中，他却又借着下车买烟的机会通过一个小超市的后门独自溜走。随后朱思俊便关闭了手机，家人和领导都无法再和他取得联系。

得知朱思俊去向不明，罗飞便有了种极为不祥的预感。经过痛苦的斟酌之后，他来到了局长办公室，向鲁局长请辞专案组组长一职。

鲁局长能够理解罗飞所面临的困难和压力。他无法理解的是，自己手下的这员悍将为何会有这番临阵退缩的懦弱表现？

遥想半年前，白亚星曾给罗飞设下圈套，随后又大闹看守所，制造出骇人听闻的事端。当时罗飞承受的压力更大，但罗飞何曾有半点畏缩？即便已被免去刑警队长一职，他仍然勇敢地冲在战斗的第一线。这份气概岂是今日可比？

鲁局长凝视着罗飞，失望之余，目光中更流露出深深的困惑。

罗飞试图做些解释。他默默一叹，说道："我的状态……很不好。"

"怎么个状态不好？"鲁局长必须问个究竟。

"我已经连续两个晚上没有睡眠……因为某些压力，我无法入睡，"罗飞抬起头，展示着自己布满血丝的双眼，"这使得我的精神状态越来越差。在处置林瑞麟和朱思俊的事情时，我都出现了严重的失误。"

"嗯，既然你讲到了失误，"鲁局长敲着桌面说道，"那我就先听听你的自我批评吧。"

罗飞黯然道："在给林瑞麟做催眠之前，我已经预见到了某种危险，但我做出的防范却不够严密。后来林瑞麟讲出了那个谜语，我能猜到了谜底是人的舌头，但我的反应又慢了一拍。我没能及时阻止林瑞麟的自残行为,我必须对他的死亡负责。至于对朱思俊的处理,我的失误更是显而易见,我早就应该采取强硬措施,根本就不该让他离开刑警队。"

"没错,"鲁局长颔首表示认同,"这些事情上你确实有失误。和以前相比,你不够灵敏,也不够决断。"

"因为我的精神无法集中,"罗飞抬手揉了揉自己的脑门,"我的状态已经对工作产生了负面影响,这种局面不能再继续下去了。"

"所以你想辞掉专案组组长?"

罗飞点点头。

鲁局长沉默了片刻,又问:"那你觉得谁可以接任呢?"

罗飞愣住了。他还没考虑过这个问题,一时间也提不出特别合适的人选。

鲁局长对罗飞无奈一笑,说:"看来我只好亲自上阵了?"

罗飞知道面前的这个老人是刑警出身的,当年也是威名赫赫的神探。放眼整个龙州警界,恐怕也只有他出马才能压得住当下的局势。想到这里,罗飞便释然松了口气。

可鲁局长紧接着又说:"我可以让你卸任休息,但是有时间限制。"

罗飞问道:"多长时间?"

"二十四个小时。"

"啊?"罗飞惊叹了一声,心想这还能叫"卸任"吗?

鲁局长神情严肃,一点没有开玩笑的意思。他甚至还抬起腕部的手表对了一下时间:"现在是下午五点二十三分。从现在开始的二十四个小时,你可以完全不管专案组的事情,你的任务就是好好地睡一觉,睡个昏天黑地。你的手机也可以关机,我不会让任何人来打扰你。专案组这边我来负责,任何状况我都帮你担着。但是二十四小时之后,我要你回来。而且我要的是一个像以前一样的,灵敏、果断、勇敢的罗飞。"

罗飞掂量出对方话语中的分量。他感受到那种非同一般的责任,更感受到那种非同一般的信任。他知道自己已经无路可退,只能在深吸一口气之后,咬牙吐出两个字来:"明白!"

鲁局长把小刘也叫到了办公室,当着罗飞的面做了个交接。随后他便批准罗飞回去休息。

这次罗飞没有在内部招待所留宿,他也没有去自己独居的那套小寓所。罗飞给父亲打了个电话,他只简单地说了声:"爸,今天我想过来吃个晚饭。"

"行啊。"老爷子顿了顿,又问,"那晚上还走吗?"

罗飞说:"不走了,就住在家里。"

罗飞的父亲是个中学教师,母亲是个医生,两人均已退休。老两口居住的那套两居室还是多年前教育局分配给老爷子的福利房,虽然陈旧了些,但老城区生活便利,老人便不愿离开。罗飞平时工作繁忙,很少有时间和家人相聚,但只要他打个电话,那个家随时接纳他的到来。

罗飞到达父母家的时候,母亲已经准备好几个小菜,父亲拿出一瓶酒征求他的意见:"要不要喝点?"

"喝点吧。"罗飞觉得酒精或许能帮助自己更好地放松下来。

于是父子俩享受着难得的小酌。酒足饭饱之后,两位老人看出罗飞的精神状态不佳,便劝他早点休息。

罗飞上大学之前就住在这套居室的小房间里。现在小房间早已被改造成了书房,而罗飞的单人床仍然保留。对于一个没有成家的男人来说,不管他的年纪多大了,在父母眼中他仍然是个孩子,家里始终要为他保留一个位置。

进了房间,躺在那张无比熟悉的小床上,罗飞的心情略略平静了一些。他开始享受一种特殊的安全感,即便是戒备森严的公安局也无法相比。

但他还是难以入睡,因为他不敢放弃对自我思维的掌控。每当睡意来袭,他的意识刚刚开始模糊时,某种危机感就会紧攫住他的心灵,让他蓦然警醒,睡意全消。

最终罗飞只好拿出那盒安眠药䄂。说明书上说睡前服用2~4mg,每片药是1mg。为了迅速见效,罗飞按最大剂量一次服用了四片。

药效果然很快，片刻之后，睡意便汹涌而来。虽然有个声音始终在罗飞的潜意识世界中大喊着："不能睡，危险，危险！"但他的精神力量终究无法抵抗药物的化学作用。慢慢地，他的思维如风筝般越飘越远，拴着风筝的那根细线也绷到了极限。当最后一阵睡意袭来的时候，似乎只是轻轻地吹了一口气，细线便应声而断。于是那个风筝便彻底地失控而去，瞬间消失在浩瀚的天际中。

这一觉醒来天色已经大亮，罗飞看看手表，已经快到上午十一点了。他起身走出小房间，正在客厅里看电视的老爷子抬头问道："怎么睡了这么久？"

罗飞笑了笑，只说："今天放假。"他不想让父母知道自己之前已经两天两夜没睡过，更不想说出服用安眠药的事，这些只会让老人平添忧虑。

早饭不用吃了，直接吃午饭。罗飞感觉自己的精神清爽了许多，在吃饭的时候便打开了手机。没有任何信息，也没有任何来电记录。

鲁局长说过，在这二十四小时之内，他不会让任何人打扰罗飞。他说到的就一定会做到，也一定可以做到。

但罗飞自己反而有些不适应了。吃完饭家里人一块闲聊，他三番四次地拿起手机查看。那只是一种下意识的动作，因为手机根本没发出过任何声响。

老爷子看出点什么，主动说道："你如果不放心，就早点回队里去吧。"

"今天不是放假吗？"母亲看看罗飞，又看看老爷子，责怪后者多事。

"你留得住他吗？"老爷子无奈地干笑着，"他的心早就飞过去了。"

父亲的话更坚定了罗飞的决心。他起身歉意地打着招呼："爸、妈，那我先走了。"

父亲挥挥手："去吧。"母亲则追问："晚上还回来吃吗？"

罗飞给出果断的回答："不了。"因为晚上已经是二十四小时之外,他必须重新肩负起专案组组长的职责。

中午一点钟左右,罗飞开车回到了公安局门口。这会儿应该是午休的时间,但大门口却聚集了不少人,连路也被堵住了。罗飞觉得有些奇怪,正要下车去查问时,却见门岗上执勤的王绍海急匆匆向车边走来,一边走还一边暗暗摇手。

罗飞心中一动,便没有下车,只把车窗摇下来询问:"怎么了这是?"

王绍海压着声音说:"来闹事的,就是冲着你的,还不赶紧避一避。"

"冲着我的?"罗飞一愣,忙凝目向人群聚集处端详。却见中间有人用竹竿挑着个横幅,上面有一行鲜红的大字——"刑警队草菅人命,家属讨要说法"。再看外围跟着起哄造势的那些人,有几个正是锦绣酒店的厨师和服务员。

罗飞明白了,这一定是林瑞麟的家属来了。也难怪,林瑞麟不明不白地死在了刑警队,搁谁都得讨个说法回去。而把林瑞麟从饭店里带走的人正是罗飞,那帮人的矛头自然也会首先指向他了。

这种情况只能先避一避,因为家属的情绪正激动,你有理跟他们也讲不清楚。罗飞向王绍海道了谢,倒车悄悄离去。他绕了一圈,把车停在院外路边,然后从后院的一个小门步行进入了公安局内部。一进办公楼他便给鲁局长打电话报到。

"你回来了?我给你的时间还有四个小时呢,"鲁局长顿了顿,又问,"你准备好了吗?"

"没问题了。"罗飞用坚定的口吻表达了自己的斗志。

"那你到我办公室来吧。把小刘也叫上。"

罗飞和小刘来到了局长办公室。三人碰面,小刘把近一天来的案件进展情况对罗飞作了汇报,其中最重要的当然是朱思俊的消息。

"朱思俊的行踪一直不明。他没有回家,也没有去单位上班。技术部门已经对他的手机进行了锁定,只要一开机,立刻就能确定方位,误差在五十米之内。但他到现在也没有开机。"

罗飞重重地"嗯"了一声,眉头紧锁。朱思俊失踪已经有二十个小时了,照以往的经验推测,他实在是凶多吉少。而这生不见人、死不见尸的情况又非常棘手,因为警方无从判断对手的行动到底已经推进到了哪一步。

如果作最坏的打算:朱思俊已经遇害,那警方就得抓紧关注下一个受害者。

根据"犀牛"和萧席枫的邮件记录,除了朱思俊之外,凶手针对的目标就唯有扎坏涂连生车胎的那个人了。

所以罗飞接着便问:"扎涂连生车胎的人找到没有?"

小刘摇摇头:"还没有。半年前参与过拦车救狗的,现在已经有六十七人确定了身份。但这六十七人全都否认自己扎过车胎,他们也不知道这事是谁干的。不过有好几个人反映说,曾在论坛里看到有人发帖炫耀扎车胎的事情。"

罗飞精神一振:"通过技术手段应该能查到发帖人的真实身份吧?"

"关键是那个帖子现在已经没了。"小刘道,"我们在相关论坛上反复搜索也找不到,估计是被删除了。而且连发帖人的网络账号也被注销了,所以这条线索就没法再查下去。"

罗飞有些失望,随后又问:"拦车现场大概还有多少人的身份没有确认?"

"这个说不准。"小刘无奈地摊着手说,"有些人只看帖不发帖,到现场和其他人又不认识,这些人的身份很难查清。"

罗飞也知道这事的难度,他只能在现有的基础上加强工作:"对那六十七个人再核实一遍,一定要给他们把利害关系讲清楚。"他担心那个扎车胎的人明明就在其中,但害怕赔偿责任而刻意隐瞒。

"已经和他们明说了,这事会有生命危险。"小刘一边向罗飞解释,一边掏出手机给前方调查组打电话,叮嘱他们再次展开核查。这种事必须反复强调,首先让前方调查人员感受到压力了,这种压力才能传递到调查对象身上。

罗飞这时起身走到窗边。透过窗户可见那些聚集在大门口的人群。罗飞默默地看了一会儿，转头努着嘴问道："那边提出了什么要求？"

小刘说："要求一百万赔偿。"

"还有呢？"罗飞看架势觉得不会仅是赔偿这么简单。

"还有……"小刘犹豫了一下，说，"他们要求拘捕当事人，展开调查。"

"拘捕当事人？"罗飞无奈地苦笑着，"那不就是我吗？"

小刘咧咧嘴道："他们说林瑞麟是受了警方的刑讯，实在受不了了，所以才会咬舌自杀。"

一直没有说话的鲁局长终于开口了，他看着罗飞说道："这些事你不用担心，我会安排专人去解决。"

罗飞点点头，对领导的支持表示谢意。随后他又问道："有没有惊动记者？"

"上午来过一批了，都是本地的。我已经给市委宣传部打了招呼，应该没什么问题。"鲁局长顿了顿，又再次强调说，"你只管破案，只要能把真凶抓住，一切都好办。"

这一番沟通结束，罗飞便重新肩负起专案组组长的职责。他带着小刘离开了局长办公室，准备迎接下一轮的战斗。

在路上小刘有意无意地提了一句："其实鲁局那边的压力也挺大的……"

罗飞敏感地追问道："怎么了？"

小刘说："林瑞麟的事已经在网上传开了，现在有很多外地的记者也在跟进，局面有点失控。"

罗飞的脸色沉了下来。他早就领教过网络的威力，这事既已在网上传开，那就很难控制了。别看鲁局长刚才说得轻描淡写的，可事实上舆情已相当严重。同时罗飞也更加理解鲁局长最后那句话的分量。

破案！必须破案！唯有破案才能解决龙州公安所面临的巨大困境，别无他途。

02

下午三点十九分,案情忽然间又有了重大的变化!

首先是技术人员传来消息说检测到了朱思俊的手机信号。罗飞在第一时间拨打了相关号码。在等待电话接通的过程中,罗飞的心情极为忐忑,如果电话那边的接听者不是朱思俊本人,那后者遇害的可能性就非常大了。

等待的结果令罗飞颇为惊喜,因为电话里传来的正是朱思俊的声音:"喂?"

罗飞自报家门:"我是刑警队罗飞。"

"我知道。"朱思俊的语调还比较平静,但他略有些气喘,好像刚刚经历过什么激烈的运动。

罗飞的情绪又紧张起来,他急切询问:"你在哪里呢?安不安全?"

"我就在自己家里。"朱思俊回答说,"我很好。"

"在家?"罗飞有些诧异,他瞥了小刘一眼,似乎在问:"在家里你们怎么会找不到?"

小刘挠着脑壳,表情也有些茫然。

罗飞暂时把这个问题放到一边,他用严肃的口吻告诫朱思俊:"你为什么不到刑警队来?凶手下一个目标就是你!你知不知道自己很危险?!"

"我知道。"朱思俊还是那种淡淡的、平静的语调,随后他又说了一句话,这话让罗飞几乎不敢相信自己的耳朵。

他说:"我已经抓住了那个家伙。"

"什么?"罗飞愕然追问,"你抓住了谁?"

朱思俊给出非常明确的答复:"我抓住了凶手,就是那个假冒快递员的家伙!"

罗飞又惊又喜，他顾不上探询细节，只匆忙问道："人在哪儿呢？"

"就在我旁边。我把他铐在了楼梯栏杆上，肯定是跑不掉了。"朱思俊喘了口气，又催促道，"你们赶紧过来吧。"

"马上就到！"罗飞一边说一边起身往外走，他的思维飞速转动几下之后，又对着电话吩咐说，"你别离那家伙太近，不要和他说话，也不要看他的眼睛。"

"你放心吧。"朱思俊在电话那头自信满满地说道，"我不会被他催眠的。"

罗飞暂时挂断了电话。身后小刘匆匆赶上来询问："怎么回事？"

"朱思俊说他已经抓住了那个凶手。"

小刘露出难以置信的表情："不可能吧？"

罗飞道："先别问了，赶紧去现场。"

公安局大门仍然被林瑞麟的家属堵着，罗飞和小刘从小门跑出去，两人上了停在路边的那辆车。在奔跑的过程中罗飞又给朱思俊家的辖区派出所打了电话，让对方立刻派出精干力量到现场增援。

小刘刚刚把汽车开上大路，派出所那边就有消息反馈过来了。带队的吕梦晗所长电话告知罗飞："我们已经抵达现场。"

"情况怎么样？"

"朱思俊很安全。"吕所长回复说，"他铐住了一个人，从体貌特征来看很像是协查照片上的那个凶手。"

"很好。"罗飞压抑住激动的情绪，"你们先保护好现场，我一会儿就到！"

挂断电话之后，罗飞开始追究小刘的问题："朱思俊就在家里，你们怎么会不知道？"

"我们到他家去过啊。"小刘一边开车一边回答说，"当时见到了他的父母，老两口说不知道儿子在哪里。他们答应一有消息就通知我们的，我也不知道这是怎么回事。"

"难道是朱思俊和老两口商量好了，有意躲着你们？"罗飞猜测着

邪恶催眠师2

说道。如果是这样的话，那就不能怪小刘了，毕竟他们也无权强行入户搜查。

"我们把利害关系讲得很严重的，"小刘进一步解释道，"他们应该知道自己的儿子非常危险，必须寻求警方的保护。"

"好了，"罗飞摇摇手打断了这个话题，"专心开车吧，一切到了现场再说！"

因为自己无房，朱思俊一直以来都是和父母同住在友谊新村的六幢302室。现场就在302室门口的楼道间内。

上下楼梯的通道均已被派出所民警封锁，好奇的群众只能在警戒圈外探头探脑。罗飞二人挤进圈子，却见朱思俊正站在自己门口，一名男子则躺在他脚下不远处。那男子身形肥胖，长了张上窄下宽的冬瓜脸，细眯眯的眼睛像是很难睁开似的。他背着一个硕大的黑色登山包，一顶红色的棒球帽甩落在附近的地面上；他的衣衫凌乱，左侧脸颊上还沾满了灰尘，看起来像是经历过一场激烈的搏斗；另外他的右手被一副手铐铐在了楼梯扶手的铁条上，胖胖的身体因此扭曲着，模样颇为狼狈。

不管是体貌特征还是背包、球帽的装扮，此人都与监控画面中的神秘男子极为吻合。罗飞控制住激动的情绪，他蹲下身来，想要近距离打量打量这个警方苦苦追寻的家伙。

胖男子抬头和罗飞对视，他的目光在细窄的眼皮间闪动着，并无畏缩之色。

片刻之后，罗飞转过目光问吕所长："执法记录仪带了吗？"

吕所长说："带了。"他招招手，一个民警拿着记录仪上前，准备开始录像存证。

罗飞再次看向那名男子，他用威严的声音喝问："你叫什么名字？"

"李凌风。"男子的嗓音很尖细，锐锐地刺着人的耳膜，叫人颇不舒服。

"你来这里干什么？"

"送一个快递。"

"送给谁？"

男子抬起头，冲朱思俊一努嘴说："给他。"

"东西呢？在哪里？"

男子说："在背包里。"

罗飞冲小刘使了个眼色，后者便蹲过来打开男子的背包查看。拉开拉链却发现那背包里基本上是空空的，摸到最下方时，才摸出了一个半尺见方的铁盒子。

小刘把铁盒子放在地面上。罗飞问那男子："是不是这个？"

男子点点头。

罗飞命令道："面对镜头，用手指一下。"

男子按照罗飞的命令做了。他表现得很配合，似乎毫无抗拒之心。

小刘在一旁向罗飞请示说："罗队，盒子要打开吗？"

罗飞本来是想打开看看的，但临时又换了主意。"回队里再说吧。"回复助手的同时他的眼神却看向了不远处的朱思俊。

小刘明白罗飞的意思了。那个盒子装着的东西多半就是用来谋害朱思俊的道具。现在虽然男子已被制服，但具体情况尚不够明朗。当着朱思俊的面打开盒子多少会有风险。

罗飞起身下达命令："把他带回去。"然后他又对朱思俊说："麻烦你也到刑警队走一趟，协助调查。"

朱思俊感觉到罗飞的语气变化，这个高高在上的刑警队长现在对自己已客气了许多。他微笑着回了声："没问题。"然后上前打开了栏杆铁条上的铐子。小刘和罗飞把那男子架起来，别过对方的胳膊把双手铐在了背后。罗飞又拉起男子的T恤，用衣襟蒙住了他的脑袋。

罗飞开来的那辆车没有配备羁押室，所以他们便把男子押上了当地派出所的警车。罗飞亲自跟车押送，小刘则另开一辆车载着朱思俊一路随行。

路上罗飞给萧席枫打了个电话，将最新进展告知了对方。萧席枫也非常惊讶，在接到罗飞协助工作的邀请之后，他毫不犹豫地便应允了。

回到刑警队之后，罗飞把胖男子关进了讯问室。他并没有急着展开审讯，而是先在接待室里向朱思俊核实相关情况。

朱思俊说："昨天得到你们的消息，说凶手的下一个目标就是我。我当然也会害怕，但要我像乌龟似的躲在刑警队，还真不是我的做事风格，我有我自己的计划。"

罗飞已经猜到了七八分："你想以自己为诱饵，引那家伙现身，然后趁机将他抓获？"

朱思俊自鸣得意地点点头："是的。要实现这个计划，我首先要把你们甩开。因为有你们在贴身保护的话，那家伙肯定不会贸然行动。于是我就假借买烟的机会悄悄溜走了。我其实哪儿也没去，直接回了家。那家伙的作案风格不是给人送快递吗？我就在家里等他。对了，我知道你们能通过技术手段定位我的手机，所以把手机也给关了。回家后我跟父母打好了招呼。你们来找我的时候，我就躲在里屋。我在家里等了整整一天，那家伙终于来了。我通过猫眼一看，百分之百就是监控照片里的那个凶手。他的催眠本领再高，我也不给他机会。当时我突然打开门冲出去，直接就上了擒拿术。那家伙一点都不经打，没费事就被我制服了。我把他铐在栏杆上，然后就打开手机。还没等我拨电话呢，你的电话就打进来了。事情的全部经过就是这样。"

"你为什么要冒这个险呢？"罗飞问对方，"抓捕凶手是刑警队的事，而你只是一个交警。"

朱思俊沉默了一小会儿，他说："这是我翻盘的唯一机会。"

"翻盘？"罗飞不太明白对方的意思。

"这案子闹得这么大，在交警队也瞒不下去了。我半年前出警的事会成为一个污点，甚至会有人把这一系列的命案都归咎到我头上。那我的前途就彻底毁了。所以我只有拼命一搏。现在我把凶手抓住了，别人还能有什么话说？"

原来如此。罗飞早就知道朱思俊对自己的仕途看得极重，对方有这般选择倒也不算意外。

虽然这一切听起来合情合理，但有林瑞麟的前车之鉴，罗飞必须极为谨慎。他又对朱思俊说道："你说的话我并不怀疑。但既然你跟那家伙有过接触，我还得动用一些特殊手段对你进行检查，以防他在你的精神世界中做过手脚。"

"我的精神我自己清楚。"朱思俊无所谓地摊摊手，"不过如果你坚持要检查的话——我配合一下也没什么。"

罗飞所说的检查就是要对朱思俊实施催眠，看看他的精神世界中有没有隐藏的"炸弹"。他通知萧席枫来刑警队正是这个用意。不过萧席枫本人对罗飞的计划却颇有顾虑，因为昨天林瑞麟就是在催眠过程中身亡的。

"这次我们不要做任何冒险的举措。如果发现他的潜意识被动过手脚，立刻就中止催眠，"罗飞解释自己的用意，"我只是想知道他描述的记忆是否真实。"

这样确实没什么危险。于是萧席枫便对朱思俊实施了催眠。在催眠状态下，朱思俊又把一天来的经历讲述了一遍，整个过程与罗飞先前听过的基本无异。萧席枫借此下了论断："他的精神世界一切正常，并不存在什么隐患。"

罗飞说了声："好。"这样他就不用再为朱思俊的安危分心了，全部精力都可用来审问那名神秘的男子。

在进入讯问室之前，小刘又带来一个令人振奋的消息："指纹比对的结果已经出来了，在赵丽丽、姚舒瀚、李小刚遇害现场提取到的指纹和屋里那个男人的指纹完全一致。"

这可是实打实的强力证据。现在即便嫌疑人零口供，警方也有很大的把握将其定罪。

另外还有一个关键的证据也掌握在警方手中，在现场提取到的那个铁盒子。按照凶手的一贯手法，盒子里的东西应该就是用于谋害朱思俊的"道具"。现在罗飞就要一睹其庐山面目，他吩咐小刘："把那个铁盒子打开吧。"

小刘从证物袋里取出盒子，然后用戴着手套的双手小心翼翼地打开。

罗飞屏息凝视。虽然朱思俊此刻并不在场，但一件危险的"凶器"即将重见天日，气氛还是叫人紧张的。

盒盖打开一半，先有一股臭味飘散而出。等盒中物完全展现尊容的时候，紧张的气氛瞬间变得尴尬起来。

那是一堆细圆形的条状物，结合形状、色泽和气味来判断，分明是一坨新鲜的狗屎。

"这是什么意思？"小刘看着罗飞，神色茫然。

罗飞也摸不着头脑，他转而询问身旁的萧席枫："萧主任，你觉得呢？用这玩意儿怎么给朱思俊催眠？"

萧席枫哭笑不得地反问："这不是开玩笑么？一坨狗屎也能杀人吗？"

"会不会是障眼法？"小刘冒出个思路，"他用这玩意儿吸引我们的注意力，趁机把真正的'凶器'隐藏起来了。"

这种可能性的确存在。可是现在除了这个铁盒子，再也没有别的东西呀？罗飞盯着那坨屎琢磨了半晌，还是吃不透其中玄机。最后他只好挥挥手说："先当证物留着吧。"

小刘就等罗飞这话呢，他连忙把盖子盖好，因为那股臭味实在是不好闻。

"我们一会儿准备讯问嫌疑人了。"罗飞对萧席枫说道，"你可以在隔壁的监控室里旁观。"

"好的，我也很想会会这个人呢。嘿嘿，愤怒的犀牛，我们终于在现实中见面了……"萧席枫的情绪有些复杂，因为他觉得凶手之所以犯下连环命案，多少是出于自己在无意中的推波助澜。

罗飞又吩咐小刘："你去准备摄像机，这次要全程录像。"他这是吸取了上次被白亚星陷害的教训，免得对方在讯问过程中耍什么阴招。

小刘去找摄像机，罗飞则带着萧席枫来到讯问室隔壁的监控室。透过墙壁上硕大的单面玻璃，两人可以清楚地看到讯问室内的情形。

胖男子被铐在讯问椅上，他眯着眼睛，脸上看不出什么表情。

萧席枫看着那男子嘟囔了一句："这家伙……"

罗飞觉得对方有话想说，便转头问道："怎么了？"

"他跟我想象中的不太一样。"

"哦？你觉得他会是什么样子？"

"我以为他的眼睛会很大呢。结果……"萧席枫把右手拇指和食指捏在一起，在自己的眼眉处细细地比画了一下。

"眼睛很大……"罗飞打破砂锅问到底，"为什么会这么觉得呢？"

"从前几起命案来看，这家伙应该精通瞬间催眠术。而瞬间催眠的高手眼睛往往很大。"萧席枫解释说，"一双又大又亮的眼睛可以成为最有效的催眠道具。因为瞬间催眠术要求迅速见效，一个简单的眼神或许能抵得上一百句纷繁的话术。"

罗飞点点头，他不禁想起了夏梦瑶，想起了那双如明月般的美目。正是有了那双大眼睛的帮助，她的催眠术才如虎添翼吧。

再看看玻璃对面的那个家伙，细眯眯的小眼睛好像永远睡不醒似的。他是凭着何德何能跻身于顶级催眠师之列呢？

罗萧二人对话期间，小刘已经在隔壁装好了录像设备。罗飞暂时和萧席枫分别，他来到了讯问室，准备和那神秘男子展开面对面的交锋。

03

讯问由罗飞主持，小刘负责记录。

按照常规套路，在第一次讯问时首先要记录下犯罪嫌疑人的基本信息。这个部分可直接按照讯问笔录表上的条目逐次展开。

"被讯问人姓名？"

"李凌风。"

"说具体点，怎么写？"

"木子李，凌晨的凌，风景的风。"

"年龄？"

"三十二岁。"

"民族？"

"汉。"

"文化程度？"

"大学。"李凌风说完这句又"嘿"地笑了一声，补充道，"没有毕业。"

"户口所在地？"

"江西省九江市。"

"现在居住地址在哪里？"

"来龙州以后住在杨集镇蓝山花园五幢303室，租的房子。"

基本信息记录完之后，接下来就正式进入讯问部分，罗飞想要再了解一下对方的详细情况。

"把你的家庭情况讲一下。"

"我父母都是农民，现在居住在农村老家。我有一个哥哥和一个姐姐，哥哥在县城当中学老师，姐姐在家务农。我自己单身。"

"你从事什么职业？"

"自由职业。"

"什么自由职业？"

"说不准。"李凌风翻了翻眼皮，眼睛似乎略微变大了一些，"想到什么就做什么，什么有趣就做什么。"

"以前受过公安局处理没有？"

"没有。"

罗飞"嗯"了一声，略作停顿之后，他准备切入正题了。

"知道今天为什么把你带到刑警队吗？"

李凌风毫不犹豫地回答说："我杀人了。"

对方这种爽快的态度令人多少有些诧异，罗飞和小刘对视一眼，然后又深入问道："你杀了什么人？"

李凌风调整了一下身姿，他把腰背挺直，正襟危坐，然后他特意把脸对着摄像机镜头，很认真地说道："我为赵丽丽、姚舒瀚、李小刚、林瑞麟四人的死亡事件负责。"

这样如外交辞令般的用词作为问讯记录显然是不合适的，罗飞蹙眉纠正道："你是不是杀了他们？"

"是的。"李凌风小眼睛转过来看着罗飞,"我杀了他们。"

犯罪嫌疑人既然已经对犯罪事实坦承不讳,接下来警方就要对犯罪动机、犯罪手段展开调查,对与犯罪相关的时间、地点,涉及的人、事、物等诸多细节也要一一印证核实。

罗飞问道:"你为什么要杀赵丽丽等人?"

李凌风看着摄像镜头,正义凛然地说道:"因为他们都有罪,他们害死了一个叫作涂连生的人。"

"你说赵丽丽等人害死了涂连生,这件事情的具体经过是怎样的?"

"涂连生是个货车司机,他长得很丑,但是心地特别善良,是个大大的好人。半年前,林瑞麟雇佣涂连生拉了一车狗,准备去徐州贩卖。李小刚纠集了一帮所谓的爱心人士,在高速路口拦住了涂连生的卡车。在争执的过程中,有人扎破了卡车的两个轮胎,赵丽丽和姚舒瀚还强迫涂连生给死狗下跪。涂连生不堪侮辱,后来想不开就自杀了。"

"你认识涂连生吗?"

"不认识。"

"那你是怎么得知这件事的?"

"有人在网上发了一篇纪念涂连生的文章,提到了这件事。"

"你看一下,是不是这篇文章?"罗飞拿出一份打印好的文档,让身边的助理警员交给李凌风。那篇文档的标题为《纪念一个叫作涂连生的朋友》,正是萧席枫当初发表在网络上的纪念文章。

李凌风略略翻看了一下,点头道:"就是这篇。"

罗飞接着问道:"知道这件事之后,你做了什么?"

"我给发文章的人写了信。"

"什么内容?"

"我表达了自己的愤慨,并且发誓要对害死涂连生的责任人实施惩罚。"

罗飞又拿出另外一份文稿向对方展示:"你看看,这是不是你们当初的通信记录?"

李凌风看了看说:"没错。"

"你仔细看看，这份通信记录是否完整，有没有遗漏？"因为记录是由萧席枫提供的，罗飞觉得有必要通过李凌风的视角核实一下。

李凌风便一页页地翻过，最终确认说："是完整的。"

罗飞继续提问："'愤怒的犀牛'就是你吗？"

李凌风点头："是我的网名。"

"和你通信的这个'萧医生'，你知不知道他的真实身份？"

"不知道。我只知道他是涂连生的好朋友。"

"在五月九日的最后一封信中，你说'我会让他们在欲望中覆灭！'，这话是什么意思？"

"就是说我要杀了他们。"

"在写完这封信后，你是否将账号注销，以后和'萧医生'再也没有联系？"

"是的。"

"你为什么要这么做？"

"'萧医生'是个好人，我不想连累他。另外我也不想给警方留下可追查的线索。"

这一轮问答证明萧席枫之前的叙述都是事实，现在基本可以排除此人共同涉案的可能。

罗飞开始把讯问重点指向最关键的命案过程。

"你是怎样杀死赵丽丽等人的？"

"我用了催眠的手法，让这些家伙心中的欲望极度膨胀。这时再配合一些特殊的道具，就能叫他们自己把自己杀死。"说这话的时候李凌风冲着摄像镜头挑起了嘴角，似乎颇为自得。

"为什么要用这种特殊的手法杀人？"

"因为这是我最擅长的。"李凌风顿了顿，又补充道，"而且这些人出于各种私欲害死了涂连生，我叫他们也被自己的欲望害死，这才有惩罚的意义。"

"具体是怎么针对每一个受害者进行操作的？"

李凌风的态度毫无保留："那就从赵丽丽说起吧，她是第一个被我杀死的。这个女人非常爱美,但她的皮肤不够白,这成了她的心病。我就制作了一套二氧化硫发生装置送给她。我对她实施了催眠,告诉她二氧化硫可以漂白皮肤。于是她就躺在浴缸里给自己漂白,结果就被一池子的亚硫酸给烧死了。"

"你以前认识赵丽丽吗?"

"不认识。"

"那你怎么对她的心病这么了解?"

"我入侵了这些人的个人电脑。他们所有上网记录,硬盘里的资料,甚至是电子日记我全都看过。所以我对他们每个人都非常了解。"

"愤怒的犀牛"在和"萧医生"的通信记录中,也曾吹嘘过自己的黑客技术。在这个年代,如果能完全控制某个人的电脑,那这个人的确再无秘密可言。

罗飞继续往下问:"说说姚舒瀚吧,你又是怎么杀死他的?"

"姚舒瀚这个人非常好色,他特别痴迷国内的一个女明星。我就以这个女明星为模特定制了一个性爱娃娃。我对姚舒瀚实施催眠,让他觉得那个娃娃就是女明星本人。于是姚舒瀚迫不及待地和娃娃开始做爱。那个娃娃的阴道里暗藏着刀片,姚舒瀚的鸡巴被割烂了,流了很多血,就死了。"

"李小刚呢?"

"李小刚最大的缺点就是贪财,我为他也特别定制了一个道具。我把两万块崭新的百元大钞放在道具里,启动之后,那些钞票就会飞舞起来,好像填满了整个空间。李小刚被我催眠之后就钻进了那个道具里。钞票飞舞的速度很快,把他割得遍体鳞伤,他最后也是失血过多死了。"说完李小刚之后,李凌风又主动讲起了林瑞麟,"林瑞麟的欲望是贪吃。对付他最简单了,连道具都不需要。只要对他实施催眠,让他相信自己的舌头是世界上最难得的美味,他就会咬舌自尽的。"说到这里,李凌风的小眼睛里亮光一闪,很得意地看了罗飞一眼。

罗飞知道对方那目光是什么意思。是警方引爆了林瑞麟脑海中的催眠炸弹,导致后者自戕而亡。而这一切都是出自李凌风的精妙设计,所以他有意要展示一下自己的心理优势。

虽然这局面令人尴尬，但该问的话罗飞还得问清楚："为什么针对林瑞麟的设计和前面三个人不太一样？前面三人都是死在催眠现场，唯独对林瑞麟却设计出延迟的效果。"

"因为你们封锁了前面三个人的死讯。"李凌风的嘴角微微挑起，露出丝不易察觉的浅笑，接着他又详细解释说，"我杀人的目的并不是单纯的泄愤，更重要的是警醒世人。可是当我杀死赵丽丽、姚舒瀚还有李小刚之后，我发现警方对现场信息进行了严密封锁，外界连一点风声都听不到。这样我的苦心不就白费了吗？所以我要让林瑞麟死在公安局，死在你们警方手里，这样你们想瞒也瞒不住了。"

原来如此！警方目前的被动局面竟是出自这家伙的谋划。进一步推想，在网上煽风点火，导致事态无法收拾的过程中肯定也少不了这家伙的手笔！

罗飞觉得有股怒火在心中翻涌，但他立刻又产生自省，这是一种非常不好的苗头！坐在对面的是一个催眠师，自己的情绪万万不可被对方引导。

换一个角度来想，不管这家伙多么嚣张，现在终究已沦为阶下囚。警方掌握的证据很充分，只要讯问环节不出岔子，对方就不可能逃脱法律制裁。又何苦怒在这一时呢？

罗飞平复心绪，继续就四起命案的细节展开讯问。包括作案时间、行程路线、作案道具的获取渠道等等诸多方面。因为案情延续长，关节众多，这一轮讯问下来时间已将近晚上八点。罗飞提议说："先到这里吧。大家吃点东西，晚上再继续。"

小刘把讯问笔录拿给李凌风核对。结果后者一下子就提出了异议："这里不对啊，我是念过大学的，怎么文化水平填的是高中？"

小刘反问："不是你自己说的大学没毕业吗？"

"这可不一样。我有能力进大学，只是后来不想念了。你写的好像我考不上大学似的。"

"行行行，我给你改过来。"小刘拿过笔，将"高中"二字改成了

"大学",后面又用括号标注:未毕业。改完之后他讥讽般冷笑道:"又不是写求职简历,弄这些虚名有什么用?"

李凌风郑重其事地说道:"以后媒体报道我的时候,每一个细节都会关乎我的形象。"

小刘懒得跟他纠缠,把讯问笔录往椅面上一拍:"快看吧,还有没有问题?"

李凌风认真看完。对后面的记录他倒是没什么意见,于是提笔签上:"以上笔录我已看过,与我说的相符。李凌风。"

小刘和罗飞出了讯问室,他们首先来到隔壁监控室和萧席枫会合。罗飞征询这个旁观者的意见:"你觉得怎么样?"

"他应该没耍什么花招,挺配合的,"萧席枫说道,"而且这人的表现欲很强,恨不得把自己做过的每一件事都说出来。"

罗飞点点头:"没错。很多时候他还特意对着摄像头在说话。"

"他不是说了吗?要警醒世人!以为自己是道德导师呢!"小刘不屑地评价说,"我看他就是个疯子。"

罗飞吩咐小刘:"你安排一下,把他的个人情况查一查。我先去找鲁局长汇报,然后到食堂和你们会合。"

因为是非常时期,年近花甲的鲁局长也没有回家,他一直坚守在办公室内。在听完罗飞的汇报之后,老人疲惫的精神得到了鼓舞,他用期待的口吻问道:"也就是说,现有的证据和嫌疑人的口供能够完美吻合?"

罗飞非常确定地点着头:"所有的细节都对上了,李凌风就是这四起命案的凶手,这事可以说是铁板钉钉。"

"那太好了。"鲁局长兴奋地搓着手,"我们明天上午就召开一个新闻发布会,把案情向媒体公开。"

罗飞沉默着没有表态。鲁局长看出对方好像有顾虑,便问:"怎么了?你觉得还没到时候?"

"那倒不是,只不过……"罗飞犹豫着说道,"向媒体发布这事,好像正中嫌疑人的下怀。"

"他爱表现就让他表现吧，我们必须给公众一个交代。"鲁局长决断地挥着手。然后他又对罗飞苦笑道，"你还不知道吧？现在外界的舆论已经翻了天，再闹下去我可真是顶不住了。"

看着老人业已飘白的鬓角，罗飞感到很内疚。他觉得是自己的失误才连累对方深陷困境。现在真凶终于落网，早一点公布真相老人便可以早一点从旋涡中解脱出来。

"好吧。"罗飞也赞同了发布会的计划，他又进一步问道，"刑警队这边需要做些准备吗？"

"今晚讯问结束以后，你把讯问录像剪辑一下，明天在发布会上播放。"鲁局长在心里安排了一下时间，"这样，发布会九点开始，你七点钟来办公室找我，把剪辑好的录像先交给我审阅。"

罗飞领命而去。等他赶到食堂的时候，小刘和萧席枫他们已经快吃完了。罗飞匆匆打好饭菜，一边吃一边提醒众人："你们可吃饱点，接下来还有一场硬仗呢。"

"啊？"小刘惊叫了一声，"四起命案不是都讲清楚了吗？还有什么硬仗？"

罗飞反问对方："你有没有觉得刚才的讯问有点太顺利了？"

"确实很顺利……"小刘琢磨着说道，"萧主任不是解释了吗，这是因为他的表现欲很强，所以竹筒倒豆子，有啥说啥。"

"或许是吧……"罗飞扫视着小刘和萧席枫，"不过我们也不能太大意了，万一他还藏着什么阴谋呢？"

小刘的情绪紧张起来："那我们接下来该怎么办？"

罗飞已经想好了计划。他首先对小刘说："我们正常讯问，重点在于嫌疑人尚未实施的谋杀计划。只有把这块弄清楚了，才真正算得上大局已定。"

小刘拍手说："对！"谋杀名单上还有两个人尚未遇害。一个是朱思俊，另一个则是刺破涂连生车胎的不明人士。催眠杀人的手法实在是防不胜防，不能说嫌疑人落网之后便高枕无忧。必须把嫌凶谋害另外两人的方案也查清楚，警方才能彻底地排除隐患。

却听罗飞又对萧席枫说道："萧主任，一会儿你换身警服，和我们一块进讯问室吧。"

萧席枫一怔："我也参加讯问？"

"讯问不用你参加。不过我要留个后招，以应对有可能出现的最坏情况。"

"你担心那家伙不太配合？"

"是的。前面顺利不代表后面也会顺利。如果李凌风不肯交代后续的杀人手法，那就需要你出马了。"

萧席枫明白罗飞的意思："你想让我对他实施催眠？"

罗飞点点头，然后又详解道："你一开始别说话，伪装成助理警员只管旁听。如果局面不利，我会说：'大家先喝口水吧。'以这句话作为暗号，意思是该你上场了。你就找机会对李凌风实施催眠。那么长时间的讯问下来，李凌风应该很疲惫了，你可以乘虚而入。"

"好吧。"萧席枫表示，"不一定能成功，但我可以试试。"

小刘忍不住在一旁提醒："就讯问程序来说，催眠这种手段是不合法的吧？"

"当然不合法，"罗飞说道，"不过我只需要看到催眠探索的结果，并不用它来作证据。所以合不合法也无所谓了。"

"哦，那催眠的过程就不用记录了？"

"不用。我说出暗号之后，你就可以把笔录拿给李凌风签字。后面的过程和讯问无关。"

小刘一拍桌子，说："明白了！"

就在交谈之间，罗飞已经快速将自己的那份饭菜吃完。随后三人稍事整理。萧席枫换了身警服，跟着罗飞、小刘一同进入讯问室。

罗飞按计划展开第二轮讯问。

"你是在何时何地被警方抓获的？"

"今天下午，地点在友谊新村。"

"你去友谊新村干什么？"

"我想对朱思俊实施惩罚。"

"你把具体的过程说一下。"

"林瑞麟死后，下一个惩罚目标就是朱思俊。我从昨天晚上开始一直拨打朱思俊的电话，但始终无法接通。今天下午我就直接上门了。没想到朱思俊早就做好了准备。我刚一敲门他就从屋里冲出来。我打不过他，被他放倒铐在楼梯上。没过多久你们就来了。"

罗飞最关心的问题是："你准备用什么方法谋害朱思俊？"

"还是催眠啊，让他受到自我欲望的惩罚。"

"具体的手段呢？用什么道具，怎样对他实施催眠？"

李凌风忽然改变了痛快应答的风格，翻着眼皮道："这个就没必要说了吧？"

罗飞板着面孔追问："为什么不说？"

李凌风眨了眨小眼睛："没有成功的事情有什么好说的？我又不是一个夸夸其谈的人。"

罗飞所担心的事情果然应验了，他决定先给对方施加一些压力，于是便提高嗓门警告道："这是讯问现场，不是你的个人秀！你应该清楚，你的态度将直接影响到日后对你的量刑！"

"法律，我懂。坦白从宽，抗拒从严嘛。"李凌风的目光在眼皮缝里闪了闪，又说，"但我也知道，法律还给了我保持沉默的权利。"

在讯问过程中嫌疑人的确有权保持沉默。要想击破这种沉默，最有效的武器就是证据。

罗飞将现场缴获的那个铁盒子拿了出来，他问对方："这是什么？"

"这是我给朱思俊准备的礼物。"李凌风咧着嘴，坏笑着说道，"里面装着一坨狗屎。"

"为什么要送这个给他？"

"我想让他吃了这坨狗屎。"李凌风笑得更厉害了，就像是一个恶作剧成功的坏孩子。

罗飞皱起眉头。吃屎这事虽然恶心，但肯定不会有生命危险。李凌风带了一坨狗屎给朱思俊，难道他所谓的"惩罚"只是要羞辱对方吗？

直觉告诉罗飞绝非如此，他继续追问："你这么做的目的是什么？"

李凌风却只是笑个不停，半晌之后才答非所问地说了句："他吃屎的样子肯定特别好玩。"

"严肃一点！"罗飞用严厉的口吻再次询问，"你为什么要让他吃屎？"

对方一脸严肃地提出一个有关"吃屎"的问题，这场面再次触动了李凌风的笑点。他前仰后合地，笑得眼泪都出来了。最后他晃着手铐说道："行了行了，今天就到这里吧，我都快笑瘫了。"

这次连小刘都忍不住了，他在一旁愠怒地敲着桌面："讯问什么时候结束，这是由警方决定的！"

"你们可以继续呀。但我今天不会再回答任何问题了，"李凌风把身体往椅背上一靠，悠然说道，"我要行使我的沉默权。"

罗飞看出来了，对方这是铁了心不再配合警方的讯问。既然这样……他便让步般说了句："好吧，大家都休息休息，喝口水。"

警方人员都听出这是让萧席枫上场的暗号。小刘率先起身，把笔录本拿过去给李凌风核对。李凌风看完签了字，然后挺起后背，在审讯椅上抻了个懒腰。

"累了吧？"萧席枫柔和的声音适时响起，"要不要休息一会儿？"

李凌风循声看去，迎面撞上两道充满穿透力的目光。他立刻充满警觉地问道："你是谁？"

"我姓王，你可以叫我王警官。"萧席枫随口一编，然后他端着一杯水走到李凌风面前，"喝水吧，喝了水能舒服一点。"

李凌风没有去接那杯水，他瞪着萧席枫，微微挑起嘴角说道："你想对我催眠。"

"你说什么？"萧席枫并不慌乱，他更近距离地看着对方的眼睛，"你太累了，应该好好地休息一下。"

"是的，我该休息了。"李凌风没有躲避对方的目光，他的瞳孔在慢慢扩大，视线的焦点已不知飘往何处。

"休息吧……休息吧……"在温柔的呢喃声中，李凌风的眼皮渐渐垂了下来，仅仅七八秒钟之后，他那双细眯的小眼睛便完全合上，他的呼吸也变得缓慢而匀和。

罗飞以为萧席枫的催眠已经成功，正欣喜之时，却听萧席枫发出喟然一叹，情绪似乎颇为失望。

"怎么了？"罗飞轻声问道。

萧席枫耸耸肩说："我没法将他催眠。"

罗飞困惑地看着李凌风："他不是已经……"

萧席枫自嘲地苦笑道："他睡着了。"

"睡着了？"罗飞钻研过催眠原理，他知道催眠的概念和睡眠是不同的。两者都是进入潜意识的世界，但催眠时对象的潜意识会由催眠师来掌控，而睡眠时对象的潜意识则完全失控，任何人都无法干涉。也就是说，一个人在睡着的状态下是不可能再受到催眠的。

萧席枫进一步解释说："他给自己下达了催眠指令，使自己快速进入了睡眠状态，以此来阻止我的入侵。"

罗飞听明白了。李凌风感受到来自萧席枫的威胁，所以他干脆先让自己睡着了。这样一来就没有人能控制他的潜意识。打个比方，李凌风的潜意识是一个风筝，他知道有人要来抢夺风筝的控制权，于是就提前把风筝线扯断，风筝随风飘走，谁也别想控制。

"那怎么办？"罗飞皱眉问道，"要把他叫醒吗？"

"叫醒也没用。因为他已经有了防备。自我催眠比外力催眠要容易很多，我怎么也快不过他。"萧席枫摊着手说道，"要想成功的话除非换个环境，在他完全没有戒心的时候下手。"

罗飞沉吟了一会儿，一时间也想不出什么太好的设计。最后他只能无奈地摇着头说："今天先算了吧，这事……还得从长计议。"

第九章
一切都在凶手的计划中

01

晚间讯问结束之后，罗飞让小刘等人先回去休息。同时他对朱思俊还是不太放心，便建议对方在局里招待所留宿。正好鲁局长安排朱思俊明天一早也来参加新闻发布会，后者便顺水推舟地从了罗飞的好意。

罗飞之前一大觉睡到中午，到晚上也不觉得困，就亲自拿着讯问录像去找技术人员剪辑。他深知这次新闻发布会的重要性，对剪辑的素材慎之又慎，既要解答公众对于命案的质疑，又不能把发布会变成罪犯炫耀手段的舞台。罗飞还特意准备了多个剪辑版本，以供鲁局长选择。

等视频资料全都剪辑完成，时间已近早晨六点。罗飞在自己的办公室泡了杯茶，一边喝一边整理着思绪。

李凌风被朱思俊擒获，警方似乎能松一大口气了。但罗飞总觉得这好事来得太过容易、太过突然，以至于有些不太真实。要知道，李凌风已经向警方预告了要对朱思俊下手，他竟然毫无防备地找上门来，这和自投罗网有什么区别呢？

罗飞又想起半年前的遭遇。当时白亚星主动向警方投案，随后在讯问过程中设下陷阱，导致自己被停职。这次李凌风意外被捕也让罗飞嗅到了同样的气息。尤其是一个人静下心来细想时，这种感觉便愈发强烈。

但罗飞又想不出对方到底还能藏着怎样的手段。和半年前不同，这次警方可是实实在在掌握着李凌风的涉案证据，而且讯问时又全程录像，这家伙想要翻案是绝对不可能的。

既然如此，李凌风又有什么理由把自己主动交给警方呢？他的杀人计划进行得如此顺利，实在没必要多此一举啊。

难道李凌风真是被胜利冲昏了头脑，一时疏忽才阴沟翻船？从他那充满表现欲的性格来看，这种猜测也不是毫无可能。

如此前思后想一番，不知不觉已到了和鲁局长约定的时间。罗飞便上楼去找领导碰面。鲁局长把剪辑好的那几段视频全都看了一遍，他赞同罗飞的想法，就是重点向公众展示嫌疑人作案的过程，淡化案件背景以及嫌疑人的动机等因素。这样既可以化解外界对林瑞麟离奇死亡的质疑，又不会引起额外的舆论争端。

据此两人选定了一段剪辑视频，随后便一同到食堂吃饭。没一会儿小刘和朱思俊也来了。两人精神焕发，看起来昨晚都休息得不错。

上午九点，新闻发布会正式开始。媒体云集。

主席台正中是鲁局长，罗飞和朱思俊分坐在两侧，罗飞边上是法医张雨，朱思俊边上则坐着小刘。会议由鲁局长来主持，他稳稳地说道："各位媒体朋友，早上好。近日来我市接连发生了四起命案，尤其前天下午，锦绣酒店的老板林瑞麟死在刑警队的接待室，这引起了公众的极大关注，甚至在一定范围内造成了误解和恐慌。网上也有各种质疑，我想这些都是正常的，是大家对我局工作的一种监督。昨天下午这几起命案的嫌疑人已被抓获，经初步审讯，嫌疑人对犯罪事实供认不讳。我局特此召开这个新闻发布会，向诸位澄清事实。下面就由具体侦办此案的刑警队长罗飞同志给大家作案情通报。"

接着便是罗飞发言。他对案发的整个过程作了介绍，包括四个被害人的死亡原因、嫌疑人的行凶手法等等，重点讲了警方为什么要对林瑞麟实施保护,又为什么要对他进行催眠。在罗飞的指挥下,小刘适时通过投影播放一些监控录像、证人证言等作为佐证。

罗飞讲完之后,张雨又从法医的角度对几名死者的死亡原因作出了解释。随后便开始播放剪辑好的讯问录像。李凌风在录像中详细讲解了自己的作案手法和过程,他的口供和警方所列举的证据完美吻合,渐渐消除了与会者的质疑。

录像播放完毕,进入媒体提问时间。针对案情的提问自然由罗飞来作答,他胸有成竹,一一应付。也有人对案件的起因提出疑问的,罗飞便以案件尚未审结为由,婉拒不回。

在一问一答之间,案情愈发清晰,终于大家都满意了,也就没人再举手提问。这时鲁局长又出来作总结发言,他向媒体隆重介绍了身旁的朱思俊,说这位同志就是那个以自身为诱饵、智擒凶手的孤胆英雄,大家有兴趣可在会后自由采访。

媒体的热情顿时被再次点燃。采访用的各种长枪短炮把朱思俊围了个严严实实,后者俨然成了全场最闪亮的明星。

看着这架势,罗飞心里有点犯嘀咕。他凑到鲁局长身边悄声说道:"这合适吗?"

"给他们点题材嘛,不要老纠缠在命案本身,也要报道一下我们公安的正面形象。"鲁局长说完这话沉吟了一会儿,又用抚慰的口吻说道,"罗飞啊,我知道你这些天很辛苦。但破案这事吧,有时候真是要靠运气的。你也是个老刑警了,应该想得通吧?"

罗飞一怔,随后明白对方会错了意。他也懒得解释,只无所谓地"嘿嘿"笑了两声,不再多言。

这时正好前方调查的警员康浩送来了李凌风的个人履历,罗飞便赶到刑警队会议室听取汇报。

"他供述的个人身份是真实的。"康浩首先给出最关键的论断,然后针对这个人物展开了详细的描述,"李凌风,三十二岁,江西人。十九岁离家到北京上大学,念了三年之后主动退学。此后便一直在社会上混,没有固定的职业,也很少和家里人联系。从目前了解的情况来看，此人性格有些古怪，身边没什么朋友。教过他的老师对他的评价比较一致，都说这人其实挺聪明的，就是做事情不肯脚踏实地，总是钻研些旁门左道的捷径，幻想能一步登天。他的父母也不太喜欢他，对他的关心很少，任凭他在外面瞎折腾。"

　　罗飞听完这段后问道："他为什么要退学？"

　　"他自述的理由是大学里学不到东西，不如早点退学去追求理想。但班主任却说他是因为多门功课挂科，自己觉得毕业无望所以才提前退学的。"

　　"嗯……他来龙州多久了？"

　　"李凌风是一个半月前租下的蓝山庄园那套房子。不过具体什么时候来的龙州还不敢确定，他这些年一直在外面漂来漂去的，几乎没人能掌握他的行踪。"

　　一个半月前？这正好和萧席枫网络发帖的时间相吻合。这样看来，李凌风是看到那篇帖子之后才特意赶到龙州来的？罗飞略略思索了一会儿，继续问道："蓝山庄园的邻居走访过了吗？"

　　"走访过了，但是没什么有用的信息。蓝山庄园是去年刚刚竣工的楼盘，位置很偏，入住率低得很。除去李凌风之外，那个楼道一共就住进三户人家，还不在同一个楼层。我给他们看了李凌风的照片，他们都说没见过这个人。不过小区的门卫对李凌风倒是有印象，说偶尔会看到这个人从门口进出。"说到这里康浩又主动请示，"李凌风的住处已经封锁起来，要不要派人进去看一下？"

　　对于这样一个重要的现场，罗飞还是希望能亲自搜查，他便摇摇头道："你们先不要进去，等我这边腾出手来再说。"

02

汇报结束之后,康浩继续到外围展开深入查访。罗飞和小刘去食堂吃了午饭,随后罗飞便到办公室里休息。

又是一夜未睡了。虽然李凌风已被羁押,但罗飞心头的压力尚未散去。考虑到下午还有工作,他不敢服用安眠药,只在小床上迷迷糊糊地靠了一会儿。

精神正恍惚难控之时,忽听有敲门声传来,又重又急。

罗飞蓦地惊醒,问了声:"谁?"

"罗队,是我!"应声的人正是小刘。其实他有办公室的钥匙,但是上次叫醒罗飞时的经历让他不敢再贸然打搅,只站在门外呼唤。

罗飞起身开门,问道:"怎么了?"

"鲁局长召集我们开会,一会儿张书记也要过来。"

"张书记?"罗飞愣了一下,"哪个张书记?"

小刘加重语气强调说:"市委的张书记!"

"市委张书记?那可是龙州地区最高级别的官员。他怎么突然要来参加公安局的会议?"罗飞有了种不安的预感,他一边和小刘快步向会议室赶去,一边问道,"发生什么事了?"

小刘回答说:"那家伙被捕前在网上发过帖子!"

"李凌风吗?"罗飞皱起眉头,"他发了什么帖子?"

"标题叫《龙州催眠杀人案件真相》,他把涂连生那事的经过捅出去了,还透露了自己杀人的目的和计划,现在网上网下吵翻了天,大家全都在议论这事呢!"

罗飞又问:"具体什么时候发的?"

"三天前,发在一个不知名的网站上。本来没什么人关注的。但是上午开过新闻发布会之后,很多人在网上搜索'龙州催眠杀人'的信息,这篇帖子就被翻出来了,立刻引起众多网民的关注。几个小时之间帖子就转遍了各大门户网站，现在已经名列全网热帖搜索榜的第一位！"

"这家伙……"罗飞郁闷地嘟囔了一声。他在新闻发布会的时候隐去了案件的起因，就是要避免引起不必要的社会关注。没想到最终局面还是失控了。不过这事应该让市委宣传部门来处理啊，张书记跑来公安局干什么呢？

小刘看出罗飞的困惑，又继续说道："那帖子里还附了一段和案件相关的视频……"

罗飞意识到这事或许才是关键所在，他立刻追问："视频是什么内容？"

"我也没来得及看呢，"小刘告诉罗飞，"刚才是办公室陈主任通知我开会，我也就听了些大概情况。"

罗飞不再多问，脚下则愈发加快了步伐。片刻后两人赶到了会议室，却见以鲁局长为首、专案组大大小小的成员皆已落座，阵势紧张。

见罗飞来了，鲁局长直接冲办公室主任陈明月挥挥手说："放视频吧！"

陈主任早已调好了投影仪，她简单介绍了一句："这是犯罪嫌疑人李凌风于三天前发布在互联网上的视频。"说完便点下了电脑上的播放键。

屏幕上出现了一名很年轻的男子，看起来还不到二十岁，衣着得体，相貌英俊，颇有点小明星的风范。

罗飞觉得这人有点眼熟，一时间却又想不起到底是谁。

从视频画面来看，年轻男子应该是坐在某家咖啡厅的卡座上，摄像镜头位于他的左前下方。男子的目光没有看着镜头，而是一直看着自己的正前方。

罗飞猜测男子对面应该坐着另外一个人，这个人用隐蔽装置对年轻男子实施了偷拍。

"张先生，幸会幸会！"随着一声热情的招呼，一只手进入画面和年轻男子握了握。罗飞精神一凛，他听出那声音正是来自于犯罪嫌疑李凌风。

张姓男子握手时稳坐在椅子上，显示出一股超越年龄层次的气派。他问对方："你怎么称呼？"

"我姓李，李凌风。"

张姓男子点点头，他又问道："想采访些什么？"

听到"采访"一词，罗飞暗想：看来李凌风是假冒记者的身份把这个年轻男子约出来的。

"张先生年轻有为，上过不少电视报纸，以前别人采访过的内容咱们就不重复了，今天聊点生活上的事吧，以小见大。"

李凌风这几句话一说，罗飞猛然间想起年轻男子是谁了。他叫张怀尧，可算是本地的一个小名人。罗飞不久前还在《龙州日报》上看过他的专访。这孩子今年十九岁，从小便聪颖多才，不但学习成绩好，钢琴书法什么的也经常得奖。十三岁的时候他曾作为龙州市中学生的代表到美国访问，优秀的个人素质让国外的媒体也大加赞赏。尤其难得的是，张怀尧独立性很强，敢于独自生活，更善于独立思考。总之他就是新时代青少年的榜样，是德智体全面发展的典型。

听说张怀尧已经考上了欧洲一所著名的高校，这个暑假过去之后就要到国外求学。这个人物为何会成为李凌风的"采访"对象？

视频中的张怀尧很老成地耸了耸肩膀，问道："怎么个'以小见大'？你先举个例子吧。"

"可以谈谈你的兴趣爱好，比如说……宠物。"

"宠物？"

"是的，你养宠物吗？"

"我养了一条狗。"

"它叫什么名字？"

"劳拉。"

"劳拉？是条母狗吗？"

"是位女士。"张怀尧嫌对方说得粗鲁，特意纠正了一下。

李凌风笑道："一定是位漂亮的女士。很希望能和她见见面呢。"

"最近不行。"张怀尧也笑了,他告诉对方,"劳拉怀孕了,她的脾气大得很,对陌生人很不友好。"

"没错,怀孕的母狗可不好惹!"李凌风顿了顿,又用一种特殊的语气说道,"回头我们可以详细聊聊。"

张怀尧问对方:"你也懂养狗吗?"

李凌风说:"我专门加入过一个养狗的QQ群。"

"是吗?"

"我知道你也加过这样的群。"李凌风"嘿"地一笑,随后他故作神秘地压低了声音,"其实我们就在一个群里。"

"你怎么知道?"张怀尧的目光微微一抬,露出些审视的意味,"我从不在网上透露自己的真实信息。"

"不需要你透露啊,我会自己查的,我的电脑技术很好。"

"你是个黑客?"

李凌风没有说话。罗飞猜测他多半在画面外点了点头。

"你为什么要查我?"张怀尧变得警惕起来,"你在盯着我?"

"我可没盯着你。"李凌风用提示的口吻说道,"其实我们有一次在网上聊过天,然后我才去查了你的身份——哈,没想到发现你是个名人呢!"

"网上聊过天?你是——"张怀尧皱起眉头猜测,"'浅浅玉湾'?"

李凌风"哈哈"地笑了起来:"不错啊,你还记得我的网名呢!"

张怀尧看起来很不高兴,他站起身,招呼都不打就想走。

李凌风喊了一声:"你害怕了吗?"这句话很有效。张怀尧停下了脚步,他转过身来充满敌意地看着对方。

李凌风的声音再次响起:"看来你并不像传说中的那么聪明。"

这话进一步刺激到男孩的自尊。他坐回到椅子上,沉住气准备和对方展开较量。他先是盯着对方看了一会儿,然后冷冷地反问道:"你以为你自己很聪明吗?"

李凌风"嘿嘿"地笑着:"我略施小计你就上当了,不是吗?"

张怀尧横眉冷对："我觉得你很无聊。"

"既然你这么说，那我们就来回顾一下这个无聊的过程吧。"李凌风的表现欲又展现出来了，不管对方想不想听，他只管一个人侃侃而谈，"半年前QQ群里组织了一次拦车救狗的行动，现场有人戳破了运狗卡车的两只车胎。没人知道是谁戳破的，因为戳车胎的那个人从来不在QQ群或者是论坛里发言，他只是潜水旁观。两个月前我特意注册了一个账号去论坛发帖子，我说我也参加了那次救狗的行动，为了惩罚狗贩子，我还用别针扎了运狗车的轮胎。我知道真正扎车胎的人看到这个帖子一定会好奇的，他会想是什么人和我做了一样的事情？他一定会点开资料查看我的个人信息。

"我猜那个人多半是个年轻的小伙子，只有年轻才会做出这种略显幼稚的事情，而女孩的力气太小，很难快速扎穿卡车的大轮胎。于是我在资料里放了很多美女的自拍照，然后又留下QQ号，静待鱼儿上钩。

"果然，没过多久你就加我的QQ了。当然了，吸引过来的不只是你，我记得一共有六个人加了我的QQ。我故意不理你们，让你们自己找话题和我搭茬。于是你对我说：'我和你一样，也扎了那辆运狗车的车胎！'哈哈，我就是这样找到你的。我黑进了你的个人电脑，得知了你的身份。难怪你从来都潜水不发言呢，原来你觉得自己是个名人，自重身份。只可惜你遇见美女还是沉不住气，把自己做的那点事主动坦白啦！"

"那又怎么样呢？"张怀尧不屑地撇着嘴，"我并没有做错什么，何必要怕你？我只是被一个无聊的人骗了而已。"

"你扎了别人的车胎，这还叫'没有做错什么'？"

"这是一种惩罚，"张怀尧镇定自若地回应说，"谁叫他们运狗、贩狗、吃狗？"

"难道运狗、贩狗、吃狗有错吗？"

"那当然。狗是人类的好朋友，我们怎么能这样对待朋友呢？"

"人类的好朋友？"李凌风发出夸张的笑声。

"你笑什么？"

"很好笑啊。人类的好朋友……哈哈，每次听到这种虚伪的话我都感到特别滑稽。"

"这有什么虚伪的？狗就是人类的好朋友。"

"那人类是怎么来区分朋友和敌人呢？对人类有利用价值的就是好朋友，没有利用价值的就是敌人。一切只不过是从人类自身的利益出发。小蜜蜂是人类的好朋友，辛辛苦苦酿造的蜂蜜都被人类吃了；蚕宝宝是人类的好朋友，结了茧就被扔进开水里烫死；小白鼠是人类的好朋友，最后不是被喂了毒药就是惨死在手术刀下……哈哈，人类的好朋友！世界上还有比这更虚伪、更滑稽的话吗？"

张怀尧并没有被对方的话唬住，他反驳说："狗是一种陪伴动物，主人喜欢它，它也愿意陪伴在主人身边。这和你举的例子是不一样的。"

"狗愿意陪伴在主人身边？这话听起来也很可笑啊。狗的祖先是狼，自由自在，野性十足。狼被人驯化之后才变成了狗，因为被剥夺了独立生存的能力，所以那些狗才变得奴性十足。如果一只狗在出生时就有选择的权利，你觉得它是愿意自由自在地生活呢，还是愿意变成人类的附庸？"

"我不明白你想表达什么，对于人类而言，动物的价值不就是有用吗？把狼驯化成狗，难道不是好事吗？"

"那你承认啰？人类对动物的所谓感情，其实只是出于人类自身的利益，说白了，就是一种自私的占有。"

张怀尧似乎懒得和对方争执了，他把手一摊说："你如果非要这么理解，那你就这么理解好了。"

李凌风等的就是对方这句话，他立刻笑道："那很好啊。我也成为爱狗人士了。"

"你爱狗？"张怀尧质疑道，"你刚才还认为吃狗没错呢。"

"是没错啊。我爱狗，我爱的是香喷喷的狗肉。所以我也可以说，狗是人类的好朋友。"

张怀尧瞪了对方一会儿，扔出两个词来："低俗、恶心！"

"奇了怪了。你爱养狗，我爱吃狗，这两种爱有什么不一样吗？都是为了满足人类的私欲，凭什么你的爱好高端、美好，我的爱好就低俗、恶心呢？"

张怀尧态度坚决地说道："养狗和吃狗当然不一样！"

"本质是一样的。"李凌风停顿了片刻，悠然道，"很快你就会明白。"

张怀尧撇着嘴，不屑于和对方继续纠缠。

李凌风也看出了对方的态度，于是他主动说道："好吧，我们换个话题。现在我们假设吃狗这件事情是不对的，这样的话，难道你就有资格惩罚一个运狗的司机吗？"

张怀尧说："做了错事当然要接受惩罚，这样他以后才可能改正自己的错误。"

"我是说你有资格吗？"李凌风强调说，"你肯定自己比他高尚？"

"那当然了。"张怀尧冷笑一声，似乎这个话题根本不值得一问。

"我知道你是怎么想的。"李凌风说道，"你是个名人，天之骄子。你又聪明又善良。你经常给希望工程捐款，今年已经献过两次血。而且这些事情你从来不对记者说，只不过偷偷地写在电脑日志里，恰好被我看见了。"

张怀尧还是没有说话，但他的嘴角却隐隐露出得意的笑容。

李凌风又继续说道："那个卡车司机呢？他又丑又笨，而且从事着像运狗这样低俗的工作。你完全看不起他，我怎么能拿这种人和你相提并论？"

张怀尧终于开口了："我并不是因为他又丑又笨而看不起他。他明明有很多机会，但是他偏要选择这种不好的工作，这就令人失望了。就像吃狗肉的人，如果没有选择就算了，可是这个世界上明明有很多肉啊，猪肉、牛肉、鸡肉都可以吃，为什么非要吃狗肉呢？"

"那你觉得你很高尚，是因为你个人本质优秀，还是因为你有更多的选择呢？"

"每个人都有很多选择，"张怀尧认真地说道，"我的选择并没有比别人更多。"

对面李凌风沉默了片刻，然后说道："你有一个了不起的父亲。"

这话似乎触碰到张怀尧的痛处，后者皱眉瞪眼，明显有些恼火，他提高声调说道："我从来不依靠我的父亲！"

"是吗？"

"你可以看看有关我的所有的报道，我什么时候说过我父亲是谁？！"

"你不说别人就不知道吗？"李凌风先是轻佻地笑了两声，然后又道，"你根本不了解真相！你只是一个含着金钥匙出生的幸运儿。你的成功是因为你占用了更多的优质资源，你的高尚是因为你从未感受过真实世界的残酷。你本该满怀感恩之心，但是你没有，你反而如此的骄傲。既虚伪，又虚弱！当你高高在上的时候，你甚至发出了'何不食肉糜'这样荒谬的感慨，"慷慨说到此处，李凌风用告诫的口吻郑重宣布，"你要为此付出代价。"

"什么？"张怀尧诧异地看着对面，在他的世界里，"代价"是个很陌生的词汇。

视频忽地跳跃了一下，显出剪辑过的痕迹。随后场景发生了转换，张怀尧从画面中消失了，取而代之的是一个胖乎乎的男子，在场者都认得这人正是嫌犯李凌风。他端坐在一张黑色的桌前，双手平搭，摆出一副做讲座的姿态。从他身后的背景看，这段视频的拍摄地应该是一处民宅。

李凌风平视着镜头说道："刚才大家看到的那个孩子叫张怀尧，他曾是这座城市的宠儿。但他也是逼死涂连生的凶手之一，必须接受惩罚。现在他正遭受着某种致命的威胁，你们必须尽快挽救他的生命。但问题在于，你们根本不知道我把他关在了哪里。

"半年前参与了拦车救狗的那些人，你们对涂连生的死是否怀有歉意？当他被迫向一条死狗下跪的时候，你们是否能感受到他的屈辱？

"对于这些自诩高尚的人，我就再给你们一次展现爱心的机会。半年前你们救了一车狗，现在愿不愿意来拯救这个孩子呢？"

说到这里李凌风的右手伸到一边，从镜头外取来了一只铁盒子。罗飞认得那盒子正是警方从黑包里搜出来的那件证物。

"每天我都见到很多爱狗人士，他们遛狗的时候一点也不顾及别人的感受。就说我住的这个小区吧，草地上到处都是无人打扫的狗屎。这坨屎就是我今天早晨刚刚拣来的，"李凌风在镜头前打开了盒子，然后他坏笑着继续说道，"如果你们中间有人肯站出来，当着我的面吃完这坨狗屎，我就可以带着他去找到张怀尧。"

视频到此结束。在关闭投影的同时陈主任解释说："这个张怀尧就是张书记的儿子。经初步核实，这孩子已经失踪十天了。张书记很快就会过来。"

罗飞已经猜到了张怀尧的身份，他深深地叹了口气，倍感压力。

"罗飞，"鲁局长点着名问道，"你对这段视频有什么看法？"

罗飞无奈地咧着嘴说："一切都是他的计划，我们被他利用了。"

鲁局长"嗯"了一声，同时用目光示意对方讲详细些。

"他先设计让林瑞麟死在刑警队，然后在网络上煽风点火，引得公众都来关注这起死亡事件。为了缓解压力，我们只好针对系列杀人案作了新闻通报，于是他发布的这个网帖一下子成了世人瞩目的焦点。"

"你的意思是，"鲁局长沉吟道，"他被抓这事也是设计好的？"

"没错，他的目的就是要借我们警方的力量给他做宣传。因为他享受这种受人瞩目的感觉。"末了罗飞给出一句评价，"他就是个疯子。"

鲁局长摆摆手说："先别管他疯不疯了。当务之急是尽快制定出营救张怀尧的方案。"

罗飞作出两个决断："第一，立刻突审李凌风；第二，派出技术组对他的住处展开搜查！"

03

张怀尧落入李凌风之手并且已失踪了十天，罗飞深知这意味着怎样的险境。对于警方来说，现在的每一分每一秒都关联着这个孩子的生死。要想在最短的时间内撬开李凌风的嘴，必须用上点特殊的方法。

罗飞带着电警棍进入了讯问室，小刘已经提前把李凌风带到。后者的左右手各戴了一副手铐，分别铐在两侧的扶手上，行动毫无自由。

罗飞看着小刘说了句："你先出去。"他接下来要做的事情是违规的，所以不想连累到其他人。

小刘却站着不动："罗队，这事让我来吧。"

"别浪费时间！"罗飞挥挥手，态度坚决。

小刘只好退出去。他来到监控室和鲁局长一同隔着玻璃旁观。

讯问室里罗飞还没开口呢，李凌风已经自鸣得意地问道："你们看到那段视频了吧？"

罗飞没有回答，他打开电警棍的保险开关，然后将金属头戳在了李凌风的手腕上。

"嗷——"李凌风发出一阵鬼嚎，上半身如打摆子似的抽搐起来。

罗飞收回警棍，喝问道："张怀尧在哪里？"

李凌风剧烈地喘息了一阵，痛苦说道："我操，麻死我了！"

"张怀尧在哪里？"罗飞又重复了一遍，同时他再次举起电警棍，摆出一副要下手的姿势。

李凌风瞪着罗飞，他的嘴角露出一丝古怪的笑容，然后他竟开始鼓励对方："来啊，再来一次！"

罗飞丝毫没有犹豫，把警棍头戳向李凌风的同时，他还把电压开关又往上调高了一档。

李凌风发出杀猪般的嚎叫，在剧烈的抽搐中，他的嘴角甚至狼狈地流下了涎水。

罗飞冷冷地看着李凌风，等待对方恢复后的反应。

"好……好……"李凌风喉头打着战，有个字似乎被卡在了半途。罗飞以为他想说的会是"好痛"或者"好麻"，但对方最后吐出来的那个词却是："好爽！"

罗飞看着对方在抽搐中被铁铐磨破的手腕，实在不明白他爽从何来。

气息略定之后，李凌风又露出那种古怪的笑容。"我的痛苦来自于你的愤怒，这愤怒证明了我的计划是多么完美。爽，爽啊！"他大声呼喊着，陷于某种自我陶醉的状态，"来啊，再让我享受一次！"

罗飞忽然间明白了什么，握警棍的那只手无奈地垂落下来。

李凌风这时反倒坐直了身体，摆出一副掌管局势的姿态。"想知道张怀尧在哪里？"他冷笑着说道，"那就得照我说的去做，因为这是我的游戏。"

罗飞沉默了片刻，无奈问道："你到底想要什么？"

"我的要求已经在视频里说明了。"李凌风好整以暇地回答说，"当然在具体实施的过程中，我还有一些附加的条件。比如说，我现在就想要上网。"

"上网？"

"是的。因为你这么愤怒，让我很想看看网络上的反应。"李凌风努努嘴说，"你快去准备吧，等我上完网之后，再来谈下一步的事情。"

罗飞离开讯问室来到隔壁的监控间。鲁局长已经看到了刚才的过程，但他还是要向罗飞核实一下："刑讯没什么效果？"

罗飞摇着头说："他早就料到我们会动武，所以提前做了自我催眠。肉体上的痛苦能给他带来精神上的愉悦，所以他根本不会屈服，再耗下去只是白白浪费时间。"

鲁局长沉吟道："那就只能以退为进了……"

"您的意思是，暂时配合嫌犯的要求，同时根据对方的行动来寻找对策？"

鲁局长点点头，他竖起两个指头强调说："有两个原则：第一，不能让案情进一步恶化；第二，不能让嫌犯有机会逃脱。在这两个原则之下，你可以随机行事。"

罗飞便转头吩咐小刘："给他准备电脑上网，但只能让他看，不能让他发帖什么的。"

按照罗飞的要求，小刘往讯问室里搬了一台电脑。这台电脑没有配备键盘，鼠标右键也被破坏，所以只能浏览网页，无法向外界传输任何信息。

李凌风对这样一台电脑深感满意，他悠然自得地在刑警队讯问室里上起网来。他早先发的那篇帖子已然被警方删除，但转发视频和针对此事的各种评论早已遍布网络。

看到得意处，李凌风还时不时发出感叹："看看，网民们已经对那些拦车的家伙展开人肉搜索了。"

"嗯，很多人都在骂那些家伙啊。跟我预料中的一样！"

"哈哈，连手机号码都被贴出来啦，会有不少人打电话追着骂吧？"

"广大人民群众一致呼吁，要求这些家伙站出来吃屎救人！哈哈，这些家伙救狗的时候一个个都自认道德模范呢，现在让他们也尝尝被道德绑架的滋味。"

罗飞在一旁默默关注着李凌风的表演。七八分钟之后，陈主任推门进入讯问室，她对罗飞附耳说道："张书记来了！"

罗飞安排小刘看住李凌风，自己则跟着陈主任匆匆赶往会议室。

一个年过半百的男子坐在鲁局长身旁，罗飞认得他正是龙州市委书记张辰。

在龙州官场上，张辰的口碑还是不错的。据说此人并没有过硬的靠山，全靠能力一步步走到今天的位置，所以他待人处事一向谨慎细微，这么多年来从未闹出什么负面的新闻。可是这一次，他却以极其尴尬的方式成为全市民众关注的焦点。

罗飞落座的同时听见张辰说道："诸位干警辛苦了。首先我要向大家道歉，是我教子无方，给大家带来了这么大的麻烦。"他的这番开场多少带着点官腔，但他的眉宇间却藏不住一股深锁的焦虑。

"教子无方"四个字用在张辰身上或许并不合适。因为很多人都认为张辰的儿子就是一个教育成功的典范。

聪明、善良、低调，熟悉张怀尧的人往往会给他这样的评价。而这些特质无疑都是张辰调教的结果。虽然身居高位，但张辰从来不敢给自己的儿子灌输任何特权思想。他只是给对方创造最好的教育环境，让后者自由成长。

张辰也特别注重对儿子独立性的培养。几年前张妻意外病故，这也加快了张怀尧自我成熟的过程。张辰反感国内那种僵化的教育模式，在他的支持下，张怀尧从小就接受到西方的教育。这孩子的文化成绩不算拔尖，但是多才多艺，同时他还钟爱旅游，在高中毕业前已经几乎游遍了祖国的大好河山。在这个暑期，他的计划是去一趟西藏。

十天前正是张怀尧计划中的出发日，从此之后他和父亲就再无直接的联系，只是每天晚上会用手机发短信报个平安。张辰对这种情况也不以为意。在他眼中，张怀尧早已独立，这孩子有能力照顾好自己，并不需要父亲从繁忙的公务中分心过问。

直到今天中午，一个视频轰动网络，张辰这才意识到儿子有可能遭遇了危险。他拨打儿子的手机发现无法接通。接着他询问了儿子身边所有的亲朋好友，在近十天的时间内竟无一人获知过张怀尧的信息。张辰感觉到事态的严重，他连忙放下手头的公务赶往公安局。

鲁局长简明扼要地把案情向张辰汇报了一遍。在李凌风住所实施搜查的技术人员也传回了现场信息。

"可以确定这个住宅就是第二段视频拍摄的地点。但是张怀尧本人不在这里，现场也没有拘禁或者搏斗过的痕迹。"

张辰听完之后总结道："也就是说，你们现在既找不到我的儿子，也没有办法让那个嫌犯开口？"

"是的。"鲁局长无法回避这个无奈的现实，"——除非有人能站出来满足他的要求。"

"要有一个人吃掉他带来的那坨狗屎?"

"他刚刚还提出了附加条件,"罗飞插话道,"吃屎的过程要通过网络视频向公众直播。"

"这太荒唐了。"张辰摇了摇头,随后又问道,"现在网上的舆论怎么样?"

"大部分网民都呼吁那些当事人能挺身而出,毕竟这关系到一条人命。要知道,龙州市民对张怀尧的印象一向也不错,况且他只是个半大孩子,就算犯了些错误,也不应该遭受死亡威胁。"

鲁局长说的基本属实。虽然网上也有一些针对张怀尧的冷言冷语,但主流声音还是希望这男孩能够获救。

张辰又问:"现在大家知道张怀尧是我的儿子吗?"

鲁局长尴尬地摊着手,说:"这事瞒不住的……"

张辰叹了口气,神色间又增添了几分顾虑。沉默片刻之后,他问鲁局长:"站在警方的立场上,这事应该怎么处理?"

鲁局长沉吟道:"如果把此事看作一起绑架人质的案件,那么警方会有一个首要原则,就是尽一切可能保证人质的安全。"

"也就是说,即便满足嫌犯的某些要求,也是可以接受的。"

鲁局长道:"可以。"

听到这个回答,张辰的眉头略略舒展了一些。

然而罗飞的声音却又随之响起。"鲁局,"他用提醒的口吻说道,"还有一个原则,您先前也提到过的。"

鲁局长踌躇不语。张辰便转过头来直接询问罗飞:"还有什么?"

"不能让案情进一步恶化。"罗飞顿了顿,又补充说道,"如果满足嫌犯的要求,就意味着要把另一个无关的人牵扯进来。"

"没错……"张辰喃喃自语,"让别人为了我的儿子当众吃屎,这事确实影响不好。"

"不光是影响不好,有可能出现更严重的后果!"罗飞郑重提醒道,"那家伙通过催眠的手法杀人,任何人和他接触都是有危险的。林瑞麟的前车之鉴,我们不得不防!"

鲁局长点点头，其实这也是他的顾虑所在。

李凌风在视频中说得明白："如果你们中间有人肯站出来，当着我的面吃完这坨狗屎，我就可以带着他去找到张怀尧。"这意味着接受条件的人必然会和李凌风亲密接触。而这个人对涂连生的死也是有过错的，即便他不在惩罚名单上，也难说李凌风不会趁机对其下手。

所以要接受李凌风的条件，对当事人来说不仅是一种屈辱，更有可能暗藏着致命的危险，这无疑违背了警方应有的原则。

张辰也明白其中的利害关系。他叹了口气，黯然说道："我不该影响警方办案的思路。但是从一个父亲的角度，我还是希望你们能多想想办法。"

张辰的确是单纯站在父亲的立场上来说这句话的。可是鲁局长等人感受到的却绝不仅仅是一个父亲带来的压力。

在集体的沉默之后，最终还是鲁局长开口道："最理想的情况，是能出现一个志愿者……"

这话的意思很明确，就是警方不能有任何勉强，甚至不能主动去劝说别人来配合这次行动。必须有人主动地、完全自愿地来配合李凌风的要求。这样即便出现了最坏的后果，警方的责任也可以小很多。

罗飞在一旁补充说："我们必须把其中的危险事先说明，不光要告知志愿者，还要告知关注此事的公众。"

张辰点头道："我同意。"

"那就这样吧。"鲁局长开始布置工作，"把拦车者的名单拿出来，抓紧时间联系，把利害关系讲清楚，看有没有人愿意配合。陈主任，你去网络上发个消息，尽量做得正面一点。"

陈主任暂时退出会场去发布网络信息。罗飞则安排了十多个警员，根据前期摸排到的拦车名单分头打电话联系。没过多久结果就反馈上来了，有一大半的人已经关了手机，原因多半是无法忍受人肉搜索者的骚扰。剩下的人连吃狗屎这件事都无法接受，更别说还要冒着生命危险。

失望的神色写在张辰的脸上。这时陈主任也回到了会场内。

"这么快？"鲁局长有些诧异，他觉得这条网文可不是那么好发的，遣词用句必须仔细斟酌。

陈主任走到近前，在鲁局长耳边低声说了些什么。

"是吗？"鲁局长精神蓦然一振，大声道，"快让他进来！"

陈主任便从会场外带进了一个人，那人进屋后说道："我看到网上的视频就过来了。我也是半年前拦车事件的当事人，如果要救张怀尧，我责无旁贷！"

这句话如同一阵春风，瞬间吹散了张辰脸上的阴霾。可是罗飞的心情却变得更加沉重。

鲁局长向张辰介绍说："这位是我局交巡警支队的同志朱思俊，半年前拦车的时候就是他出警处理的。"

"我知道他。"张辰抱以赞许的眼神，"嫌疑人也是被他抓获的。"

鲁局长又转过头来看着朱思俊："如果你愿意承担这个任务，那的确是最合适的人选，但我有义务提醒你，这件事不但艰难，而且非常危险。"

"我明白。"朱思俊点头道，"再危险又怎样？我是警察，保护人民群众的生命安全本来就是我的责任！"

这两句话说得铿锵有力，博得了在场众人的一片喝彩。唯有罗飞公然唱起了反调："不行，你不能去！"

"为什么？"朱思俊讶然看着罗飞。其他人也纷纷投来不解的目光。

"李凌风的计划就是要让你来吃那坨狗屎。"罗飞对朱思俊解释说，"如果你真的这么做，那就完全陷入了对手预设的节奏！"

朱思俊耸着肩膀道："可是我已经抓住了他，他原先的计划已经破产了。"

"现在看来，他被抓本身也是计划的一环！昨天讯问的时候，他就说过要让你来吃那坨屎。"

"那我也不怕！"朱思俊的态度仍然坚定，"难道因为他的一句恐吓，我们就要放弃张怀尧的生命吗？"

双方各执己见，局面有些僵持。张辰向鲁局长征询道："老鲁，这事你怎么看？"

鲁局长思量了许久，最后他看着罗飞郑重说道："我不管嫌疑人有什么计划，我现在只要你的计划：第一，要挽救张怀尧的生命；第二，要保证朱思俊同志的安全；第三，不能让嫌疑人有逃脱的机会！"

这话等于是认可了朱思俊的请缨之举。朱思俊立刻激动地表态说："我的安全可以放在最后。罗队长，只要能解救人质，惩治罪犯，你对我不必有任何顾虑！"

张辰被朱思俊的态度感动了，他起身走过去，伸出双手和对方紧紧相握："小朱同志，我要以父亲的名义对你说声谢谢！"

也不知是谁起的头，会场上响起了一片掌声。朱思俊在掌声中昂首挺胸，踌躇满志。

罗飞苦笑难言，他知道对手再次抓住了目标心底最危险的欲望。随后罗飞又把目光投向了鲁局长。后者此刻板起了面孔，看不出真实的情绪。

罗飞相信这个老人其实比自己更加清醒，对方只是作出了一个无奈的选择。

如果不是张怀尧，换作另外一个普通人，这样的冒险行动很可能不会获得批准。

张怀尧的身份最终左右了鲁局长的决定。这个局面正印证了李凌风在视频中的那句充满讥讽的反问："你不说别人就不知道吗？"

身为市委书记的公子，那份关系根本不需要明言，很多事情便已潜移默化地发生了改变。只有当事人尚不自知。

第十章
营救第六名受害目标

01

如李凌风所愿,朱思俊在讯问室内吃下了那坨狗屎,整个过程还通过网络向公众进行了直播。

李凌风一边旁观,一边笑哈哈地浏览网上对此事的评价。末了他看着朱思俊满意地说道:"好了。现在我可以带你去找张怀尧。你开辆车来。车上除了你我,不能有其他人。"

朱思俊冲到卫生间呕了个天翻地覆,然后又拼命刷牙,恨不能把牙龈都刷得出血。

朱思俊走出卫生间的时候,罗飞早已等在门口。后者递上一双皮鞋说道:"把这鞋换上吧。"

朱思俊一边换鞋一边询问:"装了窃听器?"

罗飞点点头:"我们会全程监控,一旦发现情况有变,计划随时中止。"

"嗯。"朱思俊踢了踢脚,那鞋大小正合适。他便抬头说道:"我已经准备好了,出发吧!"

按照李凌风的要求，警方提供了一辆民用牌照的别克轿车。朱思俊担任司机，李凌风被铐在副驾驶的位置。车上再无他人。

"走吧，出了大门往右拐。"在李凌风的指挥下，朱思俊发动汽车驶出了公安局大院。与此同时，布置在外围的数十辆警车也开动起来。这些车辆以别克车为中心组成一道活动的包围圈。不管别克车开到哪个位置，其四面八方的所有路口都保证有警车把守。

另有五辆民用轿车跟随别克车而行，这五辆车不仅性能优越，驾车的更是龙州警界顶尖的跟踪专家。五辆车采取鱼贯跟踪的方式，相对位置不时变换，但始终保持有一辆车在别克车前方一百米内，同时另一辆车在别克车的后方一百米内。每辆车内除了驾驶员之外，另载有三名训练有素的特警人员。如果李凌风突然下车窜入步行区域，这些特警人员也会立即下车，数秒钟之内便可对目标完成拦截。

罗飞和鲁局长乘坐另一辆较大的指挥车，在跟踪车队后方稳稳随行。指挥车的后排位置有一块一尺见方的显示屏，别克车、外围警车以及跟踪组五辆车的GPS定位信号全都显示在这块屏幕上。罗飞便根据这些信号调动警力，围绕别克车编织起一道天罗地网。

这样的防范措施不可谓不严密，但罗飞的心情却难以乐观。因为他知道，最危险的那颗炸弹早已埋在了防护网的核心之处。

李凌风才是这场游戏的导演，警方再努力，也只是一帮无法揣测结局的演员。

对这次行动持支持态度的鲁局长其实也做过最坏的打算。他对参战的特警下达了如下指令："如果局势失控，你们可以随时开枪击毙嫌犯。"

罗飞当时问了句："如果朱思俊出了问题呢？"所谓出问题，指的就是朱思俊受到李凌风的催眠。他有可能遭遇危险，也有可能沦为李凌风的帮凶。

"那就是局势失控了。"鲁局长回复道，"我已经说过，局势失控的情况下，可以随时开枪。"

罗飞便彻底明白了鲁局长的态度。真到了关键时刻，即便牺牲朱思俊也在所不惜。而这一切，只是为了赢得一次营救张怀尧的机会。

罗飞预感到有一出悲剧即将上演，他无法左右领导的意志，也无法改变朱思俊本人的态度。他所能做的唯有竭力一搏，虽未必能扭转局势，但求无愧于心。

别克车内的李凌风不时发出路线指令。和之前喋喋不休的风格相比，他这会儿显得惜字如金，只说些"向左拐""向右拐""直行"之类的短语。别克车按照他的指引一路前行，向着闹市区而去。

此刻已到了晚高峰时间，越近闹市，路上的车辆就越多。罗飞知道对手有意在增加警方监控的难度，他振作精神居中调度，令警队车辆始终能保持严密有序的阵形。

如此行驶了约十来分钟，别克车开上了市中心的龙阳大道。随后又听李凌风说道："前面右拐进小路。"

罗飞立刻查看地图，发现那条小路叫"育才路"。该路连接着龙阳大道和海昌街，路的西侧是宝带河东岸，东侧则是阳光水岸居民小区。罗飞便通过对讲系统下达命令："目标车辆将沿育才路由龙阳大道驶往海昌街方向。十二号警车到海昌街东端路口待命，二十三号警车到海昌街西端路口待命，七号警车在育才路龙阳大道路口留守，五号警车到宝带河西岸警戒，十九号警车到阳光水岸东门待命，四十六号警车到阳光水岸南门待命。其余车辆继续在外围随行。"

在罗飞调动警车的过程中，跟踪车队最前方的那辆车已经提前拐进了育才路，别克车随后也拐了进去。另外四辆跟踪车和指挥车则保持着一定的距离，陆续跟进。

很快又听李凌风说道："前面河边上有张长椅，我在椅面下留了点东西，你帮我拿过来。"

朱思俊问了声："椅面下？"

李凌风道："对，用双面胶粘着的，你一摸就有。"

罗飞立刻下达指令："目标会在河边长椅处停车，各小组做好应对准备。"

最前方的跟踪车辆已经驶到了阳关水岸小区的西门，得到指令后便顺势往小区内一拐。车上三名特警队员随即下车。其中两人以闲聊的姿态走出小区,步行向长椅处接近,另一人则埋伏在小区门岗处。

片刻后别克车在河边停下,朱思俊开门走出驾驶位,向着不远处的长椅走去。

后面的那辆警方跟踪车继续前行,很快超过了别克车。

排在第三位的跟踪车这时在别克车后方停下。副驾位置的特警下了车,假意到附近的一处报刊亭购买报纸。再往后的两辆跟踪车以及指挥车则停在了别克车的视界之外。

现在共有三名身手不凡的特警对目标形成前后包抄之势,而宝带河对岸也有警车。虽然别克车已经停下,但李凌风要想逃跑难比登天。

朱思俊来到长椅边,他蹲下身摸了摸,果然发现在椅面下粘着个小袋子。他便把袋子取下来,转身重新回到了车内。

罗飞听见李凌风说了声:"把东西给我。"随后监控屏幕上目标车辆又继续往前开动了。

罗飞通过对讲系统询问现场特警:"能看出朱思俊拿的是什么东西吗?"

距离最近的那个特警回答说:"是个塑料袋。袋子不透明,不知道里面装的是什么。"

罗飞继续指挥警车对别克车展开包围和跟踪。片刻后,却见屏幕上的目标驶出了育才路,左拐沿海昌街向西而去。"咦?"罗飞忽地皱起了眉头。

鲁局长也察觉到异常,问道:"怎么没听到嫌犯发指令?"

别克车一直在按照李凌风的指挥前行,为什么这一次拐弯之前却没有听见李凌风的声音?

罗飞检查了一下监听接收器,发现没了信号,调试也没有反应。他意识到问题所在,忙对鲁局长说道:"信号被屏蔽了。"

鲁局长据此猜测:"刚才袋子里的是信号屏蔽器?"

"多半是的。"罗飞点点头,随后又请示说,"要不要中止行动?"

监听信号被屏蔽，意味着警方将无法掌握别克车内的实时信息。李凌风很可能会利用这个时机对朱思俊展开催眠。

鲁局长斟酌了一会儿，说道："继续跟踪，保持警戒。"他宁可冒险也不愿放弃拯救张怀尧的最后一线机会。现在虽然对朱李二人的监听已中断，但至少别克车并未脱离警方的控制。换句话说，情况还不算太糟。

罗飞的精神却已紧张到了极点，他知道有个变故即将发生。警方是否能承受这个变故，他毫无把握。

别克车继续在市区往来穿梭，带动数十辆警车如影随形。罗飞紧盯着屏幕上的GPS信号，他觉得自己就像在观看一部没有音频的悬疑电影，只能通过无声的画面来猜测情节的进展。

又过了十来分钟，别克车驶到了石桥路。这是老城区的一条马路，道路右侧是一条人行道，再往右则是一条很宽阔的绿化带。别克车行驶了一会儿，车速慢慢降低，车体随之贴向路边，似乎有停车的迹象。

罗飞下达了指令，前后两辆跟踪车上都有特警下车向目标步行靠拢。

别克车果然停下了。随即副驾驶位置的车门便被推开，李凌风从车内跳了出来。

现场特警向指挥车汇报："嫌犯下车了！"

罗飞一惊。要知道李凌风原本是被铐在副驾驶位置上的，现在却能够自由下车，足以说明别克车内的变故已经发生！情急之下他没有再向鲁局长请示，直接下达命令说："立刻控制嫌犯，行动中止！"

特警不再隐藏身份，他们向着目标全力奔去，一边跑一边掏出了随身的配枪。

李凌风也看到了逼近而来的警察。他并没有向街道两侧逃窜，而是跨过人行道走向了内侧那条绿化带。这个选择多少令人意外，因为绿化带的另一边是一堵高墙，并无活路可走。

接下来更加意外的场景发生了。原本停在路边的别克车突然启动，车体先是向后倒出了七八米，然后又猛地向着人行道冲去。这一冲势头十足，发动机的轰鸣声震耳欲聋。人行道边缘十多厘米高的路牙子根本挡不住别克车的冲劲，车体在磕碰中继续向前，一头扎进了那条绿化带。随着"砰"的一声巨响，李凌风与车头撞了个正着，他的身体高高弹起，在空中翻起了圆圈。别克车这时又撞到了前方的一处半米多高水泥构筑物，车体终于停下。随后李凌风的身体落下来坠在车顶，发出了第二声闷响。

附近的特警也围上来了，却见躺在车顶的李凌风已经七窍流血，没了气息。领头的特警傅哲连忙向指挥车汇报："嫌犯被别克车撞击，已经死亡。"同时另一名特警艾维打开了驾驶室车门向内查看。

车内的安全气囊全部打开。朱思俊夹在气囊和驾驶座之间，他的额头磕破了，鲜血直流，但他的神志看起来还比较清晰，性命应无大碍。

艾维想扶朱思俊下车却没有成功，仔细一看，原来后者的右手被一副手铐锁在了方向盘上。

这时罗飞等人也赶到了现场。眼前的情形完全出乎罗飞的预料，他走到车旁愕然问道："这是怎么回事？"

朱思俊没有回答罗飞的问题，他的目光看向了站在后面的鲁局长。

鲁局长往前走了一步，询问："你不要紧吧？"

"我没事。"朱思俊稍微歇了口气，然后又说出一个地址，"正大路57号新世纪水产市场，地下二层B209房。"

鲁局长心思一凛："什么？"

"张怀尧被关在那里，快……快去救他！"鲜血从朱思俊额头的伤口处不断流出，很快便糊了一脸，这让他的模样显得有些狰狞。但他的嘴角分明挑起，露出一丝掩饰不住的得意。

02

新世纪水产市场位于龙州南郊,是全市水产经销的主要集散地。市场的地下二层设有数十个冷库,由物业出租给商户作存储货物之用。

在赶往目标地的途中,警方先对B209号冷库的基本情况进行了调查。根据物业的登记信息,这个冷库于一个月前租出。承租人留下的姓名和身份证号在户籍系统中无法查到。更奇怪的是,经办此事的物业工作人员已完全不记得承租人的相貌。罗飞猜测该物业人员很可能被设置过记忆障碍。

大约二十分钟后,警方抵达现场。物业的人按照要求找来了开锁人员,正在门前等候。

在确认四周无异常之后,罗飞下达命令:"开门。"

门锁很快被打开。罗飞上前推了一把,厚重的门板缓缓向内旋转。屋内透出灯光,同时有一股难闻的气味扑面而来。

除了屎尿的臭气,还夹杂着浓重的血腥味。罗飞心头一惊,连忙向屋内细看。

这是一间五十平左右的地下室,除了入户门之外,四周密不透风。屋子正中间有个半立方米的铁块,铁块上又拴了两条一米来长的铁链。其中一条铁链拴在一名男子的脚踝处,另一条铁链则拴住了某个动物。

罗飞感觉那动物应该是一条狗,但是又不敢确定。因为他现在看到的只是一具血肉模糊的残缺尸体。那股刺鼻的血腥味正是由此而来。

确定现场并无人员死亡,罗飞略松了口气。他向屋内走进几步,注意力开始集中在那名男子身上。

那是一个年轻人,邋遢而憔悴,他的脸上、手上和身体上沾着大量的血迹,但他自身并无受伤的迹象。自房门打开之后,他就呆呆地站在原地,他的眼神直愣,神情恍惚,仿佛一具毫无灵魂的木偶。

屋内的温度并不像罗飞想象的那么低,看来制冷系统并未启动。

"张怀尧?"罗飞叫出了年轻人的名字。

年轻人下意识地应了一声。

"我们是警察。"罗飞走到对方面前说道,"我们是来救你的。"

年轻人听懂了罗飞的话,他脸上的肌肉扭曲着,拼凑出一个极为复杂的表情。然后他低下头,用双手捂住了自己的面庞。"嘀嘀嘀……"他发出一阵极为古怪的声音,分不清到底是在笑还是在哭。三五秒钟之后,这声音又戛然中止,同时他的身体一软,向着地面瘫了下去。

罗飞连忙将对方扶住,身后的小刘等人也抢上前帮忙。罗飞探了探张怀尧的鼻息,对方只是暂时昏迷过去,应该没有生命危险。

物业的人找工具打开了铁链。众人将张怀尧抬上警车,一路飞驰至龙州市人民医院。院方立刻调动起最好的资源,对这个特殊的病人展开急救。

张辰也赶到了医院。医生说他的儿子只是身体过于虚弱,调养一段时间便可康复。张辰喜极而泣,转过身来紧握住鲁局长的手,谢不绝口。

"你不用感谢我,"鲁局长提醒对方,"我们都应该感谢小朱。"

"对对对,小朱人在哪儿呢?"

"他受伤了,正在楼下外科接受治疗。"

张辰把手一挥:"快带我过去看看!"

朱思俊额头上的伤口缝了七针,另外他右手被铐住的地方受到了严重的挫伤,除此之外并无大碍。张辰对朱思俊表达了诚挚的谢意,同时叮嘱鲁局长要对这样的好同志展开重点培养。

等张辰走后,罗飞才有机会向朱思俊询问事发的详细经过。

朱思俊告诉罗飞:"李凌风一直在指挥我开车。到了育才路我下车从河边取了一个塑料袋给他。我看到袋子里有一个小盒子一样的仪器,一把小小的万能钥匙,还有一个类似于遥控器的东西。李凌风先把那个盒子样的仪器打开,然后就开始对我进行催眠。我防着他呢,根本没中招。但是为了迷惑他,我故意表现得很配合。后来他又用钥匙把手铐打开了,他还命令我把自己右手铐在方向盘上。我照做了。接着他指挥我把车开到了石桥路,在一处绿化带旁边叫我停车。他告诉我一个地址,说张怀尧就关在那里,然后就下车想要逃跑。我没有办法阻拦他,只能开车去撞他。后来你们就赶过来了。"

罗飞继续问道:"他是怎么对你进行催眠的?"

朱思俊道:"主要就是想让我听从他的命令。因为我刻意提防着,所以并没有受到影响。"

"具体用了什么样的话术呢?"

"我不记得了。"

"不记得了?"罗飞觉得有些奇怪。刚刚发生的事情,怎么会不记得?

"当我意识到他在实施催眠术的时候,我就分散自己的注意力,所以很多话并没有真正听进去。"朱思俊解释说,"我只知道他大概就是说我只有听从他的命令才能救出张怀尧。但具体的用词确实不记得了。"

罗飞提出质疑:"他的催眠术那么厉害,这么简单就被你化解了?"

"事实就是这样,"朱思俊耸着肩膀说道,"也许我天生就是一个很难被催眠的人吧。"

罗飞用审视的目光看着朱思俊。这个人很难被催眠吗?难道他和自己一样,都是属于那种自我控制欲很强的人?可是朱思俊如此执着于仕途,对于一个催眠师来说,这样强烈的欲望简直就是心灵上一扇不设防的大门。

但不管罗飞如何疑虑,李凌风确实已死。正如朱思俊所说,事实就是这样。

罗飞转而询问另外一些细节:"他要你把自己铐住,你为什么要照做?你不知道这样很危险吗?"

"为了迷惑他啊。必须让李凌风觉得他已经控制住局势,否则他怎么会把张怀尧的下落说出来呢?"

这个回答符合朱思俊的性格。他一心要完成这个任务,再大的危险也丝毫不惧。

"你为什么要开车撞他？"罗飞提出最后一个问题，"当时已经有特警队员形成了包抄，你在车里应该能看到的。"

"是的，我看到了特警队员。"朱思俊微笑着说道，"但是我看到的一些东西，特警队员可看不到。"

"什么？"

"地道的入口。"

罗飞"嗯"了一声："你看到了？"

朱思俊点点头："就在绿化带里。我看到那个入口已经打开，而且李凌风就是奔着那里去的。我立刻明白他想通过地道逃跑，这个情况显然在你们的计划之外。为了保险起见，我只好开车撞上去。因为我无论如何也不能让他逃脱。"

罗飞沉默了一会儿，然后他感慨道："你很幸运，你作出了一个正确的决定。"

"哦？"

"你看到的那个东西是地下人防工程的通风口。李凌风已经提前破坏了通风口的水泥浇顶，这样他就可以轻松下到人防工程里。另外他还在通风口下方埋设了炸药，塑料袋里的那个遥控器就是引爆炸药用的。那种自制炸药的威力虽然不大，但足以将通风口炸塌。"罗飞介绍完现场情况之后又总结道，"所以说，如果让李凌风进了地道，他会立刻引爆炸药将入口破坏，我们的特警人员就没法再继续追击了。"

"那我们就很难抓住他了，对不对？"

罗飞坦承："没错。这个人防工程面积很大，一共有六个出口。警方当时根本不知道这些出口都设置在哪里。所以如果不是你开车撞他，他早已逃之夭夭了。"

"那就好。"朱思俊笑道，"我受的伤是值得的。"

"非常值得。"罗飞看着朱思俊，虽然他并不想鼓励对方的自得心态，但有些事实也无法回避，"你不但阻止了嫌犯的逃跑计划，更挽救了张怀尧的生命——现在你就是这座城市的英雄。"

"是吗？"朱思俊把身体靠在床头，满足地闭上了眼睛。他已经有足够的理由来满足自己对仕途的光明遐想。

03

经过治疗，张怀尧于凌晨时分恢复了神志，但他的情绪极不稳定。这种状态显然和他被囚禁的经历有关。第二天一早，罗飞把萧席枫请到人民医院，希望对方能对张怀尧的记忆展开探索。

罗飞所关心的不仅是张怀尧的心理问题，他更要弄清李凌风是否已在这个年轻人的精神世界中埋下了"催眠炸弹"。

在萧席枫的诱导下，张怀尧顺利进入了催眠状态，随后萧席枫便开始了探索的过程。

"试着想一想，在十天前发生了什么？"萧席枫用温柔的声音问道，"那天你本来要出发去西藏的，但是有一件事发生了，改变了你的计划，对不对？"

张怀尧在病床上无声地点点头。

"发生了什么？"

"我遇见了……一个人。"

"什么人？"

"一个骗子！"张怀尧的语气听起来有些生气，随后他又解释说，"我并不认识他，我们只是在网上聊过。"

"他对你做了什么？"

"他把我带到了一个地方。"

"什么地方？"

"一个地下室。"

"你为什么要跟他走？"

"因为他抓住了劳拉。"

"劳拉？"

"是我养的狗。一只纯种的苏牧,很名贵。"

"他用劳拉来威胁你,所以你只好跟他走,是吗?"

"是的。"

"你很喜欢劳拉?"

"是的,它怀孕了。"

"劳拉在那个地下室里面吗?"

"在。"

"然后呢,发生了什么?"

张怀尧沉默了一会儿,说:"我晕过去了。我的后脑很疼,大概是被那个家伙打了一下。"

对方的沉默似乎是在表达一种时间流逝的感觉,萧席枫便顺势问道:"你是不是晕了很久?"

张怀尧说:"我觉得是的。"

"你醒来的时候情况怎么样?"

张怀尧焦虑地舔了舔嘴唇,说:"很不好。"

"怎么了?"

"我被关在了那间小屋里,有根铁链拴在我的脚踝上。"

"那个人还在吗?"

张怀尧摇摇头。

"那屋里就只有你一个人了?"

"还有……"张怀尧咬了咬牙,他带着某种极其矛盾的情感说道,"劳拉。"

"劳拉和你关在一起了?"

"是的,那人用另外一条铁链拴住了劳拉的脖子。"

"嗯。"萧席枫想了想,又问,"那是一间什么样的屋子,你能描述一下吗?"

"屋子不大……天花板上的灯光很亮……"张怀尧喃喃说道,"地板上很潮湿,不过那人给我留了一床毯子,我把毯子铺在地上,这样就不会太冷……"

"然后呢，在那间屋子里发生了什么？"

张怀尧的气息变得急促起来。

"别着急。"萧席枫用平缓的语调引导对方，"你可以慢慢回忆。先从第一天开始。"

"第一天……"张怀尧嘟囔了一句，他的情绪略有缓和。

萧席枫想到一个细节："你被关在地下室的时候，能判断出时间吗？"

张怀尧回答说："可以的。墙壁上有一个带日历的挂钟。"

"那好，就说说第一天吧，第一天你是怎么度过的？"

"大部分时间我都在想办法逃脱。最初我想要走到门口，但是我被铁链拴在一个大铁块上，那条铁链很短，我根本走不了几步。我想把铁链砸开，手边又没有工具。折腾了一会儿之后，我觉得有些口渴了。不远处有一个洗手池，我就凑到龙头下面喝了点水。这时我发现在池子里居然有一把匕首。我连忙把匕首拿在手里，心想只要那家伙回来，我就用这把匕首和他拼命。可我等了很久那人也没回来。后来我又试着用刀去撬那条铁链，但是铁链很结实，完全撬不动。我丧气了，开始坐在地上发呆，胡思乱想的。中间我还哭了几次……第一天大概就是这样。"

"那第二天呢？"萧席枫继续问道，"第二天又怎样？"

"第二天……"张怀尧幽幽说道，"第二天是从中午开始的。我前一天晚上基本没睡着，直到早晨实在熬不住了才合眼，醒来的时候已经是中午。睡眠让我的精神好了很多。我告诉自己要冷静下来。我意识到挣扎是没有用的，哭泣更没有用。要想出去，我必须寻求外界的帮助。于是我开始趴在地上倾听屋外的声音，如果有人接近，我就可以大声呼救。"

"有效果吗？"

张怀尧摇了摇头，他闭着眼睛说道："一共有五次，我听见外面传来了脚步声。但不管我怎么呼喊，始终得不到外面的响应。后来我终于明白了，这间屋子的墙壁和门板都特别厚实，屋里的喊声根本传不出去。"

"第二天就这样过去了吗？"

"是的。那天晚上我又没怎么睡着。"

"第三天呢？"

"我已经绝望了。"张怀尧说道，"我不再想办法逃脱，因为一切都是白费力气。大部分时间我都和劳拉抱在一起，互相取暖。"

萧席枫注意到对方的声音有些颤抖，便问："你很冷吗？"

张怀尧虚弱地说道："又冷又饿……"

萧席枫忽然意识到什么："屋子里没有食物吗？"

张怀尧痛苦地摇了摇头："没有食物，只有水。实在饿得受不了了，我就去喝水。"

萧席枫保持着平稳的情绪，他把时间继续往后推："这天晚上你睡着没有？"

"我睡着了。"张怀尧顿了顿，又特意强调说，"不过劳拉好像没睡着。"

"你怎么知道？"

"因为我醒来的时候，在第四天早上，我发现劳拉就坐在我身边，它好像一直在看着我。"

"这一天你又是怎么度过的？"

"我什么也没做。我都没有起身，因为我已经太虚弱了。我就躺在那里，连喝水都懒得去。直到我再次睡着。"

"等你再次醒来的时候，应该是第五天了吧？"

"是的，第五天……"张怀尧的眼球在眼皮下方急速转动了几下，他突然说道，"我发现了一件很可怕的事情。"

"什么？"萧席枫紧张起来，但这种情绪从他的语调中完全听不出来。

张怀尧说道："当我睁开眼睛的时候，我又看到劳拉坐在我的身边，就像昨天一样，它还是在盯着我看，眼睛一眨都不眨。"

"为什么觉得可怕呢？你不是很喜欢劳拉吗？"萧席枫试图宽慰对方的情绪，"在那间屋子里，它是你唯一的伙伴。"

"因为我突然间意识到,劳拉……它……它也很饿。"说出这句话的时候,张怀尧的喉头出现一个紧张的吞咽动作。

萧席枫明白了:"你觉得劳拉想要吃了你?"

张怀尧点点头,他的呼吸再次变得急促。

"然后呢?"

"然后我就赶紧坐了起来。"

"为什么?你不是很虚弱的吗?"

"我不能表现出我的虚弱,"张怀尧激动地说道,"这样劳拉会把我当成它的猎物。我必须坐起来,让自己显得很高大。"

"你一整天都这样坐着吗?"

"是的。我紧紧地握着那把匕首,和劳拉对视了一整天。直到我实在坚持不住了,再次昏睡过去。"

萧席枫总结道:"这已经是第五天了,你和劳拉整整五天没有吃任何东西。"

"是的。"张怀尧舔了舔嘴唇,喉头再次出现吞咽的动作。

"那第六天又发生什么呢?"

"第六天……"张怀尧深深地吸了口气,"我先是做了一个噩梦,我梦见有一条蛇在我的脸上爬来爬去。然后我被惊醒了,我睁开眼睛一看,立刻吓出了一身冷汗。原来梦中的那条蛇竟然是劳拉的舌头,是它一直在我的脸上舔来舔去!"

"然后呢?"

"我挥起了手里的匕首!"张怀尧的声音陡然间尖锐起来,"刀刃扎进了劳拉的肚子里。劳拉发出惨叫,它在我眼前张开了大嘴,一定是想要咬我!我继续挥刀刺它,一刀又一刀!那些动作仿佛是自然形成的,我根本无法控制。劳拉慢慢地倒下了,倒在我的怀里。我连滚带爬地往后退,躲开它的身体。劳拉趴在地上,奄奄一息。它的肚皮已经被我捅烂了,鲜血夹着内脏从伤口处涌出来。我看到它的子宫也被匕首划破,几只不成形的小狗掉在了肚子外面,身上还挂着脐带。劳拉扭头看着自己的孩子,它最后'呜呜'地叫了两声,然后就一动不动地死去了。"

催眠师本不该被催眠对象的情绪所干扰,但如此惨烈的描述还是令萧席枫有种喘不过气的感觉,他的声音也因此变得低沉:"你杀死了劳拉……"

"是它先要吃我的!是它先要吃我的!"张怀尧扯起嗓子尖叫着,急于为自己辩解。

萧席枫控制住自己的情绪,继续往下询问:"后来呢?"

"是它先要吃我的……"张怀尧还是重复着这句话,他的眼球垂向身体下方,像是被自己的某种说辞给说服了。

萧席枫听出了什么,他猜测着问道:"你吃了劳拉?"

张怀尧没有回答。他的回忆跳跃了一下,刻意避开了某个障碍,然后他开始回答前面一个问题:"后来那个家伙回来了,他看到了我。""他看到了我"在这里真正的含义其实是"他看到了我做的事"。

萧席枫凝起精神:"他对你做了什么?"

"他取笑我。"张怀尧咬着牙,露出恨恨的表情,"他说:'看看吧,你这个高尚的、充满爱心的家伙,看看你对你的好朋友做了些什么?'"

"你呢?你怎么回应他?"

"我挥着匕首冲过去,恨不能把他也捅死。可是我没跑出两步就被铁链拽倒了。他看着我哈哈大笑,说:'你就乖乖地待在这里,继续享用这顿美味的狗肉大餐吧。过几天自然会有人来救你。'说完他又走了,从此再也没有出现过。"

"后来几天,你都是依靠狗肉充饥,对吗?"

张怀尧没有回答,他紧咬着嘴唇,身体微微颤抖,他的精神世界正在发生一场极为矛盾的内战。

萧席枫走到张怀尧床头,他俯身在对方耳边轻轻说了句:"我们都知道,是它先要吃你的。"

张怀尧体内一根紧绷着的弦松了下来,他长嘘了一口气,喃喃说了声:"是的。"

"你已经很累了,睡吧。"在得到萧席枫的这句指令之后,张怀尧的呼吸慢慢变得匀和而厚实,他真的进入了梦乡。

萧席枫冲着旁观的罗飞挥挥手,两人一同退到了病房外。

"怎么样?"罗飞心中已经明白了八九分,但他还是想聆听一下专业人士的分析。

萧席枫道:"嫌犯设了个局,逼着他吃掉了自己的爱犬。"

"这事的后果严重吗?"

"怎么说呢?可大可小。"萧席枫反问罗飞,"你们营救张怀尧的时候,现场情况没有透露给记者吧?"

"当然没有。"

"那就好。嫌犯在张怀尧心里种下了心穴,所幸还没有炸开。现在嫌犯已经死亡,我又给张怀尧搭好了心桥,只要没有外力干扰,应该问题不大。"

罗飞明白"外力干扰"指的是什么。他"嗯"了一声说道:"我们会对媒体和网络展开监控,决不让这事传出去。张怀尧很快就要出国留学,顶过这一阵就没事了。"

萧席枫欣然地点点头,随后他又感慨道:"这案子因我而起,现在终于了结。唉,我对涂连生也算是有了个交代……"

第十一章
七种欲望，七种死法

01

两天之后，警方再次召开媒体发布会。一起万众瞩目的案件落下了帷幕。警方不仅成功营救出张怀尧，更将极度危险的嫌犯当街毙杀，而这一切都可归功于一名叫作朱思俊的小警察。

在这个背景下，发布会几乎就变成了朱思俊的个人表彰大会。

在会后的采访中，有记者向朱思俊提出了这样的问题："在这起案件中，凶手用催眠手法杀人，令人防不胜防。本市去年也曾发生过催眠杀人的命案。'催眠'二字一度令人谈虎色变。你曾经两次和凶手正面交锋，对方的催眠术对你似乎毫无作用。你能不能向大家传授一些经验，到底该如何防范这种邪恶的催眠术呢？"

朱思俊铿锵有力地说道："保持内心的强大力量，坚定信念，坚守自我。只要做到了这几点，就没有人能够蛊惑你。"

罗飞站在不远处暗暗摇头。如果对抗催眠真的这么简单，自己又何至于要依靠药物入睡？

"这家伙说得轻松，我看他只是运气好罢了。"小刘凑过来，压低声音嘀咕了一句。

罗飞看看自己的助手，半开玩笑地说道："你好像不太服气啊？"

"当然不服气。"小刘斜眼看着春风得意的朱思俊，"我们辛苦那么多天，最后好事都让他一个人占尽了。现在搞得跟英雄模范一样，哼，半年前那事的责任就没人提了？"

半年前涂连生受辱事件正是一连串命案的导火索。朱思俊作为当时的现场处理警员，渎职之责难以推脱。但他现在俨然已属丝逆袭，完成了一次华丽的人生反转。

"你也别不服气，人家走到这一步也不完全靠运气。"罗飞微笑着问小刘，"最简单的，让你去吃屎，你吃得了吗？"

小刘沮丧地摸着自己的鼻子，不说话了。

"尽快把结案报告写出来吧。"罗飞在小刘肩头拍了拍，特别嘱咐道，"对李凌风的个人背景还得查得细致一点，现在的资料不够翔实。"

小刘说了声："明白。"现在的证据足以认定李凌风的作案事实，但是这么大的案子，嫌疑人的个人经历、作案心理之类的背景资料也不可或缺。这块将成为警方收尾工作的重点。

谁也没有想到，原本以为只是例行公事的调查，竟又有了令人意外的发现。

下午时分小刘急匆匆闯进了罗飞的办公室，一进屋他就咋呼呼地喊道："原来李凌风就是'顺水推舟'！"

"什么？"这话没头没脑的，不怪罗飞听不明白。

小刘把怀中的一台笔记本电脑放在桌上，他翻开屏幕转到罗飞面前："你看看这段聊天记录，是不是很熟悉？"

罗飞凝目端详，却见屏幕上显示着一来一回的对话：

……

顺水推舟：最近生意怎么样？

宠物乐园：还是不太好啊，你提的那几个促销方法我都用过了，一开始有点效果，但过个两三天就不行了。

顺水推舟：你得坚持，凡事都不会那么容易的。

宠物乐园：你就会说坚持坚持，说实话，我对你已经没什么信心了。

……

看了这几句罗飞已经想起来了，这段记录曾在"愤怒的犀牛"和萧席枫的网络通信中出现过。其中"宠物乐园"就是李小刚的网名，而"顺水推舟"则是帮李小刚出谋划策的一个网络推手。

"这不是李小刚筹划拦车行动时的那段聊天记录吗？"罗飞品出了个中滋味，"你刚才说，李凌风就是'顺水推舟'？"

"没错！"小刘兴奋地说道，"这台笔记本电脑就是李凌风的。我登录了他的网聊账号，本来只是随便看看，没想到却发现了这么个大秘密。"

"这么说李凌风就是鼓动李小刚去拦车的那个幕后推手？"

"就是他！这个身份也和我们的调查相吻合。"小刘的语速过于急迫，气息有些倒不上来，他只好停下来调整了一下，然后又详细说道，"根据我们的调查，李凌风从事的职业正是所谓的'网络推手'——就是帮人在网络上煽风造势，做宣传，做推广。三年前他曾供职于北京的一家网络营销公司，据当年的同事评价：这个人自视甚高，总觉得自己很了不起，有点怀才不遇的意思。他的脑子确实也挺活络，总能想出不错的点子，但这个人胆子太大，经常会做出些出格的事情，公司也不太敢用他，就找了个理由把他给开了。后来李凌风就一个人出来单干，倒也捧红过几个网络名人，但都是些负面的形象。他的理念是，不管正面负面，出名最重要。只要出了名，就能吸引眼球，就能创造经济效益，甚至就能拥有可以引导舆论的话语权。"

听到这里，再联想到李凌风强烈的表现欲望，罗飞明白小刘的思路了："你的意思是，李凌风制造出这一系列的案件，他的目的并不是要给涂连生伸张正义，他只是要让自己出名？"

"他能伸张什么正义？他自己就是那起拦车事件的始作俑者！"小刘先是反问了一句，然后又侃侃而言，"可以设想，李凌风被公司除名之后，一直都混得不温不火，他对这种现状极其不满。他需要策划一个大方案，大到要让自己获得全世界的瞩目。于是他就利用了涂连生受辱自杀这件事，因为这件事本身就充满了争议，足够吸引世人的眼球。他先是用催眠的手法杀人，然后又故意被捕，借警方的力量打开了媒体渠道，还有制造囚禁张怀尧的案件，包括提出吃狗屎这样荒唐的要求……这些行为都围绕着一个核心目的——就是要让自己出名！只可惜他有点聪明过了头，最后把自己的小命都玩掉了。"

按照小刘的这套思路理下来，李凌风的种种怪诞行为确实都能得到解释。罗飞很想表扬对方几句，但一时又不愿轻言，因为他有一种奇怪的直觉。

李凌风就是鼓动李小刚去拦车的幕后推手，这个线索的确令人惊讶。它给案件带来的意义或许还不止小刘想象的这么简单！这种直觉堵在罗飞心头，就像是画了个圆圈，虽然提笔落笔都很顺畅，但最后还是留着个小缺口未能圆满。

可是罗飞自己也说不清这个小缺口到底差在何处，所以他只能半眯着眼睛，沉吟不语。他的视线焦点开始游离，面前的那个电脑屏幕变得模糊起来。

小刘知道罗飞已陷入沉思的状态，他不想打扰对方，便坐下来静静等待。

时间慢慢流逝。电脑屏幕忽地一跳，聊天的界面消失了，变成了一幅图画。罗飞的视线被吸引过去，他看到了一张色彩浓重的照片，照片上出现一个光头男子，那人的双手向两侧摊开，洁白的衬衫上沾满了血污。

罗飞的第一印象并不觉得这张照片和案件有什么关联，照片上的光头男子是个外国人，而且从照片的色彩和构图来看，那明显是一张电影剧照。

两三秒钟之后，光头男子渐渐隐去，另外一张剧照浮现出来。原来是电脑自动切换到了屏幕保护程序，这些剧照正是李凌风设置好的屏保图片。

罗飞的视线又开始游离，那些剧照慢慢模糊。可是突然之间却有几个汉字钻进了罗飞的眼帘。这几个汉字如同锥子一般扎进来，刺得罗飞情不自禁地大叫了一声："啊！"

"怎么了？"小刘凑过来，满脸急切地问道。根据他的经验，罗飞若出现这样的反应，必然是想到了某些重要的事情。

罗飞瞪大眼睛看着电脑屏幕："那些字呢？哪去了？"

小刘顺着罗飞的视线看去。哪有什么字？屏幕上只有一张电影剧照，剧中场景是一间破败的小屋，屋里有一张单人床，一个男子躺在床上，全身上下都蒙着白被，气氛有些诡异。

"有字，刚才还在那里！"罗飞指着电脑屏幕，非常确定地说道。

"哪儿啊？"小刘下意识地动了一下鼠标。剧照消失了，屏幕上又出现聊天的界面。

"被你弄没啦。"罗飞有点着急，"我要看刚才的屏保！"

"哦。"小刘启动了控制面板，直接把设置好的屏保图片从后台调了出来。

"不是这张，换！"罗飞指挥着小刘，接连翻过了四五张，他终于大喊一声："停！"

和先前看到的剧照截图不同，这是一张经过剪辑设计的海报，从色调和画面风格来看这张海报以及所有的剧照都是出自同一部电影。

海报的主体画面是两张男人的脸，每个人的额头上都印着一串英文字母，左边是"Brad Pitt（布拉德·皮特）"，右边是"Morgan Freeman（摩根·弗里曼）"。

在两张脸交界的过渡区域，从上往下排列着一组中文词语：

容貌

女色

金钱

美食

名气

伪善

仕途

中文词语的正下方是一个加大加重的英文单词:"Se7en"。

再下方还有一行小字:"Seven deadly desires. Seven ways to die."

"这只是一张电影海报吧?"小刘一时间看不出什么玄机。罗飞不得不提醒对方:"一张英文海报上,怎么会出现中文词语?而且那些词的寓意……难道你真的想不明白?"

小刘愕然怔住。他终于跟上了罗飞的思维,顿时有一股阴森寒意直冲脑门。

02

张怀尧坐在火车站附近的一家肯德基餐厅内,他的面前只有一杯可乐。他并不是不饿,只是他实在没有胃口。

前些天的经历仍让他感到恶心,他不愿再回忆那些东西,逃避或许是最好的方法。所以他准备继续展开自己的旅行计划,他要找一个清静的地方,那里没人认识自己,更没有讨厌的记者和那些乱七八糟的传言。

在龙州张怀尧已成为家喻户晓的人物。即便戴着大大的墨镜,他也要找个偏僻的角落,以防被人认出。

现在这张桌子紧邻着卫生间,很少有人愿意坐在这里。张怀尧捧着饮料杯,为自己留在龙州的时光做着倒计时。

预定班次的火车还有一个小时就会进站。随后他将辗转前往西藏,旅程结束后直接飞赴美国求学。如果可能的话,他再也不想回来。

张怀尧默默享受着属于自己的这份孤独，直到一个女人走过来坐在了他的对面。

这是一个相貌平平的女人，三十多岁的年纪，看起来就像是街头随时会遇见的那种家庭妇女。

张怀尧很奇怪对方为什么要坐在这里，店堂里明明还有好几张单独的空桌。他本来想提醒对方一下的，但他随后看到女人身边还停放着一辆儿童推车，他便打消了这个念头。

或许对方只是想带宝宝用一下店里的卫生间，因为这个位置最近，所以临时停留一会儿吧。张怀尧暗自猜测，同时他凝起目光向推车内看去。

推车被平放成一个睡篮，有个孩子正躺在其中，他一动不动的，看样子应该是睡着了。一块薄薄的毛巾被盖在孩子身上，几乎从头蒙到了脚。那孩子还戴着一顶睡帽，只有一双眼睛暴露在外。虽然是紧闭的状态，但可以看出孩子的眼睛很大。

对面的女人注意到张怀尧的眼神，于是她也转头看向童车内的孩子。她的目光几乎痴迷。

在每个女人眼中，自己的孩子都是世界上最完美的那个。但张怀尧还是很少见到一个母亲会对自己的孩子露出这样的眼神。

那眼神中的情感已经不仅仅是喜爱了，那是一种全身心的、近乎于崇拜的忘我状态。

张怀尧相信那女人对孩子一定非常溺爱，现场的某个细节就能印证。

从身形看这孩子应该有三四岁了，这个年纪的孩子出门还要睡在童车里，而且在夏天也穿戴得如此严实，可见做母亲的对他有多呵护。

女人这时又转过来看着张怀尧，她主动打了个招呼说："你好。"

张怀尧也回了句："你好。"

"你喜欢养狗吗？"女人忽然问了一句。说话的同时她露出一丝微笑，不知道为什么，那笑容看起来有种怪怪的感觉。

张怀尧愣了一会儿，答道："是的……我养过。"

"我也养过狗,是一条小贵宾,"女人的笑容愈发灿烂,"那条狗总喜欢舔我的脸颊,你知道为什么吗?"

张怀尧皱着眉头不说话。

女人却无视对方的反应,她自顾自地继续往下说:"因为我总喜欢睡懒觉,我的狗就用这种方式来叫我起床。你知道吗?如果有只狗在你睡着的时候舔你的脸颊,那说明它非常非常关心你。它看你睡得太久了会担心的,所以它就用舌头来感受你的气息,判断你是不是还活着。"

张怀尧瞪大眼睛看着对方,他的气息变得急促起来,然后他怔怔地问道:"狗舔人,难道就没有其他原因了吗?"

"其他原因?"女人显出茫然的表情,"什么原因?"

"比如说,"张怀尧艰难地开口道,"它其实是想吃了你……"

"怎么可能呢?"女人惊讶地叫出声来,"一只狗怎么可能想吃自己的主人?我只听说有许多狠心人会吃掉自己养的狗呢!"

张怀尧的胃部翻腾起来,他感觉非常不适,想要离开时,双脚却似被钉住般无法挪动。

女人再次转头向童车内的孩子看了一眼,然后她轻声说了句:"是的,我该走了。"

女人起身推起童车向店外走去。她没有和张怀尧告别,路上更没有回头,仿佛刚刚和自己说话的那个人从来就不曾存在。

03

"你刚才看了一部电影,名字叫作《七宗罪》?这事和案子有关系吗?"鲁局长看着罗飞,神色略有些诧异。他不明白对方急匆匆找到自己,为何一开口就谈起了电影?

"关系非常密切,"罗飞极为郑重地说道,"其实您最好能亲自看一遍,但现在时间紧迫……我先大概给您讲一讲吧。"

鲁局长点点头,洗耳恭听。

"这是一部描写连环杀人案的美国电影,凶手根据天主教中规定的七宗罪名来杀人,以达到惩戒世人的目的。"简单概括之后,罗飞开始讲述关键性的情节。

"案件中的第一个受害人是个胖子,他被逼着不停吃东西,一直吃到胃部爆裂为止,凶手在案发现场留言,揭示出此人的罪行是'暴食';第二个受害人是一个律师,他被迫割下了自己的一块肉放在天平上,最后因失血过多身亡,他的罪名是'贪婪';第三个受害人的罪名是'懒惰',他被绑在床上,整整一年无法动弹,最后成了一个活死人;第四个受害人是个妓女,她的罪名是'淫欲',她死得很惨,因为凶手逼迫一个嫖客在下体装上刀子和她性交;第五个受害人是个漂亮的模特,她被割掉了鼻子,脸蛋也被毁容,最后她宁可吃安眠药自杀也不愿打电话求救,因为她太骄傲了,无法接受自己变成一个丑八怪的事实,而'骄傲'正是凶手强加给她的罪名。"

说到这里罗飞停了下来,他用目光注视着鲁局长,似乎在等待对方的反应。

鲁局长已经听出些名堂了:"难道李凌风就是受到这部电影的启发而作案?"

"正是这样!"罗飞向鲁局长递上两张打印好的图片,"您可以看看这两张图,第一张是电影的原版海报,第二张是李凌风给自己电脑设置的壁纸。"

鲁局长戴上眼镜仔细端详:"唔……画面都一样,不过图上的配文好像有所区别。"

"最上面是两个主演的名字,无关紧要。"罗飞凑上前,伸出手指在画面上指点着,"最关键的区别在于中间这些词组。原版海报上是一组英文,从上往下依次为:*Gluttony*、*Greed*、*Sloth*、*Envy*、*Wrath*、*Pride*、*Lust*,翻译成中文就是暴食、贪婪、懒惰、嫉妒、暴怒、骄傲、淫欲,也就是天主教教义中所提到的七宗罪;而在李凌风修改过的壁纸上,相应位置则出现了一列中文词组,分别是:容貌、女色、金钱、美食、名气、伪善、仕途。再往下有个粗体英文,看起来像是单词

'Seven'，但是中间的字母'v'变成了数字'7'，这是电影的原版片名，在两张图上都是一样的。最下方还有一行英文小字，这里又有区别了，原版海报上是：'Seven deadly sins. Seven ways to die.'翻译成中文就是：'七宗死罪，七种死法。'而李凌风修改过后变成了'Seven deadly desires. Seven ways to die.'翻译成中文则是：'七种致命的欲望，七种死法。'"

罗飞这段话讲完之后，电影和龙州系列命案之间的关系已昭然若揭。鲁局长摘掉眼镜总结道："所以说李凌风完全就是在模仿电影中那个凶手的杀人过程，只不过他把天主教中的'七宗罪'改成了自己所定义的'七宗欲'。"

"没错。"罗飞重重地叹了口气，忧心忡忡。

"如果让他计划得逞，那意味着一共有七个人要死去。"鲁局长感慨道，"还好我们及时阻止了他。"

罗飞露出苦笑："不，我们并没能阻止他，他的计划仍然在继续推进。"

鲁局长先是一愣，随后又连连摇头："这怎么可能？李凌风明明已经死了。"

罗飞用低沉的声音说道："他的死，也是计划的一环。"

"什么？"鲁局长眯起眼睛，他完全不理解对方的意思。

"这个计划是和电影里的情节相呼应的。"罗飞又开始讲述那部电影，"电影里的那个凶手杀死模特之后，主动来到警局向侦探自首，而这时他刚刚完成了五宗罪。随后有快递员给侦探送来了一个盒子，盒子里竟然装着侦探妻子的头颅。愤怒的侦探情绪失控，他开枪打死了那个凶手，而他自己也因此锒铛入狱。"

鲁局长听得一脸困惑："这段情节是什么意思？"

罗飞向对方解释说："凶手利用侦探完成了自己的计划。他出于嫉妒的心理杀死了侦探的妻子，所以他自己就是'嫉妒'这宗罪名的载体；而侦探开枪打死了凶手，于是也犯下了'暴怒'的罪名。所以凶手是利用自己的死亡最终完成了七宗罪的惩罚。"

这下鲁局长听明白了，他随即展开联想："你的意思是，李凌风也是主动求死？因为他自己也犯下了那七宗欲望之一？"

罗飞点头道："没错，李凌风的欲望就是名气。他当了好多年的网络推手，认为出名比什么都重要。半年前正是他策划了拦车救狗的行动，所以他本身也要对涂连生的死亡负责。"

鲁局长的表情变得严肃起来，他又戴上了眼镜，拿起那张壁纸再次端详。片刻后他沉吟着说道："这么说的话，朱思俊对应的欲望应该就是'仕途'？"

"是的。"随后罗飞又一口气把所有的受害者都点了出来，"除了他们两个，张怀尧的欲望是'伪善'，赵丽丽的欲望是'容貌'，姚舒瀚的欲望是'女色'，李小刚的欲望是'金钱'，林瑞麟的欲望是'美食'。他们每个人都因为自己的欲望而死。"

鲁局长沉默着，眉头紧锁。半晌之后他才抬起目光，用探讨的口吻对罗飞说道："我觉得你的分析基本正确，但是对于本案的现状或许不用那么悲观。我提两点看法供你参考。第一是对李凌风的心理分析。要知道那部电影是带有宗教色彩的，西方人可以为了信仰而放弃生命，可是有什么力量能够支持李凌风作出类似的牺牲呢？第二则是针对案情本身的。朱思俊撞死李凌风这件事，在中国不但无过，而且有功，所谓惩罚计划在这一点上就行不通。另外张怀尧不是也被我们救出来了吗？这也能证明嫌犯的计划已经破产。我的意思是，李凌风也可能就是真的被撞死了，这件事并不在他的计划内。"

"也可能吧……"罗飞并没有完全否定对方，但他随即又道，"但出于谨慎的考虑，我们应该要作最坏的打算。"

"嗯。"这个态度鲁局长也是赞成的，他便看着对方问道，"那你接下来准备怎么做呢？"

"首先要把张怀尧和朱思俊保护起来，然后找催眠师给他们做辅导，一定要彻底排除隐患。"

鲁局长想起了什么："你好像已经给张怀尧做过催眠了吧？"

"是做过一次。"罗飞道，"但当时并不知道事态这么严重，所以再做一次也不多余。"

鲁局长点点头:"那你就着手安排吧。"

"已经开始安排了。我让小刘去接朱思俊,不过张怀尧这边……可能还得由您出面协调一下。"

"怎么了?"

"张怀尧出院之后就更换了手机号,现在我们没办法找到他。听说只有张书记知道他最新的联系方式。"

"我明白了。我这就给张书记打电话。"鲁局长一边说一边拿起了桌上的电话听筒,他拨了一个手机号码。片刻后电话接通了。

"张书记,我是老鲁啊。对,我问一下张怀尧新换的手机号是多少……哦,没什么大事,就是刑警队这边做个例行回访。好的,您说,我记一下。"鲁局长冲罗飞使了个眼色。罗飞并没有去准备纸笔,他全凭脑力记下了对方报出的那串数字。

等鲁局长挂断电话之后,罗飞立刻便开始拨打新记下的那串号码。振铃响了很久之后才有人接听:"喂?"

罗飞一听就知道这不是张怀尧的声音,于是他开口便问:"你是哪位?张怀尧呢?"

对方反问道:"你是谁?"

"我是刑警队罗飞。"

"是罗队长啊,"对方在电话那头打了个招呼,"我是车站派出所周琪啊。"

"周所长?"罗飞有些奇怪,"这是不是张怀尧的手机?"

"我也不知道啊,死者的身份还没确认呢。"

"死者?"罗飞的心蓦然沉了下去,"你说什么死者?"

"我们这边刚出了一起事故,有人跳轨自杀。我正在清理现场呢,这部手机就是从死者身上找到的。对了,你怎么会打这个电话?"

"现场先别动了,等我过来处理!"罗飞急匆匆说道。事态恶化得如此之快,他的额头瞬间已渗出一层细密的汗珠。

04

张怀尧死的时候现场有很多目击者,他们对事发过程的描述基本一致。

下午三点三十分左右,张怀尧来到龙州火车站的二号站台。他远离人群走到站台的远端,独自看着天际发呆。

三点四十分,一辆列车经二号站台进站。当车头行驶到距离张怀尧不足十米之处时,他忽然纵身跃下了站台。列车来不及制动,车头从张怀尧身上压了过去。

得知死者是市委张书记的公子,车站的相关人员都有点焦虑。周所长更是急得直拍胸脯:"我打包票,绝对是自杀的,因为出事的时候方圆十米内一个人也没有。"

罗飞也知道是自杀,但他相信这事并不是出自张怀尧的本意,一定有某种邪恶的力量侵入了这个大男孩的精神世界。

这时有一辆尾号001的小轿车驶上了站台,众人一看就知道是张辰闻讯赶来了。

"你把现场秩序控制一下,让围观的人都散了。另外千万不要把记者放进来。"鲁局长对周琪嘱咐了几句,然后便向着那辆轿车迎过去。

轿车停在了警戒圈外,张辰一脸悲戚地下了车。

鲁局长挡在对方身前劝道:"张书记,现场您就别看了……"

张辰没有说话,他伸手把鲁局长推到一边,决然向着圈内走去。他一步步地走到了站台边缘,眼前的惨状让他天旋地转。

铁轨上卧着一具分解崩离的尸体,已全然没了人形。

张辰浑身的肌肉全都僵硬了,只有嘴唇在急速地颤抖着。四五秒钟之后,他的身体忽然间失去了平衡,斜斜地向着侧后方倒去。

张辰的司机一个箭步上前扶住了领导的身体,同时四周响起一片此起彼伏的喊声:"张书记!张书记!"

张辰挥挥手说了声："我没事。"然后他强撑着又站了起来。他的视线紧盯着铁轨上的那堆肉块，泪光在深陷的眼窝中隐隐闪烁。

看着这番场景，罗飞心中就像是压着一块大石头。在他面前的这个人现在并不是什么市委书记，而是一个悲伤的父亲，一个心碎的老人。

罗飞喃喃自语从口中吐出了三个字："对不起……"

张辰循声转过头来，他看了罗飞一眼，然后惨笑着说道："不用自责……你们已经尽力了。只是这孩子自己太脆弱，他没能过得去这一关……"

罗飞还想说些什么，却被鲁局长用眼神及时制止。后者随即对张辰的司机说道："快扶张书记上车休息吧。"

"张书记，请您节哀。"司机低声劝慰着张辰，同时轻拉了一下对方的胳膊。这次张辰没有坚持，他跟着司机离开了现场。

鲁局长往罗飞身旁踱了两步，压低声音嘱咐："现在情况还不明朗，多余的话先不要说。"

罗飞一怔，片刻后才明白对方的用意。

在张辰看来，龙州警方已经完成了营救张怀尧的任务，现在发生的惨剧只是因为儿子自身没能走出阴影。但如果罗飞把那一番"七宗欲"的猜想说出来，情况可就完全变了，如果张怀尧的死亡也是出自于凶手的谋划，龙州警方至少要承担办案不力的失职之责。

罗飞苦笑着摇了摇头。他知道自己虽然侦查探案不甘人后，但在政治敏锐性上比起鲁局长实在是差了太多。

送走张辰之后，罗飞和鲁局长也没有在现场逗留太久。他们得到消息，小刘已经把朱思俊带回了刑警队。于是众人立刻驱车匆匆返回。

朱思俊端坐在会议室中，暂时安然无恙。现在他已是"七宗欲"杀人计划中唯一的幸存者。

罗飞把当前的形势向朱思俊详细讲述了一遍。后者听完之后却不担忧，他反倒冷笑着问罗飞："罗队长，你为什么处处都要针对我呢？"

罗飞被问得一愣："我什么地方针对你了？"

"你东牵西扯地说了这么多，连美国电影都搬出来了，真正的用意难道别人听不明白？"朱思俊的目光在会场里扫了扫，又道，"好吧，那就让我来翻译一下。罗队长要对我说的无非就是这几句话：你根本不是什么英雄，你被李凌风利用了；你不但没有救下张怀尧，反而害他丢了性命；就连撞死李凌风这事都是错的，你简直就是在帮助嫌犯完成计划。"

自己的警言竟然被对方如此解读，罗飞有种哭笑不得的感觉。他只能咧着嘴说道："我不管你怎么想，我只是在分析案情。现在其他人都已经死了，你的处境也非常危险。"

朱思俊愤愤反问："我有什么危险的？难道我要害怕一个死人？我看我的危险不是来自于李凌风，而是来自于某些居心叵测的同僚。"

一旁的小刘忍不住了，他指着朱思俊的鼻子问道："你这话什么意思？我们有什么理由要害你？"

朱思俊冲着罗飞翻了翻眼皮："罗队长，你不是找人给张怀尧做过心理治疗吗？为什么他还是自杀了？这事有没有你的责任？"

对这个质疑罗飞并没有回避，他坦承道："有。"

朱思俊便又追问："那你现在扯出这么一段荒诞的理由来，难道不是要为自己开脱吗？"

"不是。"罗飞给出坚定的回答。他紧盯着朱思俊的眼睛，试图看穿对方的内心世界。

短短几天之内，朱思俊从一个郁郁不得志的交警变身为世人瞩目的英雄，而他原本怯懦的性格也变得霸道跋扈起来。在这番变化的过程中，罗飞分明感受到一种正在急速膨胀的欲望。

罗飞开始反思警方节节败退的原因，他们面对的不仅是一个算无遗策的凶手，更可怕的是受害者心中那些失控的魔鬼。

凶手并不需要和警方正面作战，他所做的只不过是将那些魔鬼释放出来，然后目标便会被自己的欲望所吞噬。

"你们都控制一下情绪！"一旁的鲁局长终于站出来主持局面了，他看着朱思俊为罗飞辩解说，"罗队长在提出'七宗欲'分析思路的时候，他还不知道张怀尧自杀的消息，所以你不要说他是自己开脱责任，这不存在!"

朱思俊还不敢和鲁局长唱反调,但他仍然坚持说:"反正我不相信这个分析。我也不会接受任何人来给我做催眠。"说到这里他略微一顿,又语带讥讽地冷笑道,"嘿嘿,张怀尧倒是接受了催眠术,结果又怎样?"

"没有人要勉强你。如果你真的不愿意接受催眠治疗,"鲁局长看着朱思俊说,"那你就先回队里去吧。小刘,你送一下。"

"鲁局长……"罗飞神色焦急,似要阻止什么。但是鲁局长冲他挥了挥手,态度坚决。

朱思俊站起身,只和鲁局长打过招呼便扬长而去。小刘似乎被对方气着了,本不愿去送。但罗飞催促道:"你得跟着,路上别出了什么岔子。"小刘这才起身跟上。

待二人走远之后,罗飞非常不解地问鲁局长:"怎么让他走了?"

"那还能怎么样?难道要把我们的英雄扣押起来?"鲁局长无奈地摊着手,"强制措施肯定是行不通的。既然他不愿意配合,你们就悄悄进行吧。"

罗飞听懂了对方的意思:"你是说,暗中实施催眠?"

"这个能做到吗?"

"要做一些设计,"罗飞接着又道,"不过现在首先要确保朱思俊的安全。"

鲁局长"嗯"了一声:"就让小刘盯着他,寸步不离。"

"晚上睡觉怎么办?"

鲁局长想了一会儿,道:"我和交警队那边打个招呼,安排朱思俊这几天值夜班;白天也不准他回家,就叫他住集体宿舍。"

"好。"罗飞暂时放了心。

"你赶快设计个催眠方案出来。万一朱思俊再出了什么意外,那警方可就真的是一败涂地了。"在罗飞起身欲走的时候,鲁局长又特意叮嘱他,"这些事暂时不要对其他人说起,否则会对我们的工作不利,你明白吗?"

罗飞点了点头。他知道鲁局长还要考虑很多案情之外的问题，这也正是对方纵容朱思俊的原因吧。

05

晚饭后罗飞拜访了萧席枫，他希望能够得到对方的帮助。

"如果对方不愿配合，催眠的难度确实会比较大。"萧席枫针对罗飞的要求展开分析，"主要是他已经认识我了，我很难再接近他。"

罗飞道："我们有专门的技术人员，可以给你做伪装。"

"哦？能做到什么效果？"

"除非是面对面地细看，一般不会穿帮。"

"嗯，这倒是可以……"萧席枫沉吟了一会儿，又道，"还得设计一个能够接近他的情境，必须让他毫无警惕。"

罗飞其实也在考虑这事，他掏出手机给小刘拨了个电话，接通后问道："你那边情况怎么样？"

"别提了，"小刘蛮不情愿地抱怨道，"那家伙对我的态度就像是八辈子的仇人。我这哪是保护他呢？跟装孙子一样。"

"现在说话方便吗？"

"方便。他在前头巡逻车里，我开自己的车跟着。"

罗飞表明意愿："我们现在有个计划，想暗中对朱思俊实施一次催眠。你注意观察一下他的生活习惯，看看有没有可以利用的机会。"

"罗队啊，这活你换个人来吧。"小刘叽咕着说道，"我可不想再跟着这家伙了，当警察这么多年，就没受过这份气！"

"这是任务，哪有讨价还价的？"罗飞的口吻变得严肃起来，"受不了这份气？那以后让你当个卧底什么的，你也死活干不了是吧？"

小刘被训得不敢吭声了。

"你态度好一点，哄着他点。"说到这里罗飞又换语气给助手找了个台阶，"等这个任务完成了，我请你好好喝一顿。"

"那行！"小刘利索地应了一句。他年轻好酒，但是办案期间是不允许饮酒的，所以已经憋了好多天了。

罗飞挂断了电话，一旁的萧席枫有些担忧地问道："没事吧？"

"没事。"罗飞"呵呵"一笑，"小刘是个直脾气，嘴上爱牢骚，但交给他的任务绝不会含糊。"

小刘也用实际行动印证了罗飞的信任。凌晨时分他给罗飞回了个电话，那时后者刚刚躺下，还没有睡着。

"罗队，你说的方法还真管用。"小刘的语气听起来有些兴奋。

"怎么了？"

"我按你说的哄了朱思俊几句。夸他是英雄，以后肯定前途无量什么的，把这家伙夸高兴了。现在他愿意和我们谈一谈。"

"哦？"罗飞感觉有些意外，"谈什么？"

"具体还不清楚。他一定要等你过来再开口。"

"那我这就过来。"罗飞一边起身一边问道，"你们在哪里？"

小刘回答说："在扬子江路上，过刘集镇那个路口往南大概再走五百米吧。"

罗飞随口又问了一句："你们在那儿干什么呢？"扬子江路是龙州市郊外的一条国道，位置很偏僻。

"朱思俊不是下班了吗？他说要找个安静的地方聊聊，我就把车开到这儿来了。"

那个地方离朱思俊上班的南绕城高速确实不远。罗飞本想说要安静干吗不直接开到刑警队来，但一转念又觉得朱思俊的情绪很不稳定，如果说到刑警队他可能又改变主意了。算了，还是自己勤快点吧。

于是罗飞便出门开上车奔着扬子江路而去。虽然目的地比较远，但深更半夜的道路畅通，大概半小时也就到了。过了刘集镇路口之后罗飞放慢车速，他一边开一边向两旁寻觅，很快就发现小刘的车就停在不远处的路边。

罗飞把自己的车也在路边停好，然后下车向着小刘那辆车步行而去。到了近前只见车灯车门都关着，小刘和朱思俊二人却不见踪影。

罗飞拉了拉车门，发现上了锁。他便扭头往四下里搜寻，同时高声呼唤："小刘？小刘？"

深夜的国道黑暗幽静，罗飞的声音传出很远，却无人应答。

罗飞皱起眉头，他掏出手机开始拨打小刘的号码。刚刚按下呼叫键便听到不远处有手机铃声传来。罗飞心中疑窦顿生，他循声来到路边探头张望，只见黑暗中有一星点的荧光正在路基上闪烁。

罗飞知道那就是小刘的手机。他走下路基把那只手机捡了起来，然后又凝目向四处搜寻。

路基下方是连绵的农田，大片大片的水稻在夜风中黑压压地摇曳着。罗飞忽然看到田埂上躺着个人，他连忙赶了过去。到近前借着月色一看，这个躺倒不动的男子正是小刘。

罗飞心头一沉，他低唤了声："小刘！"同时蹲下身将手指探在了对方的口鼻之间。这一探之下顿时如坠冰窟，小刘竟已没了气息！

罗飞又惊又痛，正悲愤难抑之时，却听右首不远处又传来了一声呻吟。这呻吟声既微弱又痛苦，听来就像是一个垂死者临终前的叹息。

罗飞暂且放下小刘的尸体，循着呻吟传来的方向找去，很快看到朱思俊也躺在田埂上——他的左手捂住心口，右手无力地耷拉在杂草中，两眼微闭，看起来已奄奄一息。

罗飞在朱思俊面前半蹲下来，他一边急迫地询问："怎么回事？"一边拉开对方的左手想要查看一下伤势。

就在这时，朱思俊的右手忽然急速地挥动起来，随即有件硬物狠狠地砸在了罗飞的后脑。罗飞的身体微微一晃，他强撑了半秒钟，最终还是硬挺挺地歪倒在一边。

也不知过了多久，罗飞从昏迷中苏醒过来。他的后脑伤处传来火辣辣的痛感，思维混沌不知身在何处。他只能下意识地闷哼了两声。

"罗队长，你醒了？"有人冷冰冰地问候了一句，罗飞辨出那正是朱思俊的声音。随后他的神志略有恢复，渐渐想起了遇袭的经过。他明白自己已中了朱思俊的暗算。

凝目四顾，自己正躺在汽车的后排椅上。罗飞认出这是小刘开的那辆车，车身有轻微的晃动，应该正处于行驶状态。

罗飞试着想要挣扎坐起，但他的上半身根本无法动弹，他意识到自己是被捆缚住了。随后罗飞转动手腕，在有限的空间内摸索了一下。他感觉到自己身下是一具僵硬的躯体。

罗飞心中一酸，如针刺般痛不可当。他知道那是属于小刘的躯体，这个年轻人已经永远失去了鲜活的生命，现在他的尸体正和自己背靠背地捆绑在一起。

"朱思俊……"罗飞嘶哑着声音喝问，"你做了什么？！"

"我做的任何事，都是被你们逼的！"朱思俊的脑袋从驾驶座上扭过来，恶狠狠地瞪了罗飞一眼。

"你杀死了小刘！"

朱思俊嘶吼着反问："谁叫你们不给我活路？！"

"小刘只是想保护你……"罗飞痛心地闭上了眼睛。他想起几小时前和小刘的那次通话，当时小刘已经明显感受到了朱思俊的对立情绪，自己却硬逼着小刘继续执行任务。他觉得是自己害死了小刘。

朱思俊兀自在咬牙切齿地诅咒着："保护我？这些漂亮话去说给鬼听吧！你们就是想害我。你们看不得我成为英雄，看不得我一个人盖过了整个刑警队的风头！你们名义上是要保护我，实际就是想把我拉下马，然后还要再泼一盆脏水，踩上一万脚！我不会让你们得逞的，既然到了这个位置，谁也别想再让我下去！"

对方呈现出一种近乎癫狂的状态，罗飞突然间明白了什么，他苦笑道："你入了魔……你已经被催眠了……"

"你总是这么自以为是吗？"朱思俊再次回头，他冷笑着瞥了罗飞一眼，"你总说我被人催眠了。可你看看，现在是谁在控制局势？又是谁被人捆成了虾米？"

"这一切都是李凌风的计划！"罗飞用尽力气大喊，想要将对方唤醒，"你再这样执迷不悟，最后只能害人害己！"

朱思俊不屑地"哧"了一声："你果然是什么都不懂。"

罗飞感觉到对方话中有话，便问："你什么意思？"

"真正控制局势的人是我!"朱思俊自鸣得意地怪笑着,"李凌风?他只不过是我的一块垫脚石。"

罗飞心中一凛:"难道你是故意把他撞死的?"

"那当然。我早就知道他要从地道逃跑,只要撞死他,就是大功一件。嘿嘿,这才叫计划,懂吗?如果看不到收益,谁愿意去吃那坨狗屎?"

罗飞听明白了,原来朱思俊自己也是阴谋的参与者!难怪他死活不肯接受催眠,他是害怕这些龌龊的事情暴露出来!罗飞倒抽了一口冷气,又问:"你们是什么时候串通在一起的?"

朱思俊却已失去了耐心:"我懒得跟你解释,到了阴曹地府你自己去问李凌风吧。"说完这话他猛踩了一脚油门,汽车加速向着前方驶去。

罗飞知道对方已经不准备给自己留活路了,他必须尽快想出自救的方法。

"你也太小看我们刑警队了。"罗飞突然间说了一句。

"是吗?"朱思俊用讥讽的口吻反问,"刑警队长命在旦夕,你说我该如何高看你们?"

"你以为杀了我就能过得了这关?你很快就会被抓住的,因为你杀人的手法一点都不专业,必定会留下大量的线索。"

朱思俊悠然道:"那你就从专业的角度说说吧,我应该怎么杀了你才好?"

沉默了片刻之后,罗飞说道:"你会把这辆车开进水里。"

"哦?"朱思俊的声音听起来有些惊讶。罗飞知道自己猜对了,便继续说道:"因为这辆车上的线索太多。把车开进水里,人和车全都消失了,这事就成了一桩无头案,想查也无从下手。"

"没错。"对方既然已经说破了,朱思俊也就不再遮掩,"我正在往南明山开,那边紧挨着翡翠湖有条山路,是很长的一段下坡,中间有个急拐弯。只要找好角度,汽车就可以自己冲到湖里去。你知道我是怎么想到这招的吗?前几年我在城南大队当交警,曾经有一辆小汽车失控冲进了湖里，那一片湖水有十多米深，后来只是把车里的尸体捞上来了，那辆车至今还在水底沉着呢。你说还有谁能找得到你们？"

南明山，翡翠湖。这两个地方罗飞再熟悉不过了。那一片地处偏僻，路上的摄像头非常有限。而朱思俊身为交警，要避开这些监控根本不在话下。如果这计划被对方得逞，自己恐怕真的要沉冤湖底，永不见天日。

罗飞开始在脑海中勾画从扬子江路到南明山的行车路线，并且试图从窗外依稀闪过的画面来判断此刻所处的大概位置。与此同时，他还要尽量想法拖延对方的时间。

"你好像忘记了一件事。"罗飞忽地又冷笑道。

"什么？"因为刚刚被猜中了沉水的手法，朱思俊对罗飞的话不敢再忽视。

"你忘了我的那辆车。"罗飞说道，"那辆车停在扬子江路上，明天就会被人发现。警方在附近搜索一下就能找到你杀害小刘的现场。那里会有血迹，还会留下你的脚印。"

"谢谢你的提醒。"朱思俊"嘿嘿"一笑，"不过我已经想到这一点了。所以我把你的车往南又开出了五百米，虽然不算很远，但也足够超出你们刑警队的搜索范围吧。"

罗飞无声地苦笑了一下。他原本期待朱思俊回头去处理那辆车，这样就能给自己争取到很多变数。可惜这个机会已经不存在了。

汽车继续驶向前方。这时忽地有个路牌从车窗外一闪而过，罗飞一下子认出了这个地点，他心念一动，又有了一个新的主意。于是他轻轻地"哼"了一声，说道："你别得意得太早。即便你把我们连人带车沉入湖底，警方还是会找到我们的尸体。"

朱思俊搭茬问道："怎么个找法？"

"看来你对刑警队很不了解。你不知道吗？像小刘这样外出执行特殊任务的，身上都会带着GPS追踪器。"

"那又怎么样？我不信追踪器到了水里还能发出信号来。"

"到水里当然没用了，但之前的追踪信号在控制中心都能查出来。"

既然信号是在翡翠湖边消失的,警方当然会派出蛙人到水底找一找。"

朱思俊沉默了,他显然是受到了触动。片刻后他猛地打了一把方向盘,汽车偏离了原先的路径,拐向了另外一条岔路。这条路上不时有车灯闪过,显然比原先那条路要热闹了许多。

沿着这条新路又行驶了五六分钟,朱思俊把车靠边停下,然后他阴森森地问道:"追踪器藏在哪里?"

罗飞讥笑道:"我怎么可能告诉你?"

朱思俊不再多问,他下了驾驶室向着车后排走去。

"你们那点小把戏,以为能骗得过我吗?"朱思俊怒气冲冲地打开车门,站在罗飞的脚外。然后他弯下腰,一把将小刘左脚穿的皮鞋拽了下来。

朱思俊开始用手掰扯那只皮鞋的鞋跟,片刻后他觉得光用手不给力,干脆把皮鞋举起来使上了牙齿。这时远处有车灯照射过来,映出了他那张狰狞的面容。

鞋跟终于被咬开了,里面并没有藏着什么追踪器。朱思俊愤愤地把皮鞋砸在罗飞脸上,然后又弯腰去脱小刘右脚上的鞋子。

照射在朱思俊身上的车灯越来越亮,罗飞终于等到了合适的时机,他屈起双腿猛然一蹬,两脚正踹在朱思俊的双肩上。后者猝不及防,一个跟头向着车门外翻滚出去。

一辆卡车从罗飞眼前掠过,带起一片刺耳的刹车声。足足三四秒钟之后,刹车声才连同那辆卡车一齐停歇。

片刻之后,一个卡车司机慌慌张张地跑到罗飞的车门前。那是个四十来岁的男子,他先是往车内瞥了一眼,然后又语无伦次地问道:"这……怎么了……这是怎么回事啊?"

罗飞已恢复了冷静,他招呼对方道:"先把我身上的绳子解开。"

男子手脚酥软,费了半天劲才解开了捆绑罗飞的那根绳子。当罗飞从车厢里爬出来的时候,男子带着哭腔说道:"一会儿警察来了你可得帮我作证啊。这人突然就滚到路上来了。"

"我就是警察。"罗飞一边说一边向着不远处的卡车走去。很快他

邪恶催眠师2

看到了卡在车轮下的朱思俊,死状比昨天的张怀尧好不了多少。

卡车司机紧跟在罗飞身后,惴惴不安。

虽然从鬼门关转了回来,但罗飞此刻却并没有感到有多庆幸。他紧盯着朱思俊的尸体,恍若隔世。良久之后他才喃喃说了句:"终于完成了。"

"什么?"卡车司机往前凑了凑,不明白对方的意思。

"他的计划完成了。"罗飞仰起头看着黑压压的天空,幽然长叹道,"七宗欲……"

第十二章
隐形的复仇者

01

桌前只坐了两个人,却摆了三套餐具。三个杯子都已斟满了烈酒。

"喝吧。"罗飞只说了两个字眼圈已经红了,他举杯仰脖,一饮而尽。坐在对面的张雨也跟着喝干了自己的杯中酒。

"我答应你的,任务完成之后陪你喝酒。今天我们就喝个痛快。"罗飞对着身旁的空座说道,然后他端起第三个杯子。

烈酒再次滚过咽喉,烫得人血泪沸腾。

张雨将三个空杯子斟满:"兄弟,我也陪你一杯。"这次他喝了两杯,罗飞喝了一杯。喝完之后俩人都陷入了沉默。

良久之后却听罗飞问道:"小刘的尸检结果出来了吗?"

"致命伤在心脏,匕首扎的。肋骨里还卡着一截五厘米长的刀尖。"张雨看了罗飞一眼,神色颇为唏嘘,"你知不知道,小刘救了你一命。"

"嗯?"罗飞蓦然抬起头。

张雨说道:"断掉的匕首上能找到小刘的指纹,从发力状态来看,应该是小刘主动把刀刃撅断的。"

罗飞愣住了，他听懂了张雨的意思。

朱思俊把小刘骗到扬子江路，他先让小刘打电话把罗飞叫来，等电话挂断之后便突然用匕首发起了袭击。小刘猝不及防，被刺中了心脏要害。他知道朱思俊接下来还要对罗飞下手，所以拼尽最后的力气将刀刃在自己的肋骨间折断，这样一来朱思俊便失去了致命的武器。

没了匕首，朱思俊只好就地取材，后来他用一个砖块对罗飞实施了偷袭。那一击并未致命，只是让罗飞昏迷了一阵。

苏醒后的罗飞开始寻觅脱困的机会。他做了多次尝试，直到他看见了窗外的那块路牌，危险的局面终于有了转机。

罗飞认识那个路牌，他知道往前两公里会有一个路口。在路口继续直行将通往南明山，若拐弯则会进入另一条省道。这条省道是连接龙州和邻近县市的重要交通线，在夜间常有超载的卡车往来行驶。

于是罗飞就编了个GPS追踪器的由头，逼得朱思俊必须要停车排除这个隐患。他还告诉对方，这个追踪器能向控制中心发送行进过的路线。朱思俊当然不希望警方猜出他的目的地，所以他在销毁追踪器之前多半要拐到另一条岔路上去，借此来误导警方的视线。

一切正如罗飞的设计，朱思俊拐弯开上了那条省道。

接下来罗飞要做的就是把对方引到后排车门前。他故意不肯说出"追踪器"藏在什么地方，目的就是让朱思俊自己来找。

几天前朱思俊和李凌风同车而行，罗飞曾把一双藏有监听设备的皮鞋给朱思俊换上。所以当朱思俊要寻找"追踪器"的时候，他首先想到的肯定就是小刘脚上的那双鞋子。

朱思俊果然上当，他打开后排座的车门，俯身去脱小刘的皮鞋。罗飞瞅准机会将对方从车里踹了出去，一辆疾驰而过的卡车当场要了朱思俊的命。

纵观整个脱困过程，罗飞的智勇自救固然关键，但若没有小刘以肋骨断刀的壮烈举动，罗飞也会被同一把匕首刺杀，一切早已成为浮云。

罗飞想说声谢谢，可惜对方再不可能听见。他所能做的唯有含泪痛饮。

张雨也不胜唏嘘，同时他心中还有一个困惑未解。酒过三巡之后，他终于忍不住问道："你说这一切都是李凌风的计划？"

罗飞点点头，表情既愤怒又沮丧。

"可他怎么做到的？"张雨追问，"他已经死了，怎么能控制死后的事情？"

"因为他生前就已经做好了安排。"罗飞解答道，"那天在别克车里李凌风故意把自己的'逃跑方案'告诉朱思俊，目的就是要引诱对方把自己撞死。朱思俊以为李凌风死了就没人知道真相，可他不知道对方早已埋下了伏笔——这个伏笔就藏在李凌风的电脑中。当警方发现'七宗欲'的线索之后，必然要对朱思俊实施保护。朱思俊却把警方的关注看作一种巨大的威胁，为了保住自己的仕途，他不惜拼个鱼死网破。就这样他一错再错，最终万劫不复。李凌风的计划就此大功告成。"

"可是……"张雨略显犹豫地问道，"万一朱思俊得手了呢？我是说如果他把你也杀了，而且真的沉尸翡翠湖底，那李凌风的计划还能完成吗？"

"一样能完成。"罗飞苦笑着说道，"你想想，我和小刘同时失踪，朱思俊当然是首要嫌疑对象。当警方针对他展开调查时便会激起他更强烈的反弹。总之他已经走上了一条癫狂的道路，这条路的终点必然是覆灭。区别只在于这条路上到底会有几个无辜的陪葬者。"

张雨听懂了罗飞的意思，他颇为后怕地倒抽了一口冷气，愕然摇头道："为了仕途，一个人竟然能疯狂到这种地步……"

罗飞道："他自身的欲望本来强烈，再加上李凌风的蛊惑……"

"你是说朱思俊也被催眠了？"

"肯定的。他的行为已经不能用常理来解释了。"

张雨想了想，又问："那张怀尧呢？他为什么会自杀？"

"应该是李凌风事先设好了触发器，遇到特定的情况就可以引爆张怀尧的心穴。"

张雨犹豫着追问："你不是让萧席枫给张怀尧做过催眠吗？怎么……"

"只能说对方的手段更加高明。"罗飞顿了顿，又略带自责地说道，"当时我还不知道'七宗欲'的计划，以为李凌风死了案子就结束了，所以也没太重视，谁想到他还留着后招。张怀尧一死，警方肯定要死保朱思俊。而我们对朱思俊盯得越紧，后者的反抗就越剧烈。所以说每一步的棋都是对手精心设计好的。"

"太可怕了，真是算无遗策……好在他自己也死了。"张雨咋舌叹了两句后，忽地又想到另外一个问题，"可是他自己为什么要死呢？"

"他的死也是计划的一环啊。"

"就是说他为什么要用这个计划？完成'七宗欲'的惩罚对他能有什么特殊意义呢？连命都可以不要？"

之前鲁局长也提过这个问题。罗飞沉思良久后说道："最大的可能性还是为了出名。"

张雨撇着嘴不置可否："可是他不用死就已经很出名了。"

"在他看来还不够，也许他想让全世界都知道他的名字。"

"全世界？这有点夸张吧？"

"一点都不夸张，他的目标很快就会实现了。"罗飞喝了杯闷酒，然后开始解释，"《七宗罪》是一部非常出名的电影，在世界范围内流传很广。李凌风完美复制了电影中的犯罪手法，这事很快就会轰动世界的。"

"但是别人并不知道'七宗欲'的计划啊，这样就流传不起来吧？"

"他既然能在笔记本里给警方留下线索，难道不会在网络上给公众留下线索？"罗飞"嘿"了一声，"这个线索现在还没有爆发，那是因为最新的案情还没有泄露出去。等公众知道张怀尧和朱思俊真的都死了，你就等着看效果吧！"

张雨愣了一会儿，摇头道："他真是想出名想疯了！"

"没错，他就是个疯子，被自己的欲望逼疯了。"说完这句罗飞端起面前酒杯，一挥手道，"别聊这些了，还是喝酒吧。今天我们都要陪小刘喝个痛快！"

张雨也端杯，两人你来我往地喝起来。每次罗飞都要把小刘的杯子斟满，多出来的那杯酒也大部分落进了他的肚中。罗飞的酒量原本比张雨大，但这一次他却醉在了对方前面。

这一醉如泥，最后竟如死猪般睡去。再睁眼时天色已经大亮，罗飞发现自己正躺在办公室的小床上，他想了半天也没想起自己是怎么从饭店回来的。

罗飞想找个人问问，他拿起手机按了两下，准备接通的时候才意识到那竟是小刘的号码。多年来的习惯让他茫然一愣，心中苦涩难言。

良久之后罗飞才回过神来，这次他拨通了张雨的手机。对方开口便问："你醒了？没事吧？"

"头有点疼。"罗飞抬起左手在脑门上揉了两下，"我昨天喝了多少？"

"两个干掉一瓶，五十二度的。你比我喝得多，大概有六七两酒吧。"

罗飞咧咧嘴嘟囔道："那可真是喝多了。我喝醉了没发酒疯吧？"

"你这个人能发什么酒疯？哪怕喝醉了都比别人冷静。"张雨略带夸张地揶揄了罗飞两句，然后又道，"不过你昨天的预言可不准确。"

"什么预言？"罗飞的脑子涨乎乎的，记忆仍然不太清晰。

"你说李凌风会变得举世闻名，可直到现在这事都没有一点苗头。"

罗飞想起昨天的对话了，他"哦"了一声说道："是张怀尧和朱思俊的死讯还没有传开吧？"

张雨却道："昨天就传开了！你想想，这两个都是龙州的名人，怎么瞒得住？只是外界没人知道所谓的'七宗欲'计划，所以不会想到这两人的死也和李凌风有关。"

"李凌风一定会留下线索的，"罗飞还是坚持自己的判断，"只是现在还没被人发现。"

"我昨天特意在网上搜索过，真的一点线索也没有。"张雨顿了顿，反问道，"如果他真的留下了线索，也没必要藏得这么隐蔽啊？"

罗飞被问住了，一时无法突破对方的逻辑。

片刻后张雨建议说："我觉得你或许得换一个思路。"

"嗯……"罗飞斟酌道，"我也上网查查看吧，一会儿再和你联系。"

挂断电话之后罗飞打开了办公室的电脑，他在网上仔细搜寻了一番，果然没找到和"七宗欲"计划有关的任何痕迹。这个结果令他也产生了自我怀疑。

难道真是自己判断错了？李凌风完成这个计划的目的并不是为了出名，而是别有所图？

可是再一细想，不管李凌风的真实目的是什么，他都没理由放弃这个出名的机会啊。

这一连串的杀人案设计得如此巧妙，不论是非的话，真可算是犯罪领域的一件艺术珍品。以李凌风那种强烈的表现欲，他怎甘心将这样一件"伟大"的作品尘封于警方的档案之中？

这个逻辑是说不通的，里面一定出了什么差错。

逻辑不通并不是什么坏事，因为形成堵塞的地方往往正是思路的突破口所在。

罗飞闭上眼睛半躺在办公椅上，他的右手搭着桌子的边缘，食指在桌面上轻轻敲动，一下一下地，保持着非常平稳的节奏。

在他的脑海里，与案件相关的那些元素正集合在一起，每个人、每件事、每句话，所有的元素都在听从罗飞的调遣。它们按时间先后排好了队形，整整齐齐的，就像是一片精心垒砌的多米诺骨牌。

然后罗飞抬起手指，推倒了第一个元素。多米诺效应开始了。

骨牌一张接一张地倒下，推动着案情在罗飞的脑海中流转。这一幕最初看起来很顺畅，那些骨牌似乎能毫不停歇地一直走到底。然而到了后半段的某处，骨牌却意外地卡住了。

罗飞的手指凝滞在半空，多米诺效应也随之停止。随后罗飞找到了那张出错的骨牌，他把那张牌调转九十度，完全改变了运转的方向。

按照正常人的思维，这个方向是完全不可能的。然而骨牌就卡在了这里，想要让思维继续运行，必须调转过来试一试。

这一试的结果令人惊讶,就在这个看似不可能的方向上,多米诺效应又重新出现了!骨牌一张接一张地倒下去,直到停止于队伍的终点。

罗飞的思维也随之进入一个从未涉足的新世界,他的视野突然间变得开阔起来,而他的脊背却在一阵阵地发冷。

罗飞顾不上给张雨回电话了,他起身出门,一路小跑着直奔鲁局长的办公室。

鲁局长对罗飞的到来有些诧异:"不是让你回家休息的吗?"罗飞刚刚经历过生死波折,所以鲁局长特意放了一周的假让他调整调整。

"现在还不能休息。"罗飞坐到鲁局长对面郑重说道,"我得重新主持专案组的工作。"

"案子已经结束了,接下来的工作就是写报告。"鲁局长冲罗飞摊摊手,坦率说道,"这报告确实难写,但是不需要你来操心。"

罗飞明白对方的意思。如果让自己来写的话,报告中肯定会如实反映凶手的计划以及张怀尧和朱思俊二人的遇害真相。但是站在鲁局长的角度来看,最好能想办法把张朱二人的死亡和前期命案割裂开来,以免警方承受太大的压力。

这恐怕也是鲁局长着急让罗飞休假的原因之一。

可是现在的局面又大大超出了鲁局长的想象!罗飞冲对方一摆手说:"写报告的事我确实不感兴趣,我关心的是凶手的计划。"

"这还有什么好关心的?"鲁局长满怀沮丧地叹了口气,"他的计划已经完成了。不仅所有的目标无一幸免,还牺牲了小刘的性命。"

"这里面有个疑问一直没能解决。这个疑问最先还是您提出来的,"罗飞提醒对方,"李凌风为什么要赔上自己的性命?"

"当时我确实提出过质疑,"鲁局长耸耸肩膀,"不过现在问这个还有什么意义呢?"

"当然有意义,"罗飞极为认真地说道,"这事甚至能彻底调整我们的思路。"

"哦?"鲁局长感觉到罗飞这话中藏着乾坤,他凝起目光等待下文。

却听罗飞又说道:"现在我认同您的质疑,这个计划再怎么完美,也不足以让李凌风自愿搭上性命。所以说他并不会去实施这个计划。"

鲁局长费解地看着罗飞:"可是这个计划确实已经完成了……"

"没错。"罗飞郑重其事地眯起了眼睛,"但计划的实施者并不一定是李凌风。"

鲁局长一怔:"你是说凶手另有其人?"

罗飞肃然点了点头。

"这怎么可能呢?"鲁局长一时难以接受这个思路,"李凌风作案的证据铁板钉钉,而且他也给出了扎实的口供,这一切就是他控制的,他怎么可能不是凶手?"

罗飞沉默了一会儿,然后他反问道:"朱思俊杀害李凌风的事实更加不容置疑,同时朱思俊也觉得是自己在控制着一切。如果只看案件的后半段,我们是否也要说:朱思俊怎么可能不是凶手?"

鲁局长听懂了罗飞话中的潜台词:"难道说李凌风和朱思俊一样,都是受到真凶操控的棋子?"

"没错。"罗飞顺着这个思路分析道,"这两人都受到了真凶的蛊惑。凶手先是利用李凌风出名的欲望,操控他实施了前面几起命案;然后又用仕途来诱惑朱思俊,操控后者完成了后续的杀人计划。"

鲁局长摇了摇头:"你这个猜测过于大胆了……如果真像你说的那样,之前警方怎么一点都没察觉到这个真凶的存在?那么多人力物力都投进去了,难道他是个隐形人吗?"

"隐形人……"罗飞咀嚼着这个略带诡异的形容词,片刻后他眯起眼睛说道,"这正是凶手想要追求的效果,也是他整个计划的高明之处。"

"嗯?"鲁局长期待着罗飞的详解。

"连杀七人。这样的恶性连环命案一定会引起警方的高度关注,不管投入多大的人力物力,此案也必破不可。这就给凶手带来极大的压力。要想全身而退,最好的方法就是让自己成为一个'隐形人'。"

"所以他自己不出面,只躲在幕后操控?"

罗飞点点头，然后又进一步分析道："但是幕后操控也有一个无法回避的问题，就是如何封住被操控人的口。其实有很多罪犯杀人的时候都会躲在幕后，比如通过买凶之类的方式。但只要警方抓住了被雇用的杀手，幕后主使多半还是会被揪出来。再回到这起案件，虽然真凶能通过特殊的手段遥控杀人，但警方仍然可以从那些被遥控的棋子上找到突破口。"

鲁局长配合着罗飞的思路："所以棋子也要处理干净。"

"关键是怎么处理。"罗飞继续说道，"很多雇凶的罪犯事后也知道要杀人灭口，但是灭口的过程反倒给警方留下了更多的线索。所以本案的真凶精心设计了一个局，这个局从'隐形'的效果来说，堪称完美。"

鲁局长沉吟道："你说的这个局，就是'七宗欲'的计划？"

罗飞点头道："没错。利用电影《七宗罪》的情节来模仿犯罪。这样当计划完成的时候，警方会以为凶手把自己也杀死了。于是那个幕后人便真正实现了'隐身'的目的。"

这番分析确实是开辟了一个前所未有的新思路。鲁局长沉思良久后说道："你的分析具有一定的合理性。只可惜这些都是你的主观猜测，并没有切实的证据提供支持。"

罗飞立刻回应说："有一个证据！"

"哦？"鲁局长神情一凛，"快说。"

罗飞道："朱思俊死前曾和我讨论起撞死李凌风的情节，当时他发了一句感慨，原话是：如果看不到收益，谁愿意去吃那坨狗屎？"

"嗯，这说明朱思俊撞死李凌风这事是有计划的。"

"所以他后来不肯接受催眠，就是害怕自己会在催眠过程中把真相说出来。不过，"罗飞语气一转，貌似讲到了关键处，"在李凌风刚刚被捕的时候，我曾让萧席枫给朱思俊做过一次催眠，那会儿朱思俊可是一点都不抗拒。"

鲁局长的思维被罗飞调动起来："这说明当时朱思俊还没有被卷进来，他的心里没鬼。"

罗飞跟着总结道："所以我们可以确定朱思俊受到蛊惑的时间段，就是在李凌风被捕之后，在朱思俊吃屎之前。而在这个时间段里，朱思俊和李凌风之间并没有任何接触。"

话说到这里，最关键的那个结论已呼之欲出。鲁局长用手指敲了一下桌面："也就是说，蛊惑朱思俊的那个人并不是李凌风！"

"没错。那个人才是本案的真凶，他的设计虽然精妙，但还是在这里留下了他的影子。"罗飞顿了顿，又道，"现在我们可以还原此人作案的整个过程了。他选中了两个帮手，一个是李凌风，一个是朱思俊。李凌风首先被凶手催眠，怀着出名的欲望，他帮那个人完成了针对赵丽丽、姚舒瀚、李小刚和林瑞麟四人的谋杀，同时还给张怀尧埋下致命的'心穴'。但李凌风从来没准备去死，他以为自己可以顺着地道逃走的。这时朱思俊上场了，在凶手的指挥下，他撞死了李凌风，自己也开始踏上一条不归路。"

鲁局长听完之后提出了另一个问题："既然李凌风没有在别克车里对朱思俊进行催眠，他为什么要干扰监听信号呢？"

"这应该是真凶设计的一个障眼法。"罗飞顿了顿，更进一步说道，"事实上我现在怀疑，李凌风根本就不懂催眠术。"

"哦？"

"在被捕后他并未展示出实际的催眠能力，他供述的作案手法很可能是在吹牛，是一种沽名钓誉的夸夸其谈。"

"可他面对萧席枫的时候不是有过一次自我催眠吗？"

确有此事。当时萧席枫乔装成询问民警，准备对李凌风实施催眠偷袭，后者察觉之后便直接令自己进入了睡眠状态。这可不是一般人能具备的本领。

"有可能是真凶提前设置好了触发器。"罗飞猜测道，"李凌风当时已经处于一种被催眠的状态，当他感受到威胁的时候，便可以自动进入睡眠状态。这就和'记忆障碍'的效果差不多。"

鲁局长沉吟了片刻，又问："如果他不懂催眠术，那他是怎样谋害赵丽丽等人的？"

罗飞继续猜测："应该还是触发器。真凶已经提前对赵丽丽等人进行了催眠，李凌风只是负责递送道具，靠这些道具来引爆催眠炸弹。"

鲁局长不置可否地哑了一声，他提醒罗飞说："赵丽丽等人在和李凌风接触之前都很正常，可不像是已经被催眠的样子。"

罗飞皱起了眉头，这的确是个问题。尤其是姚舒瀚，此人在遇害前曾和罗飞面对面地交谈过，当时他的精神状态完全正常。难道李凌风送来一个道具就能让姚舒瀚癫狂赴死？

回顾去年的"啃脸僵尸案"和"人体飞鸽案"，嫌疑人也是利用触发器营造了一种延时杀人的效果。不过那两个受害人遭受催眠之后就一直处于不正常的状态，触发器的作用只是一个启动"死亡命令"的开关。而在这几起案件中，赵丽丽等人在遭遇李凌风之前都没有出现异常征兆，如果说李凌风不过是一个"触发器"的启动者，那真凶的催眠手法实在是令人匪夷所思。

罗飞暂时给不出更合理的解释，他只能含糊说道："这事确实还需要仔细斟酌……不过至少不能排除另有真凶的可能性。"

"只凭可能性的话，我很难给你太大的支持。"鲁局长搓了搓双手，"因为现在已经定了案，你再想做的话，等于是要翻案。这事的压力你应该清楚……"

罗飞当然清楚。本来说"凶手"已经被警方当场毙杀，连新闻发布会都开过了。现在又说真凶另有其人，警方这不是在扇自己的耳光吗？而且这事还牵扯到市委书记的公子，来自公众和高层的双重压力令鲁局长不得不谨小慎微。

听对方的意思，重新启动专案组肯定是不可能了。罗飞只能试探性地问道："那您能给我什么样的支持？"

鲁局长略略沉默了一会儿，说："我可以给你半个月的休假。"

罗飞一愣，让自己休假，这也叫支持？不过他随即回过味来："您是要我展开秘密侦查？"

"没错，半个月的时间，如果你找不到逆转性的证据，这事就此作罢。如果你找到了，"鲁局长目光一凛，"即便有天大的压力，我也会帮你把案子翻过来。"

"好吧。"罗飞眯起眼睛，他宣誓般地挥着拳头说道，"半个月！"

02

一周之后。

日头越来越长了，晚上七点过后天色才慢慢黑下来。

萧席枫走出双桥新村七幢602室，他认真地把防盗门反锁好，然后低头向楼下走去。

这幢楼一共就是六层，没有配备电梯。萧席枫徒步走到楼底，向四周略张望了两眼便匆匆离去。

不远处的角落里停着一辆汽车，驾驶座上的罗飞注意到萧席枫远去的背影，随后又抬头看向顶楼。

602室的窗户黑乎乎的，不见灯光。

"罗队，咱上去吧？"在副驾驶位置上说话的光头男子诨名阿九，是龙州道上的一个小混混，以前喜欢干些小偷小摸的勾当，没少进局子。后来这小子被罗飞收了，成了警方的线人。

罗飞道："不急，再等等。"于是两人继续在车内等待。又过了约个把小时，等天完全黑透了，罗飞这才招呼阿九道："走吧。"

两人结伴来到顶楼，罗飞指了指602室紧锁的防盗门："就这个，没问题吧？"

此处正是涂连生的旧宅。涂连生死后，这套房屋作为遗产被过户到萧席枫名下。出于某个原因，罗飞想要去这套房子里勘查一番，他便把阿九叫来做帮手。

阿九一撇嘴说："这有啥的？小菜！"

罗飞提醒对方："可别留下痕迹。"因为没有去办搜查证，这次秘密行动其实并不合法。

"放心吧,完事了给你锁好,谁也看不出来。"说话间阿九从口袋里掏出了一串钥匙,这些钥匙有大有小,形状各异,但有个共同的特点:钥匙舌头上全都光秃秃的没有钥齿,看起来就像是一串未经打磨的坯子。

阿九从这串钥匙中选出了一把,又摸出一小条硬锡纸包在光秃秃的舌头上,然后他就将这把钥匙探进了防盗门的锁眼里,先压着劲调整了几下,等手感顺溜了之后,又加大力量一转,"咔"的一声轻响,防盗门锁应声而开。

"怎么样,咱不误事吧?"阿九咧开笑脸,摆出一副向罗飞邀功的姿态。

"行了。"罗飞挥挥手,"你先到车里等我,如果刚才那个人回来了,就打我电话。"

"明白。"阿九麻溜地转身就走,一边走还一边感慨,"入行这么多年啦,今儿第一次帮警察同志把风。"

罗飞没兴趣和对方饶舌,他转动把手轻轻将门推开,随后便迈步走进了屋内。

房间里弥散着一股带着霉味的潮气,应该是长期通风不佳产生的后果。屋内的黑暗亦超乎想象,当屋门被关上之后,几乎就是伸手不见五指。罗飞掏出随身携带的警用强光手电筒,在光柱的配合下开始探索屋内的情形。

这是一套紧凑的两居室户型,进门就是客厅。有一个奇怪的东西直接暴露在罗飞的眼前。

那是一个直径约两米大小的圆盘,四周很薄,中心处则鼓出一个半米多高的凸起,这让罗飞立刻联想起科幻电影中的飞碟。

凑近仔细观察之后,罗飞更加确证了自己的判断,这东西简直就和电影里的飞碟一模一样。

中间凸起的部分就是驾驶舱,最上方是半球形的有机玻璃罩子,揭开罩子可以看见下方设置了小小的座椅,座椅前面有一排仪表盘。仪表盘最右边有个硕大的红色按钮,看起来像是整套设备的总开关。罗飞戴上手套，试着按下了这个开关。

圆盘慢慢地转动起来，并且带着柔缓的倾斜和起伏。罗飞弯下腰观察，原来圆盘通过一个支撑杆连接在下方的一个电动底座上，其工作原理就像是小朋友们爱坐的那种旋转木马。

仪表盘上还有其他的各式按钮，色彩迥异，有模有样的。罗飞又伸手按了其中的几个，居然还能发出不同的声响。

罗飞再次按下那个最大的红色按钮，圆盘停止了转动，各种声响也消失了。罗飞凝眉沉思了一会儿，然后转身继续向屋子深处走去。

客厅的右手边是一个开放式的厨房。靠近灶台的窗户上蒙着厚厚的黑布窗帘。这解释了屋内为什么会如此黑暗，正是这些窗帘挡住了外界的光亮。

很少有人会在厨房安装窗帘的，感觉就像屋子里隐藏着什么极为重要但又不可告人的秘密。

手电光柱挪到了灶台边的水池上，罗飞隐约看到池壁上有反射的水光。他便走过去想要细细观察，到了近前时却脚下一绊，不知踢到了什么东西。低头用手电照了照，原来是一张椅子。

罗飞绕过椅子来到水池边，池子里存着积水。随后他又伸手在池边的筷子笼里摸了摸。有几只筷子明显是湿的。

卫生间就在厨房的对面。因为地面上有水渍，罗飞担心留下脚印，便没有走进去。他站在门口用手电照了照，很快便发现了一处不太寻常的地方。

楼房里的卫生间一般都会配备坐式的抽水马桶，但这个卫生间里却没有。取而代之的是一个老款的蹲式便槽。现在城市里还有什么人喜欢用这样的便槽呢？

门旁的置物架上挂着两条毛巾，罗飞顺手摸了摸，都是半干不湿的状态。

随后罗飞离开厨卫区，经客厅来到了东首的房间。这个房间的面积有十六七平方米，靠内侧墙壁摆放着一张一点五米宽的双人床，床头被褥叠放整洁。房间内另配置着床头柜、衣橱等家居用品。

通往阳台的窗户上也挂着厚厚的窗帘，营造出一种极为压抑的黑暗效果。

继续来到西首的房间，这个房间相对来说面积较小，大概只有十平方米。从房间内的布置和陈设来看，此处显然是一个书房。

正对房门的那面墙被一排书柜所占据。书柜是组合式的，由三个独立的小柜子并排而成。每个小柜子宽约一米，高约两米，所有能放书的空间基本上都被塞满。罗飞走到书柜前看了一圈，他发现三个柜子里的藏书种类各有区别。

最北边的柜子里都是些数理化方面的书籍，从基础读物到专业书都有。罗飞随便拿起两本专业书翻了翻，发现内容之深已经完全超过了自己的阅读水平。

中间那个柜子里则都是与计算机相关的书籍，包括软硬件知识和各种网络技术。罗飞在计算机方面原本就不在行，这些书他不用翻也知道自己肯定看不懂。

南边柜子里的书与人文相关，包括各类中外文学名著和近几年来市面上流行的现当代小说，其中有满满一层都是侦探推理小说。另有一层书引起罗飞格外关注，这一层都是与心理知识有关的读物，包括基础《心理学》《梦的解析》《微表情研究》，以及催眠相关知识等等。

靠南面墙上摆着一个单人沙发。沙发的左侧是一个小茶几，右侧则立着一个落地台灯。罗飞可以想象出主人坐在沙发上秉灯夜读的样子，那份闲散和安静竟让他心生几分羡慕。

书柜对面，靠近小屋门边的位置摆放了一张电脑桌，桌上有一台款式陈旧的电脑。桌前的椅子和电脑桌看起来并不配套，相对于电脑桌的高度，那张椅子显然太大了一点。如果有人坐在这张椅子上的话，他必须很费力地弯着腰才能操作鼠标和键盘。

北向的小屋窗户毫不例外地遮上了黑布窗帘，这使得罗飞手里的电筒成为整套房屋中唯一的光源。

罗飞站在小屋中心，视线随着光柱在小屋中缓缓扫动。他感受到一种非常独特的气氛，既诡异又充满了神秘感。

这样一间小屋绝不应该属于涂连生的世界。

忽然间光柱停在了小屋的西北墙角，那里矗立着一个半人高的保险柜，就摆放在电脑桌旁边的地面上。

对于一个卡车司机来说，家中会有什么贵重之物需要用保险柜来珍藏？带着这个疑问，罗飞走到墙角处蹲了下来。他用手电光在保险柜的表面探索着，细细打量。

厚厚的保险柜带着电子密码锁，需要输入六位数的密码才能打开。罗飞没有浪费时间去尝试，他的目光被保险柜表面的一个细节特征所吸引。

就在电子密码锁的旁边，保险柜上出现了一个小孔，直径有六七毫米。罗飞把手电筒凑到小孔边，试图借着亮光一窥柜子里的乾坤。但他很快意识到此举无法完成。因为手电筒的发光面和他的眼睛不可能同时贴在那个小孔上，这就意味着当手电光能照进小孔的时候，他的视线便进不去，而他的视线能进去的时候，他又无法借助到手电的光源。

但罗飞的观察并非一无所获，他注意到那个小孔边缘露出金属的光泽，这说明这个小孔并不是保险柜原有的设置，而是后来被人特意钻开的。

罗飞的第一个反应是有人曾试图破坏保险柜，以窃取里面的物件。但他随即便自我否定了这个猜想。因为柜面上的孔洞非常精细，并不像窃贼在匆忙间所为。而且若有人想暴力打开保险柜，他首先要破坏的地方应该是锁口，何苦对着厚重的壁面白费工夫？

罗飞不得不重新揣度这个孔洞的用途。当思维沉滞之后，他又下意识地把右眼向洞口贴去，试图用这个本能且直观的举动来解开心中的困惑。这样的努力固然无效，但冥冥中却又提示了罗飞，令他突然间有了一个大胆的猜测。

客厅里的飞碟，水池旁的椅子，卫生间里的蹲便器，还有李凌风一直背着的硕大黑包，这些元素全都纠缠在一起，和眼前这个保险柜组成了一个统一的暗示。这个暗示实在太过恐怖，竟让罗飞在顷刻间汗透衣衫。他猛地站起身来，向后方连退了好几步，像是要躲避一个看不见的怪物。

　　随着一声碰响，罗飞的后背撞在了身后的书柜上。他调整呼吸，稍稍冷静了一些。这时他心念一动，又有了一个印证的想法。于是他将手电光柱从保险柜上挪开，四下里快速扫动了一圈，似乎要寻找什么。

　　但小屋里并未出现罗飞设想的那样东西。他略一凝思，又迈步向着小屋门口走去。那屋门向内开到最大，门板紧贴在墙上，门后或许会藏着什么。

　　在走动的过程中，罗飞手里的电筒一直照射着保险柜，神态警惕如同战场上的狙击手。走到门口之后，他伸左手轻轻把门板拉开，然后迅速用光柱往门后扫了一下。他看到墙角处倚着一个家用折叠梯。

　　罗飞更坚定了心中的猜测，凝思片刻之后，他作出了某个决定，便快步穿过客厅撤到了屋子外面。他反手把屋门带好，正要下楼时，从楼下迎面走上来一个女人。这女人一边拿钥匙去开隔壁601的屋门，一边回头狐疑地看着罗飞。

　　罗飞向对方打了个招呼说："你好。"

　　女人神色警惕地问道："你是谁？"

　　"我是警察。"罗飞掏出证件展示了一下。

　　女人的情绪放松下来。她已经打开了屋门，站在门口半转着身问道："有什么事吗？"

　　"我想问几个问题，不会耽误你太多时间的。"罗飞把证件收好，然后提出第一个问题，"你在这里住多久了？"

　　女人回答说："有七八年了吧。"

　　"你一个人吗？"罗飞注意到对面屋里并没有开灯。

　　"是的。"女人的目光有些不悦，她觉得这种问题和警察无关。

　　罗飞这时又指着602室问道："你和对面的住户熟不熟？"

　　"不熟。"女人摇摇头，然后又补充说，"对面那人搬进来没多久，而且他好像并不在这里长住。"

　　"哦。"罗飞又问，"那以前的住户呢？"

　　"以前的？你是说那个卡车司机？我和他也没什么交往。"

"他家里还有其他人吗？——那个卡车司机。"

"没有。"女人很肯定地摇着头，"我从来没见过其他人。"

"好吧。"罗飞摊摊手，做了一个结束的姿态，"谢谢你。"

女人走进了屋内，她打开了客厅里的电灯，正要关门时，门板却被罗飞伸手抵住了。

"对不起。"罗飞的目光看向屋内，他似乎发现了什么。

"怎么了？"女人顺着罗飞的视线看去，在客厅里摆着一辆儿童推车。

"你不是一个人的吗？"罗飞努着嘴问道，"家里怎么会有童车？"

这个问题似乎激怒了对方，女人涨红了脸抢白道："我喜欢孩子，不行吗？！"说完她便重重地把屋门关死了。

罗飞蹙起眉头。他看看601，又看看602，在这两扇紧闭的屋门后面到底隐藏着什么秘密？

至少有一个人会知道其中的答案。

罗飞拿出手机，他给阿九打了个电话，把对方叫上了楼。

"完事了？"阿九主动说道，"那我把门锁恢复原样。"

"别急。"罗飞摇摇手，他问对方，"你能不能把这门先锁死，不管内外都打不开那种。"

"小菜。"阿九掏出工具对着门锁捣鼓了几下，很快便道，"成了，这锁现在有钥匙也开不了，必须是我这样的专业人士出手才行。"

"很好。"罗飞夸了一句，然后又吩咐道，"我现在要去办点事情，你还是在楼下等着我。"

阿九利落地应道："没问题。"两人便一同下楼。随后罗飞开车离去，阿九则留在楼道口等待。

03

罗飞驱车一路抵达萧席枫的住所。后者把罗飞迎到屋内问道:"罗警官这么晚到访,一定有什么重要的事吧?"

"确实有些事情。"罗飞建议说,"我们最好找个安静的地方聊一聊。"

萧席枫点点头,他把罗飞带到了自己的书房。关上房门之后,这间小屋便成了一个独立的封闭空间。

书房里的灯光是橘黄色的,看上去既柔和又温暖。

萧席枫指了指屋内的单人沙发,说了声:"请坐。"同时他走到窗前拉上了白色的窗帘。

罗飞坐过去,他所处的位置背靠内侧墙壁,视线则正对着窗户。白色让他感觉平静。

"这里也是你的工作室吗?"罗飞猜测着问道。

"是的。对于一些缺乏安全感的病人,有时我会把他们带到这里治疗。你要知道,家的感觉和办公室的感觉是不一样的。"

罗飞点点头表示理解,他已经切身感受到了那种气氛上的差异。

萧席枫自己坐在右首的一张办公椅上,然后他问罗飞:"听说你最近在休假?"

"是的。"

"可你的状态看起来并不好。"萧席枫盯着对方的眼睛看了一会儿,说,"你很疲惫。"

罗飞露出一丝苦笑,他打了个哈欠,抬手在眼睛上揉了几下,那两个眼球里布满了血丝。

萧席枫道:"看来你的失眠反应愈发严重了。"

"这两天我断了药物。"罗飞解释说,"我不想让自己产生药物依赖,趁着休假的机会调整一下。"

"你的身体或许在休假，但你的心并没有。"萧席枫向前探着身体，幽幽反问道，"你怎么调整？"

"是吗？"罗飞端坐不动，只眯起眼睛回视着对方。

片刻后萧席枫又用论断一般的口吻说道："其实你也是一个被欲望控制的人。"

"哦？"罗飞依然保持着以不变应万变的姿态。

"探案就是你的欲望，这种欲望弥漫在你的血液里，诱惑着你的灵魂，也腐蚀着你的躯体。你成了一具傀儡，成了一部只为案件而存活的机器。"萧席枫充满怜悯地叹息道，"这种欲望会毁了你的。"

罗飞在沙发里耸了耸肩膀："你想得太多了吧？我只是无法入睡……"

萧席枫淡淡地一笑："在身体如此疲惫的状态下，无法入睡说明你的精神已经完全失控了。"

罗飞痛苦地皱起了眉头，他似乎被这话戳中了痛处。

萧席枫捕捉到对方的情绪反应，便趁热打铁般劝说道："你需要一次彻底的放松，来自于精神层面的，由内而外的放松。"

罗飞有些心动了，他问对方："要怎么做到？"

"首先要控制住欲望。比如说——"萧席枫眯起眼睛问道，"你能暂时忘记来这里的目的吗？"

罗飞沉默片刻，道："我可以试试。"

"你可以试着告诉自己，休息一下吧，休息一下吧……"萧席枫给对方作出一些指导，"在心中反复默念这句话。"

罗飞的表情变得柔和起来，目光也不像先前那么锐利了。

"很好。"萧席枫鼓励地说道，"你感觉自己正在慢慢地放松。你的脑子原本很涨，因为里面塞了太多的东西。现在你可以把那些东西暂时排出去——伴随着你的呼吸，从鼻孔中排出去。你每呼吸一次，你脑子里的压力便会减少一分。"

罗飞下意识地调整着自己的呼吸，渐渐变得均匀而厚重。

萧席枫又道："现在你试着闭上眼睛，这有助于你更好地放松。"

罗飞的眼皮先是合上了，但仅仅数秒钟过后又突然睁开。他的神情有些紧张。

萧席枫关切地询问道："怎么了？"

"我不能睡着，这很危险。"罗飞喃喃说道，"我不能失去对思维的控制。"

"为什么？"

罗飞沉默不语，原本均匀的呼吸又开始变得急促了。

"好吧，如果你不愿意闭眼，那就不用闭。"萧席枫退让了一步，"你只要放松自己，别去想那些给你带来困扰的事情。你要相信，这里很安全。"

罗飞努力调整着自己的情绪和呼吸节奏。

萧席枫的身体旋转了一下，靠向自己身后的墙壁。墙上有一个可以旋转的电灯开关，他伸手过去慢慢地拧了小半圈。

屋子里的灯光变得更加暗淡，为了适应这种变化，罗飞的瞳孔本能地放大了，他的视线也因此变得散乱。

"现在感觉怎么样？"萧席枫问道。

"很好，"罗飞的身体陷在沙发里，他说，"这个椅子很舒服。"

感觉到时机差不多了，萧席枫又开始接触先前的话题："你刚才说不能失去对思维的控制，这就是你不愿入睡的原因吗？"

"是的，我不能让别人进入我的潜意识。"

"哦？"萧席枫意识到了什么，"其实你是害怕被别人催眠？"

罗飞沉默不语。

"催眠并不是什么坏事，"萧席枫循循诱导，"它可以帮助我们更好地认识自己。"

罗飞的态度却依然抗拒："不，我不能……"

萧席枫观察着罗飞的表情，然后他猜测着问道："因为你心里有个秘密，害怕被别人发现？"

"这件事非常危险……"罗飞再次强调说，"我不能失去控制。"

"好的，我明白了。"萧席枫略作停顿，随后他总结般说道，"就是这个秘密让你无法入睡。因为你害怕有人会趁你意识散乱的时候操控你的思维，那样的话你的秘密就会被对方发现，进而引起某种可怕的后果。"

罗飞点点头，他长长地叹息了一声。

"那到底是个什么样的秘密呢？"萧席枫凝起目光问道。

罗飞提高声调警觉地喊起来："我不能说！"

萧席枫连忙做了一个安抚的手势："好吧，你不想说就不用说。"

罗飞紧张地吸了一口气，喉头在下颌处滑动着。

萧席枫思量了一会儿，然后提了个建议："既然你这么害怕这个秘密，我们可以把它藏起来。"

罗飞饶有兴趣地问道："怎么藏？"

"比如说，我们可以在你的精神世界中创建一个保险箱，然后把那个秘密放进保险箱里。你还可以设置一个密码，这个密码只有你自己知道，这样就不用担心秘密被别人偷走了。"

"这事听起来有些虚幻……"罗飞略带质疑地问道，"真的可以实现吗？"

萧席枫用不容置疑的确切口吻回答说："当然可以。对催眠师来说，这是一种很常规也很实用的心理辅导术。"

"那好吧。"罗飞表现出配合的意愿，他主动问道，"我们要怎么开始呢？"

"首先我们需要一个保险箱，"萧席枫说道，"我会帮你创建的。现在我想请你闭上眼睛——"

罗飞下意识地抗拒道："不，我不想闭眼。"

"你不用担心，"萧席枫解释说，"你不会睡着的，我只是要你集中精神。我会创建一个保险箱出来，你得根据我的描述展开想象，并且将这个保险箱深深地镌刻在你的脑海里。"

"这样的话……那好吧。"罗飞犹豫了一会儿，终于还是把眼睛闭上了。

萧席枫便开始描述："这是一个白色的保险箱，它的高度将近一米,长和宽都在半米左右。保险箱是用钢板制成的,非常厚实,把东西藏在里面一定很安全。在保险箱正面的柜门上有一个电子密码锁,你可以用它来设置开门的密码。总之,这是一个制作精良的非常可靠的保险箱。"

罗飞闭着眼睛倾听对方的讲述,他此刻的神情非常平静。

"你能想象出这个保险箱的模样吗?"萧席枫问道。

罗飞无声地点了点头。

萧席枫似乎还不放心,又问:"它的样子是不是很清晰?"

"是的,很清晰。"

"很好。"萧席枫的嘴角略略挑起一丝笑意,然后他又说道,"现在你可以打开柜门,把那个秘密放进去。请在完成之后告诉我。"

罗飞的眼球在眼睑后面慢慢地转动着,仿佛在跟随某个极为重要的物件。片刻后他开口说道:"放好了。"

"柜门关好了吗?"

"关好了。"

"现在请设置密码吧。注意,这个密码只有你自己知道,决不能让其他人看见。"

罗飞伸出右手食指,同时把左手五指并拢,形成手掌覆盖在右手食指的上方,然后他的右手食指借着左手手掌的掩护凌空虚按了几下。

萧席枫默默关注着对方的一举一动。等罗飞把双手收回之后,他便用一种庆贺的口吻说道:"好了,那个秘密已经被你锁起来了。再也没人能够将它偷走。"

罗飞如释重负般长出了一口气。

却听萧席枫又道:"现在我要你牢牢记住这个密码箱的样子。这里藏着一个可怕的秘密,你千万不能忘记。"

"我记住了。"罗飞认真地说道,"这是一个钢制的白色密码箱,半米见方,高一米。密码箱的正面柜门上有电子密码锁。我已经设置好了密码,但我绝不会告诉你。"

"好极了,"萧席枫赞道,"那个秘密已经非常安全。现在你还在担忧什么吗？"

罗飞把双手平放在自己的腹部，他说："我感觉好多了。"

"既然这样，"萧席枫建议说，"你可以试着睡一会儿。"

罗飞的双手松弛下来，他的呼吸变得越来越平缓。萧席枫不再打扰对方，只坐在一旁静静地等待着什么。

两三分钟之后，罗飞的脑袋轻轻地歪在一边，很显然他已经睡着了。因无人说话，书房里变得非常安静，只听见罗飞均匀和厚重的呼吸声。

一个人若在非常疲倦的状态下入睡，通常会睡得很沉。这种慵懒的气氛似乎感染到了萧席枫，他也把身体靠向自己的椅背，摆出一副大功告成般的悠闲姿态。

可罗飞却在这时突然醒了过来，他从沙发上直起身问道："已经结束了吗？"

萧席枫也跟着坐直了身体，他瞪大眼睛看着罗飞，一脸讶异。

"你的催眠已经结束了吗？"罗飞又问了一遍。他的目光炯炯发亮，看不出一丝睡意。

萧席枫意识到了什么，他愕然问道："你根本没有睡着？"

罗飞笑了笑，这个问题明显得已不需要回答。

萧席枫便露出惊疑不定的神色："那你刚才……"

"我只是在配合你。"略作停顿之后，罗飞进一步解释，"从你把我带进书房的那一刻起，我就知道你想对我实施催眠。所以我索性配合你的表演。"

萧席枫有种遭受到愚弄的感觉，他无奈地苦笑道："你……你何必要这样？"

"我做了一个实验，"罗飞的表情变得严肃起来，他说，"实验的结果将决定到我对你的某种判断。"

萧席枫茫然摇了摇头，他不明白对方在说些什么。

"好了，现在已经没必要兜圈子了。"罗飞看着萧席枫说道，"接下来我会把所有的事情都告诉你，包括一系列催眠杀人案的真相以及我深夜到访的目的。我希望你能认真地听我讲述,如果有什么不清楚的地方,你随时可以提出来。"

看着对方的表情,萧席枫知道此事一定非常重要,于是他也非常郑重地点了点头。

罗飞的讲述起始于那起系列杀人案中最大的转折点:

"李凌风死后,警方高调宣布结案。但事实上这起案件还远远没有落幕。后来张怀尧和朱思俊也都死了,这你应该已经知道了吧?"

"是的,我还听说小刘也遭遇了不测。"萧席枫的语调略带悲伤,随后他又说道,"虽然警方没有公开这几个人的具体死因,但我猜到一定和案子有关系的,恐怕就像你所担心的,李凌风最终完成了'七宗欲'的杀人计划。"

罗飞曾向萧席枫讲解过"七宗欲"的计划并请求后者对朱思俊实施救助,但他今天却要彻底推翻自己先前的论断:"所谓'七宗欲'杀人只是一个假象,真正的凶手并不是李凌风。"

"凶手不是李凌风?"萧席枫无法理解,"这怎么可能呢?"

"这事的细节我回头再解释,你先跟上我现在的思路。总之是有人利用李凌风布下一个精妙的迷局,当所有人都以为李凌风就是凶手的时候,真凶就可以成为逍遥法外的'隐形人'了。"

萧席枫忍不住要问:"那真凶到底是谁?"

"这十天来,我名义上是在休假,其实一直在暗中寻找真凶。"罗飞瞥了萧席枫一眼,直言不讳地说道,"经过一番调查之后,我觉得最大的嫌疑人就是你。"

"是吗?"萧席枫沉住气反问道,"凭什么呢?"

"真凶为什么要煞费苦心,布下这样一个庞大而又复杂的杀人迷局?要知道,事情搞得越复杂,可供警方追寻的线索就越多。"罗飞开始解释自己的思路,"凶手既然弃简从繁,那必然会有一个充分的理由。所以我推断,这个人一定和案件有着非常明显的利害关系。也就是说,如果按照正常的调查程序去分析此案,这个人必定就会成为警方的重点目标。所以他必须找一个替罪羊来吸引警方的视线。这个过程虽然复杂且带有很多不确定的风险性，但总比把自己直接暴露在警方的火力下要好得多。"

萧席枫"嘿"了一声说道："因为我是涂连生唯一的朋友，所以你就认为我最可疑。"

"我调查了涂连生的社会关系，他没有任何亲人，也没有其他的朋友。除了你之外，我想不出还有谁会和这案子有关联。这进一步印证了我刚才的分析，作为唯一的关联人，你无论如何也要营造出一种让自己'隐身'的效果，否则警方怎么可能轻易放过你呢？"

"这个理由确实很充分，不过，"萧席枫为自己辩解道，"最初案发的那两天，我根本就不在龙州，我是没有作案时间的。"

"你那两天在北京出差，不但有来回乘机的记录，还有在北京宾馆的入住记录，确凿无疑。可是这不能摘清你的嫌疑。换个角度想一想呢？你这个人是很少出差的，近一年来几乎就没有离开过龙州，偏偏就是案发那两天你不在，这未免太巧合了吧？"

萧席枫露出苦笑："这么想的话不在场证明反而成了新的罪证，看来我至少也是个同谋。"

罗飞道："我当时猜测你可能是通过催眠的手法，让李凌风成了被遥控的杀人工具。"

"通过催眠术遥控一个人，然后让这个人再用催眠的手法来完成连环杀人案？"萧席枫咧嘴看着罗飞，"罗警官，你不觉得这简直就是天方夜谭吗？"

罗飞也承认："确实夸张了一些。但就当时所掌握的信息来说，这也算得上是个合理的思路。"

"好吧，合不合理另说。"萧席枫把手一摊说道，"不过这些终究只是猜测，办案的话还是要讲究证据。"

"没错，所以接下来我就试图找到证据。"罗飞冲着萧席枫微微一笑，"你知不知道，我已经跟踪你整整一个星期了。"

"是吗？"萧席枫瞪着罗飞，表情既愕然又无奈，片刻后他尴尬地问道，"那你发现了什么呢？"

"我发现你每天下班都很早。大概下午四点钟左右你就会离开咨询中心,然后你会前往双桥新村七幢602室——涂连生生前的住所。每天你都要在这里待到七八点钟才离开,我猜你是吃过晚饭才走的,因为有几次你还特意从超市买了菜带过去。"

萧席枫摸了摸鼻子说:"没错。"

"所以问题就来了,你一个有家有室的人,为什么总要往那套旧房子里跑呢?我想到你曾经说过,以前涂连生出长途时会把家里钥匙交给你,委托你照看房子。但你又说涂连生并没有养什么花草宠物,当时我就有些奇怪,没有花草宠物,这房子有必要托人照看吗?然后我又想起朱思俊说过的话,他说半年前处理那起纠纷的时候,本来涂连生是不肯给死狗下跪的,是姚舒瀚威胁说要带人抄了他的家,砸了他的房子,涂连生这才屈服。于是我突然间意识到,那间旧房子里或许藏着什么非常重要的东西呢!不过我的思维还是不够开阔,没有想到那东西竟是……"说到这里罗飞摇了摇头,在自责不够敏锐的同时,他也禁不住感慨事情的真相太过离奇,实在叫常人难以揣度。

萧席枫叹了口气:"所以你今天晚上偷偷进入了那套旧房子,目的就是要看看那里面到底藏了什么?"

"没错。既然那东西这么重要,或许和案件也有关联呢?"罗飞顿了顿,又道,"说起探索那套房子的过程,也真是一波三折。嘿嘿,我一进屋就发现了一件很奇怪的东西,你肯定知道是什么吧?"

"是那个飞碟?"

"嗯。一个飞碟……已经非常奇怪了。我一度以为这就是自己要找的目标呢,我还对着它钻研了很久,但是并没有发现太多名堂。那东西奇怪是奇怪,可也不需要让人每天都过来照料啊,涂连生也不至于为了它给一条死狗下跪。或许屋子还有别的秘密,所以我就继续到其他地方去寻找。"

萧席枫"哼"了一声,他似乎很不希望接下来的事情发生,可惜他已经无法阻止了。

"我注意到厨房的水池刚刚使用过,有几只筷子是湿的,卫生间里的毛巾也是湿的，我以为这些都是你留下的痕迹，这也说得过去。可是卧室里的床铺那么整洁，屋子里所有的窗户都遮着厚厚的窗帘——我居然还没有嗅到真相……嘿嘿，我也真是够迟钝！"略发感慨之后，罗飞又接着说道，"后来我走进了书房，那满屋子的书显然不是给涂连生看的。我开始猜测这些书或许就是我要寻找的目标，萧主任就是被这里琳琅满目的书籍所吸引，所以才流连忘返？只是涂连生为了书下跪就有些说不过去了，难道他也是爱书如命的人？"

萧席枫苦笑道："他就算是爱书也看不懂啊。"

"所以这事还是透着怪异。"罗飞沉默了一会儿，他看着萧席枫的眼睛说道，"最后我终于在墙角发现了那只保险柜。"

萧席枫无奈地垂下了眼睑，他似乎不愿和对方的视线接触。

"一看到这个保险柜，我立刻知道自己终于找到了真正的目标。因为那个柜子实在是太特殊了。我注意到柜门上有个小孔，就试着往里看，却黑乎乎的什么也看不见。不过就在我把眼睛凑在小孔上的同时，我突然间有了一种奇怪的感觉，这感觉终于帮我看破了屋子里的秘密，"罗飞停下来问道，"你知道是什么感觉吗？"

萧席枫摇了摇头，也说不清是不知道呢还是不愿回答。

罗飞缓缓地给出了答案："我感觉有人正在那个柜子里面看着我！"

萧席枫只是叹气，不愿多言。

罗飞自顾自地继续往下说："在那一瞬间我甚至被自己的想法吓到了，谁能想到世上竟会有如此诡异离奇的事情？但诸多细节却在支持我的猜测，在这间屋子里藏着一个身形小得出奇的活人！所以水池边会有一张供攀爬的椅子，卫生间里没有坐便器而是蹲式的便池，电脑桌很矮而配套的椅子却很高，在书房里还配备了折叠梯供其上下取书，而那个保险柜就是专门供其躲藏的吧？所以柜门上才特意钻出了一个可以透气和向外观察的孔洞。这个人多年来就这样生活在一个与世隔绝的空间里，从来没有外人知道他的存在。他是谁？他为什么会在这里？"

面对罗飞的提问，萧席枫仍然用沉默作为回应。

"即便你不开口我也会找到答案。"罗飞态度强硬地说道,"如果不想浪费彼此的时间,就请你主动讲一讲这个'隐形人'的故事吧。"

事情已经到了这一步,再回避也没有意义了。萧席枫终于抬起头来,他反问罗飞:"你觉得那会是一个什么样的人?"

"能够躲进保险柜里的,或者是小孩,或者是侏儒。"罗飞分析着说道,"综合现有的情况,我觉得应该是后者。"

"你错了。他不是小孩,也不是侏儒,他其实是一个……"萧席枫略带悲伤地给出了答案,"垂暮的老人。"

罗飞诧异道:"哦?"

萧席枫这时又补充道:"一个十来岁的老人。"

"十来岁的老人?"罗飞皱起眉头,他无法理解这句话中的逻辑。

萧席枫叹了口气,他问罗飞:"你知道早衰症吗?"

"听说过,但不太了解。"罗飞眯起眼睛,他似乎窥到一些端倪。

"那是一种先天性的遗传病,无药可治。"萧席枫讲解道,"患者在婴儿时期就提前步入衰老的过程,他们的身体发育会停留在幼儿的水平,但是心智年龄却和普通人没什么差别。"

"那个人就是一个早衰症患者?"

萧席枫点点头,然后继续说道:"早衰症患者的衰老速度比正常人要快五到十倍,所以病童的寿命一般在七到二十岁之间。他还算幸运,衰老的速度只是正常值的五倍,所以能够多活一些年头。即便这样,他现在的生理年龄大概也有八十岁了。"

原来如此。"十来岁的老人"这个看似荒谬的词语却代表着一种极为真实的存在。

罗飞接下来自然要问:"这个人和涂连生又是什么关系呢?他们怎么会生活在一起?"

"他是涂连生收养的弃婴。"萧席枫思绪流转,陷入了某段回忆,"那应该是十六年前的事了……当年涂连生还在环卫集团开车。一天傍晚他在垃圾站旁边发现了一个弃婴。在这个婴儿身上找不到任何信息,他从哪里来,叫什么名字,出生于何年何月,全都没有,"说到这里,萧席枫特意看着罗飞问道，"你知道这意味着什么吗？"

这个世界上总有一些父母出于种种原因要遗弃自己的骨肉，他们通常会在遗弃地点留下一张纸条，写明这个孩子姓名生日等信息，以供好心的收养者获悉。可是这个婴儿却没有任何信息，而且他被遗弃的地点还是一个垃圾站……罗飞据此判断："他的父母并不希望这个孩子活下去。"

"是的。"萧席枫幽幽说道，"听起来多么残酷，可事实就是如此。当时那个孩子应该还不到两岁，但他的症状已经非常明显了：他的身体干瘦干瘦的，脑袋则大得夸张，同时他的脸颊和下巴又非常窄，这使得他全身上下看起来都极不协调；他的牙齿还没有长全，头发倒已经掉光了，眼睛深陷在脸颊里，皮肤褶皱而松弛……总之在他身上你看不到一丝属于人类婴儿的可爱之处，他就是一个怪物，一个连父母之爱都不配拥有的怪物。"

说到这里，萧席枫深深地叹了口气，仿佛在感怀那个孩子的悲惨身世。不过他随即又带着温柔的笑容继续说道："但是涂连生一点都不在意。他把这个孩子带回家里悉心照料，他的疼爱和体贴绝不亚于天下任何的亲生父母。"

罗飞沉吟道："他对待这个孩子就像是童年时那只残疾的小猫——不仅仅是疼爱了，里面更有一种同病相怜的复杂情感。"

"没错。"萧席枫赞许地点了点头，"他给那个孩子起的名字就叫涂小猫。他们以父子相称，十多年来朝夕相处。他们之间那种彼此依赖的情感普通人是无法理解的。"

"既然这样，"罗飞提出了一个疑问，"涂连生为什么不走正常的手续来收养这个孩子呢？"

"因为他不想让涂小猫和这个社会有任何接触。"萧席枫轻叹一声，然后解释其中的原因，"涂连生自己饱尝了世态艰辛，一生受尽欺凌和侮辱。他太了解一个'怪物'在人间的遭遇了，他不想让涂小猫也承受这样的痛苦，他要把这个孩子呵护在自己的翅膀下，在一个足够安全的世界里度过此生。"

"足够安全的世界……"罗飞挑起眉头问道,"你指的就是那套封闭狭小的老房子吗?"

萧席枫无声地点点头。

罗飞至此终于了解到一个"隐形人"产生的过程。难怪外界从来不知道这个人的存在,因为涂连生早已用一种特殊的关爱将他彻底屏蔽。罗飞一时间有些茫然,他不知道这种密不透风的关爱对于涂小猫来说到底算不算真正的幸福?

感怀片刻之后,罗飞又问萧席枫:"那你呢?你和这个孩子之间又是什么关系?"

萧席枫回答说:"我是唯一知道涂小猫存在的外人。涂连生只相信我一个,他觉得其他任何人都会对涂小猫造成伤害。涂小猫本人则管我叫叔叔。你之前的猜测没错,每当涂连生出长途的时候,我就会过来照顾那孩子。还有涂连生也的确是为了那孩子的安全才答应给死狗下跪的。后来他不放心,还特意买了个保险柜,供涂小猫在意外时躲藏。说起那个保险柜,嘿嘿,今天还是第一次用到呢……"

罗飞又打断对方问道:"你教过那孩子催眠术吧?"

萧席枫坦承说:"是的。"

罗飞追问:"为什么要教他这个?"

"因为他想学。"萧席枫解释说,"涂小猫在这种环境下成长,心理上多少会出现问题的,有时痛苦,有时迷茫。我便常常用催眠的手法帮他排解治疗。在这个过程中涂小猫对催眠产生了兴趣,就让我教他。"

罗飞继续问道:"那你觉得他的催眠水平怎么样?"

萧席枫愣了一下,说:"这我不太清楚。他整天足不出户的,根本没机会实施催眠术啊。不过如果有机会练手的话,我想他一定会很厉害的。因为他很聪明,是个天才。"

"天才?你指哪方面?"

"很多方面。他的智商极高,有着超出常人的记忆力和理解力。如果不是得了这种病,他的人生不可限量!"萧席枫一边说一边惋惜地摇着头。

　　罗飞想起了那满满三个柜子的书籍，他忍不住开始假设，一个萧席枫口中的天才，如果十多年足不出户，整天就是看书和学习，这个人的知识能力究竟能到达一个怎样的境界呢？

　　萧席枫仿佛看出了对方所想，他主动给出了几个例子："你知道吗？这孩子在十岁那年就自学了所有的高中课程，此后便开始广泛阅读各类专业书籍。他对数理化和计算机一类的知识尤其感兴趣。而且他的动手能力也很强，十二岁的时候就会修理家用电器，对了，你看到的那个飞碟也是他自己设计制造的呢。"

　　罗飞神情肃穆地沉思了一会儿，随后他凝视着萧席枫说道："我帮你总结一下吧，涂小猫才是这个世界上和涂连生最亲密的人，他是一个精通理工和计算机知识的天才，而且他具备着令人难测深浅的催眠能力。"

　　萧席枫感觉到对方的语气有些不对，他皱起眉头问道："你什么意思？"

　　"你忘了我为什么会坐在这里吗？"

　　"你在寻找系列杀人案的真凶。"说出这个答案的同时萧席枫隐隐有了种不安的预感。

　　"真凶是一个和涂连生有着密切联系的人，我曾经觉得这个人非你莫属，可现在看来，涂小猫显然更加值得关注。"

　　"这怎么可能？"萧席枫激动地提出抗议，"你如果怀疑他，那还不如继续怀疑我！"

　　罗飞摆了摆手说："从你通过实验的那一刻起，我就知道你不是凶手。"

　　萧席枫困惑地看着罗飞，他到现在也不知道对方说的"实验"究竟是什么意思。

　　罗飞开始解释这里面的关节："当我在涂家旧宅研究那个保险柜的时候，躲在柜子里的涂小猫也看到了我。当我离开之后，涂小猫肯定和你通过电话吧？所以你已经提前知道我去过涂家旧宅的事情，对不对？"

萧席枫点点头。

罗飞继续说道："我们见面之后，你把我带到书房里。这时我已经猜到你想对我实施催眠。于是我将计就计，假装中招，我的目的就是要看看你到底要对我做些什么。你用话术诱导着我，表面看来是要帮我解开失眠的心结，但你真正的目的是要给我设置一个记忆障碍。你把我心底最恐惧的东西和那个保险柜联系在了一起。如果你的催眠成功了，我就会彻底抛弃要打开那个保险柜的念头，所以涂小猫也就不会再受到我的威胁。"

"你说得一点都没错，"萧席枫自嘲地苦笑道，"原来我的阴谋早就被你看透了，我像个傻瓜一样在那里自说自话……那些所谓的催眠其实毫无意义。"

罗飞却说："并非毫无意义。至少你证明了自己的清白。"

萧席枫不解："怎么证明？"

"你可以设想一下，"罗飞提示对方说，"如果你是凶手的话，你会对我实施怎样的催眠？"

萧席枫想了一会儿说道："肯定要设法解除你对我的威胁，比如说通过某种思维的植入或者转接，让你认为李凌风确实就是真凶，或者把你的查案的思路转移到其他的方向上。如果狠一点的话，我甚至会针对你单独设计出一个杀局。当然了，所有这些事的前提是我能够成功地将你催眠。"

"看起来已经成功了，不是吗？"罗飞微微挑起一侧嘴角，似笑非笑，"当时我的思维已经完全听从于你的引导，我甚至在你的催眠作用下进入了梦乡，这可是一种完全不设防的精神状态啊。"

"是的，"萧席枫尴尬地咧着嘴，"虽然是假象，但我确实信以为真了。"

"可你并没有对我实施进一步的蛊惑，你只是针对那个保险柜做了一个记忆障碍，然后就静静等待我醒来。所以你所关心的只是如何守住涂小猫的秘密，而对于我查案这事却毫不在意。"罗飞一步步地解析道,"由此我断定你绝不是案件的真凶,甚至连知情人都不是。所以我才会继续坐在这里,和你展开坦诚相见的探讨。"

"好吧,我要感谢你对我的信任。"萧席枫看着罗飞说道,"但你不能因为排除了对我的怀疑,就随便又抓个人过来作为替代品吧?"

"怎么会是随便抓的呢?"罗飞反问对方,"我刚才已经总结过了,难道涂小猫不符合真凶的特征吗?"

"就这么简单一说,那确实符合,但你还要考虑具体的实际情况啊!"

罗飞伸手做了个邀请的姿势:"有什么实际情况,我们现在就一块讨论。"

萧席枫首先质疑道:"自从涂连生死后,我几乎每天都和涂小猫在一起,他怎么可能瞒着我做出这么大的案子?"

"所谓每天在一起,其实也就是晚饭前后的那个时间段吧,其他时间涂小猫在干什么你就无从知晓了,而案发的头两天你又恰好不在龙州,现在想想,这可不是什么巧合,是涂小猫特意选择你不在的那两天动手呢。"

"涂小猫是个足不出户的病人,难道他就坐在家里遥控作案?"

"案件的前期策划完全可以通过网络进行,确实可以坐在家里,而真正作案的那两天可不行,事实上涂小猫亲自抵达了每一个案发现场。"

"这更不可能了。"萧席枫瞪着眼睛问道,"涂小猫根本没有独自出门的能力。而且你们不是拍到了案发时的监控视频吗?抵达作案现场的从来只有李凌风一个人!"

"除了一个人,还有——"罗飞一字一顿地强调道,"一、个、包!"

一个包?萧席枫记得那些监控照片,照片上的李凌风确实背着一个硕大的黑色登山包。

却听罗飞又继续说道:"其实我早就觉得那个包有些古怪。李凌风一直背着那个包,但这个包的具体作用却不明朗:赵丽丽、姚舒瀚、李小刚遇害的时候，所用道具并没有装在包里；林瑞麟被催眠时，既然包里的菜肴都是虚构出来的，那么包本身又有什么实际的存在意义？最后李凌风在朱思俊家门口被抓，那么大的一个包就装了一坨狗屎，实在是大材小用。所以我始终没想明白，李凌风到底为什么要背着那个包？"

萧席枫隐隐猜到了罗飞的意思，他愕然道："难道说……"

"涂小猫就藏在那个包里。"罗飞说了对方心中所想，然后他又据此展开解释，"在最初案发的那两天，涂小猫就是通过这种隐蔽的方式来到现场，他亲自对赵丽丽、姚舒瀚、李小刚和林瑞麟实施了催眠。至于后来用黑包装狗屎则是为了保持连贯性，造成一种'黑包就是李凌风随身物品'的假象。"

"那对李凌风、张怀尧还有朱思俊的催眠是什么时候完成的呢？"萧席枫被罗飞的思路带动了，他第一次顺着对方来提问。

罗飞耸了耸肩膀："那就不一定了。"

"你的意思是除了那两天之外，涂小猫在别的时间也外出过？"

"那当然了。难道你现在还以为他真的会足不出户？"

萧席枫反问："那他要怎么出去呢？每次都藏在李凌风的黑包里？可是张怀尧和朱思俊都是在李凌风死了以后才出事的啊。"

"他既然能催眠李凌风，把对方变成自己的'腿脚'，难道就不能再催眠其他人吗？"罗飞"嘿"了一声，又道，"我就知道他至少还有另外一个可靠的'腿脚'。"

萧席枫立刻追问："是谁？"

"你们的邻居，601那个独居的女人。"

"啊？"萧席枫一愣，"黄欢？"

"你知道她的名字？看来你们还比较熟悉。"

"毕竟相邻这么多年了嘛，多少会有些了解。不过黄欢从来不知道涂小猫的存在啊，你凭什么说她也是涂小猫的'腿脚'？"

"黄欢单身一人，可她家里却有一辆儿童推车，你不觉得这事有点奇怪吗？"

萧席枫意识到什么："你是说涂小猫会乘坐黄欢的儿童推车外

出？"

　　罗飞点点头，随后又说："我询问过黄欢为什么家里会有童车，她当时表现得非常激动，我猜测是有人对她施行过记忆障碍的催眠术。随后我让人调查了黄欢的个人情况，多年前她曾经结婚并怀孕，但不幸遭遇难产，孩子没保住，自己也失去了生育能力。后来她丈夫还因此和她离婚。所以说黄欢内心深处对孩子非常渴望，但有关孩子的记忆又是她不愿触及的一个心结。这两点恰好能被涂小猫利用，他可以把自己伪装成一个孩子，让黄欢先为自己服务，完事之后再抹去对方的记忆。"

　　萧席枫长时间地看着罗飞。必须承认，对方的这套说辞已经越来越像是真事了，但在内心深处他仍然不相信涂小猫就是系列杀人案的真凶。

　　罗飞知道自己还得拿出点够分量的论据，于是他又对萧席枫说道："其实我心中还有一个猜测，如果这个猜测也得到印证，你就不会再怀疑我的论断了。"

　　"什么猜测？"萧席枫忐忑而又急切地问道。

　　"你说过，李凌风之所以会和你联系，是因为他看到了你在网上发表的那篇纪念涂连生的文章，可我知道你并不是一个喜欢上网的人。现在请你如实回答我：你当时怎么想起来要去网上发文章的？是不是受到了涂小猫的影响？"

　　这个问题仿佛点破了对方心头的一层面纱。萧席枫愣愣地怔了许久，最后他不得不承认："是的……的确受了他很大的影响。"

　　"很大的影响？"罗飞笑了笑，他的神情愈发自信，"我可不可以理解为，你其实也受到了他的催眠？"

　　萧席枫低着头不说话，他的脸色有些难看。这显然代表着一种默认的态度。

　　"现在可以大致概括出这起案件的全部过程了。"罗飞挥了挥手，然后开始侃侃而言，"涂连生自杀之后，涂小猫决定要为自己的养父报仇。他通过网络查到了拦车救狗事件的主要参与者，并且锁定赵丽丽等七人为复仇目标。涂小猫知道，如果他直接动手杀死赵丽丽等人，警方在探案时必然会重点分析涂连生的社会关系。到时候只要一搜查涂连生的旧宅,自己就无处可藏。所以他必须设计出一个精巧的杀人计划,既要完成复仇大计,又要把警方的视线彻底引开。

"这个计划的第一步就从你身上开始。涂小猫利用你对涂连生的情谊,鼓动你去网上发表了那篇纪念文,以此伪装成案件的导火索。随后涂小猫便把李凌风引到龙州并对其实施了催眠,李凌风的欲望被撩拨起来,他心甘情愿成为涂小猫计划中的一枚棋子,因为他深信这个计划能让自己一举成名。

"李凌风化名为'愤怒的犀牛'和你通了电邮,他把赵丽丽等六人列为自己的'惩罚对象',随即杀人计划便正式展开。很显然,所有的杀人手法、包括道具的制作等都是出自涂小猫的设计,李凌风只是一个具体任务的执行者。涂小猫还给李凌风提供了一个巧妙的逃生方案,后者以为完成计划后就可以全身而退。他怎会想到自己其实也是涂小猫计划中的目标之一?

"李凌风被捕之后,涂小猫又对朱思俊实施了催眠,让后者成为整套计划后半段的执行者。同时他还在李凌风的电脑中留下线索,用'七宗欲'的思路来误导警方。一切正如他的计划进行:朱思俊撞死了李凌风,自己最后也难逃一死。当'七宗欲'名单上的所有人都死亡之后,涂小猫的复仇计划便大功告成。大家都认为李凌风就是案件的元凶,谁能想到背后还深藏着一个不露踪迹的'隐形人'?"

萧席枫默默地听罗飞说完。尽管书房里开着空调,但他的额头上还是渗出了一层汗水。

罗飞问道:"现在你怎么想?"

萧席枫深深地吸了一口气,似乎在竭力凝聚着残存的勇气。他抬头和罗飞对视了片刻,然后说道:"是的,你说的这一切都非常合理。但我还是那句话,警方办案光凭合理的猜测是不行的,必须要有确凿的证据。"

"证据一定会有的。技术人员会对那个黑包进行痕迹检测,里面应该能找到涂小猫的皮屑样本;同时我们会仔细排查李凌风和涂小猫的电脑数据，或许会有些通信记录没有清理干净；双桥新村附近的监控也是我们排查的重点，涂小猫不管是跟着李凌风还是跟着黄欢出行，总会有相关的影像资料留下来；我们还会请来高明的催眠师，扫除黄欢思维中的记忆障碍……总而言之，涂小猫既然实施了这样一起复杂的连环杀人案，他就不可能不留下任何痕迹。只要警方将他纳入视线，这些痕迹迟早会被找出来。"

罗飞说话时的声音平淡却又充满了自信，他知道自己已经拿住了凶手的软肋。

一个构思庞大的计划，目的就是要营造出"隐形"的效果。当凶手不再隐形的时候，整个计划也就失败了，因为那个庞大体系中的每一条分支都会给警方提供追查的线索。

有的放矢，万箭齐发，焉能不中？

萧席枫有种浑身乏力的感觉。他用双手支撑着自己的脑门，痛苦乞求道："我求你们不要这样！这个世界既然已经抛弃了那个孩子，就不要再来折磨他了！这也是涂连生最后的遗愿。"

"我能理解你的情感，我甚至能理解你们每个人的情感。但是，"罗飞唏嘘叹道，"作为一名刑警，我必须以法律作为行事的最高准则。"

萧席枫绝望地闭上了眼睛，片刻他又艰难地说道："那我只有一个最后的请求……让我先和那个孩子谈谈。"

04

罗飞和萧席枫来到涂家旧宅楼下，与一直在此处等待的阿九会合。后者认得萧席枫正是602的户主，神色便有些诧异。罗飞也没必要和他解释，只吩咐阿九上楼把入户门解锁，随后便打发对方先行离去。

按照事先的约定，萧席枫独自进屋和涂小猫私聊，罗飞暂且在户外守候。

大约过了一小时，萧席枫从屋内出来。他耷拉着眉头，眼角下垂，显得非常疲惫。

"请进屋吧。"萧席枫用略带嘶哑的声音对罗飞说道，"涂小猫在书房等着你。"

罗飞便跟随萧席枫而去。屋子里开着灯，但厚厚的窗帘遮住了灯光，从屋外看的话好似黑暗一片。这也是涂小猫多年来隐藏行迹的一个重要手段。

书房的沙发上坐着一个小小的人形，看身材只有三四岁的年纪。当罗飞走进来之后，那个人便转头看了过来。他的动作异常迟缓，就像是个行将就木的老人。

罗飞知道这就是涂小猫——一个在黑暗中蛰伏了十多年的"隐形人"。从真实的年龄来说，这还是个不到二十岁的孩子，然而他的躯体已然垂暮如斯。

尽管已经听过萧席枫的描述，但初次见面时罗飞仍然难以抑制心中的惊骇感觉。如果要用一个词来形容这个孩子，那没有比"怪物"二字更合适的了。

首先那家伙有个硕大的脑袋，这脑袋各部分的比例又极不匀称：额头又大又宽，眼睛往下的部分却狭小得如同得了萎缩症。头部的毛发已全部掉光——没有头发、没有眉毛，也没有睫毛，眼窝深深凹陷，鼻子也缩塌了，只剩一层皱巴巴的皮肤包裹在鼻梁上。

和脑袋相比,这人的身躯显得异常瘦小,四肢更是瘦得如芦柴棒一般。他没有脂肪,没有肌肉,有的只是畸形的骨骼和褶皱的肌肤。

如果不是有一双大眼睛在深陷的眼窝中转动着,罗飞简直觉得自己看到的就是一具风干的骷髅。

涂小猫也在看着罗飞,等对方走近之后,他瘪瘪嘴说了句:"对不起。"当他的嘴唇翻开时便露出两排光秃秃的牙床,上面的牙齿早已脱落殆尽。

"嗯?"罗飞没想到对方会以这句话开场,他有些意外。

"对不起。"那个年轻的老人又重复了一遍,他说,"你的助手死了——我为此感到抱歉。"

罗飞心中一痛。如果小刘还活着,此刻应该也来到了现场。想到这里罗飞便下意识地往身后瞥了一眼,那是小刘常常跟随的位置,如今却只剩自己孤单的影子。他的鼻翼轻轻抽动了一下,难以掩饰心中的悲伤。

良久之后,罗飞黯然地说了一句:"他是个好人。"

"我也不想看到这样的结果,"涂小猫解释说,"我只是把朱思俊心头的魔鬼释放了出来,后来发生的事情并不受我的控制。"

罗飞不知该用什么情绪对待眼前的这个"怪物"。按理说此人就是害死小刘的元凶,但罗飞却怎么也无法凝聚起心中的仇恨,他只是长时间地看着对方,似乎要用目光来驱散心中所有的困惑。

"怪物"也和罗飞对视着。他的眼球又黑又亮——这双眼睛恐怕是他全身上下仅存的青春印迹。

罗飞决定抛却情感上的干扰,他只想做一个纯粹的执法者。于是他的目光变得锐利起来,他问道:"你承认自己就是系列杀人案的真凶吗?"

涂小猫点点头,用虚弱的声音说道:"我承认。"

"那就请你和我一起回警队接受调查。"

涂小猫沉默了,他把瘦小的身体缩在沙发里,像是要躲藏起来似的。但他明白自己已无处可躲,最终只能无奈地轻叹一声。然后他又抬头看着罗飞问道:"我很想知道,我到底是哪里露出了破绽?"

"李凌风的死亡动机。"罗飞回答说,"他既然为了'名气'的欲望而死,为何却没有把'七宗欲'这样的完美计划透露给公众呢?这便不合逻辑。所以我猜测李凌风对'七宗欲'的计划并不知情,幕后的真凶另有其人。"

"原来如此……"涂小猫舔了舔干瘪的嘴唇,黯然说道,"是我太过谨慎了。"

"太过谨慎?"罗飞不太明白对方为什么要这么说。

涂小猫解释说:"为了彻底达到'隐身'的效果,我不想在网络上留下任何痕迹。所以只要是和网络有关的事情,我全都是操控李凌风来完成的。包括所有网络账号的申请和使用,所有网帖的撰写和发布等等。但你知道,我可不能通过李凌风向网络发布'七宗欲'的计划。"

"嗯。"罗飞点点头说,"因为这个计划本身是要瞒过李凌风的。"

涂小猫又道:"其实我也想过,要不要用李凌风的口吻写一封电邮,把'七宗欲'的计划透露给各大媒体。这封电邮可以在李凌风被捕前写好,设置好延时,等李凌风死后再发送出去。但我还是有顾虑。首先这封电邮用谁的账号来发呢?用李凌风的账号就有可能被李凌风发现,但使用新账号又会给警方留下疑点。另外我还担心警方会对邮件进行语言痕迹比对,进而从遣词用句中找到漏洞。出于这些顾虑,我最终放弃了发邮件的想法,因为李凌风的死亡动机也不算什么大漏洞吧,最多只是一点点不完美的瑕疵,没必要为此冒险。呵呵,真是没想到,连这一点点的瑕疵都没能逃过你的眼睛。"

"你既然在制造假象,那必然会露出不真实的痕迹。"罗飞郑重地告诫对方,"这就是所谓'天网恢恢,疏而不漏'的含义。"

"罗警官,你确实是一个非常敏锐的人。"涂小猫幽然叹道,"你对案情的分析几乎是滴水不漏,但有一点你弄错了。"

"什么?"

"我策划出这个杀人计划,让自己隐身事外,我并不是为了逃避惩罚。你看看，我已是个行将就木的人，病魔早就宣判了我的死刑，我又有什么好畏惧的呢？"

这话确实不错。以对方这副垂暮的状态，就算能给他定罪，恐怕他也无法支撑到审判的那一天了。

罗飞便追问道："那你又何必费尽心机？"

"我害怕，但不是害怕惩罚，而是害怕外面的世界。"涂小猫凄然一笑，"要让我暴露在世人的目光下，这才是最残酷的事情，我不愿在那种难以想象的痛苦中度过余生。"

"外面的世界就那么可怕吗？"罗飞摇了摇头，"或许只是你在黑暗中生活了太久，所以才会惧怕阳光。"

"你并不了解……"涂小猫盯着罗飞看了片刻，然后他问道，"你想不想看看外面的世界对我来说有多残酷？"

罗飞沉默着，不知该如何回答。

涂小猫的目光又转向了一旁的萧席枫："叔叔，其实我最近认了一个妈妈，这事你知不知道？"说这话的时候，他的嘴角微微翘起，似乎带着种温馨的心情。

萧席枫猜测着问道："你指的是隔壁的那个女人吗？"

"是的。"涂小猫的视线有些迷离，他陷入到某段回忆中，"我第一次和她见面是前年的冬天。那次爸爸出长途去了，他告诉我会在三天之后回来。到了第三天晚上，我实在太想爸爸了，干脆开了门坐在门槛上等他。

"也不知等了多久，我真的听见了上楼的脚步声。我一下子激动起来，眼睛也瞪得老大。我满怀期待地盯着下方的楼道拐角。片刻后有人走了上来——但那个人并不是爸爸，而是一个我从未见过的女人。

"我转身想回到屋内去，但那个女人已经看到我了，她叫了一声：'哎呀，这是谁家的孩子？'当时我戴着帽子和口罩，全身上下只露出一双眼睛，所以她看不到我真正的样子，她还以为我是个小孩子呢。她的口气非常关切，让我有一点感动。我就回过头来看着她。

"那个女人走到我面前，她蹲下来看着我，又问道：'你是谁家的孩子？怎么会在这里？'她的目光打动了我。我突然想：'如果她是我的妈妈该多好。'想到这里，我就下意识叫了一声：'妈妈。'那个女人听到之后也愣住了，她一下子变得眼泪汪汪的，像是被触动到什么心弦。我很享受这样的感觉，于是就对那女人用了一些技巧。"

所谓的"技巧"是个隐晦的说法。萧席枫翻译道："你对她催眠了？"

涂小猫缓缓地点点头："那个女人曾经失去过一个孩子，她的情感也需要寄托。这种情感正好让我们两人可以相互慰藉。我叫她'妈妈'，她叫我'宝宝'。当然这一切都只在催眠的状态下发生。"

"后来你就通过催眠来控制她。"罗飞插话道，"你会经常坐着她的童车外出吧？"

"也不是经常……只是趁着爸爸出长途的机会，我有时候会出去转一转。"

"原来你早就出去过了。"萧席枫惊讶地说道，"我和你爸一直都蒙在鼓里。"

"我不敢告诉你们，因为爸爸从来不允许我外出。"

萧席枫忍不住要问："那你出去做些什么呢？"

"也没有什么特别的事，就是走一走，看一看。其实你们不用担心，因为每次我都把自己裹得严严实实的，不会让别人看到我的样子。我最喜欢去的地方是一个公园，妈妈会带我坐在一张长椅上。那里人不多，我可以尽情呼吸新鲜的空气。偶尔也会有人过来和我们同坐，这些人都以为我是个孩子，喜欢逗我聊天。我就趁机进入他们的精神世界，我会探索他们的生活、他们的喜怒哀乐，还有他们心中的欲望。"

罗飞暗暗点头。难怪涂小猫深谙催眠之术，对每个受害者的欲望掌控更是准确无比。这般本领不可能一朝一夕间形成，必然要经历一个从初习到精通的过程。而涂小猫天资聪颖，饱读群书，又有外出练习的机会，他最终拥有的强大能力也就不足为奇了。

罗飞又问道："在你作案的过程中，那个女人也是一个重要的帮手吧？"

"是的，不过她自己并不知情。每次我们分别的时候，我都会给她设置一个记忆障碍，所以她清醒时完全不记得我们之间的交往。"说到这里，涂小猫对萧席枫提出了一个请求，"叔叔，你可以帮我把她叫过来吗？"

萧席枫愣了一下："现在吗？"

"是的。请你先把她的记忆解锁，然后带她来见我。"涂小猫顿了顿，又道，"你可以告诉她，这或许是我们之间最后的母子缘分了。"

萧席枫暂时离开了书房。涂小猫的视线又转回来看着罗飞，他继续着先前的话题："罗警官，我虽然很少出门，但我非常了解外面的世界，我很清楚那个世界对我来说意味着什么。"

罗飞的目光在书房里转了一圈。"你是通过网络或是书籍来了解的吗？"他问道。那台连接着网线的电脑和满满三柜子的各类图书便是佐证。

"那只是一方面。我还有更直接，也更真实的途径。"涂小猫轻轻抬了一下干枯的手腕。

"哦？"罗飞饶有兴趣地追问，"什么途径？"

涂小猫回答说："我可以阅读我爸爸的生活。"

"你的意思是……催眠？"

"是的。在我当初学催眠术的时候，唯一可以施用的对象就是我爸爸。爸爸也很乐意配合我。在很长一段时间里，每当爸爸从外面回来，我都会对他进行催眠，这甚至成了我们之间的一种生活习惯。我会进入爸爸的精神世界，阅读他在外面世界的种种遭遇。我知道外面那些人是如何歧视他、欺辱他，也知道他是如何坚强地承受着这一切。爸爸就像是一道闸门，他把所有的风雨都挡在门外，留给我的只有平静的阳光。"涂小猫沉默了一会儿，又继续感慨地说道，"所以说，世上再无哪对父子能像我和爸爸那样。因为我们有着共通的精神世界，我们甚至能称得上一个人，只是作为爸爸的那一半承担了所有的痛苦和屈辱，而我则自私地享受着他创造出来的幸福生活。"

罗飞诚恳地赞美道："你爸爸确实是一个了不起的人。"

涂小猫翻起眼皮，有些惊讶地看着罗飞："你说我爸爸了不起？"

"是的。"罗飞的态度非常明确，"他那么宽厚善良，虽然遭受到很多不公平的对待，但他从未心生怨恨。从这一点来说，他确实是我见到的最了不起的人。"

涂小猫的眼睛有些湿润，他动容道："谢谢你。你是一个警官，而我爸爸只是个卡车司机。而且他长得那么丑……没想到你能给他这么高的评价。"

罗飞认真地说道："一个人真正的价值在于他的精神世界，而不是他的社会地位，更不是他的外貌。"

"如果我爸爸能听到这话，他该有多高兴。"涂小猫露出欣慰的笑容，不过他随即又摇头道，"可惜绝大多数人并不是这么想的。在很多人眼中，我爸爸只是一个卑微的怪物。他的价值从未得到认可，从来没人尊重过他，甚至没有人会在意他，除非他们想要嘲笑他的丑陋……他在这个世界上的地位还不如一条死狗。"

罗飞喟然一叹。人不如狗，这正是导致涂连生自杀的心理根源。

想到涂连生之死，罗飞心中又有了一个新的困惑："既然你经常和你爸爸进行精神沟通，那在他自杀之前难道没有察觉吗？"

涂小猫酸涩一笑："我当然知道。"

"你阻止不了？"

涂小猫反问罗飞："你觉得要怎么阻止？"

"当然是用催眠的手法。你本来就是个催眠高手，你爸爸又对你完全信任，应该有希望吧？"之前罗飞曾和萧席枫讨论过涂连生的心理问题，他知道心桥治疗术在这里是行不通的，便针对另外一个思路试探道，"比如说做一个你最擅长的记忆障碍。"

涂小猫缓缓摇头道："所谓障碍，是要用大东西遮住小东西。你觉得有什么情感能遮挡住那段给死狗下跪的屈辱记忆？"

罗飞立刻明白了其中的逻辑，他恍然地点了点头。

这时又听涂小猫低声说道："其实我也阻止过的，用的是另外一种方法。"

"哦？什么方法呢？"

涂小猫呢喃说道："我利用了他对我的爱……"

罗飞猜到了什么："你让他舍不得离开你？"

"是的。我通过催眠的手法，把一种极度依赖的感情灌输给爸爸。虽然他受尽屈辱，痛不欲生，但是一想到我在这个世界无依无靠的，他就不忍心自杀了。"

"那后来为什么又……"

"后来情况又恶化了。"涂小猫无奈地苦笑道，"我用这个方法坚持了将近四个月，但终究治标不治本。爸爸虽然没有自杀，但他的痛苦一点也没有减少，他只是为了我在顽强支撑。这种情绪压抑在他的心里，时间越长，造成的危害就越大。最后爸爸实在是坚持不住了……"

罗飞猜测道："他把你放弃了？"

"不。"涂小猫抬眼看着罗飞，"他想要带我一起走。"

涂小猫的目光中带着极为复杂的情绪，刺得罗飞心中阵阵发寒。后者很清楚"一起走"的含义，这是一种多么纠结的选择，在残酷的无奈中又夹杂着悲伤的真情。

"当我发现爸爸产生了这样的想法，我知道再挽留也没什么意义了。让他活在这个世界上，只不过是继续增加他的痛苦。所以我解除了对他的催眠。随后爸爸便留下一封遗书，他把我托付给萧叔叔，独自一人离开了这个世界。"说到这里涂小猫深深地垂下头，泪水从他凹陷的眼窝中滚落出来。

罗飞深受触动，他又想起了夏梦瑶曾信奉的理论——"与其在绝望中生存，不如在希望中死去"。他竟然有点喜欢这句话了，至少对涂连生这样的人来说，死亡或许不仅仅是一个悲惨的结局。

良久之后，涂小猫渐渐止住了悲泣。他把身体尽量坐直，脸上的表情也变得坚毅起来。他似乎想要展示自己小小躯体中的某种力量。

"我并不是不想和爸爸一起走。对我们来说，死亡原本就是一种解脱。"他的语调也变了，隐约透着森森的寒意，"但我还不能走，我还有事情要做。"

罗飞嗅出了敏感的气息，他默然一叹："你要为爸爸报仇？"

语意被点破之后，涂小猫反倒平静下来，他淡淡地说道："爸爸照顾了我的一生，我也要为他做些什么。"

"难道你爸爸会支持你的所作所为吗？"罗飞提醒对方，"如果他还活着，他一定会很伤心、很失望。"

"可是我爸爸已经死了。他死得无声无息，半年前伤害他的那些人，没有一个会为此事负责，也没有人会感到内疚，对他们来说，我爸爸卑微得就像是一只蚂蚁。谁会在意一只蚂蚁的生死荣辱？他们以为那只蚂蚁根本没能力影响到他们的生活。可他们错了，蚂蚁也能改变他们的世界；当蚂蚁愤怒的时候，也能让他们在恐惧中颤抖。这就是我——一只卑微的蚂蚁——要向这个世界发出的呐喊。"

因为体质极度虚弱，涂小猫说话时的声音并不大，但那声音在罗飞耳中却产生了振聋发聩般的效果。

是的，不管再卑微、再弱小的人，他都会有着自己的情感和尊严，当这些宝贵的东西被肆意践踏的时候，他终有一天也要发出愤怒的呐喊，而整个世界都会在这样的喊声中颤抖。

罗飞沉默了，他不知该怎样回应对方这番宣言般的语句。

一阵脚步声传来，打破了这份尴尬的静默。

屋内二人同时向着书房门口看去，一个女人出现在他们的视线中。

这是一个相貌平平的女子，她穿着一身睡衣，神情有些惘然。之前她已经睡下了，是萧席枫将她从梦中唤醒。随即某段封闭的记忆被打开，她想起了那个管自己叫"妈妈"的孩子。

女人随萧席枫而来，她站在书房门口，带着一种急迫而又忐忑的心情向屋内张望。

涂小猫在沙发上平平地转过身体，就像曾经有过的多次见面一样，他首先开口叫了声："妈妈。"

这是女人第一看到涂小猫真实的容貌，她显然被吓到了。她张开嘴想要叫喊，但那声音却卡在了喉口。她抬起双手，紧紧地捂住了自己的下方面颊。

涂小猫冲着女人笑了笑，露出一嘴干瘪的牙床。女人终于歇斯底里地叫了起来，随即她转过身体，惊慌失措地向着屋外逃去。

"小黄，小黄！"萧席枫在女人身后唤了两声，试图让对方冷静下来。但这种努力毫无效果，两三秒钟之后，隔壁传来"砰"的关门声。

罗飞叹息着，目光重新看向沙发上那个垂暮的孩子。后者的情绪却很稳定，他摊开手掌对罗飞说道："看见了吗？对我来说，这就是外面的世界。"

萧席枫回到了书房内。他垂着头，看起来有些沮丧。

涂小猫似乎已无话可说，他把双手拢在一起，藏在了两侧的衣袖中。在沉寂良久之后，才听他又唤了萧席枫一声："叔叔，你能抱我去那个飞碟吗？"

萧席枫点点头，他弯腰将那孩子从沙发里抱了起来。他的动作非常轻柔，就像是抱着一片随时会碎裂的枯树叶。忽然间他似乎发现了什么，整个身体僵了约一秒钟，不过他很快便掩藏住情绪，开始迈步向客厅走去。

罗飞紧随在萧席枫身后，他看着对方将涂小猫放进了飞碟的座舱。

涂小猫把身体靠在椅背上，他的双眼慢慢地转动着，似乎想要寻找些什么。片刻后他幽幽说道："小时候爸爸会教我识字，还会给我讲故事。我最喜欢听的故事叫作《E.T.外星人》，故事里有个外星人，他长得就像是个怪物。一个好心的孩子收留了他，保护他。最后外星人坐上了飞船，他终于可以回家了。在他的家乡，再也没有人会欺负他，嘲笑他。他可以正常地生活，他有很多朋友，还有疼爱他的家人——爸爸、妈妈、哥哥、姐姐，他们再也不会抛弃他。"

说完这番话之后，涂小猫拢起的双手从衣袖中分开。他轻抬左手，按下了控制面板上的开关，飞碟在支撑轴上缓缓地摇动起来。

"可这只是一个故事，对吗？"涂小猫看着萧席枫，略带伤感地问道。

"不，他真的回家了。"萧席枫伸手轻抚着孩子光秃秃的脑门，他柔声说道，"闭上眼睛吧。"

涂小猫合上了眼皮。

萧席枫的声音娓娓而出:"想象一下,你现在正坐在一个飞碟里。飞碟已经升空了,越飞越高,渐渐驶出了大气层,你的气息开始缓慢,你的身体也慢慢地漂浮起来……"

涂小猫跟随着萧席枫的指示,他的身体变得非常松弛,两只手软软地搭在飞碟座舱的边缘。

罗飞忽然看到那孩子右手的手腕上有一个刀口,浑浊的血液缓缓流出,早已浸染了半边衣袖。他大吃一惊,正要叫喊时,却见萧席枫郑重地冲自己摇了摇手,眼含泪花。

罗飞明白了。他愕然怔了片刻,终于还是把冲到嘴边的喊声咽了回去。

萧席枫冲罗飞点点头以示谢意,然后他继续对涂小猫展开最后的催眠。

"飞碟还在上升,现在已经来到了太空中。你或许觉得有些冷,没关系,这是正常的反应。你会慢慢睡着,当你再次醒来的时候,你就能回到自己的星球。那里是你的家乡,有你很多的小伙伴,还有你的爸爸、妈妈,他们都在等着你回来……"

涂小猫的嘴角先是浮出些笑意,但他很快又失望地说道:"可我看不见那个星球,我的眼前只有一片黑暗。"

萧席枫迟疑了一下,继续引导说:"就在前方,在黑暗之中的某个角落,那个星球正在闪闪发光……"

涂小猫的眼球在眼皮下转动着,急切而又茫然。

罗飞忽然想起了什么,他快步走进书房。沙发边上有一盏立式的台灯,配着半封闭式的全黑的灯罩。

罗飞将灯罩取了下来,然后他掏出随身携带的多功能瑞士军刀,用其中的锥子在灯罩的顶面刺了数十个小孔。刺孔的同时他在屋内走了一圈,将沿途的电灯全都关闭,最后返回了客厅。

萧席枫有些狐疑地看着罗飞,不知对方要做些什么。

罗飞将客厅里的那盏灯也关闭了,整间房屋顿时黑得伸手不见五指。这时罗飞又掏出了那只警用的强光电筒,他打开电筒开关,蹲下身将电筒倒着竖立在飞碟旁的地面上。一道光束射出来,投向了上方的天花板。接着他又把那个灯罩扣在了电筒上,光束闯过灯罩上的小孔,在天花板上留下了数十个闪亮的光点。

萧席枫明白了罗飞的用意,当他再次开口的时候,言语中更多了几分自信。

"睁开眼睛吧,"他用手掌在涂小猫的额头轻轻地抚了一下,"看看头顶满天的繁星。"

涂小猫睁开双眼,在一片黑暗的世界中,他终于看到了那些温柔闪烁的光点。

"啊,我看到了——"他惊讶地赞叹道,"多么美丽的星空。"

"那里面有一颗最亮的星星,你找到它了吗?"

"是的,我找到了,它就在那里。最亮最大的那一颗。"

"那就是你的家乡,你的星球。现在飞碟正向着那个地方飞去。"

在数秒钟的沉默之后,涂小猫轻声说了句:"我要回家了……"他的声音是那么的虚弱,同时也是那么的平静,就像是个即将入睡的孩子。

尾 声

今年夏天的第一场雨，淅淅沥沥的像是老天爷在啜泣一般。

涂连生的墓地被打开了。一个小小的骨灰盒子添加进来，陪着墓地原先的主人一同安息。

"我应该谢谢你，"萧席枫对身旁的罗飞说道，"谢谢你让他体面而又平静地离去。"

罗飞轻叹了一声："你知道吗？我曾经设想过，如果有一天真凶落网，我一定要问问他，你有什么资格杀死那么多人？你有什么资格来审判这个世界？可是当我站在涂小猫面前的时候，我却觉得自己没资格对他提出这样的质疑，因为并不是他背叛了这个世界，而是这个世界抛弃了他。"

"那我可不可以理解为——"萧席枫眯着眼睛问道，"你心中的情感最终还是战胜了你所坚持的法律原则？"

"或许……是吧。"罗飞的眉头颤动了一下，他似乎被这个问题戳中了痛处。

萧席枫看出了什么，沉默片刻之后他问对方："你的失眠症怎么样了？"

罗飞苦笑道："还是离不开药物。"

"案子已经了结了，你还在担心什么呢？"

经历过这场风波之后，罗飞和萧席枫之间已经建立起某种信任。他便坦诚告诉对方:"在我心里有一个魔鬼,清醒的时候我能够控制住他,但如果我遭受了催眠,那个魔鬼很可能会脱困而出,造成极为严重的后果。"

"所以你害怕被人催眠?"萧席枫笑了笑,又道,"可是谁会这么不长眼,敢主动招惹你这个神探?"

"有一股势力正潜伏在黑暗的地方,"罗飞忧心忡忡地说道,"虽然它曾经遭受过重创,但只要休息之后,这股势力迟早会卷土重来。"

"是吗?"萧席枫忍不住要问,"到底是何方神圣?"

罗飞没有回答,但有个可怕的声音正在他的心中嘶喊:

——Eumenides!

(完)

二〇一三年十月二十一日十五时初稿于扬州
二〇一三年十月二十五日十四时润稿于扬州

《邪恶催眠师3》即将出版,精彩预告:

某心理学老师对一名恐惧症患者进行心理治疗,不久之后却被杀死在家中,双手与头部离奇失踪。同时另一起相似的分尸案也与此次遇刺事件产生了微妙的联系。要想破案,罗飞必须进入患者的精神世界,了解离奇的恐惧症状的起源。

罗飞想要借助催眠的力量,萧席枫向他推荐了一个人选。那是一个孤独的催眠师,因为坚定地反对"心桥"理论而游走于主流之外。

每一个恐惧症患者都隐藏着一段黑暗的过去,探索他们的精神世界将是一件极其危险的事情。死去的心理学老师正是前车之鉴。在催眠师的帮助下,罗飞步步逼近一段令人窒息的真相,黑暗的阴影也随之而至。

在提供探案帮助的同时,催眠师也试图利用罗飞来完成自己的计划。

这个如迷雾一般难测的男子,他究竟是一个最值得信赖的战友,还是一个最危险的敌人?

敬请关注《邪恶催眠师3:梦醒大结局》。

 马上扫描读客二维码,并回复"邪恶催眠师3",免费内容立即发送到你手机,预读《邪恶催眠师3:梦醒大结局》开头一万字。

读客®知识小说文库

读 小 说 · 学 知 识

什么是读客知识小说？

畅销全国的读客知识小说文库，每部小说都在精彩的故事中，融合了丰富系统的人文知识；让您每一次充满乐趣的阅读，都成为汲取知识的智慧之旅：

◎ 关于西藏宗教、文化、地理的百科全书式小说《藏地密码》（何马著）

◎ 逐层讲透村、镇、县、市、省官场现状的自传体小说《侯卫东官场笔记》（小桥老树著）

◎ 讲述中国社会底层结构变迁的黑道小说《东北往事：黑道风云20年》（孔二狗著）

◎ 讲透中国传统政商关系的至高经典《红顶商人胡雪岩》（高阳著）

◎ 从"文革年代"的胡同里杀出来的京城大亨成长史《北京教父》（王山著）

◎ ……

每个系列，都是人文知识丰富、销量过百万册的超级畅销小说。翻开读客知识小说文库的每本书，您都将在感受小说无穷魅力的同时，轻松获取某一方面的系统知识，增强自己对这个世界的理解，成为一个学识渊博的人。

读小说，学知识，锁定读客知识小说文库。

读客 知识小说文库_209：读小说，学知识

《清明上河图密码》全国热卖中！

隐藏在千古名画中的阴谋与杀局

《清明上河图》描绘人物824位，牲畜60多匹，木船20多只……5米多长的画卷，画尽了汴河上下十里繁华，乃至整个北宋近两百年的文明与富饶。

然而，这幅歌颂太平盛世的传世名画，画完不久金兵就大举入侵，杀人焚城，汴京城内大火三日不熄，北宋繁华一夕扫尽。

这是北宋帝国的盛世绝影，在小贩的叫卖声中，金、辽、西夏、高丽等国的间谍和刺客已经潜伏入画，死亡的气息弥漫在汴河的波光云影中：

画面正中央，舟楫相连的汴河上，一艘看似普通的客船正要穿过虹桥，而由于来不及降下桅杆，船似乎就要撞上虹桥，船上手忙脚乱，岸边大呼小叫，一片混乱之中，贼影闪过，一阵烟雾袭来，待到烟雾散去，客船上竟出现了二十四具尸体，所有人都目瞪口呆……

翻开本书，一幅旷世奇局徐徐展开，错综复杂，丝丝入扣，824个人物逐一复活，为你讲述《清明上河图》中埋藏的帝国秘密。